Stefanie Christ

KRÄHEN-GESANG

Roman

knapp

2016

Regen fällt auf die dicht befahrene Strasse und fügt den zahlreichen Graustufen dieses trostlosen Winters eine weitere Nuance hinzu. Die Tropfen sind gross und klatschen, von Böen getrieben, gegen das Fenster. Mina blickt zwischen ihnen hindurch auf den glitzernden Fahrzeugstrom und auf die schwarzen Bäume, die ihn säumen.
In den Kronen werden Krähennester vom Wind hin und her geschaukelt. Nester, die auf einen neuen Frühling warten. Darauf, dass ihre Bewohnerinnen Eier legen und die sorgfältig geschichteten Äste mit neuem Leben segnen. Das Bild kommt Mina vertraut vor.
Ja, mit den schwarzen Vögeln hat alles angefangen, denkt sie.
«Die Viecher künden den Tod an», hatte Frau Dubois jeweils gesagt.
«Wie kann das möglich sein?», hatte Mina jeweils gefragt.
«Krähen sind Aasfresser. Sie spüren Krankheit und den menschlichen Zerfall. Der Geruch des nahenden Todes ist ihre Ambrosia.»
Ob auf Hanks Dach auch die Krähen rumgestapft sind, als er das letzte Mal ihre Telefonnummer gewählt hat?, fragt sich Mina. Wenige Augenblicke, ehe er sich am Gebälk seines Schuppens aufgehängt hat?
Sie rollt mit ihrem Stuhl näher ans Fenster heran, bis ihre Nasenspitze mit der Reflexion im Glas verschmilzt. Sie kann nun an der Gebäudefassade hinunterschauen, Etage für Etage, bis zu den immergrünen Dornbüschen. Vor dem Verlagsgebäude bilden die Zügelwagen eine bunte Kolonne. Arbeiter in Overalls tragen Kisten und Tische heraus. Auch in Minas Stockwerk sind die meisten Büromaterialien der Arbeitskollegen bereits verpackt und warten auf ihren Transport.

Nur Minas Unterlagen liegen noch ausgebreitet auf dem Schreibtisch, der eine kleine, erleuchtete Insel bildet in diesem staubigen Kartonmeer.

Ob die Krähen auch den Tod der Zeitung spüren?

«Zehn Minuten, reicht dir das?»

Sie hat den Kollegen, der für den rechtzeitigen Abschluss der Zeitungsseiten zuständig ist, nicht herantreten hören.

«Ja, mach dir keine Sorgen, ich bin in den letzten Zügen», antwortet sie.

«Gut. Wirklich gute Arbeit. Alexa Weddell wird ein Kreuz an die Decke malen. Das ist Medienpreismaterial, was du da zusammenschreibst, Mina.»

«Man soll den Tag nicht vor dem Ende loben.»

«Nicht vor dem Abend, heisst das. Du bist erschreckend schlecht mit Redewendungen», bemerkt der Kollege.

«Das ist ja auch das Schwierigste an einer Zweitsprache.»

«Das kann ich mir denken. Also: In zehn Minuten gibst du den Text frei?»

Mina nickt und blickt dem Kollegen hinterher, der sich zwischen den Umzugskisten hindurchschlängelt. Sie legt die Finger zurück auf die Tastatur, auf die erhitzten Buchstaben, die nach jedem Anschlag einen flüchtigen Moment an der Haut kleben bleiben. Noch zehn Minuten, dann ist die Geschichte endlich zu Ende erzählt, nach so vielen Jahren. Mina fürchtet sich vor dem Abschluss, vor der Leere, die eintreten könnte, wenn sie die tausendvierhundert Wörter erst einmal in den Zeitungsdruck geschickt hat.

Morgen werden die Menschen von Hanks Schicksal erfahren. Sie werden aufstehen und Kaffee aufsetzen, im übergeworfenen Frotteemantel zum Briefkasten schlendern und es sich mit ihrer Zeitung am Küchentisch gemütlich machen. Sie werden den Artikel lesen und sie werden sich aufregen. Andere werden ihn überblättern oder als Malunterlage für die Kinder benutzen. Wieder andere werden Essensreste mit ihm einwickeln, den Meerschweinchenkäfig damit auslegen oder ihn zusammenrollen, um ein altes Fenster abzudichten. Und ganz viele werden auf dem Smartphone reinlesen, bis sie das Gerät an der nächsten Busstation hastig zurück in die Tasche stecken. So oder so: Die Geschichte wird nicht länger nur in Minas Kopf bestehen. Sie wird draussen sein und Hanks Wahrheit erzählen.

Enter.

Mina drückt die Taste – und spürt keine Veränderung. Sie selbst ist noch da, die Zügelmänner tragen noch Kisten aus dem Gebäude und die Krähennester neigen sich noch immer mit dem Wind.

Bern ist schön im Regen, denkt Mina.

Verheerende Vertuschung in Partyartikel-Fabrik

Von Mina Novak

1989

«Unglaublich, so viel Schnee zu dieser Jahreszeit!», klagen die Leute.
Die Schneeflocken fallen wie Perlen vom Himmel und die Kinder graben im weissen Schatz, der die Stadt bedeckt. Mina beobachtet die Mädchen und Jungen dabei eine Weile, dann sinkt sie wieder zu Boden, in den schützenden Raum zwischen Vaters Beinen und dem elektrischen Heizofen, der im Kioskhäuschen den Duft von angebranntem Öl verströmt. Sie beugt sich über die unverkauften Zeitungen der Vortage, setzt ihre Kinderschere an und schneidet einen Artikel über das lokale Atomkraftwerk aus.
Eigentlich wäre sie mit zehn Jahren alt genug, die grosse Stahlschere des Vaters zu benutzen, doch er will nicht, dass sie sich die Finger abschneidet. Also korrigiert sie mit dem rosa Papeteriespielzeug die unebenen Schnittränder, schmiert kreisförmig Leim auf die Rückseite des alten Beitrags, klebt den Text in ein Schulheft, das sie mit «Minas Wochenblatt» angeschrieben hat – und betrachtet schliesslich die Druckerschwärze, sie sich in den Rillen ihrer spröden Hände gesammelt hat.
«In dieser Kälte solltest du Handschuhe tragen», sagt Vater.
«Du trägst auch keine, Popi.»
«Meine Hände sind auch nicht mehr dazu bestimmt, etwas Grosses zu schaffen.»
Sie sind gross und trocken, Vaters Hände. Fleckig auch und faltig. Dicke schwarze Haare spriessen auf den Handrücken und Fingergliedern – als wüchse einer Echse ein Fell. Die Knöchel sind auffällig ungleichmässig. Sie erzählen von den jungen Jahren des Vaters, in denen er in der alten Heimat versucht hatte, als Boxer Karriere zu machen.

«Das kommt halt davon. Wir hatten kein Geld für Handschuhe, nur selbst zugeschnittene Bänder, die wir uns um die Finger wickelten», erklärt er.
Das Boxen hat er längst aufgegeben, die Muskeln sind erschlafft. Doch unter den gerillten Strickpullovern und der schwarzen Winterjacke, mit denen er sich gegen die Kälte schützt, wirkt seine Statur noch immer äusserst kräftig. Zwar hat er unter der Theke einen Schlagstock versteckt, um sich gegen Diebe zu wehren, doch er musste die Waffe noch nie bemühen. Jedem, der sich dem Kioskhäuschen nähert, vergeht jegliches kriminelle Begehren, wenn er den hochgewachsenen Ex-Boxer erblickt, der sich mit den deformierten Echsenhänden über den kahl rasierten Schädel fährt.
Mina mag es, wenn er dies tut. Sie mag das knirschende Geräusch, wenn die unsichtbaren, widerborstigen Haarstoppel am Handteller reiben.
«Hast du keine Hausaufgaben?», fragt er.
«Das hier ist viel wichtiger, Popi.»
Mina streckt ihm ihr «Wochenblatt» entgegen.
«Kannst du es morgen zur Post bringen? Zusammen mit meiner alten Packung Buntstiften? In ihrem letzten Brief hat Barbara geschrieben, dass sie so gerne Farben zum Malen hätte.»
«Die kann sie sich bald selbst besorgen, nun, da die Mauer gefallen ist», antwortet Vater.
Mina versucht sich vorzustellen, wie es aussieht, wenn eine Mauer fällt. Sie fragt sich, wer dann all die Steine wegräumt, die nach so einem Fall rumliegen. Und was danach aus ihnen hergestellt wird. Ob sie jemand wieder schichtet, Lage für Lage, bis ein Haus entsteht oder eine Brücke? Oder eine neue Mauer?
Vater greift nach dem Heft und blättert durch die Seiten, auf denen Mina wichtige Nachrichten der vergangenen Wochen versammelt hat. Als Kind hätte er sich auch über eine Brieffreundin wie Mina aus dem Westen gefreut, die ihm ein selbst

gemachtes «Wochenblatt» und Geschenke geschickt hätte. Auch wenn die wenigsten angekommen wären.
«Du solltest Journalistin werden. Das würde deine Mutter stolz machen», sagt der Vater und legt das Heft neben Mutters Foto. Den Rahmen mit den kleinen, aufgeklebten Muscheln durfte Mina aussuchen, nachdem der Originalrahmen in die Brüche gegangen war. Schön sieht Mutter auf der Schwarz-Weiss-Aufnahme aus, wie ein Filmstar. Das lange dunkle Haar hat sie zu einem Zopf geflochten, der wie ein strammes Tau über ihrer Schulter liegt, die Augen sind schwarz umrahmt. Gerne hätte Mina die Farbe des Lippenstifts gewusst, doch Mutters Mund schimmert dunkelgrau, der wahre Rotton lässt sich nur erahnen.
Mutter, das ist diese Aufnahme, zusammen mit einer Handvoll weiterer Fotografien, die Vater in der Wohnung aufgehängt hat. Jeden Morgen packt er den Fotorahmen in seine Aktentasche, die ihn wie einen Beamten aussehen lässt. Zusammen mit dem Schlagstock und dem Vortagsessen trägt er Mutter ins Kioskhäuschen, wo er sie zwischen Zigarettenpackungen und Schokoriegeln aufstellt. Abends kehrt sie wieder mit ihm nach Hause und beim Essen thront sie am Kopfende des alten Sperrholztisches – an jenem Platz, an dem sie zu Lebzeiten jeweils gesessen hat. Von dort aus kommentiert sie mit ihrem amüsierten Blick, dem eine hochgezogene Augenbraue eine Portion Strenge verleiht, die Erzählungen, die Mina aus der Schule mitbringt.
Nur dann und wann, wenn Vater die Zeit zum Kochen fehlt und Mina eine Portion Dosenravioli vorsetzen muss, wird Mutter gewendet, sodass ihr Blick aus dem Fenster führt.
«Ich habe ihr versprochen, gut zu dir zu schauen», erklärt Vater dann jeweils beschämt.
Gut zu Mina schauen, dazu gehören für ihn auch frische Mahlzeiten. Oft kocht er spätabends, wenn die Tochter längst schläft, Essen vor. Der Geruch von Paprika hängt die ganze Nacht über in der Luft. Das Unterbewusstsein umhüllt von

dieser Duftwolke, enden nicht wenige von Minas Träumen am Esstisch.
«Ach, dein Vater ist ein Extremist. Büchsenpasta hat noch niemanden umgebracht!», sagt Frau Dubois.
Sie muss es wissen, denn Frau Dubois ist bereits siebzig und jedes Lebensjahr baut auf gesättigte Fettsäuren, auf Weisswein aus wieder verschraubbaren Flaschen und auf Glimmstängel.
«Sie zieht so rege an den Kippen, dass sich mein Geschäft allein durch Frau Dubois finanziert», sagt Vater.
Wenn Mina an Frau Dubois' Küchentisch sitzt, beobachtet sie die Frau mit dem perfekt toupierten Haar und den langen, blutroten Fingernägeln dabei, wie sie sich eine neue Zigarette mit der sterbenden Glut einer alten anzündet.
«So spare ich Streichhölzer. Der verdammte Wald wird's mir danken.»
Dann lacht sie, und wenn Frau Dubois lacht, hustet sie, und wenn sie hustet, dann klingt es, als würde sich eine Gerölllawine lösen und über die Lungenflügel rollen. Dieses Husten, erklärt Frau Dubois, stamme nicht vom Rauchen, sondern von der frischen Luft.
Davon kriegt sie eine Menge ab, denn wenn Frau Dubois nicht rauchend am Küchentisch sitzt, lehnt sie rauchend am Fenster, aufgestützt auf ihre fleischigen Unterarme, die vom langen Ausharren permanente Fensterrahmenabdrücke aufweisen. Sie blickt aus dem Herzen des Quartiers hinunter auf den Gehweg und kommentiert das Verhalten ihrer zahlreichen Mitbewohnerinnen und Mitbewohner im Vorstadtquartier, das sich aus grauen Fünfzigerjahre-Funktionswohnbunkern zusammensetzt.
«Herr Maierhans, heute nicht bei der Alten übernachtet? Die Spatzen pfeifen es ja schon lange vom Flachdach, Sie Schwerenöter!»
«Sie da, mit der roten Jacke, was schleichen Sie hier so rum? Wollen Sie etwa einbrechen. Oder sich entblössen, Sie Schwein? Ich rufe gleich die Polizei!»

«Frau Maranga, Ihr Essen riecht bis zu meiner Wohnung rüber, können Sie nicht mal was Normales kochen wie die anderen?» Und natürlich der Klassiker: «Mina, lauf schnell zu deinem Vater und bring mir eine neue Stange Mary Long! Er kann's anschreiben!»

Minas Mutter hatte nie geraucht, hatte immer gesund gelebt, wie Vater. Trotzdem starb sie, als die Tochter erst zwei Jahre alt war. Aus dem Leben gerissen von einem rauchenden Autofahrer, der von einem Stück heruntergefallener Asche abgelenkt gewesen war.

«Was für eine Ironie», sagt der Vater manchmal, wenn er seinen Kunden Zigarettenpackungen reicht. Kunden, die schon alt waren, als Mutter noch jung war.

«Was für eine Ironie.»

Wieder lehnt Mina über die Kaugummipackungen und beobachtet die anderen Kinder beim Spielen. Sie werfen sich auf dem von Hochhäusern gesäumten Parkplatz Schneebälle zu. Sie lachen und kreischen und schnappen nach Luft, wenn ihnen vor lauter Spass der Atem ausbleibt.

«Willst du nicht mitspielen?», fragt Vater.

Mina hört seinen besorgten Unterton. Sie fährt Vater flüchtig über die behaarte Hand, die damit beschäftigt ist, Glückslose zu einem bunten Strauss falscher Hoffnungen zu arrangieren.

«Ach, weisst du. Sabine und ihre Freunde bemerken mich kaum. Aber das ist nicht so schlimm, ich mag sie eigentlich auch nicht besonders. Sabine glaubt, alle anderen Mädchen seien neidisch auf ihre blinkenden Armreifen, dabei sind die total hässlich. Aber das würde ihr niemand sagen.»

«Die Menschen heucheln viel zu viel», sagt Vater.

«Was ist heucheln?»

«Zu sagen, ein Armreif sei hübsch, wenn man ihn eigentlich hässlich findet.»

Mina starrt hinaus in den Schnee, beobachtet, wie vorbeifahrende Autos grauen Matsch über die weisse Masse spritzen, während Vater einen Kunden bedient. Zwei Päckchen Zigaret-

ten und ein Glückslos. Der Mann rubbelt es gleich an der Theke auf.
«Nichts. Mehr Glück beim nächsten Mal!»
«Wollen Sie ein zweites Los?», hört Mina ihren Vater fragen.
«Nein, das ist genug Geld rausgeworfen für einen Tag. Meine Frau sagt ja immer …»
Die kreischenden Kinder übertönen seine Worte. Empört schüttelt der Kunde den Kopf.
«Das sind bestimmt die gleichen Bengel, die im ganzen Quartier ihren Dreck liegen lassen. Das ganze Quartier ärgert sich darüber. Wenn Sie mich fragen, sollte denen mal jemand Anstand beibringen. Deine kleinen Freunde sollten sich ein Vorbild an dir nehmen, meine Kleine», sagt der Kunde und nickt Mina zu.
Vater wischt die silberfarbenen Krümel zusammen, die von der Rubbelfläche des Glücksloses auf die Tageszeitungen gerutscht sind, und schüttelt den Kopf.
«Mich würde es nicht wundern, wenn es Erwachsene wären, die ihren Abfall aus dem Fenster werfen. Nicht alle sind über die neue Müllgebühr erfreut», entgegnet Vater.
«Das ist ja auch eine Sauerei! Wofür bezahlen wir denn Steuern? Und jetzt müssen wir noch für unseren Dreck drauflegen.»
«Irgendjemand räumt den Dreck ja weg. Die müssen auch von was leben», entgegnet Vater.
Der Kunde winkt ab.
«Mit euch Kommunisten muss man nicht über solche Dinge diskutieren», sagt er und lacht schallend.
«Wissen Sie was? Geben Sie mir doch noch ein zweites Los. Vielleicht gewinne ich dieses Mal etwas und kann mir damit meine Müllgebühr finanzieren.»
«Wollen Sie es gleich aufrubbeln?», fragt Vater.
«Nein, ich lebe lieber noch ein paar Minuten im Glauben, dass ich ein kleines Vermögen mit mir herumtrage», antwortet der Kunde und klopft sich drei Mal auf die Brusttasche, in die

er das kleine Los gesteckt hat. Drei Mal, wie ein magisches Ritual, das eine Niete in ein Gewinnlos verwandeln könnte. Zum Abschied winkt er Vater und Mina zu und stapft davon.
«Ist es nicht auch heucheln, jemandem Glückslose und Zigaretten zu verkaufen, wenn man beides verabscheut?», fragt Mina.
Vater überhört ihre Frage. Mutter schaut belustigt aus ihrem Rahmen. Mina kennt die Antwort: «Als deine Mutter krank wurde, suchte ich nach einer Arbeit in ihrer Nähe. Mit dem Kiosk konnte ich zwei Nägel mit einem Schlag hauen. Manchmal bietet ein Leben keine Gelegenheit für Traumjobs.»
Mittlerweile hat es aufgehört zu schneien. Die Luft ist kalt und trocken, als wäre alle Feuchtigkeit erstarrt und zu Boden gefallen. Es riecht nach Schnee und Mina versucht in Gedanken, diesen Geruch zu beschreiben: «Schnee riecht wie meine Haare, wenn ich einen Wollpullover drüberziehe und sie sich entladen. Schnee riecht wie das Fell einer jungen Katze. Schnee …»
«Mina, könntest du Frau Dubois ihre Zigaretten hochbringen?», unterbricht Vater.
«Wenn es sein muss.»
Mina greift nach der Packung. Die Zurückhaltung ist gespielt. Mina freut sich jedes Mal, wenn sie Frau Dubois besuchen kann. Ihre Wohnung wirkt in der grauen Siedlung wie ein Portal, dass Besucher in eine Märchenwelt katapultiert. Eine Welt voller Engel und Dämonen, die in Form von Holzskulpturen an den Wänden hängen. Eine Welt, in der Mina unter Perlenvorhängen durchkriechen und in plüschigen Bodenteppichen versinken kann, bis sie nur noch die vom Rauch vergilbte Decke sehen kann. Eine Welt, die sie sich mit den Rehen und Katzen aus Glas teilt, die Frau Dubois sammelt und der Grösse nach in Wandregalen aufgestellt hat. Zeugen einer Zeit, in der Frau Dubois noch nach draussen gegangen ist, noch vorgedrungen ist bis zu den Geschäften in der Innenstadt.

In einem dieser Geschäfte hatte sie früher gearbeitet, wie sie gerne erzählt. Neben dem Eingang hatte sie gestanden, tagein, tagaus, und nebelte die eintretenden Kundinnen mit den neusten Parfümkreationen ein. Mit Düften, die tropische Sommertage oder samtene Winterabende versprachen.
In ihrer Wohnung riecht es nach Zigaretten und nach Lavendel. Der Blumenduft entweicht nicht einem der eleganten Glasflakons, die auf Frau Dubois' Kaffeetischchen stehen, sondern einer Dose aus dem Supermarkt. Zisch, zisch. Nach jeder fertig gerauchten Zigarette betätigt Frau Dubois den Raumspray.
«Komm rein, ich bin in der Küche!», schreit Frau Dubois mit ihrem unüberhörbaren Organ.
Geräuschlos klettert Mina über die unzähligen Teppiche, die wild übereinandergeworfen im Korridor liegen. In der Küche legt sie die Zigarettenschachtel auf den Tisch und stellt sich neben Frau Dubois ans Fenster – dort, wo die alte Dame bereits einen Sperberplatz für Mina ausgespart hat. Gemeinsam starren sie schweigend auf den Innenhof, auf den Parkplatz, auf das Kioskhäuschen auch, das von hier oben nicht grösser erscheint als eine Streichholzpackung, und auf Vater, der gerade damit beschäftigt ist, eine neue Lieferung Monatsmagazine aus dem Schnee reinzutragen – und dabei nicht grösser wirkt als eine Ameise.
«Heute schon etwas Auffälliges beobachtet?», unterbricht Mina das Schweigen.
«Jemand ist neu in Eingang B gezogen, aber ich kann noch nicht viel sagen. In die Wohnung von Frau Petri, die man tot in der Badewanne gefunden hat. Eine Überraschung war das nicht, sie war ja schon alt, viel älter als ich, und die Krähen haben sich auf ihrem Fensterbrett versammelt», antwortet Frau Dubois.
Mina horcht auf.
«Ja, die kleinen Scheisser hatten wieder einmal recht. Darum werden alle Alten im Quartier nervös, wenn sie auf einen

Balkon flattern oder auf dem Flachdach rumhüpfen. Dann macht es klopf-klopf-klopf, die letzten Schläge der Uhr.»
Ungläubig mustert Mina das alte Gesicht. Frau Dubois' Haut scheint zu schmelzen, sie tropft über die spitzen Wangenknochen.
Während Mina noch an der Vogelgeschichte rumstudiert, beschäftigt Frau Dubois etwas anderes.
«Was hat eigentlich die Niete vorhin so lange bei euch rumgetrödelt?»
«Niete?»
«Na, der Herr Glückslos!»
«Er hat sich über die anderen Kinder beschwert, weil sie Abfall rumliegen lassen. Aber Popi glaubt nicht daran», antwortet Mina.
Sie streckt die Arme aus dem Fenster und versucht, eine einzelne Schneeflocke zu fangen, die vom Himmel gleitet.
«Das sind nicht die Rotzlöffel, sonst hätte ich sie bestimmt einmal dabei beobachtet», meint Frau Dubois.
«Glauben Sie, dass jemand Abfall aus dem Fenster wirft? Ist das nicht verboten?»
«Sehe ich aus wie eine verfluchte Richterin? Woher soll ich wissen, was in all den Gesetzesbüchern steht? Frag doch einen von deinen schlauen Lehrern.»
Mina zieht ihre Arme zurück und setzt sich an den Küchentisch. Sie fährt mit der Hand über die Stapel ungeöffneter Post.
«Kau nicht auf den Lippen rum, das steht einer Dame nicht!», mahnt Frau Dubois. Aber Mina hört sie nicht.
«Was wurmt dich, Mina? Raus mit der Sprache!»
«Nichts. Na ja, ich finde es halt ungerecht, dass alle im Quartier denken, wir Kinder machen den Dreck, wenn es vielleicht doch Erwachsene sind.»
«Was kümmert es dich? Du magst doch die anderen Kinder nicht?»
«Es geht ums … ums …»

«Prinzip?»
«Genau das!»
Mit einer flinken Bewegung drückt Frau Dubois ihre Zigarette in den Aschenbecher auf dem Fensterbrett und setzt sich zu Mina an den Tisch. Dort schliesst sie für einen kurzen Moment die Augen, als müsste sie sich von den beiden Schritten erholen.
«Liebe kleine Mina, wenn du Gerechtigkeit willst, dann musst du vielleicht selbst herausfinden, was es mit dieser Schweinerei auf sich hat.»
«Und wie?»
«Meine Güte, hast du denn nichts von mir gelernt? Indem du die Menschen beobachtest!»
Frau Dubois lacht und hustet und lacht und hustet und macht schliesslich mit der Hand eine Wischbewegung.
«Husch, husch, geh jetzt, ich muss mich etwas hinlegen.»
Mina schiebt den regenbogenfarbigen Perlvorhang zur Seite. Ehe sie aus dem Märchenreich zurück in die winterliche Realität klettert, ruft sie in die Küche: «Frau Dubois, kann ich mir Ihr Fernglas borgen?»

Die Metallränder fühlen sich kalt an auf ihrer Haut. Ihre Wimpern stossen beim Blinzeln gegen das Glas. Mina dreht das Rad gegen links, sie dreht das Rad gegen rechts, bis sie den von Strassenlaternen erleuchteten Gehweg deutlich erkennen kann, der wie ein gigantisches «E» die drei Hauseingänge miteinander verbindet. Sie kann durch das Fernglas nicht nur den Weg scharf sehen, sondern einzelne Pflastersteine, und Mina wird bewusst, was für ein klares, detailreiches Bild Frau Dubois von der Siedlung haben muss.
«Ist Mama bei dir?»
Vaters Stimme klingt durch die geschlossene Tür tiefer als gewohnt.
«Ja, kann sie heute Nacht bei mir schlafen?»
«Selbstverständlich.»

Mutter steht auf dem Fensterbrett, zwischen einem Plüschschaf und einer bis zum Zerfleddern gelesenen Ausgabe eines Groschenromans, den Mina aus Popis Altpapier gefischt hat, und beobachtet die Nacht, die dunkler und dunkler wird. Mina hört, wie sich Vater vom Kinderzimmer entfernt und in der Küche seine Arbeit fortsetzt. Das Scheppern der Töpfe ist das lauteste Geräusch, das Mina in diesem Moment wahrnehmen kann.
«Machst du das Licht aus? Es ist Schlafenszeit. Hab dich lieb», ruft Vater von der Küche her.
«Hab dich auch lieb, Popi», ruft Mina zurück.
Nachdem sie die Lampe ausgeschaltet hat, schleicht sie zurück zum Fenster. Sie klettert auf ihren kleinen Stuhl am Fenster und winkelt die Beine an, sodass sie Frau Dubois' Fernglas auf den Knien aufstützen kann.
Das Fensterglas lässt Mina erschaudern, während gleichzeitig wohlig warme Luft vom Radiator aufsteigt. Mutter scheint etwas besorgter zu schauen, nun, da ihr dämmert, was Mina vorhat.
«Keine Sorge», flüstert Mina und wirft dem Bilderrahmen einen Handkuss zu.
Es ist das erste Mal, dass die beiden ein Abenteuer erleben, von dem Vater nichts mitkriegt – von der heimlichen Lektüre realitätsferner Liebesromane abgesehen, in denen die Hauptfiguren jeweils eine Explosion überleben, einen bösen Zwilling haben oder an einem Hirntumor sterben.
Liebe muss ganz schön wehtun, denkt Mina und Mutter schaut bestätigend.
Mina ist froh, dass ihr jemand bei ihrem Vorhaben zur Seite steht. Obwohl sie von der Dunkelheit schützend umhüllt ist, fühlt sich Mina im Fenster ausgestellt. Als könnte jeder von der Strasse aus das Kind erkennen, das mit einem Fernglas hinter dem Fenster lauert und die Bewegungen im Quartier mit einem Buntstift protokolliert.
«21.35 Uhr, Mann mit Hund, kein Abfall.

21.50 Uhr, Mann und Frau, kein Abfall.
22 Uhr, Frau und Hund, Frau Dubois schreit, kein Abfall», steht im Notizbuch, Pink auf Weiss.
Dann geschieht eine ganze Weile nichts und Mina beginnt zu dämmern, dass das Leben von Nachbarschaftsspionen wie Frau Dubois langweiliger sein muss, als sie es sich bis anhin ausgemalt hat.
Langsam bewegt Mina das Fernglas vom Parkplatz zum Eingang A, bewegt es weiter hinauf in den fünften Stock, bewegt es drei Wohnungen nach rechts bis zum schwarzen Rechteck, in dem tagsüber Frau Dubois zu erkennen ist.
«22.10 Uhr, Frau Dubois schläft», notiert Mina.
Die Farbe wird dünner, Minas Druck beim Schreiben lässt nach. Sie spürt das Bedürfnis zu gähnen, doch sie gibt ihm nicht nach. So schnell will sie nicht aufgeben.
Irgendwo schreit ein Baby, ein Hund bellt, als möchte er dem Kind antworten. Beide Stimmen werden von der Nachtruhe verschluckt. Das Mosaik aus erleuchteten Fenstern wird kleiner, zerstückelter. Immer mehr Lichter erlöschen und verwandeln die Häuserblocks in düstere Kolosse, die sich kaum merklich vom Nachthimmel abheben. Alles im Quartier scheint sich dem Stillstand anzunähern.
Dann endlich bewegt sich etwas. Mina schreckt auf und richtet das Fernglas auf den Vorplatz. Eine unscharfe Gestalt nähert sich dem Kioskhäuschen und bleibt unter dem Vordach stehen.
Die Müdigkeit ist verflogen. Ungelenk dreht Mina am Fernglas, bis die Rollstoren des Kiosks im Fokus stehen. Und die beiden Füsse, die davor nervös herumtrampeln. Der Lichtkegel einer Strassenlaterne reicht bis zu den Knien, der Rest der Person verschmilzt mit dem Hintergrund. Obwohl Mina das Gesicht nicht sehen kann, glaubt sie zu spüren, dass es in ihre Richtung blickt. Sie weicht zurück und lehnt mit klopfendem Herzen gegen die Wand.
Ist das am Ende gar kein Abfallsünder, sondern ein Räuber?

Müsste sie Vater wecken, die Polizei rufen, über den Hof schreien und die Nachbarn aufschrecken? In welcher Reihenfolge?
Langsam schiebt sich Mina wieder vors Fenster. Noch immer trampelt die Gestalt vor dem Kiosk rum. Mina beobachtet zum ersten Mal einen Räuber bei der Arbeit, sie hätte nicht mit diesem Ausmass an Beinarbeit gerechnet. Und auch nicht damit, dass der Räuber an die Tür des Ladens pinkelt, ehe er sie aufbricht.
Sie lässt vom Fernglas ab. Es muss sich lediglich um einen Betrunkenen handeln, der nicht mehr rechtzeitig den Weg ins heimische Badezimmer gefunden hat. Bestimmt würde Vater am nächsten Morgen die gelben Spuren im Schnee vorfinden und einen Hund verdächtigen, wie es schon oft vorgekommen ist. Mina weiss es nun besser. Der Hund geht auf zwei Beinen.
Er geht auf zwei Beinen über den Platz, geht auf einen der Hauseingänge zu, er geht durch die endlosen Korridore, vorbei an endlosen Reihen von dunkelgrün gestrichenen Türen, durch deren Gucklöcher Hunderte von Augenpaaren ins Leere starren. Er läuft auf Minas Tür zu, schlägt sie ein – doch dahinter liegt kein Kinderzimmer, sondern schon der nächste Korridor, der weiter geradeaus führt, vorbei an den Türen und Gucklöchern und Augenpaaren. Mina rennt, rennt den Korridor entlang, rennt weg vom Zweibeinigen, der ihr mit keuchendem Atem folgt. Sie klopft hier und dort an eine Tür, doch niemand regt sich dahinter, kein Schloss springt auf. Das Quartier schläft, es ist erstarrt.

Ein kurzer Schrei reisst Mina aus ihrem Traum. Sie muss eingeschlafen sein. Mutter schaut ebenfalls verschlafen aus dem Rahmen. Was hat die beiden geweckt?
Erneut ertönt ein Schrei, dieses Mal nicht im Traum, sondern vor Minas Fenster. Draussen schneit es wieder. Die matschigen Fetzen sind das Erste, was Minas verquollene Augen erken-

nen können. Doch da ist noch etwas anderes. Etwas Schwarzes, das sich im Schneegestöber bewegt, dagegen anfliegt. Etwas, das zwischen den Flocken hindurchgleitet, von Balkon zu Balkon springt und immer wieder hinunterstürzt zum Hof, im freien Fall. Kurze, schrille Schreie. Himmelsgeschrei. So geräuschlos wie möglich öffnet Mina das Fenster. Schnee wird vom Wind hineingewirbelt. Sie fühlt, wie sich ihr Pyjama punktförmig mit der Kälte vollsaugt. Mit geschlossenen Augen streckt Mina den Kopf hinaus in die Nacht und lauscht dem Wind, der den Krähengesang an ihr Ohr trägt. Wohl ist es nur die Luft, doch sie glaubt, die Flügelschläge auf ihren feuchten Wangen zu spüren.
Mina reisst die Augen auf. Irgendwo schaltet jemand eine Lampe ein. Genug Licht, um einen Blick auf die Vögel zu erhaschen, die auf den Balkonen nach Nahrung jagen, die Löcher in herumstehende Müllsäcke reissen und den Abfall ausweiden, bis sie etwas Essbares gefunden haben. Es ist ein Schattenballett, eines, das sich über fünfzehn Stockwerke erstreckt, eines ohne grosses Publikum, ohne Applaus.

Am Morgen wird für alle sichtbar, was die Tiere an unverwertbarer Beute zurückgelassen haben. Die Taschentücher und Aludeckel, die Plastikhüllen und verfaulten Äpfel pflastern den Innenhof. Die Krähen sind weg, ihr Schreien verstummt. Zu hören sind nur Vaters knirschende Schritte im Neuschnee. Die Abdrücke seiner Schuhe ahmen den bedeckten Gehweg nach und enden vor dem Kioskhäuschen. Ein lautes Rattern hallt durchs Quartier, als Vater die Rollstoren hochschiebt. Er schimpft.
«Lasst eure Hunde doch nicht überall hinpissen!»
Mina sitzt allein am Küchentisch und isst Haferflocken. Gerne hätte sie Cornflakes gehabt, jene mit der trüben Zuckerschicht, doch Vater meint, davon würden ihr die Zähne ausfallen. An jedem anderen Morgen hätte sie protestiert, doch an diesem Tag war sie zu müde.

«Wirst du krank?», hat Vater gefragt, ehe er zur Arbeit aufbrach.
«Nein, Popi, alles in Ordnung.»
Später geht Mina zur Schule, den Kopf in den Nacken gelegt. Sie schaut hinauf in die Baumkronen, die wie schwarze Skeletthände nach den Wolken greifen, und zählt die dichten, runden Nester, die auf den Ästen balancieren. Nichts rührt sich in ihnen. Es scheint, als wären sie verlassen, als wären ihre Bewohner von der Herbstkälte vertrieben worden.
«Du Träumerin, schau, wo du hintrittst!», schreit ihr Frau Dubois hinterher.
Mina schaut sich um, vergewissert sich, dass keine Schulkameraden mitkriegen, wie ihr die schrille Stimme aus Eingang A den Weg leitet. Nicht, dass sich Mina besonders aktiv gegen ihren Sonderlingsstatus wehren würde, aber sie will das Bild auch nicht unnötig zementieren. Es reicht völlig aus, dass sie jene ist, die lieber Aufsätze schreibt als zu turnen. Oder in der Pause lieber mit den Lehrerinnen spricht als mit den anderen die Musikheftchen durchzublättern, die Popi ihnen verkauft. Jene mit den Postern von Popstars drin, die so manches Kinderzimmer tapezieren.
Die Schulstunden ziehen sich an diesem Tag zäh dahin. Die Klassenlehrerin versucht den Schülern zu erklären, warum die Mauer gefallen ist und warum sich die Nachrichten in diesen Tagen um wenig anderes drehen. Mina fragt die Lehrerin, ob sie denn wisse, was nun mit all den Steinen geschehe.
«Die werden bestimmt erst nach und nach abgetragen, die Mauer ist so gross, man kann sie nicht von einem Tag auf den anderen entfernen», sagt die Lehrerin.
Sie erzählt noch etwas von Checkpoints und Löchern, aber Mina zeichnet in Gedanken schon längst wieder den Flug der Krähen nach.
Dann endlich ertönt der erlösende Glockenschlag. Wie eine Fleischlawine drängen die Kinder aus den Türen und fluten

den Schulhof. Kuhfellranzen und Markenrucksäcke treiben vor Mina her, verteilen sich in alle Himmelsrichtungen und am Ende steht sie allein da, allein vor dem Kioskhäuschen, in dem sich Vater mit den Echsenhänden über die Haarstoppel fährt und fragt: «Bist du sicher, dass du nicht krank wirst? Deine Augen glänzen ganz fiebrig.»

Mina sieht keinen Sinn darin, ihn anzulügen, schliesslich bringt ihr Wissen niemandem etwas, wenn sie es noch länger zurückhält. Sie erzählt Vater von ihrer schlaflosen Nacht, von den Krähen und dem Abfall. Er hört ihr zu, zieht die Augenbrauen dabei zusammen, bis eine tiefe Hautkerbe die Stirn teilt.

«Schlaue Viecher», sagt er, nachdem Mina zu Ende erzählt hat. «Schlaue Viecher. Der herumstehende Abfall muss ihnen vorkommen wie ein Festbankett.»

Wirklich überrascht scheint er nicht zu sein. Vater hat nie daran gezweifelt, dass es eine logische Erklärung für den Abfall geben muss. Eine, die keine rücksichtslosen Kinder beinhaltet.

«Das hat die Stadt davon, wenn sie die Abfall-Sammelstellen abschafft und die Leute ihre Säcke auf den Balkonen horten.»

Mina fühlt Enttäuschung aufsteigen. Vaters nüchterne Feststellung – sollte das am Ende alles sein, was ihr der nächtliche Einsatz gebracht hat?

«Popi, wir müssen doch was unternehmen!»

«Was denn? Krähen abschiessen?»

«Nein! Die Tiere können ja nichts dafür. Aber wir müssen den anderen Leuten sagen, dass die Kinder nichts damit zu tun haben. Oder, Popi?»

«Die Menschen glauben, was sie glauben wollen.»

«Du willst wirklich nichts wegen der Vögel unternehmen?», fragt Mina, während sie trotzig mit den Stiefeln nach den leeren Kartonschachteln tritt, die Vater unter der Theke lagert.

«Ich kann den Leuten nicht vorschreiben, wo sie ihren Abfall hinzustellen haben.»
«Sonst schreibst du doch auch alles vor!», ruft Mina. «Iss keine Schokolade vor dem Essen, iss keine Schokolade nach dem Essen, iss keine Schokolade zum Essen, iss erst Schokolade, wenn der Tag hundert Stunden hat!»
Da ist sie wieder, die Kerbe in Vaters Stirn, die so tief ist, dass er eine Geldmünze darin verstecken könnte. Er öffnet den Mund, doch die Stimme gehört jemand anderem: «Ein Säckchen saure Zungen, bitte.»
Mina zieht ihren Kopf ein, hofft, dass Sabine sie nicht gesehen hat, doch während Vater nach der Süssigkeit greift, stellt sich Sabine auf die Zehenspitzen und blinzelt ins Innere des Kioskhäuschens, wo Mina neben den Schachteln kauert.
Sabine lächelt, und wenn Sabine lächelt, dann entblösst sie ihre Zähne pferdeartig.
«Mina, dachte ich's mir doch, dass ich dich hier finde! Kommst du mit mir und den anderen ein Iglu bauen?»
«Nein, danke, ich muss arbeiten», antwortet Mina.
«Arbeiten». Mina spricht das Wort beiläufig aus und ernst, viel zu ernst für eine Zehnjährige.
«Oh, ja dann ...», entgegnet Sabine erstaunt.
Sie legt Minas Vater ein paar Münzen hin und trägt die sauren Zungen hinaus auf den Parkplatz, wo die anderen Kinder warten.
«Du hättest mitgehen sollen.»
Mina verdreht die Augen.
«Popi! Lass mich mein Ding machen, wenn du mir schon nicht helfen willst», sagt Mina und schnappt sich ihren Schulranzen.
«Wohin gehst du?»
«Arbeiten. Habe ich doch eben gesagt.»
«Und du wirst wirklich nicht krank?»
Mina knallt die Kiosktür hinter sich zu und zieht schweigend davon.

Sie schweigt immer noch, später am Abend, als sie am Küchentisch sitzt und den Kugelschreiber übers Notizbuch gleiten lässt, während Vater das Essen zubereitet. Sie hält den Schreiber fest umklammert und drückt die Buchstaben förmlich ins Papier, sodass das Echo der Sätze die nachfolgenden Seiten prägt.
Auf einmal hält Mina inne. Ein alter Gedanke drängt sich auf.
«Popi?»
«Ja?», fragt Vater – erleichtert, dass sein Kind wieder mit ihm spricht.
«Frau Dubois hat gesagt, dass Krähen den Tod ankündigen. Bedeutet das, dass nun viele Leute im Haus sterben müssen?»
Vater tritt von der Anrichte zurück, wirft sich das Küchentuch über die Schulter und reibt sich im Zeitlupentempo über den Nacken, wie er es immer tut, wenn er etwas Zeit zum Nachdenken gewinnen will.
«Ehm … Nun, die Vögel verbringen jede Nacht im Quartier. Wenn Frau Dubois recht hätte, wären wir längst alle tot, oder?»
Mina nickt zufrieden und setzt ihre Arbeit fort.
«Woran schreibst du eigentlich?»

Zwölf lange Tage muss sich Mina gedulden, bis sie ihm antworten kann. Zwölf Tage, in denen Schnee schmilzt und neuer fällt, Schnee schmilzt und neuer fällt – wie ein ewiger meteorologischer Paarreigen. Die Nachbarn kaufen Glückslose, die Kinder Schokolade, die Krähen zerrupfen die Abfallsäcke, Frau Dubois steht rauchend am Fenster und schreit Beschimpfungen über den Hof. Später wird sie übertönt von all den Müttern, die ihre Kinder zum Abendbrot rufen, und um halb sechs Uhr abends ziehen sich alle in ihre Wohnstuben zurück und später schalten sie die Nachrichten ein.
Am dreizehnten Tag führt Mina den Kinderstrom an, der nach dem Glockenschlag aus der Schule stürzt. Sie zieht die

Knie bis zur Brust an, um möglichst schnell im hohen Schnee voranzukommen. Statt wie üblich zu Vaters Kioskhäuschen rennt Mina an diesem Tag zurück zum Wohnhaus, zu den Briefkästen. Eine metallene Wand voller hungriger Münder, die mit guten Nachrichten gefüttert werden wollen. Um an ihre Post zu gelangen, muss Mina auf den äussersten Spitzen ihrer Zehen balancieren, und auch so vermag sie das Papier nur mit den Fingerbeeren zu berühren. Mit ihren kleinen, weichen Fingernägeln zieht sie das dicke Kuvert hervor, auf das jemand von Hand ihre Adresse gekritzelt hat. Keine Briefmarke, kein Stempel – der Absender hat es ihr persönlich in den Kasten gelegt.
Sie schiebt den Umschlag schützend unter ihre Winterjacke und stapft zu Vaters Kiosk. Sie stapft quer über den Rasen wie Hunderte von Füssen vor ihr, die alle Hunderte von alternativen Wegen ins Weiss getreten haben.
Vater steht im Kiosk, ein so zuverlässiges Bild wie der Sonnenaufgang. Sie drückt ihm das Kuvert in die Echsenhand und grinst Mutter erwartungsvoll an, die an diesem Tag neben den Lollipops steht.
«Warum sind die an dich adressiert?», fragt Vater und wendet die fünf Ausgaben der Quartierzeitung, die im Umschlag stecken, als würde auf der Rückseite eine Antwort kleben.
«Weil darin ein Artikel von mir ist», antwortet Mina.
Sie versucht, dabei gelassen zu wirken, doch ihre Hände flattern nervös auf Hüfthöhe – als würde sie gleich abheben.
Ohne ein Wort zu sprechen, blättert Vater das Heft durch, bis er auf einen Beitrag mit dem Titel «Krähen verursachen Abfall» stösst.
«Der Zeitungsmacher hat gesagt, dass er noch etwas umformulieren müsse, aber er hat versprochen, meinen Namen unter den Text zu schreiben», erklärt Mina.
«Das hat er getan. Hier», antwortet Vater und tippt mit dem Zeigefinger auf die vier schwarzen Buchstaben: MINA.
Er lehnt gegen die Zigarettenwand, die einzelnen Packungen

wackeln vor und zurück, und beginnt zu lesen. Minuten verstreichen. Noch mehr Zeit verstreicht. Genug Zeit, um den Artikel zwei-, drei-, viermal zu lesen. Immer wieder streicht Vater über die grobkörnige Abbildung des Vorplatzes, aus dessen Schneefeldern Abfall wächst. Schliesslich faltet er das Quartierblatt zusammen und legt es zusammen mit den anderen Exemplaren über die aktuellen Tageszeitungen.

«Popi, das Quartierblatt ist gratis. Das ist schlecht fürs Geschäft», sagt Mina.

«Nichts ist heute wichtiger als dein Artikel. Was für eine tolle Überraschung!»

«Warum bist du überrascht? Du hast doch gesagt, ich solle Journalistin werden.»

«Ja, aber doch nicht in den nächsten fünf Minuten!»

Vater lacht und taucht seine Echsenhände in einen Kübel voller Süssigkeiten. Er fischt nach einer roten Plastikverpackung, reisst sie auf und klaubt die sauren Kirschen hervor, an deren Stängel ein kleiner Fingerring baumelt.

«Das ist zwar kein blinkender Armreif…», sagt er, während er Mina das Plastikschmuckstück mit dem roten Kunststein ansteckt.

«Danke, Popi!»

Sie wirft sich Vater kurz, aber heftig um den Hals. Er riecht nach Aftershave und Tabak. Mina wird den Geruch immer in der Nase haben.

Sie lässt von Vater ab und blickt hinaus auf den Platz. Das Sonnenlicht ist gelb, es malt die Schneeflächen zitrusfrüchtefarben, als wären es keine trostlosen Plattenbautenwiesen, sondern südländische Mandarinenfelder. Eine Vitamin-C-Quelle fürs Auge, das sich nicht sattsehen kann am morgendlichen Farbenspiel. Sabine und die anderen graben im Schnee und formen Kugeln, die sie in die Baumkronen werfen.

«Ich glaube, ich gehe mal rüber», sagt Mina.

Vater nickt zufrieden.

«Viel Spass beim Spielen.»

Mina öffnet die Tür des Kioskhäuschens und blickt über ihre Schulter.
«Nicht zum Spielen. Jemand muss doch die Krähennester vor den Schneebällen schützen.»

Für einmal nichts zu lachen: Diese Woche hat die Funfabrik, bekannt für die Herstellung von Partyartikeln, drei Schecks ausgestellt. Damit übernimmt sie nach vielen Jahren endlich Verantwortung und leistet zwei Mitarbeitern beziehungsweise deren Hinterbliebenen Schadenersatz. Es ist ein Symbolbetrag, denn viel wiedergutzumachen gibt es nicht: Beide Mitarbeiter sind mittlerweile verstorben – nicht zuletzt aufgrund einer groben Fehleinschätzung der alten Fabrikleitung.

1999

Den Sarg hat sie sich anders vorgestellt. Hölzern auf jeden Fall. Was die Polizisten nun aus dem Fachwerkbau tragen, sieht aus wie ein Spind aus dem Sportclub.
«Stehen Sie bitte zur Seite», weist ein Polizist Mina an.
Sie steht etwas zur Seite, sie steht sogar ziemlich viel zur Seite. So viel, dass sie mit ihrem Rücken die Büsche berührt, die neben dem Parkplatz wuchern und die jemand vor langer Zeit mal in eine geometrische Form geschnitten hat, die nun nicht mehr erkennbar ist.
Es ist mucksmäuschenstill im Dorf. Mina kann den Polizeisprecher neben sich atmen hören. Er atmet schwer und aus einem Loch pfeift es regelmässig. Es scheint noch ruhiger zu werden, als die Ermittler den Blechsarg aus dem Haus tragen. Der Kies knirscht unter ihren schweren Schuhen, als sie zum Leichenwagen schreiten. Dieser steht mit geöffneten Türen auf dem Parkplatz bereit, dort, wo für gewöhnlich die Familienfahrzeuge abgestellt sind – der grosse Geländewagen und der kleine Golf für alltägliche Besorgungen. Die einzige Lichtquelle ist ein erleuchtetes Küchenfenster, in dem ein Mobile aus Keramikglöckchen baumelt. Jemand hat es entdeckt, auf einem Markt vielleicht, oder geschenkt bekommen. Hat Gefallen an ihm gefunden und es aufgehängt, hat sich eingerichtet damit in seinem Alltag. Nun ist dieser jemand tot, erschossen unter den Glöckchen, die niemandem mehr etwas bedeuten.
Mina kneift die Augen zusammen und versucht, im Sucher etwas zu erkennen. Die Videokamera lastet schwer auf ihren Schultern und bringt sie in Schieflage. Beinah versinkt Mina in den Hecken, die das Anwesen von jenem der Nachbarn abgrenzen.

Blind richtet sie die Kamera auf die Szene und hofft, dass alles aufgezeichnet wird. Das Heraustragen und das Hereinschieben des Sargs in den Leichenwagen. Alles in dieser unnatürlich anmutenden Stille.
Angehörige und Freunde des Opfers sind keine anwesend. Die meisten sind wohl noch gar nicht informiert worden und die anderen haben sich in den gegenüberliegenden Gasthof zurückgezogen. Von dort aus schauen sie auf die schwarze Strasse und schauen dem Leichenwagen hinterher, der langsam auf die Hauptstrasse rollt und den Sarg zur Gerichtsmedizin fährt.
«Brauchen Sie noch etwas?», fragt der Polizeisprecher.
«Nein, ich habe alles», stammelt Mina, obwohl sie nicht weiss, was in einer solchen Situation «alles» ist und sie sich nicht mehr klar an seine Aussagen erinnern kann. Die Interviewaufzeichnung ist nur noch eine schwammige Erinnerung in dieser kalten Herbstnacht, in der es nach alten Kippen und Lederjacken riecht.
Vater steht die ganze Zeit über stumm neben ihr, wie ein beschützender Schatten. Erst, als sie das Grundstück verlassen und die Strasse überqueren, findet er wieder zu seiner Sprache.
«Lass uns noch kurz einkehren, ein warmer Tee wird dir guttun», sagt er und stösst die Tür zum Gasthof auf.
Es ist spät. In einer herkömmlichen Nacht würde die Wirtin in zwanzig Minuten alle nach Hause schicken. Doch heute schickt sich niemand an, die herumstehenden, leer getrunkenen Biergläser einzusammeln. Niemand wischt die klebrigen Abdrücke von den lackierten Holzplatten. Niemand steht hinter den Tresen und erwartet zu dieser vorgerückten Stunde noch fremde Gäste. Städter.
Mina und ihr Vater setzen sich in eine Nische. So unauffällig wie möglich schiebt Mina die Kameratasche unter den Tisch, doch bestimmt haben sie beim Eintreten alle gesehen. Alle, die am runden Stammtisch sitzen und in ihre Gläser starren, in denen die letzten Bierschaumblasen zerplatzen.

«Vielleicht sollten wir wieder gehen…», murmelt Mina, doch Vater schüttelt den Kopf.
Er kennt das Arbeitsethos und weiss, dass sich die Kellnerin aus dem eingeschworenen Kreis der Dorfbewohner lösen und an sie herantreten wird. In einem schwarzen Minirock, der einen Tick zu eng und einen Tick zu kurz erscheint für eine Mittfünfzigerin.
«Was darf's sein?», fragt sie mit raubeiniger Stimme.
«Zwei Tassen Schwarztee, bitte», antwortet Vater.
Wie er so dasitzt, in seinen dunklen Kleidern und mit seinem ernsten Blick, könnte man ihn glatt für einen Kriminalpolizisten halten, denkt Mina. Die Stammtischversammlung wirft der Reporterin und dem Eventualpolizisten argwöhnische Blicke zu. In Anwesenheit der beiden Fremden wechseln sie zum Flüsterton. Ihre Köpfe rücken zusammen, die Hälse scheinen endlos über den Tisch zu wachsen.
«Ich habe gehört, dass…»
«Schon unglaublich, wie…»
«Aber ich hätte nicht gedacht…»
«Bestimmt wissen sie, dass ich vom Fernsehen bin», sagt Mina, nun auch flüsternd.
«Das ist ja dein gutes Recht.»
Vater nickt der Kellnerin zu, als sie den beiden die Teetassen hinstellt. Mina beobachtet dabei die wellenartigen Bewegungen ihres Haars, das so blond ist, dass es weiss scheint.
«Darf ich gleich einkassieren? Wir schliessen gleich.»
Vater bezahlt im Wissen, dass die Kellnerin auf diese Weise weitere Runden ausschliessen will. Austrinken, aufbrechen – sie sind hier nicht erwünscht.
Mina öffnet das Zuckerpäckchen, auf dem irgendein Gemeindewappen abgebildet ist, und schüttet die Kristalle ins heisse Wasser. Aus dem Teebeutel wachsen spinnnetzartig braune Fäden in die Flüssigkeit.
«Ich sollte rübergehen und fragen, ob jemand etwas vor der Kamera sagen will», sagt Mina – und rührt sich doch nicht.

«Der Chefredaktor dreht mir die Hölle zu, wenn ich ohne Reaktionen der Dorfbewohner zurückkomme.»
«Du hast doch auf der Strasse schon einige Leute vergeblich angesprochen. Es ist nicht deine Schuld, wenn niemand vor der Kamera etwas sagen will», entgegnet Vater.
Mina schweigt und verrührt die Teefäden zu einer Einheit. Die Beschimpfungen der Passanten hallen noch immer nach.
«Entschuldigen Sie, ich komme von den RegionalNews1. Haben Sie mitbekommen, was hier heute Abend passiert ist?»
«Packen Sie Ihre Kamera ein und verschwinden Sie!»
«Das ist ja wirklich das Allerletzte!»
«Haben Sie denn keinen Anstand?»
Als das Klimpern von Minas Löffel verstummt, wird wieder Stammtischgeflüster hörbar. Etwas lauter als vorhin, die Zurückhaltung scheint zu schwinden.
«Aber zugetraut hätte ich ihm das nie», sagt einer der Männer.
Er fährt sich mit den Fingern durch den langen, grauen Bart, während die Kellnerin zustimmend nickt.
«Er hat es ja mehrfach angedroht, aber wer sollte so einen Unsinn ernst nehmen?», sagt ein anderer Mann.
Dieser trägt keinen Bart, aber einen dunkelgrünen Overall – als wäre er direkt von der Werkstatt ins Lokal geeilt.
«Und dann noch mit einer Jagdwaffe. Jeder von uns hat so eine zu Hause und wir kommen auch nicht von der Arbeit heim und schiessen einfach so mir nichts, dir nichts unsere Frauen über den Haufen», sagt ein Dritter, der Mina und ihrem Vater den Rücken zugewandt hat.
«Also von ‹mir nichts, dir nichts› kann hier ja nicht die Rede sein», antwortet die Kellnerin. «Sie hat es provoziert – ihr wisst schon, womit… Da muss eine schon damit rechnen, dass es dem Mann mal zu bunt wird.»
Wieder spürt Mina Blicke auf sich. Die Stimmen verstummen, Biergläser stossen aneinander.
«Ich kann es nicht fassen.»

«Fassen», das Wort rutscht Mina lauter als geplant über die Lippen. Erschrocken fährt sie auf und greift nach ihrer Tasse. Warum bleibt Tee bloss so lange heiss?, denkt sie. Weg will sie, nichts wie weg. Sie nimmt einen grossen Schluck und spürt, wie sich das heisse Wasser den Weg ihre Speiseröhre runterbrennt. Sie presst die Lippen zusammen, als könnte dies den Schmerz etwas lindern.

«Sachte», mahnt Vater.

Er sieht müde aus unter dem schmiedeeisernen Kronleuchter. Die Hälfte der Stoppel, die seinen Schädel zieren, glänzt silbrig im künstlichen Licht. In wenigen Stunden wird er wieder im Kiosk stehen und sich den Schlafmangel nicht anmerken lassen. Er wird niemandem erzählen, dass er nachts seine Tochter an einen Tatort begleitet und zugeschaut hat, wie die Spurensicherung Blutspritzer an der Wohnungstür vermessen hat. Er wird keinem Kunden verraten, dass er Mina bei der Arbeit begleitet hat, wie schon einige Male seit Beginn ihres Fernsehpraktikums. Etwa, als eine Papierfabrik abgebrannt oder ein Zug in eine Kuhherde gerast ist.

«Warum musst du allein ausrücken? Das ist doch eine Zumutung. Du wirst bezahlt wie eine Praktikantin, du solltest auch betreut werden wie eine.»

«Popi, das ist halt so. Videojournalisten müssen alles selbst machen …»

«Ich mag den Gedanken nicht, dass sich mein kleines Mädchen nachts ohne Begleitung an einem Tatort rumtreibt. Wenn du angepiept wirst, dann rufst du mich an und ich begleite dich.»

«Ich bin nicht mehr deine kleine Tochter, mir geschieht schon nichts.»

«Mina, das war keine Bitte.»

Seither hat sie ihn immer angerufen. Es ist ihr Geheimnis, ihr gemeinsamer Blick in menschliche Abgründe.

Ein klagendes Aufschreien reisst Mina aus ihren Gedanken.

«Du meine Güte, das ist Balou!», ruft die Kellnerin und eilt zu einem der Fenster. Sie schiebt den gestickten Vorhang zur Seite und drückt den Griff hinunter. Kalte Luft dringt ins Innere und mit ihr ein weiss getigerter Kater mit einem gut genährten Bauch, der zwischen den hohen Beinen baumelt.
«Das ist Balou, er gehört … Jetzt muss ich wohl sagen, gehörte …», sagt der Bärtige.
«Oh», flüstern die anderen.
«Der kommt wohl nicht mehr nach Hause, die Polizei hat doch alles dicht gemacht», sagt der Mann im Overall. «Ich nehm' ihn vorerst mit zu mir. Eine Katze mehr oder weniger fällt dort nicht auf.»
Das Schnurren ist noch zu hören, als der Bärtige den Kater aus dem Lokal trägt. Die anderen folgen ihm mit gesenkten Köpfen. Niemand schaut auf, als sie an Mina und ihrem Vater vorbeigehen.
«Lass uns auch aufbrechen, morgen wird ein langer Tag», sagt Vater.
Mina lässt von Vaters Hand ab und zerrt die Kameratasche unter dem Tisch hervor.

Mina schleppt die Kameratasche ins Gebäude und die abgetretene Steintreppe hoch in die Redaktionsräume, in denen es nach Zitronen riecht. Nicht nach frischen Früchten, sondern nach Reinigungsmittelrückständen. Ein Geruch, der Mina aber immer noch lieber ist als jener von abgestandenem Kaffee, der sich in den Wänden festgesetzt hat und nun kontinuierlich vom Holz rausgeschwitzt wird. Von der Holzwand, an der Blätter mit handgeschriebenen Versprechern der Fernsehmoderatoren angebracht sind, die am Bildschirm wohl amüsanter wirkten als auf Papier:
«Der Räber flüchtete über den Kühlschrank.»
«Wir schalten live zu Herrn Kotz, eh, Koetz!»
«Das Unglück ereignete sich in der amerikanischen Hauptstadt New York.»

Noch hat Mina das Büro für sich allein. Nach ihrem nächtlichen Einsatz hat sie sich rastlos im Bett hin und her gewälzt, ehe sie ihr Schlafvorhaben aufgegeben und sich zur Arbeit aufgemacht hat. Sie setzt sich an einen der Schreibtische und wischt Essensrückstände vom Vortag weg, die jemand auf der Tischplatte und der Tastatur hinterlassen hat. Einige Krümel werden von der Wischbewegung unter die Tasten gedrückt.
Weg ist weg, denkt Mina und startet den Computer. Das Gerät beginnt zögerlich zu surren, dann kommt es zum Knall und auf einen Schlag erlöschen alle Lichter im Büro.
«So ein Theater!»
Mina schreckt zusammen, zum zweiten Mal innerhalb weniger Sekunden. Ein Mann stürmt aus dem angrenzenden Büro heraus auf den Korridor. Mina hört, wie er den Sicherungskasten aufreisst und wild an den Schaltern herumdrückt.
Zögernd schleicht Mina zur Tür und streckt ihren Kopf auf den Flur.
«Komm schon, du alter Saftladen!», schreit der Mann.
Er schlägt an mehreren Stellen auf den Sicherungskasten ein – und mit einem Klick folgen seinem Aufruf die Lichter.
Die Computer piepsen nervös in Minas Rücken, als hätte jemand einen Stein in ein Vogelnest geworfen.
Der Mann reibt sich zufrieden die Hände, obwohl sein Gelingen für Mina schwer nach Zufall ausgesehen hat.
«Wer bist du?»
Der Mann schlägt die Kastentür zu und überhört Minas leise Stimme. Sie räuspert sich und fragt, dieses Mal mit Nachdruck: «Ehm, wer bist du?»
Falls ihn Mina erschreckt hat, lässt er es sich nicht anmerken.
Während er sie stoisch mustert, sucht sie verlegen Halt am Türrahmen.
Er kommt auf sie zu, Schritt für Schritt, und wendet seine fast schwarzen Augen dabei keine Sekunde von ihr ab. Es ist ihr unangenehm, er ist ihr unangenehm.
«Ich arbeite seit acht Jahren hier. Die korrekte Frage lautet:

Wer zum Henker bist *du?*», fragt er schliesslich.
Ohne ihre Antwort abzuwarten, streckt er ihr seine Hand entgegen: «Entschuldige. Toni. Du bist die neue Praktikantin?» Seine Stimme klingt auf einmal freundlicher. Freundlich. Mina greift nach seiner Hand und nickt.
«Bist du gut gestartet?»
Wieder nickt sie, dieses Mal etwas weniger energisch.
«Also mein Start liegt schon eine Weile zurück…», stottert sie.
Toni geht zum Regal, schaltet die Kaffeemaschine ein, die dort zwischen Ordnern und Kabeln sitzt und auf ihren Einsatz wartet, und schiebt sich einen Zahnstocher zwischen die Zähne.
«Schwarz?»
«Klar», antwortet Mina und fragt sich, wie Toni mit dem zwischen den Zähnen eingeklemmten Zahnstocher einen Kaffee trinken kann. Überhaupt fragt sie sich, warum es Menschen gibt, die auf Zahnstochern rumkauen. Haben diese Menschen ständig etwas zwischen den Zähnen oder ein neurotisches Verhältnis zu ihren Zahnzwischenräumen?
«Ich habe mir gerade das Rauchen abgewöhnt», sagt Toni und hält erklärend den Zahnstocher hoch.
Hat ihn Mina danach gefragt? Kann sie ihre Gedanken etwa nicht mehr von Unausgesprochenem unterscheiden? Sie will vom potenziellen Leck in ihrem Gedankenfilter ablenken.
«Was arbeitest du hier, Toni?»
Routiniert füllt Toni eine halbe Packung Kaffeebohnen in die Maschine.
«Ich bin Nachrichtenverantwortlicher.»
«Also mein Vorgesetzter?»
«Ein Verantwortlicher.»
«Ist das nicht dasselbe?»
«Und warum machst du ausgerechnet bei uns ein Praktikum?», fragt Toni, ohne auf Minas Frage einzugehen.
«Ich habe eben mein Journalismusstudium begonnen.»

«Aha», sagt Toni unbeeindruckt und kratzt sich am Bart, der ankerförmig auf seinem Gesicht spriesst.
Mina möchte ihm mehr erzählen, doch da ergreift die Kaffeemaschine das Wort und spuckt laut ratternd das Getränk in den Pappbecher. Toni reicht Mina ihren Kaffee. Sie führt ihn zum Mund und schnuppert daran – er riecht nach Holz und Karton.
Verstohlen beobachtet sie, wie Toni den Zahnstocher mit der Zunge in den Mundwinkel schiebt und seinen Kaffee so versiert trinkt, als wäre er mit einem Stück Holz im Mund zur Welt gekommen. Ob er das mit den Zigaretten jeweils auch so gemacht hat?
«Warum sind wir uns bisher noch nie begegn…»
Minas Stimme bricht ab, als Toni seine schwarzen Hemdsärmel raufkrempelt und dabei Zentimeter für Zentimeter von der vernarbten Haut entblösst, die seinen Unterarmknochen umwickelt. Die Haut schimmert verletzlich rosa. Weisse, verdickte Linien führen vom Handgelenk zum Ellenbogen wie wilde Strassenverläufe auf einer Landkarte.
Toni bemerkt Minas Verunsicherung nicht. Die aufspringende Tür im Erdgeschoss erhascht seine Aufmerksamkeit. Mit schnaubenden Schritten kämpft sich jemand hinauf in den ersten Stock. Instinktiv weicht Mina zurück, um dem herannahenden Ego Platz zu machen.
«Toni, welcome back! Hattest du schöne Ferien?», ruft Henning und klopft Toni auf die Schulter.
«Etwas langweilig…», antwortet Toni und klopft dem Chefredaktor ebenfalls auf die Schulter.
So stark, dass Henning einen Ausfallschritt machen muss, um nicht ins Straucheln zu geraten. Er tastet nach seinem über den Schädel gekämmten Resthaar und richtet die fettige Strähne. Mit dieser Frisur und der überproportionierten Hornbrille, die Hennings grossen Kopf beinah klein erscheinen lässt, scheint er aus der Zeit gefallen. Er ähnelt den Politikern, die Mina in Kindertagen aus Vaters Zeitungen ausge-

schnitten hat. Als würde er tatsächlich gleich zu einer Wahlkampfrede ansetzen, greift Henning mit beiden Händen nach seinem Jackettkragen und streckt die Brust raus.
«Hörst du das, Mina, ‹langweilig›? Toni ist ein echter Hund! Ich musste ihn förmlich dazu zwingen, die Ferien der letzten drei Jahre endlich zu beziehen. Ich hatte wegen ihm schon die Gewerkschaft im Nacken! Kennt ihr euch eigentlich schon?», fragt Henning und lässt beim Sprechen einen Kaugummi hervorblitzen, der zwischen Oberlippe und Zahnreihe klemmt.
Mina fühlt seinen Blick auf ihr und sie fühlt sich unwohl dabei, denn Hennings Blick zielt immer etwas zu tief.
«Ja, Mina und ich hatten heute Morgen schon mit einem Stromausfall zu kämpfen.»
«Wink verstanden! Ich werde das Thema Verkabelung bei der nächsten Gelegenheit mit dem Hauswart besprechen. So, und jetzt muss ich mir noch kurz einen Überblick über das Tagesgeschehen verschaffen. Wir sehen uns gleich zur Redaktionssitzung!», ruft Henning und verschwindet in seinem Büro.
Auch Mina und Toni kehren zu ihren Arbeitsplätzen zurück. Mina stellt ihren Kaffeebecher ab, doch ehe sie sich hinsetzen kann, vernimmt sie schon wieder Hennings zwischen Heiserkeit und Schrillheit mäandrierende Stimme: «Ah, und Mina? Kann ich vorher deine Aufnahmen von letzter Nacht sehen?»
«Natürlich.»
Während Mina in der Kameratasche nach der richtigen Kassette sucht, ertönen neue Schritte im Treppenhaus. Türen und Fenster werden aufgerissen. Hier und dort wird ein Computer angeknipst. Die Redaktion erwacht.

> Henning *(energisch Kaugummi kauend)*: So, lasst ihr die Kaffeemaschine jetzt mal für einen Moment in Ruhe und setzt euch zur Tagessitzung hin? Wir haben eine Sendung zusammenzustellen. Was ist im Angebot, Toni?

Toni: Mina hatte gestern einen notfallmässigen Einsatz. Es ist gesetzt, dass wir mit dem Mordfall in Wasen einsteigen.
Rolli: Oh, was ist passiert?
Veronika: Ein Irrer hat seine Frau erschossen. Vermutlich ein Eifersuchtsdrama.
Rolli *(zu Mina)*: War's schlimm?
Mina: Es war …
Henning: Die Aufnahmen sind schlimm. Keine Ahnung, wie wir daraus einen sinnvollen Beitrag zusammenschneiden können!
Veronika: Warum schlimm?
Henning: Die Bilder sind zu düster. Mina hat vergessen, das Kameralicht aufzusetzen.
Mina: Ich hielt mich nicht dafür, das Licht auf den Sarg zu richten.
Toni: Warum nicht?
Mina: Ich weiss nicht … Da lag eine tote Frau drin und ich fand es … Der Moment erschien mir so intim.
Henning: Das war nicht intim, sondern schlicht unprofessionell. Was meint unser Meister-Cutter, können wir aus den dunklen Aufnahmen noch was rausholen?
So *(zwirbelt seinen langen Pferdeschwanz zwischen den Fingern)*: Ich kann die Bilder im Schnitt etwas aufhellen, lasst mich einfach etwas zaubern.
Mina: Könnte ich nicht …
Henning: Leonie, am besten, du fährst ins Mordkaff und schaust, dass du ein paar brauchbare Interviews kriegst, okay, Schätzchen?
Leonie *(hört auf, an ihrem weiss gestrichenen Fingernagel rumzuknabbern)*: Klar.
Mina: Könnte ich …
Henning: Nein, Mina, du kannst nicht. Für dich habe ich andere Pläne. Offensichtlich bist du noch nicht so weit, wie ich dich eingeschätzt habe.

(Toni beobachtet Mina und schiebt dabei den Zahnstocher langsam von der einen zur anderen Seite.)

Toni: Na schön, Leonie kümmert sich um den Mord. Haben wir Quotes von der Polizei oder müssen wir die noch nachdrehen?

(Toni schaut zu Mina, Mina blickt zu Henning, Henning nickt So zu.)

So: Wie gesagt, ich kriege Minas Nachtaufnahmen schon irgendwie hin, auch die Polizeiinterviews.

Toni: Gut, dann schauen wir, was sonst noch in unserem schlauen Planungsordner steckt: In der Altstadt finden Dreharbeiten zu einem Historienfilm statt. Und die Baudirektorin stellt heute die Finanzierung für die neue Buslinie vor. Das klingt nach einem Stück für Stephan.

Stephan: Unbedingt, ich begleite das Projekt für die neue Buslinie seit der ersten Skizze!

Leonie *(flüsternd zu Rolli)*: War ja klar, dass der Streber dorthin geht.

Rolli *(flüsternd zu Leonie)*: Er ist immerhin Politologe und …

Henning: Ist was?

Leonie: Wir haben gerade besprochen: Wenn mich Rolli zum Mord begleitet, könnten wir anschliessend noch zusammen das Filmset abdecken.

Mina *(flüsternd zu Hanspeter)*: Ich dachte, wir dürfen nicht in Zweierteams arbeiten?

Hanspeter *(flüsternd zu Mina)*: Es kommt immer auf die Konstellation drauf an. Bei der BBC ist nie ein Kameramann allein ausgerückt …

Mina: Wow, du warst bei der BBC?

Stephan: Ach HP, wieder die alte Leier von der BBC. Deine ruhmreichen Tage sind vorbei.

Veronika: Halt die Klappe, Stephan! Du bist bloss neidisch, weil du es immer noch nicht zu einem grossen nationalen Fernsehsender geschafft hast.

Henning *(greift nach dem Kaugummi und klebt ihn auf seinen Notizblock)*: HP, hast du Mina genug mit deiner Vergangenheit beeindruckt? Können wir weitermachen?
Toni: Wenn ihr zu zweit rausgeht, wird es gegen Abend zeitlich eng im Schnitt.
Veronika: Ach, das ist doch ein Klacks!
Leonie *(flüsternd zu Mina)*: Sagt die Richtige. Seit meinem Praktikum habe ich Veronika noch nie mit einer Kamera in der Hand gesehen …
Veronika: Toni, hast du schon jemanden für die Kurznachrichten eingeteilt? Ich kann sonst im Büro bleiben und die Agentur überwachen.
Toni: Andere Freiwillige?
Mina: Falls ihr meine Hilfe brauchen könnt …
Henning: Nein, Mina. Was ist mit dir, HP?
Hanspeter: Ich möchte heute noch an meiner Reportage über die Fahrenden beim Flussbad arbeiten, damit es …
Henning: HP, du bist schon seit drei Tagen an dieser Repo dran! Wir arbeiten hier tagesaktuell, daran solltest du dich langsam gewöhnt haben. Wir sind hier nicht bei der BBC, bei der wir Reporter fürs Recherchieren bezahlen können.
HP: Das weiss ich, aber mein Name steht unter dem Bericht und es ist ein heikles Thema. Wenn du einen Fahrenden-Beitrag mit Innensicht haben willst, dann geht das nicht zack, zack, sondern bedarf einer Recherche!
Henning: Schön, du kriegst noch einen Tag Zeit. Das ist mein letztes Angebot. Morgen früh will ich von dir ein Tape mit dem fertigen Beitrag auf dem Pult liegen haben, klar?
Toni: Also, ich fasse für die heutige Sendung zusammen. Wir haben den Mord, dann bringen wir die Bus-

geschichte, Kurzmeldungen und für einen lockeren Schluss den Filmdreh. Einwände?
Rolli: Heisst das jetzt, dass Leonie und ich zusammenarbeiten können?
(Toni zögert und schiebt den Zahnstocher zurück in die Ausgangsposition.)
Toni: So?
So: Wenn die beiden bis vier Uhr zurück sind, schneide ich dir die beiden Babys rechtzeitig zusammen.
Toni: Also gut. Ihr habt So gehört: vier Uhr und keine Sekunde später.
Leonie: Supi.
Rolli: Dankedanke!
Toni: Kann jemand auf der Rückfahrt noch an einem lauschigen Plätzchen halten und ein paar schöne Wetterbilder einfangen?
(Stephan rührt in seinem Kaffee herum, Veronika zupft sich den Pullover zurecht, unter dem sich ihr spitzes Schlüsselbein abzeichnet, HP starrt ungerührt auf die Tischplatte, Mina versucht erfolglos, Tonis Blick einzufangen.)
Leonie: Kein Problem.
Toni: Wenn doch alle so einsatzbereit wären. Danke, Leonie.
Henning: Ja, danke, Leute, an die Arbeit.
(Alle erheben sich.)
Mina: Und was kann ich tun?
(Alle setzen sich wieder.)
Henning: Ach ja, du bist auch noch da.
Toni *(zu Henning)*: Du bist für das Praktikumsprogramm zuständig. Bestimmt hast du eine Idee, woran Mina heute arbeiten könnte. Sie wird bestimmt auch nicht fürs Rumsitzen bezahlt.
Henning *(wühlt verlegen in seinen Unterlagen)*: Natürlich, lass mich schauen … Ehm … Hier haben wir etwas! Diese Anfrage schieben wir schon lange vor uns her.

(Er reicht Mina eine dunkelgrüne Plastikmappe, in der zwei handgeschriebene Briefe stecken.)
Toni: Henning, wirklich? Es gibt bestimmt sinnvollere Aufgaben für Mina als der Hundeschreck.
Veronika: Der Hundeschreck?
Rolli: Hundeschreck?
Henning: Irgendein Hinterwäldler geht gegen die Hunde seiner Nachbarn vor. Offenbar hat er neuerdings sogar eine Alarmanlage installiert. Zwei Anwohner haben sich deswegen bei uns gemeldet.
Mina: Wenn es keine Geschichte ist, warum soll ich dann dort hinfahren?
(Toni mustert Henning erwartungsvoll.)
Henning: Damit die Nachbarn sehen, dass wir ihre Anliegen ernst nehmen. Wir können unsere Zuschauer nicht dazu aufrufen, sich mit Geschichten bei uns zu melden, und ihnen dann ins Gesicht sagen, dass ihre Probleme läppisch sind, oder? Und du kannst mit der Kamera üben, ohne Schaden anzurichten.
Mina: Und wenn es doch eine Geschichte hergibt?
(Veronika lacht schrill auf.)
Veronika: Dann übernehme ich einen deiner Nachteinsätze.
Leonie *(flüsternd zu Mina)*: Sorry, das wird nie im Leben ausgestrahlt. Veronika würde nicht das Risiko eingehen, arbeiten zu müssen.
Henning *(klaubt den Kaugummi vom Notizblock und steckt ihn zurück in den Mund)*: Also, ran an den Speck, und nicht vergessen: Heute Abend gibt's nach der Aufzeichnung im Studio von Rolli noch Getränke offeriert. Alles Gute zum Geburtstag, Dicker!
(Leonie verdreht beim Wort «Dicker» die Augen.)
Rolli: Danke …

Mit dem Jackenärmel wischt Mina die Feuchtigkeit von den beschlagenen Fenstern. Die Heizung bläst kalte Luft in ihre Augen. Die Stadt verschwindet im Rückspiegel. Die mit Reif überzogenen Gemüsefelder ziehen an Mina vorbei. Sie verschmelzen links und rechts der Autobahn zu monochromen Bahnen. Einzelne Vogelscheuchen stecken noch in der Erde, mit geknickten Extremitäten und zerrupften Häuptern. Sie grinsen dämonenhaft im Novembernebel, der Mina aus der Stadt hinaus gefolgt ist und sich nun in der Weite ausrollt.
Im CD-Player kreist Minas Automix. Die Musik ist so laut aufgedreht, dass Mina ihre eigenen Atemgeräusche nicht mehr hören kann. Sie schaut von der Strasse in die Seeländer Landschaft und geniesst den Anblick wie ein Gemälde, an dem sie sich nicht sattsehen kann. Nur wenige Fahrzeuge kreuzen das Redaktionsgefährt, das älter scheint als das Medium Fernsehen und nur um weniges grösser ist als die Filmkamera, die auf dem Rücksitz ruht. Mina geniesst es, allein zu sein mit der Welt. Das Dazwischen ist ihr liebster Arbeitsmoment – dann, wenn sich die Ruhe nach der Redaktionssitzung und die Nervosität vor dem Fremden die Waage halten.
Auf dem Beifahrersitz liegt eine ausgedruckte Strassenkarte, die Mina zur korrekten Autobahnausfahrt leitet und über die immer schmaler werdenden Strassen führt. Aus Städtchen werden Dörfer, aus Dörfern werden Weiler, aus Äckern werden Treibhausfelder und bald muss Mina an einer Weggabelung anhalten, weil sie ihren Standort auf dem geknickten Blatt nicht mehr finden kann. Sie dreht die Musik leiser, legt den Finger aufs Papier und fährt mit der Fingerkuppe den feinen Linien entlang.
So allein im Irgendwo, Popi würde durchdrehen!, denkt sie und faltet die Karte zusammen.
Sie tritt hinaus auf den Feldweg. Das Relief, das ein Traktor in den Matsch gefahren hat, ist vor Kälte erstarrt. Mina balanciert auf dem holprigen Weg ums Auto herum und späht nach einem Lebenszeichen.

Der Wind bläst steif übers Feld und durchdringt mühelos den Mantelstoff. Mina versucht, ihre rotblonden Locken mit einem Haarband zu bändigen, damit ihr nicht ständig Strähnen ins Gesicht peitschen. Unter den feinen Sommersprossen glühen die Wangen vor Kälte, die Nasenspitze läuft rosa an. Mina wickelt ihren Strickschal enger um den Hals, damit der Wind keinen Einlass mehr findet, doch er pfeift weiter um ihre Ohren. Er pfeift regelmässig, einem Teetopf ähnlich.
Das ist kein Wind, denkt Mina und versucht herauszuhören, von welcher Seite die Böe den Ton an sie heranträgt.
Sie steigt zurück in den Wagen, kurbelt das Fenster einen Spalt weit hinunter und folgt dem Pfeifen über einen kleinen Hügel. Dahinter fügen sich fünf verstreute Häuser zu einer kleinen Ortschaft: vier Bauernhöfe und ein kleines Einfamilienhaus mit Schuppen, das wie ein Fremdkörper aus der ruralen Szene heraussticht.
Einst muss es ganz lieblich gewesen sein, das weisse Haus mit dem Türbogen und den grünen Fensterläden, die nun mit dick gezwirbelter Schnur zusammengehalten werden. Leere, abgesplitterte Terracotta-Töpfe lehnen an den ergrauten Wänden, verzierte Blumenkisten erzählen von freundlichen Zeiten, in denen sich jemand um den Garten gekümmert hat. Ein zerfetztes Windspiel flattert nervös über dem Eingang. Vergangenheitsfragmente.
Mina fährt den Wagen vor dem Holzzaun, um den jemand Stacheldraht gewickelt hat, ins Feld. Zögernd betritt sie das Grundstück und stapft durch das kniehohe Gras, das den Weg bedeckt. Im Dach steckt ein selbst gebautes Konstrukt, dessen Form an ein Megafon erinnert und von dem der penetrante Ton ausgehen muss. Das Pfeifen ist mittlerweile so laut, dass Mina nicht mehr sagen kann, ob es von links oder von rechts, von oben oder von unten kommt. Es ist überall und es ist in ihr.
Mina drückt den Klingelknopf in die morsche Hauswand. Ob es klingelt, kann sie nicht hören, doch sie sieht hinter dem

getönten Türglas ein rotes Licht aufblitzen. Schützend hält sie sich die Kameratasche vor den Bauch und versucht, hinter der Tür eine Bewegung auszumachen.
Auf einmal ist es still. Der Ton ist verstummt – bis auf sein Echo in Minas Ohr.
«Was suchen Sie hier?»
Vor Schreck lässt Mina die Tasche fallen und dreht sich um. Ein unscheinbarer Mann steht hinter ihr, in der Hand hält er eine Fernsteuerung mit herausgezogener Antenne. Während er noch auf Minas Antwort wartet, schiebt er mit einem ausgestreckten Finger die Antenne ins Gerät zurück und lässt es in seiner Westentasche verschwinden.
«Guten Tag, Herr Hanker», sagt Mina – und versucht, dabei besonders selbstsicher zu klingen.
«Mein Name ist Mina Novak. Ich komme vom Fernsehsender RegionalNews. Wir haben mehrere Meldungen erhalten wegen Ihrer Alarmanlage. Hätten Sie Zeit für ein paar Fragen?»
«Meldungen von wem?»
«Von Ihren Nachbarn.»
«Pack!»
Der Mann hebt seine Mütze an und entblösst sein schütteres Haar. Auf seiner Stirn glänzen trotz der Kälte einige Schweissperlen.
«Herr Hanker, es wäre wirklich toll, wenn Sie sich die Zeit nehmen würden …»
«Treten Sie ein. Im Haus können wir sprechen, ohne dass jemand mithört. Und nennen Sie mich Hank.»
Mina hat mit Widerstand gerechnet und ist erleichtert, für einmal keine Überzeugungsarbeit leisten zu müssen. Bisher hat sie ihre Mitmenschen nicht gerade als auskunftsfreudig erlebt, geschweige denn als willig, vor eine Kamera zu treten. Zuweilen staunt sie, dass es Fernsehstationen überhaupt möglich ist, Abend für Abend eine Sendung auszustrahlen.
Als hätte jemand Hanks Haus umgestülpt, sieht es im Innern aus wie von aussen: ergraute Wände mit morschen Holzver-

strebungen, noch mehr leere Pflanzentöpfe und Vasen, und in einer Wohnzimmerecke baumelt ein Mobile aus Federn und Kunstperlen.
«Das ist ein Traumfänger», erklärt Hank. «Die Indianer fangen damit ihre Alpträume ein.»
Mina nickt und setzt sich auf einen der abgewetzten Ledersessel, die mitten im Raum stehen, scheinbar auf nichts ausgerichtet. Sie balanciert die Kamera auf ihren Knien und legt eine leere Kassette ein. Dann bückt sie sich nach dem Stativ und schraubt die Beine heraus.
«Wollen Sie alles filmen?»
«Wenn es Ihnen wohler ist, können wir auch erst ...»
«Nein, schon gut, filmen Sie ruhig alles. Die ganze Welt soll erfahren, was hier los ist. Sonst glaubt mir eh niemand!», entgegnet Hank und schiebt den Türriegel vor. Mina schluckt leer. Sie beobachtet durchs Kameraobjektiv, wie sich Hank von der verschlossenen Tür entfernt und sich in den Sessel gegenüber setzt. Sie fokussiert auf seinen Kopf, während er sich mit dem Handrücken den Schweiss von der Stirn wischt. Hanks Körper wirkt schlaff vor dem prall gespannten Leder des Sessels und seine Haut schimmert gelblich.
«RegionalNews, ts, ts ...», flüstert Hank, während Mina zum Weissabgleich ein Blatt Papier vor die Linse hält.
«Ich wäre so weit. Kamera läuft. Meine erste Frage ...»
«Warten Sie!»
Hank zieht sich mit seinen knochigen Armen hoch und verschwindet in einem Nebenzimmer. Mina nutzt den unbeobachteten Moment, um sich nach einer Hintertür oder einem geöffneten Fenster umzusehen. Nichts, sie ist eingeschlossen. Dafür entdeckt sie noch mehr leere Pflanzentöpfe.
Warum benötigt jemand ohne Pflanzen so viele Gefässe für Blumen und Gewächse?, fragt sich Mina.
Eine Schranktür knarrt und Hank flüstert etwas Unverständliches. Schliesslich kehrt er mit einer kleinen Kartonschachtel in den Händen zurück und lässt sich in den Sessel fallen.

«Wie war noch mal Ihre Frage?»
«Als Erstes möchte ich gerne wissen, warum Sie eine Alarmanlage auf dem Dach installiert haben.»
Hank streicht über die Schachtel und wirbelt feinen Staub auf.
«Wegen der Monster.»
Mina schweigt. Aus dem Augenwinkel sieht sie das rote Aufnahmelicht blinken.
«Monster?»
«Ja, sehen Sie: Es handelt sich um eine Art … Höllenhunde, genau, Höllenhunde! Darum kann ich auch den Pfeifton nicht abschalten. Der schreckt sie ab. Ohne Pfeifen würden sie uns angreifen.»
Mina fühlt, wie sich ihr Griff ums Stativ verhärtet, fühlt, wie ihre Knochen am Metallbein reiben.
Leonie hatte Recht, denkt sie, dieses Interview führt nirgendwo hin.
«Höllenhunde?»
Hank nickt und entblösst dabei seine braunen Zähne, die so brüchig sind wie das Mauerwerk.
«Grosse, schwarze Monsterhunde mit spitzen Zähnen und roten, glühenden Augen!»
Er reisst beim Sprechen seine Augen weit auf und fuchtelt mit seinen zu Klauen gekrümmten Händen herum.
«Herr Hanker, Hank, meinen Sie damit die Hunde Ihrer Nachbarn?»
«Halten Sie mich für einen Idioten?», fragt er und setzt sich kerzengerade auf. Keine Armlänge entfernt sitzt er da und starrt Mina an. «Für einen Idioten, der einen Höllenhund nicht von einem Collie unterscheiden kann? Haben Sie schon mal einen Höllenhund gesehen?»
Mina schüttelt den Kopf.
«Wenn Sie mal so ein Ungeheuer gesehen haben, verwechseln Sie es nicht mit einer Promenadenmischung. Es ist gross wie ein Haus und sein Atem riecht nach Tod!»

Seine Stimme wird immer lauter, das Wort «Tod» schreit Hank förmlich heraus.
Mina schweigt und Hank beruhigt sich etwas. Mit jedem Atemzug krümmt sich sein Rücken ein Stück, bis er wieder zusammengesackt dasitzt.
«Ich weiss, dass die Nachbarn und ihre Köter unter dem Alarm leiden, aber einer muss sie doch vor den Monstern schützen, sonst werden alle krank, oder?»
Er schaut Mina wieder direkt an – erwartungsvoll.
«Was meinen Sie mit ‹krank›?»
Hank öffnet die Schachtel und streckt Mina etwas entgegen. Sie greift nach dem kleinen rostroten Stein und zwirbelt ihn zwischen den Fingern.
«Was ist das?»
«Ein Gallenstein.»
Minas Finger schnellen zurück, der Stein fällt zu Boden und rollt Hank vor die Füsse.
«Ich habe noch eine ganze Tüte voll von den Dingern. Seit die Höllenhunde hier aufgetaucht sind, verstopfen diese Steine meinen ganzen Körper. Und sehen Sie die Zähne?»
Er schiebt seine farblosen Lippen zurück.
«Brechen einfach ab. Ich konnte seit Monaten keinen Apfel mehr essen. Und sehen Sie das?»
Hank fischt ein Fotopapier aus der Schachtel und streckt es Mina hin. Sie wirft einen flüchtigen Blick auf die Aufnahme blutigen Stuhls und fühlt, wie sich Magenflüssigkeit in ihrem Gaumen sammelt.
«Das waren auch die … Monster?», fragt sie und schluckt den sauren Speichel herunter.
«Ja, sie bringen Krankheit über uns! Ich weiss, dass mich alle hier hassen für den Lärm. Letzte Woche haben sie sogar die Polizei mobilisiert. Aber vielleicht werden sie ja einer Journalistin zuhören: Ohne mich würden die Monster andere Menschen anstecken. Und glauben Sie mir, es ist kein Spaziergang. Haben Sie schon mal Blut geschissen?»

Minas Augen suchen Halt im Raum, doch da ist nichts, woran sich ihr Blick festhalten könnte. Da ist bloss die verschlossene Tür. Sie schüttelt den Kopf, ohne Hank anzusehen, und rückt die Kamera zurecht.

«Bis vor ein paar Monaten habe ich noch in der Fabrik arbeiten können, aber das geht mittlerweile nicht mehr. Jetzt haben sie mich rausgeworfen, diese Verbrecher!», fährt Hank fort und zeigt auf ein Fenster.

Mina steht auf, geht zum Fenster und schiebt die staubigen Vorhänge zurück. Von Hanks Haus aus ist nur ein Fabrikschornstein erkennbar, der hinter den Hügeln wie ein Obelisk hervorragt.

«Was ist das?»

«Mein ehemaliger Arbeitsort. Eines Tages sind in der Fabrik Höllenhunde aufgetaucht. Die Viecher haben mich bis nach Hause gejagt und mich mit ihrem Scheissvirus angesteckt. Ich wollte mich wehren, aber niemand hat mir zugehört. Jetzt haben sie mich rausgeworfen, weil ich zu krank zum Arbeiten bin.»

Kaum hat er das letzte Wort ausgesprochen, wird Hank von einem Hustenanfall geschüttelt. Es kracht und grollt und auf einmal erinnert sich Mina an Frau Dubois. Seit einiger Zeit denkt sie nur noch sporadisch an ihre alte Nachbarin, doch deren Husten hallt noch immer in Minas Ohren. Gerne hätte sie sich jetzt an Frau Dubois' Küchentisch gesetzt und ihr von Hank erzählt.

«Irrer», hätte Frau Dubois gesagt. «Aber manchmal lohnt es sich, genau hinzuhören, wenn ein Irrer den Mund aufmacht.»

Mina beobachtet ihre Spiegelung auf Hanks Wohnzimmerfenster.

«Was haben Sie denn dort gearbeitet?»

«Ich war die rechte Hand des Patrons!», antwortet Hank, und zum ersten Mal blitzt so etwas wie Stolz in seinen Augen auf.

«Haben Sie sich wegen der Monster je bei der Polizei gemeldet?», fragt sie weiter und streicht dabei über den Fenstergriff.

«Natürlich. Sie haben aber bloss gesagt, dass ich die Alarmanlage nachts abstellen muss. Idioten! Monster kennen doch keinen Feierabend! Jetzt muss ich die ganze Nacht mit der Schrotflinte auf der Veranda rumsitzen.»
Mina stellt sich Hank vor, wie er nachts vor der Tür sitzt, den Kopf an die Waffe gelehnt, die knochigen Finger am Abzug. Sie will raus, raus aus diesem Haus. Sie lässt vom Fenstergriff ab und eilt zur Kamera. Flink schraubt sie das Stativ zusammen und verstaut es in der Schutzhülle.
«Was, das schon alles?»
«Ja. Ich muss jetzt gehen. Ist es okay, wenn ich aus der Distanz noch ein paar Aussenaufnahmen von der Alarmanlage mache?»
«Natürlich, alles, was hilft. Wenn Sie wollen, kann ich Ihnen meine Arztberichte kopieren.»
«Gut, ich warte draussen», antwortet Mina in forderndem Ton und schultert die Tasche.
Endlich ertönt das erlösende Rasseln des Schlüsselbunds. Mina tritt auf die Veranda und füllt ihre Lungen mit kalter Luft. Während Hank irgendwo im Haus nach den Dokumenten sucht, starrt Mina zum Fabrikkamin, der unablässig weisse Wolken ausstösst. Wie Frau Dubois ihren Zigarettenrauch.

«Nemmok Ednuhnellöh Eid!»
Mina dreht langsam am Rad, spult Frame für Frame rückwärts durch die Videoaufnahmen. Hanks Mund schliesst und öffnet sich, heraus kommen lang gezogene Laute: E-d-n-u-h-n-e-l-l-ö-h.
Brüsk reisst Mina am Rad der Videoschnittstation und lässt die Aufnahme vorwärts abspielen. Hank öffnet abermals den Mund und dieses Mal ist der Satz deutlich zu verstehen: «Die Höllenhunde kommen!»
«Stop», «Rewind», «Play», Minas Finger fliegen über die Tasten, das Klacken der Knöpfe ergibt eine nervöse Melodie. Sie

sichtet die Aufnahmen und notiert einige Timecodes in ihr zerfleddertes Notizbuch.
«3'55: Hank spricht über Höllenhunde.
8'23: Hank über seine Gesundheit.
10'41: Aussenaufnahmen Alarmanlage.
12'18: Nachbar sagt, dass er sich einen Anwalt nehmen will, weil Polizei zu wenig unternehmen kann. Er zieht Privatklage in Erwägung.
14'38: Nachbarin sagt, dass sie sich vor Hank fürchtet und ihr Hund nicht mehr nach draussen will.
16'02: Aufnahmen Umgebung, Partyartikel-Fabrik, Hanks ehemaliger Arbeitsort. Funfabrik, stellen Ballone etc. her.»
Durch das kleine Fenster der Schnittkabine kann sie die anderen Videojournalisten dabei beobachten, wie sie ihre Bänder mit den bedeutenden Nachrichten durchs Studio tragen. Sie sehen dabei sehr geschäftig aus und manch einer stürzt beim Vorbeigehen eine Dose Energydrink herunter. Mina legt sich die Kopfhörer in den Nacken und lehnt sich in ihrem Stuhl zurück. Gerne würde sie auch etwas zur Nachrichtensendung beitragen. Gerne würde sie endlich damit anfangen, die Welt zu verbessern. Gerne würde sie sich wohler fühlen in dem Job, den sie so viele Jahre angestrebt hat.
Sie ist einsam im engen Raum, in dem nichts anderes zu hören ist ausser Hanks Stimme, die aus den Kopfhörern wispert.
«In der Fabrik», flüstert Hank.
Sie setzt die Kopfhörer wieder auf und starrt auf den Monitor, wo Hank sichtlich unwohl auf seinem knochigen Hintern sitzt.
«Die Monster leben in der Fabrik», sagt er.
«Die Monster leben in der Funfabrik», wiederholt Mina.
Ihre Zunge klebt beim Sprechen am Gaumen und sie realisiert, dass sie seit dem Vormittag nichts getrunken hat. Auf dem Weg zum Getränkeautomaten wird ihr schwindlig und sie muss sich kurz an der Korridorwand abstützen.
«Ich scheine etwas falsch zu machen, wenn meine Praktikantin fünf Minuten vor Aufzeichnung der Nachrichten Zeit für

eine Pause hat», ruft Henning, der so schnell an ihr vorbeigeht, dass Mina von seinem Luftzug hin- und hergewiegt wird. «Ich sichte die Aufnahmen vom Hundeschreck», raunt sie ihm hinterher.
Ihr Tonfall fällt ruppiger aus als geplant. So ruppig, dass Henning seinen Sturmschritt verlangsamt und beschwichtigend ruft: «Du verstehst keinen Spass, ich habe das nicht so gemeint! Hat sich denn was Spannendes ergeben?»
Mittlerweile hat Henning gewendet und ist ein paar Schritte auf Mina zugegangen. Seine Wangenknochen scheinen vor lauter Kaugummikauen durch die Haut brechen zu wollen.
«Die Nachbarn ziehen eine Klage in Erwägung, aber dieser Herr Hanker scheint geistig verwirrt und spricht von Monstern, die ihn verfolgen», antwortet Mina, während sie eine Getränkeflasche aus dem Automaten zieht. Sie wischt ihre feuchten Hände an den Hosen trocken und fügt an: «Irgendetwas scheint ihn an der benachbarten Fabrik aufzuregen. Vielleicht könnte ich dort mal hingehen …»
«Monster? Klingt nach einem Fall für Sherlock Holmes», sagt Henning und bricht in schallendes Gelächter aus.
Mina kann hinter seinem aufgerissenen Mund die belegte Zunge erkennen, auf der eine pinkfarbene Gummikugel ruht.
«Es ist, wie ich dachte: ein Nachbarschaftsstreit unter Irren. Wenn wir zu jedem dieser Zwiste einen Beitrag bringen würden, kämen wir zu nichts anderem mehr. Ich schaue mir deine Aufnahmen später an, damit ich etwas zu deiner Interviewtechnik sagen kann.»
«Bei Sherlock Holmes steckt immer ein realer Fall hinter den Monstern …»
«Für wie wahrscheinlich hältst du das, Mina?»
Ohne ihre Antwort abzuwarten, verschwindet Henning im Studio. Mina schaut im hinterher mit einer Mischung aus Ekel und Faszination. Dieser altväterische Mann mit dem aufdringlichen Blick soll vor fünfzehn Jahren tatsächlich das alternative Wochenblatt aufgebaut haben, das seither für

Qualitätsreportagen steht und schon so manchen Politskandal aufgedeckt hat? Dieser Henning, der heute nach reisserischen Beiträgen lechzt, soll mal motiviert gewesen sein, die Welt, oder zumindest ihren Kanton, zu einem besseren Ort zu machen? War dies Grund genug, sein unflätiges Wesen zu verzeihen? Die herabwürdigenden Witze auch?
Mina sieht, wie die Tür hinter Henning ins Schloss fällt. Bald leuchtet über dem Rahmen ein Licht auf. Die Nachrichten starten, sie flackern tonlos über Minas Kopf auf einem von der Decke hängenden Monitor. Mina erkennt die aufgehellten, körnigen Videoaufnahmen des Blechsargs, der aus dem Fachwerkbau getragen wird. Im Hintergrund versucht eine Katze vergeblich, in ihr Zuhause zu gelangen. Das Fenster ist verschlossen.

«Vierundzwanzig Jahre Rolli – genauso viele Kilos hat er zu viel auf den Rippen!», ruft Henning und hält die Bierdose zum Prosten in die Luft.
Das verhaltene Gelächter wird von den Studiowänden gedämpft. Mina klammert sich an ihrer Dose Prosecco fest, die ihr Leonie in die Hand gedrückt hat, und schlürft an der lauwarmen Brause. Nach und nach trudeln auch jene Mitarbeiter ein, die ihren freien Tag haben, und klopfen Rolli zum Gratulieren auf die Schultern. Es wird viel geklopft und bei jeder Berührung scheint Rolli etwas mehr zusammenzuzucken. Sie klopfen ihn weich, denkt Mina. Wie ein Schnitzel.
«Was denkst du?»
So ist an sie herangetreten und streckt Mina eine Chipstüte unter die Nase. Der Geruch von Provence-Kräutern dringt aus der Verpackung und aus seinem Mund.
«Daran, dass ich dir noch danken wollte. Danke, dass du meine Nachtaufnahmen gerettet hast. Der Beitrag ist gut geworden.»
«Keine Ursache. Aber du solltest das nächste Mal wirklich das Kameralicht benutzen», antwortet So.

«Ich weiss.»
«Willst du mit zu mir kommen?»
Mina sucht in Sos Gesichtsausdruck nach einer Spur Ironie, doch kann diese nirgends ausmachen.
«Wie bitte?»
«Zu mir nach Hause. Ich könnte dir meine Videokunst zeigen. Und wir könnten Sex haben.»
Ungläubig schüttelt Mina den Kopf.
«Nein …»
Sie antwortet langsam, zieht das Wort in die Länge, gibt So genug Zeit, dass er seine Aussage noch zurückziehen oder ins Lächerliche ziehen kann.
Doch So zuckt nur gleichgültig mit den Schultern, wirft seinen Pferdeschwanz zurück und entfernt sich. Nur der Kräuterduft bleibt in der Luft hängen.
«Bilde dir nichts darauf ein, So versucht es bei jeder einmal. Cheers!», erklärt Veronika.
Sie hält Mina die Getränkedose zum Anstossen hin.
«Oh, ich bilde mir rein gar nichts darauf ein. Ehrlich gesagt weiss ich gar nicht genau, was das eben war», antwortet Mina und wischt sich die Proseccospritzer von der Hand, die von Veronikas Dose rübergeschwappt sind.
Veronika lacht, und wenn Veronika lacht, dann wirft sie den Kopf in den Nacken und in ihrem Hals bewegt sich etwas Adamsapfelähnliches rauf und runter. Dann bricht ihr Lachen brüsk ab und sie fragt mit fester Stimme: «Wie sieht es eigentlich an der Hundehasser-Front aus: Schulde ich dir einen Nachteinsatz?»
Mina schüttelt den Kopf und blickt zu Henning, der sich mittlerweile auf den Moderationsstuhl gesetzt hat und sich so euphorisch im Kreis dreht wie ein Kind, das zum ersten Mal den Arbeitssessel der Eltern erklommen hat.
«Nein, du schuldest mir nichts. Wie Henning gesagt hat: Es war nur ein Nachbarschaftsstreit unter Irren.»
«Zum Glück für mich!»

«Ach, Veronika, du hast doch keine Sekunde daran gezweifelt», sagt Toni.
Seine Stimme konkurriert mit der treibenden Musik, die jemand aufgedreht hat. Toni tritt aus dem Gegenlicht des Studioscheinwerfers. Während einige der Anwesenden den Studioboden als Tanzfläche nutzen, lässt er sich mit einem Kaffeebecher in der linken und einer Chipspackung in der rechten Hand zu Boden sinken.
«Toni, du bist wirklich ein echter Partykracher», säuselt Veronika und lässt das Adamsapfelähnliche rauf- und runterspringen.
«Wenn du mich beleidigen willst, tut dies bitte von der anderen Seite des Dancefloors aus!»
«Das werde ich tun», antwortet Veronika.
Sie mischt sich unter die Tanzenden und wird von der wogenden Menge absorbiert, bis nur noch ihr wippendes Haar erkennbar ist.
Mina hat keine Lust, zu tanzen. Stattdessen setzt sie sich neben Toni auf den Boden und taucht ihre Hand in seine Snacktüte. Für einen Moment sitzen sie schweigend nebeneinander und beobachten die anderen. Mina beobachtet gerne andere, aber sie weiss, dass die Grenze schmal ist zwischen Beobachten und Starren. Wer langjährige Erfahrung darin hat, sich unscheinbar in der Raumecke eines Kioskhäuschens aufzuhalten, ist geübt genug, den Blick scheinbar beiläufig über eine Menschenmenge schweifen zu lassen – und doch jedes Detail zu registrieren. Zwei Hände, die zwischen den Tanzenden nacheinander tasten, ein verstohlenes Lächeln, eine Bierflasche, die sich bedenklich schnell leert.
«Paprika ist besser als Provençale», unterbricht Toni ihr Schweigen.
«Wie bitte?»
«Ich habe dich und So beobachtet. Seine Chips hast du abgewiesen, bei meinen greifst du hingegen zu.»
«Selbstverständlich ist Paprika besser.»

«Das war eine Metapher. Ich habe nicht den Geschmack der Chips gemeint.»
«Ich habe dich schon verstanden, du warst nicht besonders subtil. Ich habe versucht, deine Anmache zu ignorieren. Ist es nicht verboten, Praktikantinnen in Verlegenheit zu bringen?»
«Meinst du jetzt So oder mich?»
«Beide», antwortet Mina und lächelt den Boden an.
Die elektronischen Bässe klopfen in ihrer Brust.
«Du kannst ja lächeln!»
«Was soll das jetzt heissen?»
«Wir kennen uns zwar erst einen Tag, aber ich erlaube mir die Analyse, dass du nicht wirklich glücklich bist hier.»
«Nun, Herr Freud, ich …»
Mina hält inne und schiebt sich eine weitere Hand voll Chips in den Mund.
«Ich dachte, Journalisten wollen mehr als Prosecco aus Dosen trinken und über regionale Schönheitsköniginnen oder Restauranteröffnungen berichten. Du weisst schon: Sabotagen aufdecken, korrupte Politiker zu Fall bringen, Verbrechen lösen. Das Auge der Demokratie sein!»
«Und das alles in Trenchcoats, mit hinter den Ohren festgeklemmten Bleistiften? Du schaust zu viel Fernsehen», entgegnet Toni.
«Ich vermisse einfach irgendeine Haltung. Es fühlt sich alles an wie …»
«… Arbeit?»
Wieder versucht Mina, ihre Hand in die Tüte zu stecken, doch ehe sie dazu kommt, zieht Toni die Chips zurück.
«Du tust unseren Leuten unrecht.»
«Ach ja?»
«Ja. Siehst du den Typen neben Henning? Das ist Marko. Dank seinem Bericht über mangelnde Hygiene in der Berufsschule hat das Schulamt der Leitung Feuer unterm Arsch gemacht. Heute ist die Situation für die Schüler menschenwürdig. Leonie? Hat letztes Jahr über eine Frau berichtet, die

aus der Stadtverwaltung geworfen wurde, weil sie schwanger war. Heute arbeitet die Frau wieder – ihre Vorgesetzte nicht. Jeder von uns hat so eine Geschichte auf Lager. Sie sind vielleicht nicht so schillernd wie Watergate, aber die Ideologie beginnt im Kleinen.»

Mina legt ihre salzige Hand in den Schoss.

«Vielleicht bin ich einfach frustriert, weil ich noch keine wichtige Geschichte realisieren konnte. Was, wenn ich nie eine Journalistin werde wie Antonia Rados?»

«Antonia wer?»

«Rados, die Kriegsreporterin vom Fernsehen – ich dachte, jeder Journalist kennt sie.»

«Jetzt klingst du wie eine Klugscheisserin.»

«Wenn du mich beleidigen willst, dann kannst du dies von der anderen Raumseite aus tun.»

«Kann ich nicht, dafür müsste ich ja aufstehen», antwortet Toni grinsend und fügt in ernsterem Ton an: «Deine Einstellung ist ehrbar, aber Ideologien bringen niemanden weiter. Sie malen alles schwarz oder weiss, dabei besteht die Realität aus Graustufen.»

Mina muss an die nachts jagenden Krähen in ihrem Quartier denken, schwarze hinunterstürzende Schatten. Kein Grau.

«Warum bist du denn Journalist geworden?»

Sie spürt, wie Toni tief durchatmet.

«Ach, jetzt muss ich tatsächlich aufstehen …»

«Warum?»

«Weil ich dir die Antwort zeigen will. Und fürs Protokoll: Ich habe dich nicht angemacht.»

«Wo sind wir?»

«Im analogen Archiv. Hier sind alle Nachrichtensendungen, die je ausgestrahlt wurden, auf Kassetten gelagert. Nachrichten aus zwanzig Jahren. Beeindruckend, nicht? Stell dir mal vor, was hier alles für Geschichten und Persönlichkeiten gespeichert sind», sagt Toni und knipst das Licht an.

Geschichten aus zwanzig Jahren, pro Abend mindestens fünf davon, ausgestrahlt an 365 Tagen des Jahres, das macht 36 500 Schicksale, lustige und traurige, langweilige und spannende, Geschichten von Politik, Wirtschaft, Kultur und Sport, Geschichten vom Leben und vom Tod. Der ganze Farbenreichtum der menschlichen Existenz, archiviert in farblosen Kisten in einem ebenso farblosen Raum.

Die Neonlampen flackern erst zwei-, dreimal, ehe sie den fensterlosen Raum mit Licht fluten. Die Luft riecht nach angesengtem Staub.

Zielstrebig schreitet Toni eines der bis unter die Decke mit schwarzen Kartonhüllen gefüllten Regale ab und greift nach einer Kassette. Jemand hat auf der Etikette mit Bleistift «7.3.1981–13.3.1981» vermerkt. Er schaltet einen Monitor ein, der zwischen zwei Regalen auf einem Rollwagen steht, und steckt die veraltete Videokassette in der Grösse eines Telefonbuchs in den Rekorder. Tonis Bewegungen wirken gut geölt, als hätte er das schon unzählige Male getan: einschalten, reinschieben, vorspulen bis zu Minute 39.

Das Bild flimmert horizontal. Die flirrenden Linien zerren am Moderator, der in einem braunen Blazer mit markanten Schulterpolstern steckt. Die Wurzeln seiner ergrauten Koteletten liegen in den Siebzigerjahren. Er spricht mit hallender Stimme, das Videoband knattert und zirpt.

Erst sind nur Satzfragmente zu hören: «Explosion», «vollständig», «verletzt». Toni beugt sich vor und dreht die Lautstärke auf.

«Die Löschkräfte benötigten drei Stunden, um das Feuer in den Griff zu bekommen. Das Reiheneinfamilienhaus ist vollständig ausgebrannt. Ein Junge und sein Vater mussten mit starken Verbrennungen ins Spital eingeliefert werden. Ein zweiter Junge ist wohlauf», erzählt eine Frauenstimme.

Ihre Worte nehmen auf dem Bildschirm Gestalt an. Bilder von Flammen, die in den Nachthimmel aufsteigen, wechseln sich ab mit Nahaufnahmen der Feuerwehrwagen. Am Ende steht

es da, das Haus, ausgebrannt, nicht mehr als ein glühendes Skelett, das sich auf wackeligen Beinen hält.
Toni schaltet das Gerät aus und schiebt seine Hemdärmel zurück.
«Du willst wissen, warum ich zum Fernsehen wollte? Darum.»
Auffordernd streckt er ihr den Arm hin. Mina möchte ihre Hand ausstrecken, möchte sie berühren, möchte die Narben spüren, doch sie zögert.
«Das sind Verbrennungsnarben.»
«Der verletzte Junge aus den Nachrichten, das warst *du?* Das Haus deiner Familie ist abgebrannt?»
Toni nickt und packt Minas Hand und legt sie auf seinen Arm, auf das harte Gewebe. Mina fühlt, wie sich zwischen ihrer Hand und seinem Arm eine dünne Schweissschicht bildet.
«Ich lag im Krankenwagen und das Letzte, was ich sah, bevor ich das Bewusstsein verloren habe, war die Fernsehkamera. Vieles aus dieser Nacht habe ich vergessen oder verdrängt, aber dieses Bild brachte ich nicht mehr aus meinem Kopf. Andere Jungs wären auf die Feuerwehrwagen abgefahren, mir aber haben diese grossen Geräte auf den Schultern der Journalisten imponiert. Zu meinem zehnten Geburtstag schenkten mir die Eltern eine alte Super-8-Kamera und ich habe angefangen, meine eigenen Nachrichten zu drehen.»
Mina zieht ihre Hand zurück.
«Sind sie stolz auf deine Arbeit?»
«Meine Mutter schon. Vater ist zwei Jahre nach dem Brand gestorben. Er hat sich nie richtig erholt.»
«Das tut mir leid», sagt Mina.
Toni zieht seine Hemdsärmel zurück und lehnt rüber zu Mina. Das Surren des Abspielgeräts übertönt ihr Schweigen. Es kitzelt in Minas Bauch. Sie ballt ihre Hand hinterm Rücken zur Faust, die Finger pochen. Toni steht einfach da, ohne sich zu rühren, und verströmt den Geruch von frisch gemahlenem Kaffee und Kokosöl. Durch die Tür dringt leises Gelächter, es scheint aus einer anderen Welt zu stammen.

Mina fühlt einen leichten Druck an ihrer Schulter und weiss nicht, ob es Tonis Arm ist, der sie berührt, oder doch nur eine Falte ihres Pullovers. Sie neigt den Kopf und Toni neigt den Kopf und sie schauen sich an und dann lächelt er und es ist ein lockendes Lächeln. Er öffnet den Mund einen Spalt weit und sie tut es ihm gleich und dann will sie einen Schritt auf ihn zugehen – doch etwas hält sie zurück. Etwas, das unter ihren Schuhen klebt und ein matschiges Geräusch von sich gibt, als sie es von der Sohle schütteln will.
«Ist das etwa ... Oh mein Gott, ist das etwa ein Kondom?»
Toni betrachtet Minas Schuhsohle mit einer Mischung aus Ekel und Belustigung.
«Ja, das ist es», antwortet Toni und hilft Mina mit der Spitze seiner Stiefel, den Gummi von den Sohlen zu knibbeln.
Sie starren auf das gebrauchte Kondom, dessen Inhalt sich in die Ritzen des synthetischen Teppichbodens ergiesst.
«Ich habe schon lange keins mehr hier rumliegen gesehen. Ich dachte schon, er hätte sein Viagra-Rezept verlegt.»
Mina wirft Toni einen fragenden Blick zu.
«Er? Was?»
«Der Geschäftsführer, also eigentlich der Eigentümer des Senders. Er führt nachts gerne seine jungen Dates zum Angeben durchs Studio. Und vergisst dabei regelmässig, seine Spuren zu beseitigen. Womöglich ist es auch seine Art der Reviermarkierung.»
«Henning?», ruft Mina so laut, dass es bis auf den Korridor zu hören ist.
«Nein, nicht der Chefredaktor, der Eigentümer. Hat den Sender vor ein paar Jahren als Investition gekauft, aber schert sich einen Dreck um unsere Arbeit. Ich habe ihn noch nie zu Gesicht gekriegt. Alles, was ich von ihm sehe, ist das da ...», antwortet Toni und zeigt auf das schlaffe Stück Latex.
«Wäre es nicht günstiger gewesen, er hätte sich zum Angeben einen Porsche gekauft statt eines ganzen Fernsehsenders?»

Toni lacht und streicht Mina eine Haarlocke aus dem Gesicht. «Es ist wohl besser, wenn wir wieder rausgehen», sagt er.
«Ja, ich sollte mich sowieso langsam auf den Weg machen, mein … Freund wartet zu Hause auf mich.»
«Freund», flüstert Toni, öffnet die Tür und bleibt ungerührt stehen.
Mina schiebt sich unter seinem ausgestreckten Arm durch und geht, ohne sich umzudrehen, den Flur entlang.
Da sind sie wieder, die bekannten Gesichter, jenes von Leonie und Rolli, Veronika und Stephan, und sie fügen sich in Minas Kopf zu einem Standbild zusammen – ein Bild von dem, was ist, nicht von dem, was hätte sein können.

Das Licht der Fensterlampe brennt vorwurfsvoll. Mina folgt ihm über den Platz, vorbei an Popis geschlossenem Kiosk. Ein dünnes Rinnsal Urin fliesst von den Storen zum nächstgelegenen Senkloch und erinnert Mina an jene Kindernacht, in der sie zum ersten Mal beobachtet hatte, wie jemand seine Blase im Schatten des Zeitungsständers entleerte. Womöglich ist es noch immer derselbe Kerl, vielleicht ist auch schon eine neue Generation Wildpinkler herangewachsen.
Mina selbst fühlt einen unangenehmen Druck in ihrem Unterleib. Der Alkohol drängelt und nachdem sie die Haustür aufgeschlossen hat, schleicht sie zielstrebig zur Toilette. Sie schaltet die Lampe ein und starrt auf die braunen Kacheln, über die Reiter auf langbeinigen Pferden galoppieren. Seit zwanzig Jahren schaut sie die Szenen täglich an und noch immer entdeckt sie dabei neue Nuancen, Unregelmässigkeiten in der Serienproduktion: ein fehlendes Pferdebein hier, ein versetzter Reiterhut dort.
An diesem Abend beschäftigt sich Mina länger als nötig mit dem Kachelstudium. Bestimmt haben die beiden anderen ihr Eintreten gehört und fragen sich schon, wo sie so lange bleibt. Sie steckt fest, in Gedanken jedenfalls. Sie steckt im Archivraum fest und atmet Tonis Geruch ein.

«Alles klar?»
Popis Stimme reisst sie zurück in die Realität.
«Es tut mir leid. Es tut mir schrecklich leid, aber ich musste länger arbeiten!»
Sie steht unter der Toilettentür und beobachtet Popi beim Abräumen des Geschirrs, auf dem Saucenreste und kleine Knochensplitter kleben. Es sieht aus, als wäre auf den Tellern ein Huhn explodiert.
«Du musst dich nicht bei *mir* entschuldigen», entgegnet Popi ohne aufzusehen – und schüttet die tierischen Überreste in den Abfalleimer.
Im Wohnzimmer ist es ruhig und Mina hofft für einen flüchtigen Augenblick, dass sie ihn verpasst hat. Doch als sie um die Ecke schlurft, sitzt er da, auf dem Sofa, den schweren Laptop auf den Oberschenkeln balancierend. Die Kapuze seines Trainingspullovers hat er tief in die Stirn gezogen, sodass Mina seinen Gesichtsausdruck nicht deuten kann. Sie erkennt bloss die Reflexion ihrer gemeinsamen Uniarbeit auf seinen Brillengläsern. Als sie sich neben ihn setzt, wirft er die Kapuze zurück und umarmt sie innig.
«Du kommst gerade rechtzeitig! Ich habe unsere Daten fertig erfasst und wir können uns an die Auswertung machen.»
«Entschuldige, dass ich euch beim Essen versetzt habe. Aber ich musste noch …»
«Kein Problem, dein Vater hat mir bestens Gesellschaft geleistet. Warum hast du mir nie erzählt, dass er früher geboxt hat? Vielleicht könnte er mir noch das eine oder andere beibringen», fragt Janosch und boxt mit seiner Linken in die Luft.
«Willst du nicht wissen, was ich so lange gemacht habe?»
«Nein … Doch? Schiess los!»
Sie hört aus Janoschs Stimme heraus, dass er sich tatsächlich keine Gedanken darüber gemacht hat, warum ihn seine Freundin beim Essen versetzt hat. Und dass er es ihr nicht übelnimmt.

Er ist wie ein Welpe, denkt Mina. Ein Welpe mit einem ausgereiften Bizeps, über den sich intakte Haut spannt.
«Vergiss es», sagt Mina und stösst genervt seine Faust zur Seite.
«Habe ich was falsch gemacht?»
Ja, denkt Mina, doch sie schüttelt bloss den Kopf.
Popi rumpelt in der Küche und Mina weiss, dass er jedes Wort mithören kann, auch wenn sie noch so leise miteinander sprechen. Sie kennt die Akustik dieser Wohnung bestens und weiss genau, in welcher Ecke sie persönliche Telefongespräche führen und in welcher sie mit ihrem Freund einen Streit beginnen kann. Die Wohnzimmermitte gehört nicht dazu.
Obwohl ihr unbegründeter Groll noch eine Weile Wege an die Oberfläche sucht, reisst sich Mina zusammen und hört Janosch zu, der offensichtlich Gefallen am Statistik-Fach gefunden hat. Hier und da stellt sie eine Frage und zeigt auf eine bestimmte Bildschirmstelle. Entweder reichen diese Massnahmen, um Janosch Interesse vorzuspielen – oder er sieht grosszügig über ihren Versuch hinweg.
Grosszügig ist Janosch, und hartnäckig. Jedenfalls, wenn es darum geht, das Herz einer Frau zu erobern.

Anfangs hatte sich Mina von seinen Avancen wenig beeindruckt gezeigt. Sie hatten sich während eines Kaffeetreffs für Erstsemestrige kennengelernt. Janosch hatte neben ihr gesessen und einen Cappuccino getrunken. Mina mag es nicht, wenn Männer Milchkaffee trinken. Natürlich weiss sie, dass es ein Klischee untermauert, und sie hätte es nie laut ausgesprochen, aber sie findet Cappuccino trinkende Männer unattraktiv.
Toni trinkt seinen Kaffee schwarz, denkt Mina.
Nach dieser ersten Begegnung hatte Mina die Bibliothek angesteuert und Janosch hatte sich ihr mit der ziemlich durchschaubaren Lüge angeschlossen, dass er auch noch dringend dorthin müsse.

Den ganzen Weg hatte er sie ins Kreuzverhör genommen, wollte wissen, wer sie denn sei, woher sie komme, was sie für Nebenfächer belege, was sie für Hobbys habe. Sie hatte kurz angebunden geanwortet, gelangweilt von den Banalitäten. Es regnete und Janosch versagte beim Versuch, Mina einen Schirm über den Kopf zu halten. Immer wieder bückte er sich brüsk, um etwas vom Boden aufzuheben, wobei er den Regenschirm zurückzog und Minas widerspenstiges Haar dem Wetter preisgab.
Was für ein Kauz, hatte Mina gedacht.
Und dann sah sie, wie Janosch sich hinunterbeugte, um eine Schnecke von der Mitte des Gehsteigs aufzuheben. Behutsam legte er sie auf eine Hausmauer, wo sie vor unachtsamen Schritten geschützt weiterziehen konnte.
«Entschuldige, dass ich dich unterbrochen habe, aber ich kann es nicht mitansehen, wenn eine von denen zertrampelt wird. In meinem früheren Leben bin ich wohl eine Schnecke gewesen», hatte er gestammelt.
Also tatsächlich ein Kauz, hatte Mina gedacht.
Und dann hatte sie gelächelt und dieses Lächeln hatte ausgereicht, um Janosch von ihrem Gegeninteresse zu überzeugen. Sie hatte eine Haarsträhne gezwirbelt, wie sie aus den Groschenromanen vom Kiosk gelernt hatte, und hatte Janosch nach Erbkrankheiten in der Familie ausgefragt: «Ist bei jemandem ein Hirntumor diagnostiziert worden?»
Verunsichert hatte Janosch den Kopf geschüttelt und sie dabei angeschaut, als wäre sie der schönste Anblick der Welt.

«So, das wars, wir sind fertig», ruft Janosch zufrieden.
Er fährt mit seinem Ärmel über den Laptop-Monitor und wischt Minas fettige Fingerabdrücke weg. Sie beobachtet ihn dabei mit zuckenden Mundrändern.
Zum Abschied schiebt er seine Zunge zwischen ihre Lippen, wie sie es sonst mag, doch an diesem Abend ist nicht sonst. Es ist spät und Mina ist wütend, sie weiss nicht auf was, und

sie will Janosch schnellstmöglich aus der Wohnung haben. Janosch und seine Zunge und seinen Pulli mit ihren Lippenstiftrückständen drauf.

«Janosch ist ein netter junger Mann», sagt Vater, als sich Mina von ihm verabschiedet hat und vom Hunger in die Küche getrieben wird.

Sie setzt sich mit einem Stück Brot auf den Tisch und lässt ihre Beine baumeln wie ein kleines Kind, während Vater die Anrichte reinigt.

«Schade, dass das mit euch nichts wird», stellt er ernüchtert fest.

«Jetzt mal nicht den schwarzen Kater an die Wand. Warum sollte das nichts werden mit Janosch?»

Vater will antworten, doch er muss nach Luft schnappen.

«Alles in Ordnung, Popi? Setz dich doch besser hin.»

Er schüttelt den Kopf und fährt mit dünner Stimme fort:

«Janosch ist zu nett. Keine Herausforderung für dich.»

«Woher weisst du auf einmal so viel über das Gefühlsleben junger Frauen?»

«Als ich deine Mutter kennengelernt habe, verkehrte sie auch mit einem netten Mann», sagt Vater – und greift nach Mutters Foto, das neben Mina auf dem Esstisch steht.

Mit dem feuchten Küchentuch wischt er die eingetrockneten Saucenspritzer vom Muschelrahmen.

Gerne hätte Mina Mutters Version gehört. Ob sie mit Popis Einschätzung einverstanden gewesen wäre, dass ihr früherer Freund «nett» gewesen sei? Nett und harmlos. Was war das überhaupt für ein Mann gewesen? Lebte er noch, hatte er eine Familie? Dachte er noch an Mutter? Wusste er, dass sie gestorben ist? Mina konnte sich schwer vorstellen, dass Mutter ein Leben vor ihrer Familie gehabt hatte. Sie konnte sich kaum an ihr gemeinsames Leben erinnern. Gesungen habe Mutter viel, Mina vorgesungen, als sie noch so handlich und leicht wie ein Brotlaib gewesen sei und Mutter sie stundenlang einfach hin- und hergewiegt habe.

Gleichgültig, wie lange Mina still dasitzt und allen Lärm um sich herum ausblendet – Mutters Melodie findet nie den Weg zurück zu ihr.
«Es ist das erste Mal, dass du mir von eurem Kennenlernen erzählst», flüstert Mina und setzt sich neben Mutter.
«Nun weisst du alles.»
«Das ist alles? Machst du Witze?»
«Nein, das ist alles. Übrigens ist mir heute etwas in die Hand gefallen, das dir gehört.»
Flüchtig fährt Vater mit seiner Hand über die Anrichte, wie er es nach jedem Abwasch tut. Es ist nicht viel mehr als das Echo einer Bewerbung. Dann öffnet er eine Schublade und holt einen goldenen Gegenstand hervor. Einen kleinen Gegenstand, der in Popis grosser Hand verschwindet. Finger für Finger öffnet er seine Faust und wie ein kleiner Schatz funkelt auf dem Handteller ein Opernglas.
«Oh mein Gott, das habe ich seit Jahren nicht gesehen! Wo hast du es gefunden?», ruft Mina und reisst Popi das Erinnerungsstück aus der Hand.
Als Frau Dubois starb, holte die Heilsarmee den Grossteil ihres Besitzes ab. Nur wenige Dinge hatte die Nachbarin vor ihrem Tod für ausgewählte Bekannte aussortiert, darunter das Opernglas. Sie hatte es auf eine Karte mit Minas Namen drauf auf ihren Küchentisch gelegt – dorthin, wo Mina jeweils gesessen und ihre Ellbogen aufgestützt hatte.
«Es lag hinter den alten Leinentüchern im Schrank. Willst du es noch?»
Mina drückt das Glas gegen ihre Augen und schaut sich in der Küche um, die nicht mehr ist als ein Fleckenteppich aus unscharfen Punkten.
«Unbedingt!»

Minas letzter Praktikumstag fällt mit dem ersten Wintersturm zusammen. Von ihrem Schreibtisch aus beobachtet sie die Bäume, deren Äste sich im Wind vor- und zurückbeugen, sich ineinander verkeilen wie zur innigen Umarmung – nur, um gleich wieder brüsk auseinandergerissen zu werden. Sie nutzt die letzten Stunden, um ihre Videobänder zu löschen und für den nächsten Praktikanten bereitzulegen. Alle bis auf eins: Die Kassette mit Hanks Interviewaufzeichnung wandert in ihre ausgeleierte Tasche. Später wird sie Henning sagen, dass sie das Band verloren habe.

Schuldbewusst dreht sich Mina um. Sie fürchtet, dass sie jemand beobachtet hat, doch hinter ihr sitzt bloss die Nachrichtensprecherin, die konzentriert ihre Meldung verfasst und dabei stumm die Worte formt, die ihr später vor laufender Kamera so flüssig über die Lippen kommen werden. Obwohl sie kaum Make-up trägt, schimmert ihr Teint makellos und die Wangenknochen formen ein beneidenswertes Relief. Sie ist so schön wie gebildet und ihre blosse Anwesenheit lässt Mina in Selbstzweifeln versinken.

Mina dreht sich zurück und beginnt damit, den kalten, abgestandenen Inhalt der Kaffeebecher, die sich auf ihrem Arbeitsplatz gesammelt haben, in den nächstgelegenen Blumentopf zu schütten. Die Blätter der Birkenfeige hängen so unmotiviert von den knorrigen Ästen, dass ihnen das Koffein bestimmt zuträglich ist. Toni hört das leise Plätschern im Topf.

«Ich glaube, du hast das Konzept von Kaffee nicht verstanden», stellt er fest.

Toni sitzt ihr gegenüber, die Füsse auf der Tischplatte aufgestützt, und fährt nervös mit der Computermaus über die raue Tischoberfläche. Mina kann ihn hinter dem Blättervorhang der Feige, die sich über ihre beiden Tische beugt, nur schemenhaft erkennen.

«Eines Tages werde ich schon noch auf den Geschmack kommen. Bis dahin muss ich eben üben.»

Mina wartet sehnsüchtig auf den Tag, an dem ihr Kaffee mundet und sie endlich ihrem Bild einer Erwachsenen entspricht. Es muss ein biografischer Meilenstein sein, eine Reifeprüfung, wenn die Geschmacksnerven endlich die feine Röstung aus der zuvor so bitteren Brühe herausschmecken. Gross, schwarz, wenig Zucker: So möchte ihn Mina trinken, ihren Kaffee. Sie möchte ihn in einer übergrossen Tasse vor sich herschieben, während sie durch eine bienenstockähnliche Redaktion hetzt. Bestimmt trinkt Antonia Rados literweise Kaffee.

«Hast du schon gehört: Stephan hat gekündigt. Offenbar hat er endlich den Sprung zu einem nationalen Sender geschafft. Bist du an seiner Stelle interessiert? Ich weiss nicht, wie Henning dazu steht, aber bewerben könntest du dich ja zumindest. Und falls es mit einer Anstellung klappen würde, hättest du noch mehr Gelegenheiten, die Welt zu retten.»

Toni lässt von der Maus ab und verschränkt die Arme hinter seinem Kopf.

«Niemals. Erstens würde mich Henning nicht einstellen. Und zweitens möchte ich nicht länger filmen müssen, wie Mordopfer aus Häusern rausgetragen werden. Bestimmt gibt es einen anderen, weniger reisserischen Weg für mich», antwortet Mina und fährt sich mit der Zunge über die trockenen Lippen.

Sie weiss, dass Toni sie dabei beobachtet, und sie geniesst die Gewissheit.

«Dann warte ich auf den Tag, an dem du … Shit!»

Neben Tonis Füssen beginnt ein Pager zu vibrieren. Nach einem kurzen Blick aufs Display greift Toni zum Telefon.

«RegionalNews1 Hotline. Aha. Aha. Hm. Danke für die Information.»

Toni legt den Hörer zurück auf die Gabel und wirft sich seine Lederjacke über.

«Was ist los?»

«Offenbar hat ein Mann seine Frau mit dem Jagdgewehr erschossen und das ganze Dorf hat dabei zugesehen. Ich muss gleich hinfahren», antwortet Toni und schnappt sich den Autoschlüssel.

«Soll ich dich begleiten?»

«Frau Rados, Sie überraschen mich! Hast du nicht eben gesagt, du willst keine herausgetragenen Mordopfer mehr filmen?», ruft Toni und wirft Mina die Autoschlüssel zu.
«Ich werde ja auch nicht filmen, sondern du», antwortet sie.

Ihre Hände zittern noch immer, als Mina sie unter den Wasserstrahl hält und das Blut abwischt. Sie beobachtet, wie die roten Fäden spiralförmig das Becken runtergespült werden. Ihre Hände zittern unbeirrt weiter, als Mina sie mit dem Handtuch trockenreibt. Und sie fühlen sich auch dann noch kalt an, als sich Mina die schmutzigen Kleider vom Leib streift.
Ihr Herz schlägt so laut im Brustkorb, dass sie befürchtet, Popi könnte es hören, doch er schläft weiter, als sie neben seinem Schlafzimmer vorbeischleicht. Zumindest macht es den Anschein. Oft hält sich Popi wach und wartet auf ihre Rückkehr. Dabei liegt er ungerührt im Bett wie ein Pflock, damit es Mina nicht bemerkt. Er will ihr Raum lassen, sie nicht einengen, sagt er. Ob real oder gespielt: Sein Schlaf kommt Mina gerade recht.
Hinter ihrer verschlossenen Tür wagt Mina ein lautes Ausatmen. Sie lässt sich auf ihr Bett fallen und fühlt, wie ihr Körper von der kühlen Bettwäsche umspült wird. Mina scheint tiefer und tiefer zu versinken in der Umarmung der abgelegenen Matratze.
Wie geht es Toni?
Ihre Gedanken kreisen um diese einzige Frage. Sie schliesst die Augen und öffnet sie wieder, doch was sie mit ihren Lidern auch anstellt, sie sieht stets dasselbe Bild vor sich. Sie kann Toni noch riechen, auf ihrer Haut, auf ihren Lippen, in ihrem Mund.
Der Tag war lang, die Nacht scheint endlos. Was, wenn nie wieder ein Morgen heranbricht?
Das Klingeln des Telefons lässt sie aufschrecken. Ist es Toni? Wie geht es ihm?

Mina springt auf und rennt ins Wohnzimmer. Popi darf nicht aufwachen, denkt sie, alles, nur das nicht. Sie will sich nicht erklären, will das Geschehene für sich auslegen, sortieren, verarbeiten.
Mit dem Hörer gegen ihre Brust gepresst rennt sie zurück ins Zimmer. Hinter der verschlossenen Zimmertür haucht sie ein zögerliches «Ja?» in den Apparat.
Am anderen Ende der Leitung schnaubt ein Mann.
«Ja?», wiederholt sie, dieses Mal etwas lauter.
«Mina Novak?»
«Wer ist da? Toni? Geht es dir besser?»
Unwohl tritt Mina von einem Bein aufs andere.
«Hier ist Hank. Ich warte auf die Nachrichten. Wann strahlen Sie meinen Beitrag aus? Die Höllenhunde, ich kann sie nicht mehr lange zurückhalten! Wenn Sie nichts unternehmen, sind Sie mitschuldig!»
«Woher haben Sie meine Privatnummer?», fragt Mina und versucht dabei, so gelassen wie möglich zu klingen.
«Das spielt keine Rolle. Frau Novak, Sie müssen mir helfen!»
«Es tut mir leid, ich arbeite nicht mehr beim Fernsehen. Bitte rufen Sie mich nicht mehr an», entgegnet Mina und schaltet das Telefon aus.
Dann rennt sie zum Fenster und kurbelt die Storen herunter. Als sie sich zurück aufs Bett setzt, fühlt sie sich beobachtet. Als würde jemand durch die Mauern starren.

Statt zu handeln, wurde Ernst Hanker aus gesundheitlichen Gründen von der Funfabrik freigestellt. Der ehemalige Mitarbeiter wurde für verrückt erklärt – nicht zuletzt, weil er seine Nachbarschaft mit einer selbst gebauten Alarmanlage terrorisiert und eine Journalistin dieser Zeitung belästigt hatte. Dabei hätte dem Leiter der Fabrik zu jenem Zeitpunkt bereits klar sein müssen, dass von der Fabrik eine Gefahr für die Mitarbeitenden ausgehen konnte. Ein entsprechendes Gutachten aus dieser Zeit, das der Gazette vorliegt, bestätigt dies.

2005

Seine Schritte ahmen Minas auf dem nassen Asphalt nach. Es riecht nach Regen und verkohlten Kastanienschalen und nach dem undefinierten Rauch, der aus den Senklöchern dringt, als befände sich unter der Strasse eine Parallelwelt, die in Flammen steht. Eine Welt, die stumm brennt, keine Schreie, keine Hilferufe entsendet, bloss Rauch.
Wo stecken denn bloss die Menschen?, fragt sich Mina, die ihren Schritt beschleunigt.
Neben ihr bilden Wolkenkratzer eine undurchdringbare Mauer. Wie ein wildes Tier wird Mina von einem Fremden durch diesen Kanal gejagt. Tausende von erleuchteten Fenstern werfen ihr Licht auf New York, die Stadt, die niemals schläft und die nun doch so ausgestorben wirkt. Die Fenster sind blind, niemand scheint Mina zu beachten, die in der Fremde vor einem Fremden davonläuft. Einem Fremden, den sie in ihrem Nacken spürt, seit sie das Schulgebäude verlassen hat. Sie hat es spät verlassen, später als geplant, doch Mina hatte sich in ihrer Arbeit verloren. Es war ein schönes Herumirren gewesen in ihrem Gedankenkonstrukt, aus dem sie durch die fremden Schritte jäh herausgerissen wurde.
«Willst du wirklich allein dorthin gehen, so weit weg von daheim? Ich möchte nicht, dass du in Tränen nach Hause kommst», hatte Vater vor ihrer Abreise gefragt.
Noch wird Mina nicht von seiner Prophezeiung eingeholt, noch kann sie die Tränen zurückhalten. Doch der Atem entgleist ihr in viel zu schnellen Stössen. Schon bohrt sich der stechende Schmerz in ihre Taille und macht sie langsamer – langsam, wie ein angeschossenes Reh.
Hie und da rollt ein Wagen an ihr vorbei. Gelbe Taxis mit ausgeschalteten Anzeigen. «Off duty». Niemand steht für Mina

im Einsatz. Sie ist so allein, wie Vater gesagt hat. Und hinter ihr macht jemand Boden gut. Ohne sich umzudrehen, weiss Mina, dass ihre beiden Körper nur noch zwei Armlängen trennen. Bald würde es ein Arm sein und dann …

Hätte ich bloss die andere Avenue genommen, denkt Mina. Eine mit Cafés und Delis und Geschäften, die bis nach Sonnenuntergang geöffnet haben.

Der Plastikgriff schneidet sich in Minas Handfläche. Sie hält ihre Einkaufstasche fest umklammert wie eine Waffe. Doch die Shampoo-Flasche und der halb gegessene Burrito würden sich kaum eignen, ihren Verfolger bewusstlos zu schlagen.

Sechs Monate. Ein halbes Jahr unbescholten in einer Grossstadt leben, überleben, das müsste doch möglich sein, denkt Mina.

Drei, zwei, eins, die Schritte haben sie eingeholt. Der lange Schatten des Fremden schiebt sich an ihrem vorbei.

«Hi!»

Ihre Stimme lässt Mina zusammenzucken.

«Hast du eine Zigarette?»

Mina schüttelt den Kopf und drückt die Plastiktasche gegen ihre Brust.

«Danke trotzdem. Gute Nacht», entgegnet die fremde Frau, die mittlerweile ein Gesicht hat, ein rundes, furchiges Gesicht mit von Adern überzogenen Wangen.

Sie geht an Mina vorbei, geht immer weiter geradeaus, bis sie eins wird mit dem Hintergrund aus fahrenden Lichtern und schluckenden Schatten.

«Was für ein schöner Tag, Mina. Wie immer?»

Mina nickt Timothy zu und beobachtet seine Hände beim Einschenken ihres Tees. Seine schwarzen Glieder ragen aus kurzfingerigen Handschuhen heraus und greifen nach dem Pappbecher, auf dem eine dampfende Kaffeetasse abgebildet ist. Ohne nachzufragen, verrührt Timothy zwei Zuckerwürfel und fügt einen Schuss Milch hinzu. Er tut es, als zählte Mina

seit Jahren zu seinen Kunden – und nicht erst seit drei Monaten.
«Hier, wie Sie ihn am liebsten mögen», sagt er und streckt Mina die wärmende Tasse hin.
«Was steht heute auf dem Programm?»
«Zuerst Interviewtechniken und danach Journalismusethik», antwortet Mina.
«Das ist sehr wichtig. Sie brauchen noch etwas für die Konzentration», sagt Timothy und wirft Mina eine kleine Packung gerösteter Nüsse zu, die er in Zeitungspapier gewickelt hat.
«Geht aufs Haus», sagt er und klopft grinsend auf seinen Snackwagen.
«Sie sind der Beste, danke!», ruft ihm Mina zu und rennt die Stufen zum dahinterliegenden Gebäude hoch.
Timothy streicht mit seiner Hand der Kante des karierten Bérets entlang und grinst so stark, dass sich seine grauen Bartstoppeln auffächern und das vom Alter gezeichnete Gebiss entblössen.
Das Innere des Gebäudes präsentiert sich so düster wie die Aussenfassade und wirkt doch freundlich und einladend. Mit ihrem dampfenden Becher eilt Mina die Korridore entlang, vorbei an den langen, voluminösen Sesseln, die verstreut herumstehen und zum Lesen oder Rasten laden. Vorbei an den Art-déco-Gemälden, welche die rostroten Wände zieren und klischierte Berufsszenen zeigen: Reporter, die in Trenchcoats und mit gespitzten Bleistiften auf Politiker zulaufen, Journalisten, die an verqualmten Schreibtischen sitzen, vor ihnen eine Schreibmaschine, neben ihnen ein Glas Whisky. Auf drei Stockwerken hat Mina bisher nur eine Frau auf den Wandbildern ausgemacht. Eine, die im eng anliegenden Kostüm und neckisch behütet die Aufnahme eines Diktiergeräts transkribiert.
Was für Klischees, würde Toni denken.
Minas Schuhe quietschen auf dem genoppten schwarzen Linoleumboden, der sich bei Regen an abgetretenen Stellen

in eine Rutschbahn verwandelt. Das hat Mina seit ihrer Ankunft bisher erst einmal erlebt, denn dieser November ist überdurchschnittlich trocken und warm und spätestens um die Mittagzeit kann sie den Mantel ablegen. In diesem Klima muten die ersten Adventskränze surreal an, die an den Kaufhaustüren oder den Restaurantfenstern hängen und vorweihnachtlichen Tannenduft verströmen.

Vor ihrem Vorlesungssaal hält Mina kurz den Atem an, als würde ihr Zuspätkommen auf diese Weise weniger auffallen, und stösst die Holztür sachte auf. Wie erwartet hat sich ihre Klasse bereits auf die Ränge verteilt. Einige blicken zur Tafel, an der sich der Dozent mit einer Kreide zu schaffen macht, andere blättern in Gratiszeitungen oder kritzeln in ihre Notizbücher. Es ist dasselbe Bild in allen Vorlesungssälen der Welt, denkt Mina. Nur wenige bemerken, wie sie sich zur hintersten Reihe schleicht und ihre Unterlagen hervorkramt. Mina selbst gehört jener Kategorie von Studierenden an, die das Pult unter Getränkebechern, Snackpackungen, Notizblättern, Büchern und Stiften für alle möglichen Informationslagen begraben. Vater hat ihr für die Weiterbildung in Übersee sogar eine Reise-Mutter zur Verfügung gestellt. Obwohl er sich ausgemalt hat, dass Mina den kleinen Goldrahmen auf dem Pult der Uni aufstellen würde, ruht das leicht verschwommene Porträt nun auf Minas Nachttischchen im Wohnheim. Stolz, mit einer Portion mütterlicher Besorgnis, bewacht die Reise-Mutter Mina im Schlaf.

«Warum wollen Sie Journalisten sein?», fragt der Dozent Mr. Lim in die Runde.

Erst regt sich niemand, dann streckt ein Kommilitone zögernd seine Hand in die Luft.

«Weil in meinem Heimatland keine Meinungsfreiheit herrscht und ich das ändern will.»

Anerkennend nickt Mr. Lim. Während er mit dem Rollstuhl vor der Klasse hin- und herfährt, melden sich immer mehr Kursteilnehmer zu Wort.

«Weil Journalismus der vierte Pfeiler der Demokratie ist und ich meinen Beitrag leisten will.»
«Weil ich ein Gespür für Geschichten habe.»
«Weil ich gut schreiben kann. Also eigentlich kann ich nichts anderes, ich muss also Journalistin werden.»
Die Gruppe lacht.
«Was ist mit Ihnen?»
Mina lacht weiter. Bis sie die Blicke der anderen auf sich spürt. Die Klasse wartet auf eine Antwort. Irgendeine Antwort. Die Antwort auf die Frage, warum Mina das machen will, was sie tut.
Dafür gibt es doch einen guten Grund, denkt Mina, nur will er ihr nicht einfallen.
«Weil mein Vater gesagt hat, ich solle Journalistin werden.»
Sie hört sich sprechen, als stünde sie neben sich und würde einer Fremden zuhören. Mr. Lim lässt die Räder ausfahren und legt ratlos die Hände in den Schoss.
Mina möchte erneut das Wort ergreifen, möchte ihre Aussage relativieren: «Popi ist in einer Welt ohne Presse- oder Meinungsfreiheit aufgewachsen. Doch er hat sich ein neues Leben aufgebaut, eines in einer neuen Welt, einer Welt, in der es so viele Zeitungen und Magazine gibt, dass Vaters Kioskhäuschen nicht ausreicht, sie alle zu horten. Ich bin inmitten all dieser Meinungen aufgewachsen und ich will seit Kindertagen meine eigenen Geschichten und Ansichten erzählen.»
Doch kein Wort kommt über ihre Lippen. Auch Mr. Lim schweigt weiter.
Sag was, sag was!, denkt Mina, und dann sagt Mr. Lim: «Hm.»
Nachdem sein Seufzer verhallt ist, endet glücklicherweise die Fragerunde und Mr. Lim lässt einen Stapel Faktenblätter durch die Reihen reichen.
«Chérie, haben wir etwas verpasst?», flüstern Debbie und Walt aus einer Kehle.
Mina zuckt zusammen. Sie hat nicht bemerkt, wie sich die beiden in ihre Bankreihe geschlichen haben. Erleichtert

nimmt sie zur Kenntnis, dass auch andere mit der Pünktlichkeit hadern – und dass Debbie und Walt nichts von ihrem peinlichen Auftritt mitbekommen haben.

Debbie und Walt, die beiden Namen sind stets in einem Zug zu nennen, denn einzeln hat Mina sie noch nie gesehen. Das Paar ist so symbiotisch, dass sich ihre Körper immer an mindestens einer Stelle berühren. Mal halten sie Händchen, mal sind es die Schultern, die sich flüchtig reiben, oder die Zehenspitzen unter den Pulten. Und wenn sie nebeneinander hergehen, dann tun sie dies so eng beisammen, dass sich ihre langen Haarsträhnen ineinander verweben.

Mina ist kein Mensch, der Neid verspürt, doch beim Anblick von Debbie und Walt kann sie erahnen, was es bedeutet, neidisch zu sein. Das Paar scheint einem Arthouse-Film entsprungen. Er, Walter, der Spross einer skandinavischen Theaterdynastie, der allein von seinem Namen leben kann. Während seine Cousins, so erzählt man sich jedenfalls im Kurs, in Hollywood erste Rollen ergattern, absolviert er Weiterbildung um Weiterbildung. Einen Regiekurs hat er besucht, eine Schauspielgruppe, wo er Debbie kennengelernt hat. Später belegten sie gemeinsam Fotografie, French Cuisine, Tanz, Webdesign und nun interessieren sie sich also für Journalismus.

«Ich hatte das Bedürfnis, nach der Schauspielausbildung wieder etwas Bodenständigeres zu machen», hat ihr Debbie erklärt.

Mina zweifelt, dass Debbie die Bedeutung des Begriffs «bodenständig» überhaupt vertraut ist, denn auch ihre Familiengeschichte mutet wie ein Romanplot an: Ihre Eltern, ein Ärztepaar aus Barbados, hatten in Montréal nicht nur drei Töchter grossgezogen, sondern zusammen auch eine Praxis für Kardiologie geführt. Nachdem mit Debbie das jüngste Kind ausgeflogen war, zogen sie nach Kamerun, um ein Hilfswerk aufzubauen – und hinterliessen jeder Tochter eine Platinkarte.

«Ich habt bloss eine von Lims Fragerunden verpasst. Und eine kurze Einführung zur neuen Hausaufgabe, aber es steht alles auf dem Blatt», antwortet Mina.
«Hausaufgabe? Im Ausdruckstanz gab es keine Aufgaben», flüstert Walt.
«Weil jede Erfahrung den Tanz bereichert – so gesehen ist jede Bewegung eine Aufgabe, Chouchou!», erklärt Debbie.
Ihr Geflüster bleibt nicht unbemerkt.
«Möchten Romeo und Julia etwas hinzufügen?», ruft Mr. Lim durch den Saal.
Mina spürt eine Verengung im Hals, als Mr. Lim zur letzten Reihe hochstarrt, als würde sie eine unsichtbare Hand würgen.
«Pardon, kommt nicht wieder vor!», ruft Debbie zurück und winkt dabei so nonchalant, dass selbst der stoische Mr. Lim kurz lächelt.
Verrucht und sonor klingt Debbies Stimme. Neben ihr ist es ein Leichtes, Minas hohes, flirrendes Organ zu überhören. So wie Debbie hätte sie sprechen sollen, damals, beim Regionalfernsehen. Jede Woche hatte die Vokaltrainerin des Senders versucht, Minas Stimme zu senken, männlicher erscheinen zu lassen.
«Es ist wissenschaftlich erwiesen, dass die Zuhörer tiefe Stimme angenehmer finden als hohe, weibliche», hatte Henning gesagt.
Er hatte es jedes Mal gesagt, nachdem er einen von Mina vertonten Beitrag gesehen hatte.
«Imbécile!», hätte ihn Debbie dafür geschimpft.
Debbie würde sich von keinem Mann kleinreden lassen. Sie würde ihm wahrscheinlich den Kopf verdrehen, aber ihn niemals auf sich hinabschauen lassen.
«Im Golf», flüstert Walt, als hätte er nicht realisiert, dass sie soeben verwarnt worden waren.
Mina zieht fragend die Schultern hoch.
«Hast du dich noch nie gefragt, warum Lim im Rollstuhl sitzt? Einer von der Reporterklasse hat mir gesagt, dass er

seine Beine im Golfkrieg verloren hat, als er für die Nachrichtenagentur vor Ort berichtete», antwortet Walt.
Mr. Lim fährt vor der Klasse im Kreis, als er über die Aufgabe spricht, an der die Teilnehmer in den kommenden Wochen arbeiten werden:
«In den freien Blöcken haben Sie Zeit, an Ihrer eigenen Geschichte zu feilen und dabei die bisher vertieften Instrumente anzuwenden. Suchen Sie sich ein Thema, das Ihnen wichtig ist. Nur wenn Sie dahinterstehen können, ist es auch für andere eine relevante Geschichte. Zum Beispiel für Ihre Väter», schliesst Mr. Lim.
Mina starrt auf die Tischplatte, in die jemand Obszönitäten geritzt hat.

Mit angewinkelten Beinen sitzt Mina auf der Feuertreppe vor ihrem Fenster. Sie hat zwar das kleinste Zimmer auf der sechsten Etage des Studentenwohnheims gemietet – aber es ist das einzige, das dank der Feuertreppe einen kleinen Balkon hat. Ein willkommener Zufluchtsort in diesem goldenen November, in dem sich die Blätter an den Bäumen festkrallen, als wollten sie ihre Äste niemals verlassen.
Mina stapelt auf dem schmiedeeisernen Balkon ihren Abfall. Jedes Mal, wenn sie sich neben die Säcke setzt, um mit Vater zu telefonieren, bereut sie diesen Entscheid. Auch jetzt, da sie das kleine, weisse Telefon umklammert, das Popi für ihren Aufenthalt zusammengespart hat.
Von der obersten Treppensprosse aus kann Mina zur Tierhandlung an der Ecke rüberspähen. Aus Filmen weiss sie, dass es hier Geschäfte gibt, in denen junge Hunde so lange im Schaufenster rumturnen, bis jemand einen Welpen auswählt und ihm ein Zuhause gibt. Seit drei Wochen jagen fünf schwarze Labradorwelpen ihren Schwänzen hinterher. Sie sind klein und süss und tapsig, aber ihr glänzendes pechschwarzes Fell, die schön geschwungene Schnauze und die gleichmässig geformten Beinchen nehmen bereits das elegante

Erscheinungsbild vorweg, in das sie in den kommenden Monaten hineinwachsen werden.
Während das Telefon an Minas Ohr regelmässig klingelt, fällt ihr auf einmal ein bestimmtes Wort ein: Höllenhunde.
«Bist du erkältet? Deine Stimme klingt irgendwie anders», fragt Mina, als sich Vater endlich am anderen Ende der Leitung meldet.
«Bestimmt habe ich mir nur einen saisonalen Virus eingefangen. Nicht der Rede wert. Ist es bei euch immer noch so warm? Hier frieren alle. Die Pendler eilen von der Stube direkt zum Tram, das ist nicht gut fürs Kiosk-Geschäft.»
«Ich sage dir seit Jahren, dass du einen Heizstrahler aufstellen sollst!»
«Die werden nie bewilligt von der Stadt. Aber ich will dich nicht mit der Provinz langweilen. Was hast du heute noch vor?»
«Ich gehe mit Freunden essen. Und du?»
«Nach unserem Gespräch werde ich weiterschlafen.»
«Oh nein, es tut mir leid, ich habe schon wieder nicht an die Zeitverschiebung gedacht!», entschuldigt sich Mina.
«Wir sprechen, wenn es gut für dich ist. Ich brauche wenig Schlaf.»
Mina weiss, dass dem so ist. Und sie weiss auch, dass Vater weiterhin jeden Abend in der Küche steht und Essen vorkocht, obwohl Mina am nächsten Mittag nicht am Tisch sitzt.
«Übrigens: Da ist ein Paket für dich angekommen. Soll ich es öffnen?»
Mina beobachtet, wie eine Frau das Tiergeschäft betritt und bald darauf eine Hand im Schaufenster erscheint, die einen der Welpen streichelt. Gedankenabwesend schüttelt Mina den Kopf – und realisiert sogleich, dass Vater mit dieser Geste nichts anfangen kann.
«Nein, ich schaue dann alles nach meiner Rückkehr durch.»
Die Hand wird wieder aus dem Schaufenster gezogen, die Frau tritt zurück auf die Strasse – ohne Hund.

«Popi?», fragt Mina zögernd.
«Ja?»
«Habe ich dir je gedankt für alles, was du damals für mich getan hast? Du weisst schon, damals, als Hank...»
«Du musst dich nicht bedanken. Es ist meine Aufgabe», antwortet Popi und zum ersten Mal während des Gesprächs scheint seine Stimme so fest, wie sie Mina vertraut ist.
«Trotzdem: Danke.»
Sie küsst das Telefon flüchtig und haucht eine Verabschiedung. Das Gerät fühlt sich warm an auf ihren Lippen. Der Akku schwitzt im Gehäuse. Mina legt das Gerät zurück in die Nachttischschublade und hofft, dass es sich nicht selbst entflammt wie jene Mobiltelefone, von denen sie in der Zeitung gelesen hat.
Im schützenden Dunkel des Holzfachs leuchtet das Display auf und zeigt eine lange, unbekannte Nummer an. Das weisse Plastikgehäuse beginnt zu vibrieren. Es vibriert so heftig, dass es die ganze Schublade durchschüttelt, als würde es sich den Weg durchs Holz fräsen.
Doch Mina bemerkt es nicht. Sie hat die Wohnungstür bereits hinter sich zugezogen.

Minas Finger brennen noch leicht vom äthiopischen Essen, als sie die Tür zum Geschäft aufstösst. Ihre Fingerspitzen sind nicht daran gewöhnt, das marinierte Lamm direkt zum Mund zu führen.
«Chérie, du musst es mit dem Fladenbrot aufschaufeln», haben Debbie und Walt erklärt, während sie abwechselnd an einer Flasche äthiopischen Biers genippt haben.
«Beim nächsten Mal werde ich mich geschickter anstellen, ihr werdet sehen.»
Da Walt die Kippen ausgegangen sind, stehen sie nun zu dritt da, im Zigarettengeschäft, das dem Restaurant am nächsten gelegen ist – und das so eng ist, dass es Debbie, Walt und Mina zu dritt komplett ausfüllen. Wie ein Hobbithaus steht

es zwischen zwei grossen internationalen Kleidergeschäften und lockt mit dem Logo eines dampfenden Zigarrenmännchens. Im Innern sind die Regale mit Zigaretten- und Tabaksorten aus aller Welt vollgestopft und lassen Popis Kiosk wie ein Miniaturgeschäft erscheinen, das in einem Puppenhaus Platz hätte. Während Walt in der Auslage nach seiner Marke sucht, überlegt sich Mina, wie die Betreiber wohl die Übersicht über die Bestellungen wahren. Und wer sich für rosarote Zigaretten oder solche mit Erdbeergeschmack begeistern lässt. Debbie klopft mit ihren pinkfarbenen Fingernägeln, deren Lack schon absplittert, gegen die Bongs und Shihas, die der Grösse nach aufgereiht sind, und füllt den kleinen Laden mit melodischem Klirren. Dieses lockt den Verkäufer hervor, der zuvor hinter der Theke am Boden gesessen und in einem Buch gelesen hatte.

Mina kennt die Pose, kennt das Gefühl, abgeschirmt von allen Kunden in eine literarische Welt einzutauchen. Gespannt versucht sie, einen Blick auf den Buchtitel zu erhaschen. Da legt der Verkäufer seine Ausgabe von «The Hound of the Baskervilles» auf die Tresen und verrechnet Walt eine Packung Mentholzigaretten.

Mina weiss nicht, was sie mehr verwundert: die Lektüre des wortlosen Verkäufers mit der Rastamähne oder die Zigarettenvorliebe Walts. Seit ihren Kindheitsbesuchen bei Frau Dubois verknüpft Mina Mentholzigaretten unweigerlich mit toupierten Damen fortgeschrittenen Alters.

Draussen auf dem Gehsteig versucht Walt, sich die Zigarette anzuzünden, während der Wind seine langen Haarsträhnen durch die Flamme des Feuerzeugs zieht.

«Willst du auch eine?», fragt Walt und streckt Mina die grün-weisse Packung hin.

«Nein, danke.»

«So klug von dir. Besser, man beginnt erst gar nicht mit dem Merde», sagt Debbie – und steckt sich selbst eine Zigarette zwischen die Lippen.

Minas Lungen füllen sich mit minzigem Qualm. Debbie geht auf der einen, Walt auf der anderen Seite neben ihr her und während die beiden den Rauch aus ihren Nasenlöchern blasen und Mina damit einnebeln, berühren sich ihre Fingerspitzen auf Minas Rücken. Es fühlt sich an wie eine unfreiwillige Ménage à trois. Die Arme des Paars, die auf ihren Schultern lasten, drücken Mina langsam zu Boden. Vielleicht fehlt ihr die nötige Muskelmasse, um so viel Freundschaft standzuhalten, schliesslich hatte Mina nie besonders viele Kolleginnen um sich geschart. Ihre Freunde waren Bücher gewesen, Bäume, Krähen, Frau Dubois, Vater auch. In den letzten Schuljahren hatte sie sich etwas an Sabine angenähert, andere hätten ihre Beziehung wohl als Freundschaft bezeichnet. Trotzdem nistet sich bei so viel Nähe ein kleiner Klumpen in ihrem Verdauungstrakt ein.
Zum zweiten Mal an diesem Tag muss sie an Hank denken. An seine Gallensteine. Wie Hank sie Mina entgegenstreckte, die malzfarbenen polierten Kugeln, als handle es sich um eine Selbstverständlichkeit.
Hank. Wie lange hatte sie sich mit den Folgen ihres Besuchs bei Hank herumschlagen müssen! Auch nach dem Praktikum wollte er sie weiter von der Existenz der Höllenhunde überzeugen. Immer und immer wieder, zu jeder Tages- und Nachtzeit, Monat um Monat. Popi legte abends nach einer Weile ganz selbstverständlich den Telefonhörer neben die Gabel, damit sie schlafen konnten, ohne vom fordernden Klingeln geweckt zu werden. Jeder Schatten auf der Strasse schien auf einmal die Gestalt eines Mannes anzunehmen, wenn Mina an ihm vorbeiging, und Hanks vermeintlicher Blick drang durch sämtliche Wälle. Der fremde Mann wurde von einem Augenblick zum nächsten ein fester Bestandteil ihres Alltags, er schien Mina zur Hochschule zu begleiten, mit am Esstisch zu sitzen oder nachts neben ihrem Bett zu warten. Die grösste Bedrohung waren nicht Hanks Kontaktversuche gewesen, sondern die Ängste, die er in Minas Kopf gesät hatte.

Was wohl aus Hank geworden ist?
Mina löst sich aus dem gut gemeinten Würgegriff.
«Geht schon mal, ich muss wegen Lims Aufgaben noch etwas erledigen», ruft sie Debbie und Walt zu.
«Okay. Und vergiss die Exkursion von morgen früh nicht: Wir sehen uns um 10 Uhr auf der Zeitungsredaktion. Bisou!»
Mina geht ein Stück weit die Strasse zurück, biegt beim nächsten Häuserblock links ab und spurt in einen Menschenstrom ein. Auch nach all den Wochen staunt sie immer noch, wie sich die Stadt von einer Strasse zur nächsten komplett verändern kann. Wie es hier noch gemütlich und da schon hektisch zu- und hergeht, wie sich die Gerüche und Sprachen und Gehgeschwindigkeiten im Abstand von wenigen Metern ändern. Sie beschleunigt ihren eigenen Schritt und lässt sich von der Masse fünf Blocks mitreissen.
Ihren Besuch bei «Souvenir City» kündigt eine helle Türglocke an. Jemand, der damit beschäftigt ist, im hinteren Ladenbereich T-Shirts und Hüte zu stapeln, blickt auf. Im Hintergrund läuft leise Achtzigerjahre-Pop:
«Every breath you take and every move you make. Every bond you break, every step you take, I'll be watching you.»
«Kann ich den Internetcode haben?», ruft Mina, während sie auf dem synthetischen rosafarbenen Teppich zur Kasse geht.
Wortlos schiebt sich der lange, dürre Junge, der sich wohl im Geschäft eines Verwandten das Taschengeld aufstockt, zur Kasse und klaubt eine Plastikkarte mit einer aufgedruckten Zahlenfolge hervor.
«Du weisst, wie's geht?»
Mina nickt und streicht eine zerknüllte Geldnote auf der Theke glatt. Dann schnappt sie sich die Karte und geht vorbei an Stapeln von Aschenbechern und Autoschildern, Teddybären und Tassen, Schneekugeln und Schweissbändern, auf denen prominent das Städtelogo prangt. Eine Wendeltreppe im hinteren Ladenbereich führt hinunter zum Internetcafé – wobei der fensterlose Raum mit dem klinisch hellen Kunst-

licht mehr «Internet» und weniger «Café» suggeriert, denn ausser einer Filtermaschine mit lauwarmem Kaffee steht nichts zur Verpflegung bereit.
Fünf Computer stehen nebeneinander auf einem Sperrholzbrett, das jemand unmotiviert an die Wand geschraubt hat. Mina setzt sich auf einen der Bürostühle, die aussehen, als hätten sich schon sehr viele Menschen seit sehr vielen Jahrzehnten auf sie gesetzt, und tippt in die Suchmaschine: «Hanker, Hank, Stalking.»
Während sie zur Kaffeemaschine schlendert und sich einen Becher einfüllt, surrt es über ihrem Kopf. Sie sieht hoch zur Raumecke und entdeckt eine Überwachungskamera, die ihr bei früheren Besuchen nicht aufgefallen ist. Womöglich, weil das Gerät vorher noch nie rot geblinkt hat und ihr nicht durch den Computerraum gefolgt ist. Mina geht einige Schritte nach rechts – und die Kamera schwenkt surrend nach links. Mina geht einige Schritte nach links – und die Kamera schwenkt surrend nach rechts.
Ob der junge Dürre im oberen Geschoss vor einem Monitor sitzt und Mina dabei beobachtet, wie sie sich mit ihrem Kaffeebecher zurück vor den Computer setzt, um die aufgelisteten Resultate durchzusehen?
Während Mina beschliesst, sich ein neues Internetcafé zu suchen, eines mit frischem Kaffee und richtiger Milch und ohne penetrante Überwachung, geht sie die Suchergebnisse durch. Die meisten handeln vom Schauspieler Tom Hanks, aber keiner von Minas Hank. Bereits schaltet der Timer am rechten Bildrand von Grün auf Rot. Bald läuft Minas Session ab. Kurz bevor der Monitor schwarz wird, loggt sie sich noch auf ihre MySpace-Seite ein, wo zu ihrem Erstaunen nicht nur allgemeine Bandinformationen aufpoppen, die auf neue Alben oder Konzerte hinweisen, sondern auch eine persönliche Nachricht. Das Profilbild zeigt ein verpixeltes Gesicht, der Benutzername «Tomcom72» sagt ihr ebenso wenig. Neugierig betätigt sie die Maustaste.

«Hey, du bist in New York? Wenn das kein Zufall ist: Ich lebe seit einem Jahr im Big Apple. Let's catch up! Toni.»
Darunter steht eine lokale Telefonnummer.

Schier endlos scheint der Wolkenkratzer in den Himmel zu wachsen. Mina, Debbie und Walt stehen vor dem Eingang und arbeiten sich mit ihren Blicken Meter für Meter die Glasfassade hoch.
«Diese Zeitung scheint viel Geld zu haben», murmelt Walt.
«Du glaubst nicht wirklich, dass die Zeitung all diese Stockwerke belegt?», fragt Mina halb belustigt, halb schockiert.
«Nonon! Wir treffen uns auf der 32. Etage, hat Kim gesagt», sagt Debbie und stösst schwungvoll die vergoldete Glastür zur Lobby auf.
Ehe Mina und Walt die Gelegenheit haben, ebenfalls einzutreten, hören sie ihre Freundin im Innern rufen: «Voilà, wir sind da!» – so selbstverständlich, als hätten die Empfangsmitarbeitenden nichts anderes zu tun, als auf Debbie zu warten.

> *(Eine Zeitungsassistentin stösst die Tür zum Sitzungs-zimmer auf und winkt Minas Klasse herein. Als die Studentinnen und Studenten eintreten, realisieren sie, dass die Redaktionssitzung bereits in vollem Gang ist.)*
> Assistentin *(flüsternd)*: Sorry, dass ich euch so lange habe warten lassen.
> Editor in Chief *(beobachtet die Eintretenden und zeigt mit seinem gravierten Füller auf Minas Klasse)*: Ach ja, euch habe ich glatt vergessen. Kollegen, darf ich vorstellen: Das sind Mr. Lims aktuelle Studenten des journalistischen Nachdiplom-Studiengangs. Sie besuchen uns heute Vormittag, um mehr über die praktische Arbeit zu erfahren. *(Er wendet sich wieder den Journalisten zu und zeigt mit dem Füller auf einen Kollegen.)* Machen wir weiter. War das alles von deiner Seite?
> Head of Departement eins: Bis jetzt, ja.

Editor in Chief: Wie steht es um das Porträt der niedergestochenen Senatorin?
Reporterin: Sollte ich schaffen.
Editor in Chief: Mit exklusiven Quotes?
Reporterin: Ja, meine zahlreichen Besuche im Krankenhaus scheinen sich endlich ausbezahlt zu haben.
Reporter *(flüsternd)*: Man nennt das gemeinhin auch Belästigung.
Editor in Chief: Tolle Sache! *(Er notiert etwas in sein Notizheft.)* Wenn wir diese Geschichte fixen können, lest ihr den Titel unserer Zeitung übermorgen in allen anderen Blättern, das garantiere ich euch. Und die Senatorin ist heiss, die wird sich auch im Bild toll machen! *(Er zeigt auf einen weiteren Sitzungsteilnehmer.)* Wie sieht es bei dir aus?
Senior Editor: Wir haben einen Probebesuch bei Gregory Andrews, der ab nächster Woche als Mephisto im Einsatz steht, eine Rezension vom Puccini-Abend und ein Interview mit dem wichtigsten Labelchef zu den rückläufigen CD-Verkäufen im Angebot. Dazu können wir eine Grafik mit der umfassendsten Datenanalyse des Musikmarkts der letzten fünf Jahre stellen.
Editor in Chief: Der Markt ist immer noch rückläufig?
Senior Editor: Ja, die Jungen laden Musik illegal aus dem Internet runter, es zeichnet sich keine Erholung ab.
Head of Departement eins *(hebt erstaunt die Augenbraue)*: Haben die Teens nichts Besseres mit ihrer Zeit anzustellen? Mit meiner Internetverbindung bräuchte ich für das Best-of-Album der Bee Gees ein Vierteljahrhundert!
Senior Editor: Die Verbindungen werden in Zukunft nicht langsamer …
Editor in Chief: Da hast du Recht. *(Er notiert wieder etwas ins Notizheft.)* Weiter?

Head of Departement zwei: Wir haben einen Reporter vor der angegriffenen Botschaft im Einsatz, der ein Stück über die neusten Entwicklungen liefern wird.
Editor in Chief: Ist klar, wie viele gestorben sind?
Head of Departement zwei: Der Botschaftssprecher war nicht zu erreichen. Aber wir stehen in Kontakt mit unserem Korrespondenten in Nahost.
Editor in Chief: Ach, wie ich Tote in anderen Zeitzonen hasse. *(Er schreibt in sein Notizheft.)* Also: Wir eröffnen die Strecke mit den Wahlmaschinen und der Senatorin. Danach setzen wir auf die Unruhen in Südeuropa mit dem Botschaftsvorfall, das Interview mit dem Makler und die Auslandreportage unseres Paris-Korrespondenten. Auftakt der Kulturstrecke wird die Labelgeschichte. Den Rest verteilt ihr in den Ressorts nach Gutdünken. So, das war's.
Junior Editor: Ehm, können wir nicht noch über die Online-Themen sprechen?
Editor in Chief: Stimmt, das Online-Zeugs vergesse ich immer.
Junior Editor: Wir übernehmen auf der Homepage von der Printausgabe die Strassenumfrage zur Umweltabgabe, den Trainingsbesuch bei einem Marathonteilnehmer und die Puccini-Kritik.
Walt *(hebt seine Hand und entfernt sich einen Fussbreit von der Wand)*: Website.
(Die um die Stehtische versammelten Journalisten verstummen und schauen fragend zur Studierendengruppe.)
Editor in Chief *(zu Walt)*: Wie bitte?
Walt: Homepage heisst nur die Startseite, die erscheint, wenn man eine URL eingibt. Das Ganze nennt sich Website.
Editor in Chief *(zögernd)*: Danke für diese Richtigstellung. Faktentreue und Selbstbewusstsein machen einen erfolgreichen Journalisten aus.

(Mina und die anderen Klassenmitglieder kichern beim Begriff «Selbstbewusstsein», denn so, wie es der Editor ausgesprochen hat, klang es vielmehr nach «Besserwissen».)

Editor in Chief: Ob Website oder Homepage, mir ist egal, wie das Ding heisst, Hauptsache, ihr schaltet die Artikel rechtzeitig auf, ja?

(Alle Anwesenden nicken und entfernen sich schweigend.)

Im Innern von Minas Handtasche leuchtet das Display grün auf. Einen Herzschlag später beginnt das Plastikgehäuse zu vibrieren, während die Tasche beim Gehen regelmässig gegen Minas Hüfte klatscht. Ziffer für Ziffer fährt die Nummer übers Display. Dann verstummt das Telefon wieder. Mina legt die Hand auf die Tasche und versichert sich, dass der Anrufer auch wirklich aufgelegt hat. Sie steht mitten auf dem Gehweg und wird von rechts und links angerempelt.

«Kein guter Ort zum Träumen!», ruft ihr ein Passant zu.

Ohne aufzuschauen, setzt sie sich wieder in Bewegung, Schritt für Schritt. Das Blut rauscht in ihren Ohren, die Stimmen von Debbie und Walt scheinen meilenweit entfernt.

«Geht es dir nicht gut, ma belle? Du solltest dich einen Moment hinsetzen. Unsere Wohnung ist ja ganz in der Nähe», hört Mina ihre Freundin sagen.

Debbies und Walts Loft liegt in einem Aussenquartier und krönt einen Betonbau, an dessen Fassade Moos hochwächst. Mina ist gerne zu Besuch, die Wohnung wirkt vertraut. Vielleicht liegt es an den Teppichen, die kreuz und quer über den Boden gelegt sind und beim Gehen einen unebenen Grund bilden – wie damals in der Wohnung von Frau Dubois. Nur, dass es sich hier nicht um synthetische Kaufhausläufer in Pastellfarben handelt, sondern um handgeknüpfte Orientteppiche, so gross, dass keiner in Vaters Wohnung passen würde, ohne am einen oder anderen Ende zugeschnitten

werden zu müssen. An den hohen Fenstern hängen keine Vorhänge, der Blick führt direkt hinaus über die Dächer mit den Schornsteinen, Wassertanks und Terrassen, auf denen einzelne herumstehende Liegestühle und Wasserbälle, mit denen nur noch der Wind spielt, vom vergangenen Sommer erzählen.
Die wenigen Möbel unterteilen das Loft in einen Schlaf- und einen Arbeitsbereich sowie eine Küche. Dem Abfall auf dem Beistelltisch nach zu urteilen, dient die Couch als Essbereich. Das Bett besteht lediglich aus einer Matratze, die in einer Zimmerecke steht und auf der sich unachtsam hingeworfene Bettwäsche türmt. Dahinter, abgetrennt durch ein in den Raum greifendes Bücherregal, befindet sich der Arbeitsbereich. Mina sitzt am weissen tulpenförmigen Tisch und begutachtet die Bücher, die sich im Regal stapeln. Es sind keine neuen Drucke mit grellfarbigen Rücken, sondern hauptsächlich alte, teils geschnürte Einbände, die den Kanon der angelsächsischen Literatur abbilden. Bei den grossen Büchern, um die zu heben Mina wohl beide Hände benötigen würde, handelt es sich um naturwissenschaftliche Lexika.
«Meine Tante ist Biologin. Wir können hier wohnen, solange sie im Ausland arbeitet», erklärt Debbie, als sie die Teetassen aufstellt.
«Im Ausland arbeiten» klingt in Minas Ohren wie «auf dem Mars». Ihre eigene Familie ist überschaubar klein und soweit sie weiss, ist nie jemand im Ausland unterwegs. Vater bewegt sich hauptsächlich zwischen Wohnung und Kiosk und die Verwandten, die in seiner alten Heimat geblieben sind, leben in der alten Heimat. Nur einmal waren sie im Ausland, bei Vater und Mina zu Besuch. Ihre Reise dauerte allerdings nur kurz, es hätte sich nicht gelohnt, ihr Zuhause während dieser Zeit jemandem zur Verfügung zu stellen.
Mit ihren Ausflügen nach Paris oder an die Adria gilt Mina als die Reisemutige ihrer Sippe. Während der Semesterferien hat sie sogar einmal ihre Tante in Vaters Heimatdorf besucht.

Diese war keine Biologin, sondern Schneiderin, und ihre Einzimmerwohnung diente zugleich als Atelier.

«Du kommst hierher? Das ist der verkehrte Weg, alle ziehen in deine Richtung!», hatte die Tante gesagt, als Mina ihr den Besuch am Telefon angekündigt hatte.

Vor Mina dampft der Chai. Vergeblich sucht sie an der Tasse nach einem Henkel. Mit beiden Händen umfasst sie schliesslich das heisse Gefäss und führt es zum Mund.

«Das Rezept habe ich von meinem Indientrip», erklärt Debbie.

Bei anderen hätten solche Bemerkungen angeberisch gewirkt, doch nicht bei Debbie und Walt. Es liegt an der Selbstverständlichkeit, mit der sie ihre Anekdoten einstreuen.

«Was hattet ihr für einen Eindruck von der Redaktion?», fragt Debbie.

Sie setzt sich zu den beiden anderen an den Tulpentisch, zieht die Knie an und bläst den Dampf von der schaumigen Teeoberfläche.

«Ganz okay», antwortet Walt in gleichgültigem Ton.

«Ich war überrascht, wie bürokratisch das Ganze organisiert ist», bemerkt Mina und schlürft den cremigen Chai.

«N'est-pas? Und fast nur Männer. Das war keine Redaktion, das war ein Bataillon!»

«Baby, das ist kein Genderdings», antwortet Walt.

«Ich finde, dass Debbie Recht hat. Zugegeben, meine Redaktionserfahrung ist bescheiden, aber beim Regionalfernsehen war das Team durchmischter und es wurde wesentlich mehr über die Gewichtung der Themen diskutiert», entgegnet Mina.

Mit hochgezogener Augenbraue schielt Walt über den Tassenrand.

«Du hast für ein Regionalfernsehen gearbeitet?»

«Warum fragst du so ungläubig?»

Aus ihrem Augenwinkel kann Mina beobachten, wie Debbie den Kopf schüttelt – ganz so, als wüsste sie schon, dass er eine aussichtslose Diskussion vom Zaun brechen würde.

«Diese Boulevardsender gehören boykottiert. Hast du dich nicht gefühlt, als würdest du deine Journalistenseele verkaufen?», fragt Walt.
«Jeder fängt klein an, und so boulevardesk war die Arbeit dort jetzt auch nicht. Und einige Journalistinnen und Journalisten haben wirklich etwas zum Positiven verändert.»
An Walts Gesichtsausdruck kann Mina erkennen, dass ihn ihr Argument nicht überzeugt hat.
«Wer so denkt, füttert doch das System! Gute Journalisten dürfen sich nicht unter Wert verkaufen, erst recht nicht für ein Schmuddelmedium.»
«Es ist doch naiv zu denken, dass die Welt auf uns. Oder glaubst du im Ernst, dass du einfach bei der New York Times anheuern könntest, ohne dir vorher die Sporen bei irgendwelchen kleinen Zeitungen abverdient zu haben?»
«Wenn ich gut genug bin, warum sollte ein renommiertes Blatt nicht zugreifen?», antwortet Walt ohne jeglichen selbstironischen Unterton – was Mina noch mehr verärgert.
«Walther!», versucht Debbie zu schlichten.
Es ist das erste Mal, dass sie ihn in Minas Gegenwart mit vollem Namen anspricht. Sie klingt dabei mehr nach einer mahnenden Mutter als nach einer Freundin.
«Ich verstehe Minas Position, Walt. Nicht jeder hat die Aussicht, mal Anteile an einem Medienimperium zu erben wie du, nicht wahr, Mina?»
Nie hätte sie gedacht, dass eines Tages jemand in ihrem unmittelbaren Umfeld ernsthaft diese Frage aufwerfen würde. Trotzdem versucht Mina gelassen zu reagieren und schüttelt den Kopf.
«Nein, ich erbe wohl nie ein Medienimperium.»
Auf einmal muss sie schmunzeln. Bei Vaters Kiosk handelt es sich zwar nicht gerade um ein Imperium, aber als Mediengeschäft könnte sie ihn allemal bezeichnen. Falls ihr Popi den Kiosk also eines Tages hinterlassen würde, wäre sie in der Tat eine Medienerbin.

Walt, für den die Diskussion beendet scheint, schlurft rüber zur Küchennische. Debbie nutzt den Moment, um den Elefanten im Raum anzusprechen: «Ist alles in Ordnung? Eben auf der Strasse wirkte es, als würdest du gleich in Ohnmacht fallen.»

Mina stellt die Tasse zurück auf den Tisch.

«Es ist nichts.»

«Non, das kaufe ich dir nicht ab. Wenn jemand sagt, es sei nichts, ist nie nichts.»

«Es ist nichts Schlimmes.»

«Wenn jemand sagt, es sei nichts Schlimmes, ist es nichts Harmloses.»

Mina schaut Debbie kopfschüttelnd an.

«Lässt du jemals locker?»

«Pas du tout», antwortet Debbie grinsend.

Mina holt so tief Lust, dass ihre Brust gegen die Tischkante stösst.

«Es ist wirklich nicht so schlimm. Vor ein paar Jahren wurde ich gestalkt, und jetzt hat sich der Kerl wieder gemeldet.»

Debbie reisst ihre kirchenfenstergrossen Augen noch weiter auf.

«Was genau ist daran ‹nicht so schlimm›? Bebe, das ist ja furchtbar! Sollten wir nicht die Polizei benachrichtigen?»

Wieder schüttelt Mina den Kopf.

«Der Mann ruft mich von der anderen Seite des Ozeans an, ich fühle mich sicher. Wirklich. Und ich glaube auch nicht, dass er mir etwas antun würde. Er möchte einfach gehört werden.»

«Nimm diesen Kerl nicht in Schutz! Du kannst schliesslich nicht wissen, wozu ihn die Verzweiflung treibt. Ach, du solltest unbedingt mit Josshay sprechen.»

«Gute Idee, du solltest mit Josshay sprechen», ruft Walt aus der Küchennische. Offenbar hat er ihr Gespräch von dort aus mitverfolgen können.

«Wer zur Hölle ist Josshay?», fragt Mina.

Zielstrebig richtet sich Debbie auf, geht zum Bücherregal und greift nach einem kleinen Fotorahmen. Sie streckt Mina das Bild einer Frau entgegen, die den Mund vor Lachen so weit aufgerissen hat, dass nebst ihren Zähnen und fliegenden Haaren wenig erkennbar ist vom Gesicht.
«Josshay ist oft zu Besuch, wenn meine Tante in der Stadt weilt. Sie sind enge Amies», erklärt Debbie.
«Wenn du mich fragst, sind sie mehr als das!», ruft Walt.
«Was noch nicht erklärt, warum ich sie kennenlernen sollte.»
«Das ist ja das Beste: Josshay wurde jahrelang gestalkt, du kannst mit ihr über ihre Erfahrungen sprechen!»
Debbie scheint sogleich zu realisieren, dass ihr begeisterter Tonfall unangebracht ist. Bedeutend nüchterner fügt sie an: «Warte einen Moment, ich suche dir ihre Telefonnummer heraus.»
Während Debbie in einer Keramikschale voll handbeschriebener Zettel wühlt, auf denen ihre Tante Kontakte notiert hat, kramt Mina ihr Telefon hervor. Das Gerät zeigt erneut einen verpassten Anruf an. Mina legt das Telefon auf die Tischplatte und lehnt sich im Stuhl zurück. Sie achtet auf eine gerade Haltung und atmet tief durch. So lange, bis sich ihr Puls normalisiert hat.
«Chérie, kommst du zurecht?», fragt Debbie, als sie Mina die Telefonnummer von Josshay reicht.
«Ja, alles gut. Aber ich sollte langsam los, ich treffe noch jemanden.»
«Oh lala, einen Mann?», fragt Debbie.
«Ja», antwortet Mina.
«Einen Mann.»

Der vorbeifahrende Zug wirbelt Staub auf und Mina kneift die Augen zusammen, damit sich nichts davon auf ihren Linsen absetzen kann. Über die Lautsprecher ertönt eine unkenntliche Stimme, die etwas von «rebound» berichtet, doch Mina hört nicht hin. Sie lehnt gegen die weissen Marmorplatten

und sucht zwischen den Gesichtern ankommender Passagiere nach einem vertrauten. Eines, das ihr ein Gefühl von Zuhause und Sicherheit vermitteln kann. Eines, das ihre Gedanken an die unbekannten Anrufe verdrängen kann.
Auf der anderen Seite der Gleise, zwischen den dunklen Pfeilern hindurch, erkennt sie einen Saxofonisten, der eine melancholische Melodie spielt, die so gar nicht zum nervösen Herumwuseln und Vorbeirattern passen will.
Auch Mina ist nervös. Die Nervosität sitzt in Gestalt eines festen Klumpens in ihrer Kehle und erschwert ihr das Schlucken und Atmen. Noch hätte sie die Gelegenheit, umzudrehen. Wegzugehen. Unterzugehen in der Menschenmenge.
«Excuse me», sagt ein Mann und Mina schreckt auf, doch es ist bloss ein Fremder, der sich an ihr vorbeidrückt.
Von aussen erscheint Mina ruhig, doch in den Jackentaschen reiben die Finger ungeduldig an der eingerissenen Nagelhaut herum. Sie geht einige Schritte auf die Gleise zu, bleibt auf der gelben Warnlinie stehen und blickt hinunter in den Graben, in dem eine einzelne Ratte nach Nahrung sucht. Das Tier wirkt klein und harmlos und Mina kann sich nicht vorstellen, warum die Bewohner von einer «Plage» sprechen. Wieder ein Zug, wieder ein Strom aus Gesichtern, wieder ist seines nicht dabei.
Dann, als der letzte silbrige Wagen aus ihrem Blickfeld gefahren ist, entdeckt sie Toni. Er steht auf dem gegenüberliegenden Bahnsteig neben dem Saxofonisten und sieht sich nach allen Seiten um. Die Hände stecken in den Jackentaschen, der Kragen ist aufgestellt, als möchte auch er sich gegen den warmen Fahrtwind schützen. Sein Bart ist so fein gestutzt wie damals und von den Schläfen greifen erste graue Stellen auf das schwarze Haar über. Schliesslich entdeckt auch er Mina, doch ehe er die Treppe hinuntereilt, um auf ihre Seite zu gelangen, steht er eine Weile einfach bloss grinsend da. Ungelenk nimmt Mina eine Hand aus der Tasche, fährt mit der Zunge über die trockenen Lippen und winkt.

«Waaas?»
Mina sieht, dass sich Tonis Lippen bewegen, doch sie kann seine Stimme nicht hören. Sie stehen in einer Bar-Ecke, eingeklemmt zwischen einem Hochtisch und dem vor Hitze angelaufenen Fenster, und sprechen gegen Radiohead an, deren «Paranoid Android» durch den Raum schallt. Trotz der gefühlten fünfhundert Dezibel scheint Mina die Einzige zu sein, die Probleme hat, ihr Gegenüber zu verstehen. Dutzende Gäste parlieren im engen Raum und gestikulieren dabei gelassen mit ihren Weingläsern und Bierflaschen und Mina kann es nur darauf zurückführen, dass in diesem Land viele des Lippenlesens mächtig sind.

Immerhin hatten sie sich auf dem Weg zum Lokal, in dem vom stimmigen Parkett bis zu den Glühbirnen alles aussieht, als wäre es schon mal von Bob Dylan besungen worden, bereits austauschen können. Nachdem Toni und sie die ersten Minuten mit oberflächlichen Wetterbeobachtungen zugebracht hatten, erfuhr Mina, dass Toni seine Anstellung beim Fernsehen aufgegeben hat, um eine Filmausbildung zu absolvieren. Dafür lebt er nun von seinem Ersparten und teilt sich mit zwei deutlich jüngeren Regiestudenten eine Wohnung in einem «abgefuckten» Quartier, wie Toni sagt. Eines, in dem es die besten gekochten Bananen von New York gebe. Ohne Vorwarnung tritt er ganz nah an sie heran, bis seine Lippen beim Sprechen ihr Ohr berühren, und fragt:
«Was hältst du davon, an einen ruhigeren Ort zu gehen?»
Mina nickt erleichtert und leert die letzten Schlucke Bier in einem Zug. Im nächsten Augenblick folgt sie Toni in ein Subway-Abteil und während sie verlegen die Werbeplakate für juristische Beratungen oder Verdauungsmittel mustert, spürt sie Tonis Blick auf sich ruhen. Sie hat diese Blicke vermisst. Es ist ihr nicht bewusst gewesen, nicht bis zu ebendiesem Moment, dafür spürt sie es nun ganz deutlich: Sie hat *ihn* vermisst.

Als der J-Train aus dem Tunnel fährt und sich die Skyline auf den Plakatoberflächen spiegelt, streckt Toni auf einmal die Hand aus und fährt mit seinem Finger Minas Gesichtskanten nach. Hitze schiesst ihr in die Brust und zwischen ihre Beine.
«Wie gross stehen die Chancen, dass wir zwei uns auf der anderen Seite des Planeten wiedersehen?», fragt er.
Sie nickt und schliesst die Augen, bis der Zug mit einem Ruck anhält und sich die ächzenden Türen öffnen.
Als Mina Toni durchs Apartement in sein Zimmer folgt, rauschen das Bar-Echo und das Zugrattern noch immer in ihren Ohren. Erleichtert stellt sie fest, dass Tonis Mitbewohner nicht zu Hause sind. Trotzdem schliesst Toni vorsorglich seine Zimmertür ab.
Nun ist es Mina, die ihre Hand ausstreckt, um Toni durchs Haar zu fahren und eine bestimmte Stelle am Haaransatz freizulegen. Sie spürt eine halbmondförmige Verhärtung unter den Fingern.
«Als hättest du nicht schon genug Narben», flüstert sie.
«Aber im Gegensatz zum Arm erinnert mich diese an einen schönen Moment», entgegnet Toni und zieht den linken Mundwinkel hoch.
«Ein schöner Moment? Ich erinnere mich an viel Blut. An sehr viel Blut. Und dann habe ich dich einfach in der Notaufnahme zurückgelassen. Wir haben nie über diese Nacht gesprochen.»
«Was hättest du denn besprechen wollen? Du hast mich zu einem Tatort begleitet, wir gingen nach den Aufnahmen etwas trinken, das eine führte zum anderen …»
«… und dann rächte sich das Karma für meinen Fehler, weil ich damals noch einen Freund hatte.»
«Nach Arbeitsschluss so heftig im Korridor der Fernsehredaktion rummachen, dass man mit dem Kopf gegen den Sicherungskasten knallt, ist ein dummer Unfall – nicht Karma. Und fremdgegangen bist du dank meinem Loch im Kopf auch nicht», antwortet Toni.

«Fremdgehen fängt schon vor dem … an.»
«Sex?»
«Genau. Und ohne Platzwunde wäre es dazu gekommen.»
«Zu Sex?»
«Stell mich nicht als prüde hin, ich kann es aussprechen!», protestiert Mina.
Toni will etwas entgegnen, doch Mina küsst ihm die Worte von den Lippen. Es ist kein flüchtiger Kuss, der mit einer gewissen Zurückhaltung kokettiert. Sie presst ihre Lippen auf seinen Mund, forderte seine Zunge heraus wie zum Kampf, während ihr Speichel Fäden zieht und ihre Zähne gegeneinanderstossen.
«Hoppla, Frau Rados!», ruft Toni und schiebt sie sanft von sich, während er sich mit dem Finger über die Zähne reibt.
«Es tut mir … Das war so nicht …», stottert Mina.
Schon zieht Toni sie wieder an sich heran und drückt ihr nicht minder energisch seinen Mund auf ihren.
Es ist ein Kuss, der viele Jahre nachzuholen hat. Ein Kuss, der sie zurücknimmt in den Archivraum des Fernsehsenders, dorthin, wo er hätte stattfinden sollen. Ein Kuss, der sie zurücknimmt in den Korridor, wo er zu mehr hätte führen sollen. Ein Kuss, der den Lauf der Dinge korrigiert.
Während sich Mina auf Tonis Schoss zieht und sein Hemd aufknüpft, atmet sie so tief ein, dass es schmerzt. Sie will Toni riechen, seinen Geruch aufsaugen, so viel wie möglich davon speichern.
Tonis Herz schlägt wild gegen ihre Brust. Sie spürt die Wärme seiner Hände durch ihren Hosenstoff hindurch. Unter seinen Narben spannen sich die Muskeln, als er Mina umdreht und sich schliesslich auf sie legt. Unter Minas Rücken gibt die durchgelegene Unterlage etwas nach.
Warum liegen bei Toni und Debbie die Matratzen auf dem Boden, schläft in dieser Stadt denn niemand in einem normalen Bett?, denkt Mina.
«Mmh.»

«Alles in Ordnung?», fragt Toni, als hätte er ihr Abschweifen bemerkt.
Mina nickt und sie nickt weiter, als ihr Toni die Jeans abstreift. Sie zuckt zusammen, als seine Fingerknöchel dabei ihre Oberschenkel streifen.
Wann habe ich das letzte Mal meine Beine enthaart? Warum denkst du jetzt daran, ist doch egal. Darf ich seinen Arm packen? Schmerzen die Narben? Konzentrier dich, denk nicht zu viel nach!, mahnt sich Mina innerlich.
Wieder lässt Toni von ihr ab.
«Ist wirklich alles in Ordnung?»
«Ja, ich muss bloss an so viel denken», antwortet sie.
«Es ist ziemlich selbsterklärend, die Menschen tun es seit Tausenden von Jahren.»
Beide müssen lachen, so energisch, wie sie sich geküsst haben, und langsam lösen sich Minas wirre Gedanken auf.
Sie hört auf zu denken und fühlt nur noch, fühlt die fremde Haut, hier weich, dort hart, hier salzig, dort süss, fühlt die Haare und die Zunge und die Narben. Alles fühlt sich gleichsam fremd und vertraut an, als sie einen pulsierenden Körperhaufen bilden.
Sie sprechen kein Wort, doch immer wieder hält Toni inne und sucht in Minas Blick nach Zustimmung. Sie legt ihm ihre Hände auf den Rücken und lässt den Rhythmus seiner tanzenden Schulterblätter auf ihren Körper übergehen. Mina fühlt sich, als würde sie sich auflösen, und steht doch vom Scheitel bis zu den Zehen unter Spannung. Ihre gemeinsamen Bewegungen steigern sich und verlangsamen wieder, bis nur noch ihre fiebrige Haut an das erinnert, was eben geschehen ist.
Viele Atemzüge lang bleibt Mina ohne sich zu rühren neben Toni liegen – als ob sich alles bei der geringsten Bewegung als Traum herausstellen könnte. Sie hört ihm beim Atmen zu und beobachtet die Lavalampe auf seiner Kommode, beobachtet, wie sich die roten Wachsblasen langsam auflösen und

neu zusammenfügen, schwebend in der gelben ursuppigen Flüssigkeit.
«Die hat ein früherer Mitbewohner zurückgelassen», erklärt Toni das angestaubte Wohnaccessoire.
Erleichtert stellt Mina fest, dass sich nichts in Traum auflöst. Sie ist hier, Toni ist hier, und vor dem Fenster gurren sich die Tauben in den Schlaf.
«Dieses Mal hat mich dein Karma verschont», sagt Toni und tastet seinen Kopf nach Wunden ab.
«Gib acht, ich kann dir immer noch eine verpassen.»
Mina schlägt die Decke etwas zurück, unter der sich die Körperhitze staut.
«Verrate mir lieber ein Geheimnis. Was weiss niemand über dich?», fragt Toni in ernstem Ton.
Mina hält inne. In ihrem Kopf hat sie solche Gespräche schon viele Male durchgespielt, Gespräche mit Toni im Bett, umschlungen von Vertrautheit. In ihrer Vorstellung haben sie sich ganz selbstverständlich über das Leben unterhalten, über ihre Zukunft, über das Schicksal und über Träume – doch nun zögert sie. Ist Toni wirklich vertraut? Oder doch nur ein flüchtiger Bekannter von früher, eine vage Erinnerung, ein Gedankenkonstrukt?
«Warum soll ich dir ein Geheimnis verraten?»
«Weil ich dich kennen möchte. Und ein Geheimnis sagt viel mehr über eine Person aus als das gängige Kennenlerngeschwätz.»
«Na gut», sagt Mina, nachdem sie innerlich ihre Sonderlichkeitenliste durchgegangen ist.
«Ich lese Groschenromane. Du weisst schon, jene mit den barbusigen Rittern und Piraten auf den Covern. Ich habe sie Popi immer aus dem Altpapier des Kiosks gefischt.»
«Tatsächlich?», fragt Toni erstaunt.
«Ich dachte, du liest Ingeborg Bachmann, nicht Penny Dreadful. Sind diese Bücher nicht völlig unfeministisch?»
«Natürlich! Mir ist auch bewusst, dass es diese Art von Liebe

und Beziehungen in der Realität nicht gibt. Vielleicht ist es das Vorhersehbare an den Geschichten, das ich schätze. Eine Flucht aus dem Alltag, der alles andere als vorhersehbar ist. Eine Flucht in Schwarz-Weiss.»

Mina lässt Toni keine Gelegenheit, etwas darauf zu erwidern. Stattdessen besteht sie darauf, ein Geheimnis von Toni zu erfahren.

«Ein Geheimnis für ein Geheimnis, das ist mehr als fair. Okay: Ich wurde nach meinem Grossvater benannt.»

Minas ist ernüchtert, ihre angespannten Glieder lockern sich.

«Das ist jetzt aber kein besonders aufschlussreiches Geheimnis. Ich nehme an, das ist eine italienische Tradition? »

Abrupt löst sich Toni aus der Umarmung und richtet sich auf.

«Bitte was? Ich habe keine italienische Herkunft, wie kommst du denn darauf?»

Mina erhebt sich ebenfalls und stützt sich am kalten Bettgestell ab:

«Na, das habe ich aus deinem Namen geschlossen: Toni, Antonio …»

«Ich heisse Anton.»

«Anton? Du siehst nicht aus wie ein Anton.»

«Tja, meine Eltern hatten keine Zeit, meine Visage abzuwarten. Schon vor der Geburt stand fest, dass ich nach meinem Grossvater benannt werden würde.»

Durch den Fensterrahmen zieht frische Luft von draussen. Sie streift über ihre Köpfe, während Mina Toni mustert, als sähe sie ihn in einem neuen Licht. Er bemerkt ihren Blick und ruft:

«Sag bloss, du hast nur mit mir geschlafen, weil du dachtest, ich sei Italiener?»

«Psst, natürlich nicht! Denkst du so von mir?»

Mina greift nach dem erstbesten Kissen und schlägt es Toni so fest über den Kopf, dass dabei zwei Federn durch die Luft gewirbelt werden und im Zickzack zu Boden segeln. Eine Weile tollen sie auf dem Bett herum, bis es sich ausgetollt hat und sie erneut ausser Atem nebeneinander liegen bleiben.

«Und jetzt? Trinkt Frau Rados mittlerweile Kaffee, oder soll ich einen Tee aufsetzen?»
Mina haucht «Tee» und wirft sich zufrieden zurück in die Laken.

Das Telefon klingelt schrill, wie eine verzweifelte Sirene, die um den letzten Seemann buhlt. Mina versucht sich ihren Schreien zu widersetzen, doch willenlos muss sie zusehen, wie ihre Hand zum Hörer wandert. Sie fühlt das kühle Gerät auf ihrer Haut und verharrt für drei weitere Töne. Vier, fünf, sechs. Dann, mit einem Ruck, führt Mina das Telefon langsam zum Ohr.
Erst hört sie nichts als ein Rauschen. Doch da ist noch ein weiteres Geräusch, eines, das sie nicht recht deuten kann. Es kommt und geht, ein wiederkehrender Aufschrei. Kurz und laut. Wie ein – Bellen.
Die Wände fallen, die Decke fällt, und ehe Mina dazu kommt, wieder aufzulegen, steht sie da, im Dunkeln, allein. Das Bellen kreist sie ein, es kommt von da und dort, das Tier – oder sind es gar mehrere? – schleicht um sie herum, doch Mina kann es nicht erkennen. Es muss so schwarz sein wie das Schwarz, das Mina langsam verschluckt.
«Hallo?», fragt sie mit schwacher Stimme.
Ihr Wort wird übertönt vom Rauschen und Bellen, sie kann es nur in ihrem Kopf hören.
«Hallo?», fragt sie ein zweites Mal, und dieses Mal versucht sie, ihrer Stimme mehr Kraft zu verleihen.
Unter das Rauschen und Bellen mischt sich eine Männerstimme, die Mina vertraut ist von den vielen Anrufen. Hanks Organ klingt brüchig, immer wieder muss er husten, muss jedes Wort hervorwürgen. Erst nach der dritten Wiederholung versteht Mina, was er ihr sagen will:
«Der Tod ist orange.»
«Was?», ruft sie.
«Der Tod ist orange!»

Auf einen Schlag ist alles verstummt. Das Schwarz weicht Weiss. Weissen Wänden, weissen Laken, die sich um Minas Beine gewickelt haben. Unruhig hebt und senkt sich ihre Brust. Erst als sie die roten Wachsblasen in Tonis Lavalampe erkennt, weiss sie wieder, wo sie ist und dass sie ist.
Sie stellt ihre Füsse auf den hellen Teppichboden, dessen Muster sich aus schlecht rausgewaschenen Flecken zusammensetzt, und fährt sich mit den Händen übers Gesicht, als könnte sie damit die Erinnerung an den Traum wegwischen.
«Der Tod ist orange», hatte Hank gesagt, immer wieder, damals, als er Mina mit seinen Anrufen verfolgt hatte.
Weder sie noch Popi hatten rausgefunden, was er ihr damit hatte mitteilen wollen.
Nachdem sie sich angekleidet hat und Toni im restlichen Apartement suchen geht, entdeckt sie an seiner Zimmertür einen Notizzettel.
«Ich hoffe, du hast gut geschlafen. Habe Unterricht. Bis später!»
Mina reisst das gelbe Stück Papier ab und steckt es in ihre Hosentasche. Dann verlässt sie das Haus und hält auf der Strasse nach der nächstgelegenen U-Bahn-Station Ausschau. Als hätte das Wetter seine Schuldigkeit getan, hat sich der Himmel über Nacht verdunkelt und die milden Temperaturen sind einer winterwürdigen Kaltfront gewichen. Der Wind bläst eisig um ihre Ohren und Mina zieht den Mantel so fest zusammen, wie es der Stoff zulässt. Sie presst die Handtasche gegen ihren Bauch, und da fühlt sie es wieder, das Vibrieren des Telefons. Sie läuft schneller gegen den Wind an, der erste Schneeflocken an sie heranträgt.

Die Schneeflocken fallen langsam. Es scheint, als würden sie in der kalten Luft festkleben. Die Wochen verstreichen hingegen rasch, die Tage scheinen sind gegenseitig zu überholen, und wo eben noch ein Freitag war, ist nun schon wieder Mittwoch. Ein Mittwoch im klebrigen Winterwunderland, in dem sich Mina mit kleinen, unsicheren Schritten fortbewegt.

«Tee, wie Sie ihn am liebsten mögen», ruft Timothy und streckt Mina von Weitem die dampfende Papptasse hin, während sie die vereisten Stufen der Schule hinuntergeht. In den vergangenen Tagen ist sie bereits dreimal auf der vereisten Treppe ausgerutscht, heute will sie sich diese Blösse nicht geben. Ausserdem glaubt sie nicht, dass ihr Steissbein einen weiteren Sturz wegstecken könnte.

«Danke! Wie geht es zu Hause, hat sich Ihre Frau von der Bronchitis erholt?», fragt Mina und greift nach dem Becher.

Timothy hebt seine Mütze.

«Nun, die Ärzte in der Notaufnahme meinten, es sei was Chronisches. Jetzt muss sie ein paar Pillen schlucken, rote am Morgen und blaue am Abend. Wie in diesem Film ‹Matrix›, erinnern Sie sich an den? Ach, das wird schon wieder. Und wie geht es Ihnen, Miss Mina? Sie wirken sehr glücklich.»

Seine Bemerkung überrascht Mina. Sie gehört eigentlich nicht zu jener Gattung Menschen, denen man Emotionen vom Gesicht ablesen kann. Bereits auf Kinderfotos wirken ihre Züge ernst, ungerührt und vor allem: undeutbar. Nicht so wie bei ihrer Mutter, die auf jeder Fotografie anders wirkt, mal traurig, mal belustigt, mal besorgt, mal hoffnungsvoll.

Entsprechend oft kriegt Mina von neuen Bekanntschaften die Frage gestellt: «Bist du wütend?» – so lange, bis ihr Gegenüber realisiert hat, dass Minas Augenbrauen von Natur aus eine kleine Schneise über der Nase bilden und dass ihre Mundwinkel selbst beim ausgelassensten Lachen nicht nach oben ziehen, sondern in die Horizontale.

«Keine Ahnung, ich habe mir keine Gedanken darüber gemacht, aber wenn Sie so direkt fragen: Ich glaube, ich bin gerade ziemlich glücklich, ja», antwortet Mina und führt den Tee an die Lippen, der wie jeden Tag die perfekte, trinkbare Wärme hat.

Timothy entblösst amüsiert die Zähne, die im grellen Winterlicht gelber erscheinen als an anderen Tagen, und entgegnet:

«Uh, das klingt fantastisch! Darf ich nach dem Grund für Ihr Glück fragen?»
Mina zögert und lässt ihren Blick über Timothys Verkaufswagen schweifen. Seit einigen Tagen ziert eine grüne Lamettagirlande das kleine Vordach, das dafür sorgt, dass es bei Regen nicht in die bereitstehenden Tassen tropft.
«Nun ja, da ist ein …»,
«… Boyfriend?»
«Ich weiss nicht, ob er das ist, aber … ja, eigentlich schon. Wahrscheinlich. Ich habe seit ein paar Wochen einen Boyfriend. Ich meine, ich kann ihn schon Boyfriend nennen, oder? Also wir verbringen beinah jeden Tag zusammen und die Hälfte meiner Sachen liegt schon in seinem Apartement rum und er hat mir eine Zahnbürste gekauft und er lässt mich meine Kontaktlinsen in seiner Dose aufbewahren …»
Schnell führt Mina wieder den Pappbecher an den Mund, als könnte sie damit etwas ungesagt machen.
«Das ist eine grosse Stadt, kein Wunder, dass Sie jemanden gefunden haben», antwortet Timothy und eine Prise Stolz schwingt mit.
«Um ehrlich zu sein, stammt er aus meiner Heimatstadt. Wir haben uns zufällig hier getroffen, weil er ebenfalls eine Ausbildung macht.»
Timothy klatscht einmal so laut in die Hände, dass es zwischen den Häuserfronten ein schwach hörbares Echo erzeugt.
«Das ist ja noch besser, dann können Sie sich auch zu Hause sehen. Stellen Sie sich die Wahrscheinlichkeit vor, dass so etwas passiert! Das muss eine ganz besondere Bindung sein, ja, ja», sagt Timothy in einem überschwänglichen Ton, der an der Grenze zum Gesang entlangschrammt.
«Warum erzähle ich Ihnen das überhaupt alles?», fragt Mina und hält sich verlegen die freie Hand über die Augen.
«Die einen öffnen ihre Seele dem Barkeeper und andere eben mir. Als ich noch in der Wall Street arbeitete, verrieten mir die Kunden so viele Anlagetipps über einer Tasse Kaffee und

einer Tüte Nüsse, dass ich ein Vermögen hätte machen können.»
«Warum haben Sie es nicht versucht?»
Timothy streckt ihr seine gezeichneten Finger hin und antwortet:
«Geld irgendwo auf einer Bank für mich arbeiten lassen, ohne dass ich mir dabei die Hände schmutzig machen muss? Nein, das ist keine Arbeit, das ist Humbug, Miss Mina. Ich habe nicht viel, aber ich weiss wenigstens, woher es kommt.»
Während Mina zustimmend nickt, kriecht ein wohliges Gefühl in ihr auf. Das Gefühl von Vertrautheit und Heimat, denn Timothys Worte könnten ebenso gut aus Popis Mund stammen.
«Und jetzt geht's zum Boyfriend?», fragt Timothy, während er Minas Tee einkassiert und dabei wie immer weniger verlangt, als er von Hand auf eine an den Verkaufswagen angelehnte Schiefertafel geschrieben hat.
«Später. Zuerst muss ich noch ein Interview für meine Abschlussarbeit führen.»
«Wie interessant. Mit einem Politiker oder einem Prominenten?»
«Nein, überhaupt nicht, so glamourös ist journalistische Arbeit bloss im Fernsehen», antwortet Mina belustigt.
Obwohl sie spürt, dass Timothy gerne mehr über ihr Treffen erfahren würde, wendet sich Mina zum Gehen. Sie wirft einen Blick auf die digitale Uhr, die auf die Fassade des gegenüberliegenden Plattengeschäfts projiziert wird, und ruft: «Ich muss los, bin schon zu spät dran, bis morgen!»

Abertausende von Füssen treten den Schnee glatt, verwandeln den Gehsteig in eine rutschige Bahn. Die fallenden Flocken kämpfen dagegen an und legen im Minutenrhythmus neue Schichten weichen, knirschenden Schnees über das Eis. Kapuzen und Mützen sind tief in die Gesichter gezogen, einige haben die Kopfbedeckung vergessen und wickeln nun

ihre Halstücher um die Ohren. Mina versucht vergeblich, ein Gesicht zu erkennen. Die Köpfe verschwinden im Strick, sie sind regelrecht zugestrickt. Manche kommen forschen Schrittes auf Mina zu, andere schlendern gemütlich von Schaufenster zu Schaufenster und bestaunen die Schneemänner, Elfen und Nikoläuse, die hinter dem Glas mechanisch winken. Jedes Mal, wenn jemand eine Tür aufstösst, dringt aus dem Innern des Geschäfts fröhliche Weihnachtsmusik, um sogleich wieder abzubrechen – als ob jemand immer und immer wieder eine Musikschatulle öffnen würde.
«All I Want For Christmas Is You», ertönt es, als Mina die Buchhandlung betritt. Unter der Tür hält sie einen kurzen Moment inne, um sich den Schnee von den Stiefeln zu klopfen. Die Schuhmatte unter ihren Füssen ist mit Schmelzwasser vollgesogen und gibt schmatzende Geräusche von sich.
Im Innern riecht es nach Zimt und Pfefferminze. Zielstrebig geht Mina an den Geschenktischen vorbei, die am nächsten vom Eingang platziert sind. Auf ihnen stapeln sich die Bestseller des Jahres, Tassen mit berühmten aufgedruckten Zitaten, rot-grüne Boxen mit Konfekt gefüllt, Abreisskalender fürs anstehende Jahr, Reisespiele und Handwärmer in der Form von Sternen, Tannenbäumen und Eismännern. Sie eilt weiter an den Krimi-Regalen vorbei zum hinteren Bereich des Erdgeschosses, dort, wo sich eine internationale Kaffeekette eingemietet hat. An den kleinen, runden Holztischen sitzen einzelne Menschen, die tief über Bücher gebeugt sind, Bücher, die sie womöglich nach ihrer Pumpkin-Marshmallow-Latte und dem Lebkuchen-Muffin kaufen werden.
Mina bestellt sich an den Tresen ein Wasser und wird dafür von der Kellnerin mit einem enttäuschten Blick gestraft. Dann geht sie entschlossen zu einer Frau, die in einer Raumecke wartet. Es ist die einzige Person, die kein Buch vor sich liegen hat. Und die einzige Person, die sich sichtlich unwohl fühlt in dieser Vorweihnachtsblase.
«Josshay?»

Die Frau stellt ihre Tasse ab, nickt und weist Mina an, sich zu setzen.
«Hi Mina. Meine Freunde nennen mich Josy.»
Mina lächelt flüchtig und nimmt einen Schluck Wasser. Das verschafft ihr einen kurzen Moment, in dem sie über den Glasrand hinweg Josy mustern kann. Sie hat sich die Bekannte von Debbies Tante anders vorgestellt. Älter, so alt, wie man sich gemeinhin eine Tante und deren Freundinnen vorstellt. Älter und unscheinbarer. Josy ist ungefähr Mitte vierzig, hat dickes, braunes Haar, die olivfarbenen Wangen schimmern unter einer Schicht Bronzepuder, Augen und Lippen sind stark, aber geschmackvoll geschminkt. Ihre weiblichen Kurven stecken in einem schwarzen Lederbustier, das unter dem Mantel hervorschaut.
«Danke vielmals, dass ich mit Ihnen sprechen kann. Sie helfen meiner Arbeit sehr weiter», sagt Mina.
«Alles für Freunde von Ilene.»
Mina stockt, sie hat noch nie zuvor den Namen von Debbies Tante gehört und sie ist unschlüssig, ob sie Josy sagen sollte, dass sie Ilene nicht persönlich kennt, dass sie nur ein paar Mal in ihrer Wohnung gearbeitet und Ilenes beachtliche Sammlung Botanik-Bücher bestaunt hat.
«Du wirst also gestalkt?», fragt Josy.
Ihre Direktheit trifft Mina unvermittelt.
«Nein. Doch. Nur übers Telefon.»
«Nur? Belästigung ist nie ‹nur›, auch nicht durchs Telefon.»
Josy schaut sie sich kurz im Raum um, als möchte sie sich vergewissern, dass niemand mithören kann.
«Wie war es bei dir?», will Mina wissen.
«Es fing an, nachdem ich mich vom Ex getrennt hatte. Ich wusste, dass er unter psychischen Problemen litt, aber ich wollte weder seinet- noch meinetwegen eine Beziehung aufrechterhalten, die keine Zukunft hatte. Es begann mit Briefen. Dutzenden von Briefen. Mal flehte er darin um meine Rückkehr, mal verfluchte er mich. Später tauchte er vor meiner

Wohnung und meinem Büro auf und drohte, dass er sich etwas antun würde.»
«Bist du zur Polizei gegangen?»
«Nein, und das war rückblickend dumm. Aber vielleicht kennst du das Gefühl: Ich war überzeugt, Herrin der Lage zu sein. Man gibt schliesslich nicht gerne zu, verletzlich zu sein, oder?»
Mina nickt.
«Plötzlich kippte sein Ton. Er drohte nicht mehr, sich das Leben zu nehmen, sondern drohte stattdessen mir. Er legte mir Hundekot in den Briefkasten oder tote Mäuse vor die Tür. Da wusste ich, dass ich die Kontrolle über die Situation verloren hatte.»
«Das ist unglaublich, ich hatte, ehm habe, schon wegen ein paar Anrufen keine ruhige Nacht mehr!», sagt Mina.
«Hatte ich auch nicht mehr. Ich schluckte abends Schlafmittel und morgens Aufputschmittel, Uppers und Downers – und jedes Mal, wenn ich die Tür öffnete, raste mein Herz aus Angst, wieder eine Nachricht oder etwas Ekelhaftes vorzufinden. Der Blick zum Anrufbeantworter wurde zur Zerreissprobe: Werden wieder Nachrichten von ihm angezeigt? Einmal hatte ich eine Tierpfote in der Post, überwachsen mit schwarz-weissem Fell. Mein Ex und ich …»
Josy schluckt leer.
«Mein Ex und ich, wir hatten einen Hasen, als wir noch zusammengewohnt haben. Ein wohlgenährtes, anhängliches Exemplar.»
«Er hat den Hasen getötet?»
«Ich weiss es nicht. Vielleicht ist das Tier gestorben, vielleicht war es ein anderer Hase oder gar kein Hase. Es ist besser, manche Dinge gar nicht genau zu wissen.»
Beide Frauen schweigen.
«Und dann hast du die Polizei eingeschaltet?»
«Ja, und musste all diese unangenehmen Fragen über mich ergehen lassen: Warum habe ich mich nicht früher gemeldet?

Warum habe ich die Nachrichten nicht aufbewahrt? Wie konnte ich beweisen, dass ich gestalkt wurde? Konnte jemand irgendetwas bezeugen? Natürlich nicht! All die Monate hatte ich versucht, mir niemandem gegenüber etwas anmerken zu lassen. Ich wollte am Arbeitsplatz souverän wirken und im Freundeskreis gut gelaunt.»
Josy schreckt kurz auf, als die Kellnerin am Tisch vorbeigeht und nach ihrer leeren Tasse greift.
«Einen Moment bitte, ich brauche einen weiteren Kaffee.»
Josy erhebt sich und geht zur Theke. Wieder huscht ein Funke Enttäuschung übers Gesicht der Kellnerin, denn auch Josy bestellt lediglich einen Americano – ohne Karamellschaum, ohne Schlagsahnekrone, ohne Streusel.
Im Stimmengewirr versucht Mina den Weihnachtssong herauszuhören, der über die Lautsprecher die Einkäuferschar bei Laune halten soll. Sie hört Glocken und eine Männerstimme, doch die zerstückelten Töne fügen sich in ihrem Ohr zu keiner erkennbaren Melodie zusammen.
«Wo war ich?», fragt Josy, als sie sich wieder hinsetzt.
Sie klingt ungeduldiger als zuvor. Offensichtlich will sie das Gespräch so schnell wie möglich hinter sich bringen.
«Nach deinem Versuch, die Polizei einzuschalten: Wie ging es weiter?»
«Wie zuvor. Als ich eine neue Partnerin kennenlernte, schrieb mein Ex ihr aggressive Notizen und bald schon war ich wieder allein. Ich wusste, das würde jetzt wohl ewig so weitergehen. Ich hatte aber mittlerweile Debbies Tante Ilene eingeweiht und konnte mir wenigstens hin und wieder etwas von der Seele reden. Ich hatte mir auch vorgenommen, die Nachrichten und toten Mäuse aufzubewahren, doch mein Ex muss gewusst haben, dass ich bei der Polizei war. Er hörte auf, mir Beweisstücke zu hinterlassen. Stattdessen rief er an, rund um die Uhr, mitten in der Nacht.»
Mitten in der Nacht, denkt Mina. Sie hört Popis Stimme durch die verschlossene Tür.

«Rufen Sie uns nie mehr an, Herr Hanker», hatte er in den Hörer gebrüllt.
«Ich ging erneut zur Polizei und die Beamten nahmen mich auch ernst, aber sie sagten: Ohne Beweise sei es unmöglich, den Ex anzuklagen», erzählt Josy weiter.
«Und seither ist es nie zu einer Anzeige gekommen?»
«Doch, aber nicht wegen mir. Er ist ausgerastet und hat einen seiner Mitarbeiter tätlich angegriffen. Momentan sitzt er deswegen. Er hat wohl Angst, dass die Anrufe aus dem Gefängnis protokolliert werden, auf jeden Fall habe ich momentan Ruhe vor ihm.»
Mina schluckt leer.
«Dann könnte es sein, dass er dich wieder verfolgt, wenn er rauskommt?»
Josy nickt so flüchtig, als möchte sie die Ernsthaftigkeit dieser Tatsache überspielen.
«Aber bis dahin dauert es noch eine Weile. Und falls er mich nicht in Ruhe lässt, ziehe ich eben weg. Hier hält mich nicht mehr viel. Und ich habe mittlerweile einen grossen Hund!»
Ein befriedigendes Lächeln huscht über Josys Gesicht, doch sogleich verfinstert sich ihr Ausdruck wieder.
«Hast du nie Angst, dass dein Stalker plötzlich vor deiner Tür auftaucht?», fragt sie.
Mina ringt um eine Antwort.
«In der ganzen Zeit hat er immer nur angerufen ... Und momentan wohnt er ja auf der anderen Seite der Erdkugel ...»
«Und du denkst, Stalker können kein Flugzeug betreten?»
«Woher sollte er wissen, wo ich bin?»
«Woher wissen Stalker je, wo ihre Opfer sind? Die meisten hängen ja kein Leuchtschild für ihre Verfolger ins Fenster.»
Mina starrt betroffen in ihre Tasse. Josy räuspert sich, stürzt den letzten Schluck Espresso hinunter und fährt mit beschwichtigender Stimme fort: «Mina, das war dein Name, oder? Woher kennst du Ilene schon wieder?»
«Ich besuche mit ihrer Nichte die Uni.»

«Falls du sie vor mir siehst: Richtest du ihr liebe Grüsse aus? Ich sollte jetzt gehen.»
Josy erhebt sich und knöpft sich hastig die Mantelknöpfe zu. Ein letztes Mal wendet sie sich Mina zu und sagt: «Nie vergessen: Wer gestalkt wird, ist der Stärkere in der Beziehung. Täter werden Täter aus Verzweiflung.»
Mina blickt Josy nach, wie sie sich zwischen Regalen und Geschenktischen den Weg zum Ausgang bahnt. Nun kann Mina die Musik deutlich hören – «Last Christmas».

Je näher Weihnachten rückt, desto mehr Menschen scheinen in der Stadt unterwegs zu sein. Nach der Arbeit schalten sie ihre Computer aus, werfen die Mäntel über, schieben die Batches in die Arbeitszeitstempler, stossen die Glastüren ihrer Bürogebäude auf und setzen sich mit ihren Arbeitskollegen in eine nahe gelegene Bar, wo sie zur Happy Hour unter Lamettagirlanden Eierlikörcocktails schlürfen. Oder sie tauchen ein in die glitzernden Kaufhauswelten, in denen gut gelaunte, als Elfen verkleidete Männer und Frauen im Schaufenster Geschenke einpacken, als wäre es das Normalste der Welt, in geringelten Strümpfen vor aller Augen Sternenpapier zu falten. Sie eilen die Strassen auf und ab, vorbei an kleinen Chören, die sich jetzt an jeder Ecke formieren, oder vorbei an jenen, die mit lauten Glockenklängen und Rufen für die Ärmsten Geld in einem Plastikkanister sammeln.

Bei Mina kommt wie jedes Jahr wenig festliche Vorfreude auf. Weihnachten ist ein Konzept, dass sie nie richtig kennengelernt hat. Vater hatte an den Weihnachtstagen jeweils bis nach Sonnenuntergang gearbeitet und die Gäste von Familienfeiern mit Zigaretten und Cognac-Pralinen versorgt. Schon als Kind hatte Mina begriffen, dass viele Verwandte auf engem Raum zu erhöhtem Nikotin- und Alkoholgenuss führen – warum genau, war ihr damals natürlich noch nicht klar. Nach Feierabend hatte sie Vater beim Kiosk abgeholt und zusam-

men waren sie durchs Quartier geschlendert, hinter dessen Fenstern die Tannenbäume leuchteten. Mina war den Weg auf Zehenspitzen gegangen, um in so viele Fenster wie möglich blicken zu können. So hatte sie grosse und kleine Bäume sehen können, reich und spärlich geschmückte. Sie hatte Alte und Junge beobachtet, wie sie Kerzen anzündeten, an den Festtafeln speisten oder sich in den Armen lagen. Da hatte Mina sie spüren können, die komprimierte Liebe auf engem Raum.
Später hatte Popi Essen aufgewärmt und ihr zur Feier des Tages einen alkoholfreien Rumpunsch gereicht – auch dann noch, als Mina längst alt genug für echten Schnaps war.

Hochprozentiges fliesst in diesem Advent wenig. Mina braucht ihren unvernebelten Verstand. Neben den Kursen verbringt sie die meiste Zeit in der Bibliothek, wo sie ihre Abschlussarbeit in eine klebrige Tastatur tippt – wie die Studenten neben, vor und hinter ihr. Es herrscht eine Stimmung wie in einer Textmanufaktur, und von den Wänden schauen die Freskenjournalisten in ihren Trenchcoats auf Mina hinunter. Ihre Blicke verfolgen sie durch den Lesesaal und durch die Korridore bis zur Toilette.
Abends schläft sie in Tonis Arm, während das stumm geschaltete Telefon die eingehenden Anrufe verzeichnet. Und immer wieder hört sie Josys Worte nachhallen: «Täter werden Täter aus Verzweiflung.»
«Beschäftigt dich irgendwas?», fragt Toni manchmal, wenn Mina nicht einschlafen kann.
«Die Studienarbeit stresst mich ein wenig», antwortet sie, während sie sich an ihn schmiegt und ihren Hintern gegen seine Lenden drückt.
«Chérie, hast du wieder Anrufe gekriegt? Können Walt und ich etwas unternehmen?», fragt Debbie, wenn sie neben Mina auf dem Sofa sitzt, die Zehennägel braunrot streicht und durch ihren Strähnenvorhang Mina beim Ins-Leere-Starren beob-

achtet. Dann löst Mina ihren Blick vom Fussboden, schüttelt den Kopf und lässt sich von Debbie die abgeknabberten Fingernägel färben, bis es im ganzen Wohnzimmer nach Lack riecht.
«Alles gut bei dir?», fragt Popi, wenn sich Mina überwinden kann, das Telefon hervorzunehmen, die Dutzenden Anrufe in Abwesenheit wegzuklicken und die vertraute Nummer zu wählen. Dann schnappt Popi mehrmals nach Luft, und wenn er sich erholt hat, haucht Mina:
«Ich vermisse dich, das ist alles» – und beobachtet von der Feuerleiter aus, wie die Arbeiter gegenüber Badewannen durch den Garten tragen und wie die Welpen im Schaufenster ihren Schwänzen hinterherjagen.
«Miss Mina, Ärger mit dem Boyfriend?», fragt Timothy, wenn er ihr den Tee entgegenstreckt mit seinen Fingern, die von harter Arbeit in Eiseskälte erzählen.
«Ein Geist aus der Vergangenheit», gesteht ihm Mina eines Morgens.
«Geister können uns nur Angst machen, wenn wir an sie glauben. Warum fürchten Sie sich denn vor diesem Geist?», fragt Timothy.
Mina sammelt ihre Gedanken und nachdem Timothy einem anderen Kunden Kaffee und ein Brezel verkauft hat, tritt sie näher an ihn heran und antwortet: «Dieser Geist verfolgt mich seit Jahren. Aber am meisten Angst macht mir, dass sein Verhalten keinen Sinn ergibt. Es ist, als läge ein Puzzle vor mir, doch ich erkenne das Sujet nicht, weil das wichtigste Teilchen fehlt.»
«Na dann sind Sie ja am richtigen Ort», grinst Timothy und zeigt auf das Schulgebäude in Minas Rücken.
«Ist es nicht genau das, was Journalisten hier lernen? Nach dem wichtigsten Teilchen zu suchen? Oder verwechsle ich euch mit der Cop-Schule in der zweiten Avenue?»
«Das klingt schwer danach», antwortet Mina und drückt Timothy einen zerknüllten Geldschein in den Handschuh.

Sie läuft los, läuft durch die Strassen, in denen sich der Schnee dunkelgrau verfärbt, weil sich der ganze Stadtbelag auf ihm absetzt. An manchen Stellen schimmert er bereits schwarz, und wenn das so weitergeht, denkt Mina, versinkt die Stadt bald unter einer Ladung flockigen Pechs. Mina läuft und späht durch die Fenster in die zahlreichen Leben, die es sich hinter den Fassaden in ihrem Alltag bequem eingerichtet haben. Hinter den hochschiebbaren Glasscheiben erkennt sie Bücherregale und Bilder, Topfpflanzen und Gewürzkarusselle, und jeder noch so kleine Ausschnitt aus einem fremden Zuhause lässt sie ihr eigenes vermissen.
Dann, von einem Augenblick auf den nächsten, ist es wieder da, das Echo. Schritte ertönen hinter ihr. Jemand folgt ihr. Schnell, aufholend, fordernd.
«Zuerst hat er nur Briefe geschrieben. Du denkst, ein Stalker kann kein Flugzeug betreten? Ein Stalker findet dich immer.»
Josys Worte hallen in ihrem Kopf, während sie ihre Schritte beschleunigt. Mina steuert einen kleinen Park an, in dem eine Handvoll Hartgesottener der Kälte trotzt und im Schnee an Steintischen Schach spielt. In ihren Rücken verkauft ein älteres Paar Weihnachtsbäume und schiebt Tännlein für Tännlein durch eine Netzmaschine. Unter diesen Fremden fühlt sie sich sicher, bald übertönt die Netzmaschine die knarzenden Schneeschritte hinter ihr – und genau in dem Moment, als Mina überzeugt davon ist, dass sie sich alles bloss eingebildet hat, packt sie eine Hand an der Schulter. Reflexartig schlägt Mina sie weg. Dann schreit sie so laut, dass die Schachspieler aufspringen und zu ihr rüber schauen. Mit zusammengekniffenen Augen mustert sie die Gestalt, die sich vor ihr aufbaut. Auf ihrer Höhe bleibt eine Passantin stehen, während ihr Hund weiter an der Leine zerrt.
«Alles in Ordnung?», ruft jemand.
Der Mann vor Mina hält sich vor Schreck die Ohren zu. Sie kann ihn nun genau erkennen, den jungen Mann, Walt nicht unähnlich.

«Sorry, ich wollte dich nicht erschrecken!», sagt der Mann und streckt entwaffnend die Hände in die Luft.
«Spinnst du? Lass mich in Ruhe, verflucht!», ruft Mina, während die Passantin weiterzieht und sich die Schachspieler wieder ihrer Partie zuwenden.
«Es tut mir leid, dass ich dir hinterhergerannt bin, aber ich war so begeistert von deinen Schuhen und wollte dich unbedingt interviewen», erklärt sich der Mann – und holt aus seinem bodenlangen Kamelhaarmantel ein Aufnahmegerät hervor. Eines jener veralteten Geräte, in denen eine kleinformatige Kassette dreht, die man beim Sprechen seinem Gegenüber ganz nah unter die Nase halten muss, damit die Nebengeräusche nicht jedes Wort stören.
«Meine Schuhe? Ist das so eine perverse Sexsache?», fragt Mina und schiebt energisch das Aufnahmegerät weg, das ihr der Verfolger ins Gesicht streckt.
«Diese Frage stellen mir alle. Aber nein, keine Sexsache, es geht um Kunst», stellt der junge Mann klar.
Mina lässt ihre Arme sinken und blickt an sich hinunter, um die dunkelroten Lederstiefel mit den aufgestickten Blumenmotiven zu begutachten.
«Lass mich von vorne beginnen: Ich bin Manilo, ein Artist in Residence. So viele Menschen in dieser Stadt tragen interessante Schuhe. Also frage ich die Trägerinnen und Träger nach der Geschichte dahinter. Diese schreibe ich auf und so entsteht eine ganze Sammlung von spannenden Lebensstorys. Kaum zu glauben, was Schuhe alles zu erzählen haben!»
Die Worte des Künstlers wecken die Erinnerung an einen verregneten Samstagnachmittag, den Mina am Küchentisch von Frau Dubois totgeschlagen hatte. Während ihr Frau Dubois eine Götterspeise zubereitet hatte in einer Zeit, in der noch alles als vollwertige Mahlzeit galt, was mit Apfelmus dekoriert wurde, hatte ihr die Nachbarin von purpurfarbenen Pumps erzählt. Mina hatte damals noch nicht genau gewusst,

was Pumps sind, aber sie wusste, dass es sich um ein Schuhmodell handeln musste, denn Frau Dubois beklagte sich über ihre geschwollenen Füsse, die so gar nicht in die purpurfarbenen Pumps passen wollten.
«Doktor Wernli hat sich die Füsse mal angesehen und mein verdammtes Blut abgezapft. Ich habe ihn wegen ein paar fetten Zehen aufgesucht und aus seiner Praxis rausgekommen bin ich mit Diabetes! Kannst du dir das vorstellen, Mina? Dieser blöde Zucker wird mich noch dahinraffen.»
Das Orakel der purpurfarbenen Pumps sollte sich Jahre später in Form eines Herz-Kreislauf-Versagens bewahrheiten.
«Darf ich dich aufnehmen, bitte?», fragt der Künstler und rückt Mina wieder etwas näher.
«Von mir aus. Aber du wirst enttäuscht sein. Die Schuhe stammen aus einem Kaufhaus. Sie haben mir gefallen, darum habe ich sie gekauft. Und nun habe ich eine Blase an der Ferse. Das ist die ganze Geschichte.»
Und dann fällt es ihr wieder ein: Hanks Schuhe waren überzogen gewesen mit orangen Farbspritzern.
«Der Tod ist orange.»

Wochen später erinnert lediglich eine kleine rote Stelle an die Blase an Minas Füssen.
«Die blöden Schuhe drücken», ruft Mina.
Das Geräusch von Kufen, die das poröse Eis schneiden, untermalt Minas Klagen. Die letzten Lebenszeichen der Sonne tauchen den Himmel über ihrem Kopf in ein dunkelviolettes Licht. In der Luft liegt der säuerliche Geruch von heissem Cider. Mina lehnt an die Bande und beobachtet, wie Debbie im zotteligen Schaffellmantel, der aussieht, als hätte er bereits drei Leben hinter sich, Walt über die Bahn zieht. Debbies Schal scheint dabei wie eine Windfahne die Richtung vorzugeben. Walt folgt ihr in aufrechter Haltung, doch täuscht diese nicht über eine gewisse Unsicherheit hinweg, mit der er sich übers Eis bewegt.

Mina fasst sich an den Knöchel und schiebt einen Finger in den geschnürten Schlittschuh. Für einen kurzen Augenblick lindert dies den Druckschmerz, den sie verspürt, seit sie die Leihkufen geschnürt hat. Toni steht hinter ihr, auf der sicheren Seite der Bande.

«Du ziehst das Kneifen wirklich durch?», fragt Mina und wirft einen Blick auf Tonis schwarze Winterschuhe.

«Jemand muss dich ja zum Arzt tragen, wenn du dir den Knöchel verstauchst», antwortet Toni und reicht ihr seinen Cider.

«Nein, danke, wenn ich Alkohol trinke, falle ich tatsächlich noch hin», sagt Mina und stösst sich mit beiden Armen von der Bande ab.

Ein älterer Mann, der offenbar allein seine Runden dreht und dabei gekonnt die Kufen übersetzt, fährt so dicht an Mina vorbei, dass sie einen Windstoss im Rücken spürt und sich der aufgewirbelte Eisstaub auf ihren Schlittschuhen ablegt. Mina gerät für einen kurzen Augenblick ins Taumeln – und nimmt dabei Tonis besorgten Gesichtsausdruck zur Kenntnis.

«Wir stammen aus einem Land, in dem das halbe Jahr über Winter herrscht, ich habe das Eislaufen im Blut», versichert sie ihm.

«Das ist kein besonders bestechendes Argument. Gerade Menschen, die in Meeresnähe wohnen, können häufig nicht schwimmen. Du solltest mal die Ertrinkungsraten studieren.»

«Wie gesagt: Du kannst mich ja sonst zum Arzt tragen.»

Wie beim Twist schwingt Mina ihre Hüften nach links und nach rechts, windet sich in engen Kurven vorwärts und beugt sich weit über die Bande, auf der Suche nach Tonis Lippen. In der trockenen Kälte fühlt sich sein Mund noch wärmer und feuchter an als sonst. Als wäre die Absperrung zwischen ihren Körpern kein ernstzunehmendes Hindernis, zieht Toni Mina an sich heran. Seine Hände versuchen durch die zahlreichen Lagen ihres Winter-Outfits etwas mit Wiedererkennungswert zu ertasten.

«Wirklich? Auf einer Eisbahn kommst du in Stimmung?», fragt Mina und wirft lachend den Kopf in den Nacken.
«Du hast es selbst gesagt: Wir kommen aus dem ewigen Winter», antwortet Toni und fährt ihr mit seinem Daumen über die Lippen, als möchte er seine Spuren verwischen.
«Oh lala!», ruft ihnen Debbie zu, doch als sich Mina nach ihr umdreht, ist ihre Freundin bereits wieder in der Masse verschwunden.
Nur hin und wieder blitzt zwischen den fliessenden Körpern ihr zotteliger Mantel auf, in dem Debbie nun mit weit ausgestreckten Armen Pirouetten dreht.
«Lass uns zu dir gehen, ich glaube, Debbie und Walt kommen ganz gut allein zurecht», schlägt Mina vor.
«Der Kuss muss aber gut gewesen sein, wenn er dich so schnell vom Eis holt. Ich habe aber noch einen halben Cider zu trinken …»
Mina greift unaufgefordert nach dem Becher und stürzt den Inhalt in einem grossen Schluck herunter. Wie eine Feuerraupe schlängelt sich die warme Flüssigkeit durch ihren Körper. In ihrem Mund bleibt ein saurer Nachgeschmack zurück.
«Keine Bedenken mehr wegen des Alkohols?»
Mina schüttelt den Kopf, blickt zum violetten Himmel und blinzelt in die Scheinwerfer, während die Wirkung des Alkohols von den Zehen her einsetzt.
«Hast du eigentlich meine Studienarbeit schon gelesen? In zwei Tagen ist Abgabe», fällt ihr ein.
«Ich habe doch versprochen, sie zu lesen.»
«Was hältst du denn davon?»
Toni zögert. Nur kurz, aber er zögert und Mina weiss, dass ein Zögern, und sei es bloss ein kurzes, nie ein gutes Zeichen ist. Ein Zögern ist wie ein «Aber» und wie im Fall eines «Abers» folgt nichts Gutes auf ein Zögern.
«Grundsätzlich habe ich sie gern gelesen. Aber …»
Aber. Mina spürt, wie der Ärger in ihr hochkriecht, genau dort, wo zuvor der Cider runtergelaufen ist.

«Aber?», fragt sie, und versucht dabei so neutral zu klingen, wie es möglich ist, wenn einem die Ernüchterung die Kehle zuschnürt.
«Willst du wirklich hier darüber diskutieren?»
«Du willst ja unter keinen Umständen aufs Eis, hast du also etwas anderes vor?»
«Wie du willst. Ich finde deinen Schreibstil toll, aber er passt nicht zum Thema Stalking. Du hast die Arbeit nicht als Journalistin verfasst, sondern als Anklägerin.»
Minas Hände liegen nicht mehr locker auf der Bande auf, krallen sich im Material fest.
«Du hast mich nach meiner Meinung gefragt... Komm schon, sei mal etwas locker!», versucht Toni die Situation zu entschärfen.
«Mal? Was heisst hier ‹mal›? Bin ich dir nicht locker genug?»
Beschwichtigend reisst Toni die Hände in die Luft.
«Vergiss es, es hat keinen Sinn, so mit dir zu sprechen.»
«So? Bin ich etwa zu hysterisch? Zu weibisch? Zu emotional?»
«Denkst du wirklich, ich würde dich als Frau so sehen? Du hast mich nach meiner Meinung gefragt, verflucht noch mal!»
Zwei Kinder, die in diesem Moment auf ihren Schlittschuhen hinter ihm vorbeistockeln, fahren zusammen. Obwohl Toni eine andere Sprache spricht, scheinen sie bemerkt zu haben, dass der aufgebrachte Mann mit dem aufgestellten Mantelkragen gerade etwas Unanständiges gerufen hat.
Toni schaut ihnen hinterher, während Mina vergeblich um ein Gegenargument ringt.
«Lassen wir es gut sein», flüstert sie, und als ob ihre Worte Gestalt annehmen würden, formt sich vor Minas Mund eine kleine Atemwolke.
«Ich finde deine Arbeit wirklich nicht schlecht. Vielleicht würde einfach hie und da ein Einschub helfen, der eine andere Sicht darlegt.»
«Die Arbeit ist übermorgen fällig, da bleibt mir keine Zeit für hie und da einen Einschub.»

«Warum hast du mir die Arbeit dann so knapp vor der Abgabe zum Lesen gegeben? Hast du einfach hören wollen, dass alles perfekt ist?»
«Ja, genau, ich brauche deine Bestätigung», entgegnet Mina und verdreht genervt die Augen.
Vergeblich versucht Toni ihre Hände zu greifen.
«Mir ist die Stimmung vergangen. Ich gehe mal zurück ins Wohnheim.»
Sie stösst sich einmal kräftig mit dem rechten Bein ab und fährt Richtung Ausgang, den Blick starr aufs Eis gerichtet, auf dem die Spuren der anderen mandalaförmig verlaufen. In ihren Ohren hallen die vergnügten Rufe, das Kindergekicher – und die Warnschreie.
«Mina!», hört sie, doch ehe sie sich zu Toni umdrehen kann, spürt sie eine Masse, die gegen ihren Körper prallt und sie zu Boden schleudert.
Erst schlägt ihre Schulter, dann ihr Kopf auf dem Eis auf. Der Schmerz breitet sich über ihren Schädel bis in die vorderste Zahnreihe aus. Über ihrem Kopf kreisen grelle Lichter und etwas Braunes beugt sich über sie. Etwas Grosses, Weiches, das ihr zur Hilfe eine Hand entgegenstreckt. Es ist ein Hotdog.
«Alles okay?», hört Mina den Hotdog fragen.
Nach ein paar Sekunden fügen sich die Bildschnipsel zu einem nachvollziehbaren Ganzen zusammen. Über Mina gebeugt steht jemand, der in einem Werbekostüm steckt. Mina erinnert sich daran, ihn zuvor auf dem Eis gesehen zu haben, den schlittschuhfahrenden Hotdog, der auf den Imbissstand am Parkausgang hinweist. Gedankenverloren muss Mina in den lebensgrossen Plüsch-Hotdog gefahren sein.
«Alles okay?»
Mina bejaht, lässt sich vom Hotdog auf die Beine ziehen und wischt sich den Eisstaub vom Mantel. Ein stechender Schmerz geht von ihrem linken Knie aus.
«Hier, der ist für dich. Pass auf dich auf!», sagt der Hotdog, drückt ihr einen Wurst-Bon in die Hand und fährt davon.

Mina knüllt den Bon zusammen und wirft ihn Toni an den Kopf, der am Rand der Eisbahn steht und Mina vom Eis helfen will.
«So lass dir doch helfen!», ruft ihr Toni hinterher.
«Lass mich in Ruhe, alles in Ordnung», sagt Mina und balanciert zur nächstgelegenen Sitzbank.
Dort löst sie die Schnüre und schiebt die Schlittschuhe mit den geschundenen Zehenspitzen in Richtung Toni, der sie schweigend beobachtet.
«Gut, wenn du mir unbedingt helfen willst, dann bring diese Scheissdinger für mich zur Ausleihe zurück», sagt Mina und schlüpft in ihre roten Stiefel, deren Leder sich vom Warten im Freien unangenehm kalt anfühlt.
Ohne auf Tonis Rückkehr zu warten, wirft sie sich ihre Handtasche über und eilt an der Warteschlange vorbei. Der Taschenriemen scheuert an Minas Schulter und ihr Knie fühlt sich bei jedem Schritt an, als würde ihr jemand einen unsichtbaren Dolch ins Gelenk stossen. Und als wäre das alles nicht schon schmerzhaft genug, vibriert auch noch das Telefon, während Mina auf den zugeschneiten Wegen nach dem Parkausgang sucht. Wütend wirft sie die Tasche auf den Boden, kniet sich hin und kramt mit ihrer ungelenken linken Hand zwischen Portemonnaie, Schlüsseln und Kaugummipäckchen das Gerät hervor. Hanks neue, mittlerweile vertraute Nummer leuchtet abermals auf.
Genug ist genug, denkt Mina.
«Werde zur Handelnden», hört sie Josy mahnen.
Mit zitternden Fingern drückt sie die Tasten und presst das Telefon gegen ihr Ohr.
«Was?! Was zur Hölle wollen Sie von mir, Hank?», schreit Mina so laut, dass sich die Leute nach ihr umdrehen.
Am anderen Ende der Leitung ertönt ein mechanisches Rattern. Dann, von einer Sekunde auf die andere, weicht es einer hellen Frauenstimme.
«Was?!»

«Frau Novak?»
«Was?», ruft Mina immer noch aufgebracht.
«Hanser von der Firma TelCare, haben Sie einen Moment Zeit?»
«Was?»
Minas drittes «Was?» klingt weniger aufgebracht. Es klingt vielmehr ratlos.
«Sind Sie zufrieden mit Ihrer Krankenkasse, Frau Novak?»
Mina öffnet ihren Mund, das nächste «Was?» liegt ihr auf der Zunge.
Eine Weile sitzt sie einfach so da, auf dem kalten Asphalt, mit dem vor sich auf dem Gehsteig ausgebreiteten Inhalt ihrer Handtasche, und lauscht der Stimme, die etwas von Prämien und Selbstbehalt erzählt – Worte, die für Mina in diesem Moment so abstrakt erscheinen wie ein Bild, das sich vor ihren Augen in einzelne Farbpigmente auflöst.
«Sie sind nicht Herr Hanker», flüstert Mina schliesslich.
Die Anruferin stockt und fragt nun ihrerseits:
«Nein, Hanser hier, nicht Hanker. Alles in Ordnung?»
Ohne zu antworten, legt Mina auf.
Und dann dämmert ihr: Nicht Hank ist ihr Dämon, sondern sie selbst.

Ein vorbeifahrender Zug wirbelt Staub auf, die scheppernde Lautsprecherstimme berichtet etwas von «rebound» und der trockene Wind der Heizungsanlage bläst eine abgerissene Zeitungsseite gegen Minas Schienbein.
Auf der anderen Seite der Gleise, zwischen den dunklen Pfeilern hindurch, erkennt Mina einen Ukulele-Spieler, der eine melancholische Melodie aus den Saiten zupft. Alles einem Déjà-vu gleich.
Mina geht humpelnd einige Schritte auf die Gleise zu und blickt hinunter in den Graben, in dem zu ihrer Verwunderung weit und breit keine Ratte zu sehen ist.
Wieder hält vor ihr ein Zug, nicht ihr Zug, irgendeiner, und aus den geöffneten Türen ergiesst sich ein Strom von fremden

Gesichtern. Mit einem Ruck setzen sich die silbrigen Wagons wieder in Bewegung und als das letzte Abteil aus Minas Blickfeld gefahren ist, entdeckt sie Toni. Er steht auf dem gegenüberliegenden Bahnsteig neben dem Ukulele-Spieler und schaut zu ihr rüber. Die eine Hand steckt in der Manteltasche, mit der anderen Hand klopft er nervös gegen das rechte Bein, als möchte er Mina über die Gleise hinweg eine Nachricht morsen. Ungelenk winkt sie ihm zu und erkennt quer durch den Raum das Lächeln, das seine Lippen umspielt.

Statt in den Zug einzusteigen, der sie zu Minas Wohnheim fahren würde, schlendern Mina und Toni durch die unterirdische Bahnstation, in der es nach frisch gehobeltem Metall riecht. Dabei stützt Toni Mina beim Gehen, obwohl der Schmerz in ihrem Knie bereits deutlich nachgelassen hat. Auf der Höhe eines Obdachlosen, der zusammengekauert in einer Nische schläft und den Geruch von eingetrocknetem Urin verströmt, greift Toni nach Minas Hand. Sie sind schon oft Hand in Hand durch die Stadt gegangen, doch dieses Mal schlägt Minas Herz etwas höher. Die Geste ist bedeutungsvoll. Mina erwidert den Griff, indem sie langsam Finger um Finger zwischen seine Glieder schiebt, bis ihre Hände schier untrennbar ineinander verkeilt sind.

«Ich fliege schon bald zurück, was wird dann daraus?», fragt Mina.

«Aus dem Obdachlosen? Ich denke, der wird weiterhin hier übernachten …»

Mina löst den Griff und erwidert Tonis Antwort mit einem sanften Klaps auf seinen Hinterkopf.

«Mach bitte für einmal keine Witze. Ich meine es ernst: Was ist das zwischen uns? Und was ist es, wenn ich wieder zu Hause bin?»

Toni seufzt.

«Ah, Frau Rados, Sie machen sich zu viele Gedanken. Es gibt Telefone, Computer und ich bleibe ja auch nicht für immer hier. Ist das die richtige Antwort?»

«Hm. Denkst du, Fernbeziehungen können funktionieren?»
«Natürlich, dann ist der andere nicht immer in der Nähe, um einen mit Fragen zu löchern.»
«Du bist ein Idiot.»
«Ich weiss.»
«Und was, wenn du ein berühmter Filmregisseur wirst und nicht wieder zurückkehrst?»
«Dann ziehst du zu mir nach Hollywood und wir machen das, was alle reichen Paare machen: Wir heiraten, adoptieren ein paar Kinder und lassen uns dann für Background-Tänzer scheiden!»
Mina versteht nur Teile von Tonis Antwort. Im Nebentunnel dröhnt ein Zug, der die ganze Station zum Beben bringt.
«Was jetzt – zu mir oder zu mir?», will Toni wissen.
Mina lässt den Blick über die ausgehängten Plakate schweifen, die neben Anwaltskanzleien auch Zahnarztpraxen, Kinofilme, Übersetzungsbüros und Partyartikel bewerben.
«Jetzt gebe ich dir den grässlichsten Kaffee der Stadt aus!»

«Werden wir hier eigentlich beobachtet?»
Toni sitzt mit hinter dem Kopf verschränkten Armen neben Mina und schaut hoch zur Überwachungskamera, die surrend seinen Bewegungen folgt.
«Ich denke schon», antwortet Mina, während sie den Internetcode ins blinkende Feld auf dem Bildschirm tippt.
Toni richtet sich auf, schlendert zur Kaffeemaschine und füllt sich einen Becher mit wässriger brauner Flüssigkeit.
«Du hast nicht übertrieben, das ist der grässlichste Kaffee ever. Wenn ich einen der Souvenir-Aschenbecher aus dem Geschäft schmelzen und trinken würde, würde er auf jeden Fall besser schmecken. Wie hast du dieses Internetcafé gefunden?»
«Wie die Jungfrau das Kind: Ich bin einfach mal dran vorbeigelaufen und habe das Schild im Schaufenster gesehen», antwortet sie, ohne aufzusehen.

«Wonach suchen Sie denn, Frau Rados?»
Während sich Toni auf einen Stuhl setzt, dessen Lehne unter seinem Gewicht so stark nachgibt, dass er die Beine zum Ausbalancieren unter den Tisch strecken muss, hämmert Mina wild auf der Tastatur herum.
«Du hattest recht, Toni. Es tut mir leid, dass ich auf der Eisbahn wütend geworden bin. Ich habe gedacht wie eine Anklägerin, nicht wie eine Journalistin. Ich war blind auf beiden Augen und habe mir dadurch das Leben selbst schwer gemacht.»
«Wir sprechen nur von einer Studienarbeit, oder?»
Mina nickt. Jetzt wäre ein guter Zeitpunkt gewesen, Toni in Hanks Geschichte einzuweihen, doch vor ihnen lag noch so viel gemeinsame Zeit, um über all dies zu sprechen. So viel Zeit.
«Hast du nicht gesagt, dass du keine Zeit mehr zum Überarbeiten hättest?»
«Doch, an der Abschlussarbeit kann ich jetzt nichts mehr ändern. Aber darum geht es mir gar nicht. Was, wenn mir vor einiger Zeit eine Geschichte in den Schoss gefallen ist und ich sie einfach nicht gesehen habe, weil ich zu sehr mit meiner Position beschäftigt war?»
«Du sprichst in Rätseln», entgegnet Toni und trinkt mit verzogener Miene von seinem Gebräu.
«Geht es jetzt um deine Arbeit oder um ganz was anderes?»
«Vergiss die Arbeit, Toni, das habe ich doch eben gesagt!»
Nun stösst sich Toni mit einem Bein vom Tisch ab und gleitet mit dem Stuhl in die Raummitte. Die Kamera folgt ihm surrend. Toni scheint das Katz-Maus-Spiel mit dem elektronischen Auge sichtlich Spass zu bereiten.
«Ich erkläre dir alles später, aber der Laden schliesst gleich und wenn es die langsamste Internetverbindung der Welt zulässt, will ich das hier noch fertiglesen», sagt Mina und klopft mit den Fingern nervös auf die Tischplatte.
«Aha, hm, aha, na so was …»

Sie ist so vertieft in den Internetartikel, dass sie nicht bemerkt, wie Toni an sie herantritt, sich auf ihrer Stuhllehne abstützt, über ihre Schulter auf den Monitor starrt und mitliest.
«Funfabrik? Hm, Funfabrik… Kommt mir irgendwie bekannt vor.»
«Als wir zusammen beim Regionalfernsehen arbeiteten, musste ich mal deswegen ausrücken. Der Verrückte mit den Höllenhunden, erinnerst du dich?»
Toni nickt und küsst gedankenversunken Minas Schopf.
«Der Typ mit der Alarmanlage? Klar, wegen dem gingen doch regelmässig Meldungen bei uns ein. Aber was hat der mit dieser Firma zu tun?»
«Er hat dort gearbeitet und sagte, in der Fabrik hause etwas Böses.»
Ohne Tonis Reaktion abzuwarten, lehnt sich Mina auf dem knarzenden Stuhl nach vorn und weist auf den Bildschirm.
«Schau mal, dieser Artikel ist erst wenige Monate alt.»
Mina liest die kurzen Abschnitte und fasst zusammen:
«Die Funfabrik wurde Anfang Jahr vorübergehend geschlossen und niemand weiss, warum. Hm, das ist doch alles verdächtig.»
Nun beugt sich auch Toni vor und liest weitere Abschnitte des Artikels.
«Ich will dich nicht enttäuschen», sagt Toni schliesslich, «aber besonders aufregend klingt das Ganze nicht. Lies doch: Es wurden alle Löhne weiterbezahlt und niemand hat durch diese Zwangspause den Job verloren. Vielleicht wollte sich das Management einfach allein in den Fabrikhallen mit all den Ballons und Tröten amüsieren.»
Mina wirft sich im Stuhl zurück.
«Ein kollektives Bällebad müssten die ja nicht verheimlichen, oder? Und ein partyliebendes Management wäre für Hank noch lange kein Grund gewesen, sich vor seinem Arbeitgeber zu fürchten. Was, wenn nicht Hank der mit einem dunklen Geheimnis war, sondern die Fabrik?»

«Wer ist Hank?»
«Gib dir bitte etwas Mühe, Toni! Hank ist der Kerl mit den Höllenhunden.»
«Frau Rados, ganz ehrlich: Du klingst gerade etwas verschwörungstheoretisch und ich spüre immer noch den Cider im Kopf.»
Kaum hat Toni das letzte Wort ausgesprochen, gibt der Computer ein lautes Piepsen von sich – und der Monitor schaltet zurück auf die Startseite, die nach dem Zugangscode fragt.
«Wir schliessen jetzt!», ruft jemand vom oberen Stock hinunter.
Während Toni seinen Kaffeebecher zerknüllt und ihn aus der Entfernung treffsicher in den Mülleimer wirft, verharrt Mina vor dem Monitor und starrt auf die leeren Zahlenfelder.
«Alles klar? Wir können sonst ein anderes Internetcafé suchen, bestimmt gibt es solche, die rund um die Uhr geöffnet haben», schlägt Toni vor.
«Nein, schon in Ordnung. Von hier aus kann ich eh nichts ändern. Lass uns zu dir gehen!»
Sie wenden sich zum Gehen – da schaltet der Verkäufer das Licht im Computerraum aus.
«Ich schliesse jetzt wirklich!», ruft er nachdrücklich.
«Bei dem kaufe ich keinen Aschenbecher», flüstert Toni Mina ins Ohr und Arm in Arm tappen sie im Dunkeln die Treppe hinauf zum Ausgang.

«Warum wollen Sie Journalistin sein, Miss Novak?»
«Weil ich davon überzeugt bin, dass Journalismus in jener Lücke für Gerechtigkeit sorgen kann, in der Gesetze oder die Politik nicht greifen», sagt Mina und beisst sich erwartungsvoll auf die Unterlippe.
Sie weiss, dass es keine Prüfungsfrage ist, und doch wartet sie angespannt auf Mr. Lims Urteil. Erst fährt er mit dem Rollstuhl langsam von der einen zur anderen Raumseite und

mustert Mina dabei aus der Distanz. Als er schliesslich kurz, aber zustimmend nickt, lösen sich Minas Muskeln und es fühlt sich an wie ein Bestehen.
Auch Debbie und Walt scheinen erleichtert und legen Mina von rechts beziehungsweise von links den Arm auf die Schulter. Ihre letzten gemeinsamen Stunden rücken unaufhaltsam näher. Noch ein Abschlussgespräch mit Mr. Lim und eine Diplomübergabe stehen auf dem Stundenplan – danach führen ihre Lebensbahnen wieder in unterschiedliche Richtungen. Mit jeder verstrichenen Stunde schneidet sich Walts Sorgenfalte ein Stück tiefer in die sonst so jugendlich gespannten Wangen. Mina möchte ihn schlagen. Sie möchte ihm seinen mitleidigen Hundeblick aus dem Gesicht schlagen.
Du hast keinen Grund, traurig zu sein!, möchte sie in sein Welpengesicht schreien.
Er und Debbie haben wirklich keinen Grund, Trübsal zu blasen. Sie haben sich beide und sie werden sich immer haben. Mina hingegen würde Toni nun lange Zeit nicht mehr in den Arm nehmen und an seinen Achselhaaren schnuppern können. Sie würde allein sein in ihrem Zuhause und die zähen Monate zählen.
«Wir sehen uns wieder», flüstert Mina Walt zu.
Sie wird ihn und Debbie nie wiedersehen.
Nach der offiziellen Verabschiedung rennt Mina die Treppe vor dem Schulgebäude hinunter. Der grosse Umschlag, in dem das Kursdiplom steckt, presst sie dabei fest gegen ihren Körper. Erst kurz vor dem Imbisswagen streckt sie es in die Luft, fuchtelt damit herum wie mit einem Transparent während einer Demonstration, und ruft:
«Timothy, wollen Sie mal sehen?»
Doch der Mann vor dem Imbisswagen regt sich nicht. Er ist weder alt noch schwarz noch stecken seine Hände in zerfledderten Handschuhen.
«Wo ist Timothy?», fragt Mina, als sie ausser Atem neben dem Wagen zum Stehen kommt und den fremden Mann mustert,

der nicht Tee ausschenkt, sondern geröstete Kastanien in Papiertüten abfüllt.
«Wer?», fragt er desinteressiert.
«Timothy ... Das hier ist sein Platz!»
Erst jetzt sieht der Mann auf und wischt sich mit dem Handrücken über die Stirn. Das ölige Haar hat er mit einem schwarzen Tuch zurückgebunden.
«Ach, der alte Timothy. Keine Ahnung, was mit dem ist, plötzlich war sein Platz hier frei. Sorry, ich kann dir nicht weiterhelfen», antwortet er und wendet sich wieder seinen gerösteten Kastanien zu.
Ernüchtert setzt sich Mina auf die Treppenstufen, das Kuvert zwischen ihren schlotternden Knien eingeklemmt. Sie kann spüren, wie sich der festgedrückte Schnee unter ihrem Gesäss langsam durch den dicken Jeansstoff frisst. Links und rechts neben ihr laufen die Studentinnen und Studenten die Treppe hoch und hinunter, einige verlassen die Schule heute für immer, andere betreten sie zum ersten Mal, für wieder andere ist es ein gewöhnlicher Studientag von vielen. Die Sonne reflektiert auf den Fensterscheiben des gegenüberliegenden Wolkenkratzers und versinkt langsam im Gehsteig, auf dem lange Schatten vorbeischlurfen.
Später am Abend klopft Mina an Tonis Apartement-Tür. Das Diplom hält sie noch immer umklammert, es ist langsam gezeichnet vom planlosen Herumtragen und Herumschwenken. Tonis Mitbewohner öffnet Mina die Tür einen Spalt weit und lässt sie wortlos auf dem kalten Korridor stehen. Mina stösst die Tür weiter auf und schleicht so geräuschlos wie möglich durchs Wohnzimmer, in dem ein anderer Mitbewohner mit Kopfhörern Bass übt, und hinein in Tonis Zimmer, in dem es noch immer nach Schweiss und Minas Parfüm riecht.
Ihre gemeinsamen Spuren im Bett sind hingegen beseitigt. Das Duvet liegt frisch bezogen und vorbildlich gefaltet auf der Matratze. Ein schwarz-blaues Karomuster, das Mina noch nie zuvor gesehen hat.

Sie streicht mit den Fingern über den Stoff. Hinsetzen fühlt sich falsch an. Als hätte sie dieser Raum bereits verarbeitet. Sie wendet sich zum Gehen, da entdeckt sie auf der Bettmitte einen kleinen, gelben Zettel. Die Buchstaben fügen sich zur Wahrheit, die Mina schon seit ein paar Minuten schmerzlich bewusst ist: «Ich kann nicht.»
Immer wieder liest Mina die Worte und jedes Mal fühlt es sich an, als würde ein Teil ihres Herzens vernarben.
Mina lässt das Papier liegen und verlässt die Wohnung, ohne sich die Mühe zu machen, die Haustür hinter sich zuzuziehen. Als sie die letzten Stufen zum Ausgang runterrennt, hört sie, wie jemand die knarrenden Holzbretter ins Schloss fallen lässt und den Schlüssel dreht. Mina ist ausgeschlossen.

«¿Todo está bien?», fragt der Fahrer.
Er beobachtet Mina durch seine getönte Sonnenbrille im Rückspiegel.
Mina nickt. Es ist der erste Satz, den sie verstanden hat, seit der Fahrer mit der schwarzen Limousine sie vor dem Studentenwohnheim aufgeladen hat.
«Ein Taxi zum Flughafen, spinnst du? Ich kenne einen Limoservice, der dich einen Bruchteil kostet», hat Debbie gesagt. Daraufhin hat Minas Freundin eine Nummer gewählt und ein paar spanische Sätze in den Telefonhörer gesprochen.
«Ich spreche aber kein Spanisch …»
«Nicht nötig, du musst ja nicht sprechen», hat ihr Debbie versichert.
Nun sitzt Mina auf der Rückbank von «Speedy Juanzales» und während sie aus dem Radio von Dancehall beschallt wird, ziehen vor dem Autofenster die letzten Wolkenkratzer vorbei. Bald schon weichen die Häuser steinernen Brückenpfeilern, zwischen denen die Strasse rhythmisch unter Minas Hintern rumpelt. Hinter den Brückenverstrebungen schimmert der Fluss silbern und die Sonne schwimmt auf dem Wasser wie ein Goldtaler.

Am Flussufer wirbeln kleine Leiber in der Trapezschule durch die Luft. Aus der Entfernung kann Mina die Seile nicht erkennen und so sieht es aus, als würden die Körper synchron herumschweben.
«Loco, loco», flüstert der Fahrer beim Anblick der Artisten. Loco, ein weiteres spanisches Wort, das Mina versteht. Und verrückt ist es tatsächlich. Nicht das Herumwirbeln, sondern Minas Naivität. Der Glaube daran, dass sie und Toni etwas hätten werden können ausserhalb ihrer schützenden Blase. Wie gerne sie in diesem Moment seine Haut riechen, seine Bartstoppeln spüren, seine Stimme hören würde. Eine vertraute Stimme, die in einer vertrauten Sprache tröstende Worte spricht.
Die Stadt ist im Rückspiegel mittlerweile auf Stecknadelgrösse geschrumpft. Den Strassenrand säumen Lärmschutzmauern, hinter denen die uniformen Häuschen scheinbar endlose Vorstadtquartiere bilden.
Mina fischt in ihrer Reisetasche nach dem Mobiltelefon und wählt Popis Nummer. Es dauert ungewohnt lange, bis er sich meldet. Als ob er zögern würde, mit ihr zu sprechen.
«Mina, bist du nicht im Flugzeug?»
«Der Flieger hebt erst in drei Stunden ab. Ich freue mich auf dich.»
«Ich freue mich auch auf dich.»
Der Fahrer schiebt die Sonnenbrille hoch und beobachtet Minas Lippen beim Sprechen, als möchte er ihre fremde Sprache entschlüsseln.
«Etwas habe ich dir noch gar nicht erzählt», flüstert Mina ins Telefon.
«Ist etwas nicht in Ordnung?»
«Doch, doch, alles ist gut. Aber vor ein paar Wochen war ich überzeugt, dass es wieder von vorne beginnt… Du weisst schon: die Anrufe. Jemand hat mich rund um die Uhr angerufen, aber als ich endlich ranging, war es nicht Hank.»
«Natürlich nicht, das wäre unmöglich gewesen.»

Popis feste Überzeugung irritiert Mina.
«Warum bist du dir so sicher?»
«Ich muss dir auch etwas gestehen…»
«Popi?»
Ehe er weiterspricht, ringt er um Atem. Mina kann das Pfeifen aus seinem Brustkorb durchs Telefon hören.
«Das Paket, von dem ich dir erzählt habe…»
«Hast du etwa meine Post geöffnet?»
Mina versucht, überrascht zu klingen, dabei hätte es sie erstaunt, wenn Vater ihre Post all die Wochen unberührt hätte rumliegen lassen.
«Es stammt von Herrn Hanker. Du hast etwas geerbt. Laut beigelegtem Schreiben ist er bereits vor zwei Monaten gestorben. Er hätte dich also unmöglich anrufen können.»
Mina stockt der Atem.
«Was? Was um alles in der Welt hat er mir vererbt? Es ist keine abgetrennte Hasenpfote, oder?»
«Keine Ahnung, was es ist», antwortet Popi.
Keine Ahnung, das sind nicht Popis Worte, denkt Mina. Popi hat immer eine Ahnung, und wenn nicht, dann schweigt er lieber, als «keine Ahnung» zu haben. In diesem Moment weiss Mina, dass die schlechten Nachrichten noch nicht ausgesprochen sind.
«Popi, ist bei dir alles in Ordnung?»
«Popi, was ist?»
«Popi?»
Schweigen, dieses furchtbare Schweigen! Warum haben alle Männer in ihrem Leben auf einmal die Sprache verloren?
Der Fahrer blickt in den Rückspiegel. Es braucht keine gemeinsame Sprache, um zu verstehen, dass Mina nah dran ist, die Fassung zu verlieren.
«Popi?»
«Mina, ich wollte es dir eigentlich erst persönlich sagen, aber… Ich war beim Arzt. Sie haben da etwas gefunden. Erst müssen sie es einschicken, um zu testen, ob es gut- oder

bösartig ist. Der Arzt meinte aber, es sehe nicht besonders gut aus.»

Der Fahrer steuert die Limousine in die Aussteigezone des Flughafens, parkt so nah wie möglich am Bordstein und lädt Minas Koffer aus. Dann greift er in seine Anzugtasche und streckt Mina ein Papiertaschentuch hin, damit sie sich die Wangen trocken tupfen kann.

Popis Prophezeiung hat sich erfüllt. Mina kehrt in Tränen zurück.

2005 änderte sich auf einen Schlag die Ausgangslage in der Funfabrik. Ein weiterer Mitarbeiter der Funfabrik – wie Hanker ein Assistent des Patrons Kurt Wolf – musste mit ähnlichen Symptomen wie sein Vorgänger krankgeschrieben werden. Im Unterschied zum Fall Hanker konnten die Ärzte dieses Mal eine Diagnose stellen.

Der Zeitpunkt für den Patron war gekommen, belastende Beweise zu vernichten. Dafür wurde die Fabrik vorübergehend geschlossen. Damit niemand unangenehme Fragen stellen würde, wurden die Mitarbeitenden weiterhin entlöhnt und entsprechend zufriedengestellt. Der Plan des Direktors Kurt Wolf schien aufzugehen – vorerst.

2010

Die ausgebreiteten Flügel schneiden sich scheinbar durch die feuchte Luft. Der kräftige Körper gleitet regelmässig über den Baumkronen, der Schwanz folgt ihm aufgefächert. Plötzlich reisst der Schnabel nach unten. Der Falke nähert sich blitzschnell dem mit Laub bedeckten Boden, zieht kurz vor Erdkontakt die Klauen gegen den gefederten Körper – und greift mit ihnen schliesslich präzise nach dem toten Küken, das unter den Blättern auf den Greifvogel wartet. In wenigen Bissen hat der Falke den gerupften leblosen Körper verschlungen.

«Gut gemacht, Leia!»

Mit bestimmten Schritten geht der Falkner auf den Vogel zu, streckt seine Hand aus und beobachtet mit Stolz, wie der mächtige Vogel auf seinem dicken Lederhandschuh landet.

«Gut gemacht», sagt er noch einmal und streicht Leia über den Kopf.

Gefügig lässt sich das Tier daraufhin eine Kopfhaube überziehen, die seine aufmerksamen Augen bedeckt.

«Und Sie denken, das reicht?», fragt die Frau neben ihm.

Eine Frau mit roten Fingernägeln wie Säbel, als könnte sie damit tote Vögel in ihrer Hand aufschlitzen.

«Fürs Erste», antwortet der Falkner und nickt mit seinem grossen Kopf, aus dem in alle Richtungen dicke, graue Locken spriessen.

Seine Antwort scheint die Frau nicht vollständig zufriedenzustellen. Während sie ihren roten Trenchcoat noch enger schnürt, um sich gegen den feuchten Wind zu schützen, meint sie spitz: «Für Ihre Preise zeigt diese Aktion besser Wirkung …»

«Krähen sind nicht dumm. Wenn wir das Vorgehen nicht mehrmals wiederholen, kehren sie gleich wieder zurück zum Nesten», erklärt der Falkner.

Sein Arm stemmt noch immer den anderthalb Kilo schweren Raubvogel, der ruhig auf dem Handschuh verweilt. Minas Extremität fühlt sich allein vom Zuschauen taub an.

«Und wenn die Falknerei keine Wirkung zeigt?», fragt Mina.

«Dann schiessen wir die Viecher eben doch ab», sagt die Frau im roten Mantel, deren Stiefelabsätze bei jedem Schritt ein Stück Rasen aufreissen.

Mina zuckt zusammen. Sie kann das Klatschen der Steinschleudern hören und das dumpfe Geräusch toter, auf dem Boden aufprallender Körper.

«Wie hoch sehen Sie die Erfolgschancen?», will Mina vom Falkner wissen.

Während er nach den treffenden Worten sucht, wartet Minas Kugelschreiber erwartungsvoll auf dem Notizblock.

«Ich bin viel im Oberaargau tätig oder auch in Thun. Diese Quartiere sind heute teilweise frei von Krähen. Die Falken sind ihre natürlichen Feinde. Also ziehen die Rabenvögel weiter und lassen sich an sicheren Orten nieder.»

«Dann verlagert sich das Problem unter Umständen einfach in ein anderes Wohnquartier?», hakt Mina nach.

Ehe der Falkner antworten kann, meint die Frau im roten Mantel: «Egal. Hauptsache, die Krähenplage verschwindet aus unserer Siedlung. Seit Jahren kämpfen wir im Eigentümerverband gegen den Lärm und die Verschmutzung. Eulenattrappen und Steinschleudern haben bisher nichts gebracht.»

«Die Siedlung ist erst wenige Jahre alt – waren die Krähen nicht zuerst da?»

«Schreiben Sie etwa einen Pro-Krähen-Artikel, Frau Novak? Müssen Sie nicht objektiv sein?», echauffiert sich die Frau, deren Gesichtsfarbe jene des Mantels annimmt.

«Es ist doch wohl legitim, zu fragen, ob dem Baukomitee das Krähenproblem bekannt war, als es sich entschlossen hat, rund um die alte, geschützte Baumgruppe Wohnhäuser zu errichten», hält Mina dagegen.

Da sie keine Lust auf eine Welches-Leben-ist-mehr-wert-Diskussion mit der Frau hat, der ihr Schuhwohl offensichtlich ebenso gleichgültig ist wie jenes des Rasens, steckt Mina forsch den Notizblock zurück in ihre Umhängetasche und geht mit ausgestreckter Hand auf den Falkner zu.

«Danke vielmals für alle Informationen, ich maile Ihnen die Zitate zum Autorisieren spätestens morgen Vormittag zu.»

Ungelenk erwidert der Falkner mit seiner Linken Minas Handschlag, während die Rechte noch immer den Greifvogel stemmt.

«Für Sie gilt selbstverständlich dasselbe: Sie können all Ihre Zitate vor Publikation noch gegenlesen», sagt Mina und winkt der roten Frau flüchtig zu, während sie sich vom Rasen entfernt.

«Für welche Zeitung schreiben Sie schon wieder?», ruft ihr die Frau hinterher.

«Für die Berner Gazette!»

«Alles ist gut», denkt Mina, als sich das Tram durch die verschiedenen Quartiere schlängelt, vorbei an Etappen ihres Lebens. Am Horizont zeichnen sich die Wolkenkratzer von Minas Kindheit ab. Sie muss ans Quartierblatt denken, in dem sie ihren allerersten Artikel über Abfall fressende Krähen veröffentlicht und das sie in den vergangenen Jahren geleitet hatte. Popi hatte ihr das Stelleninserat ausgeschnitten und auf den Frühstückstisch gelegt, wenige Tage nach ihrer Rückkehr aus New York. Die Tinte auf Minas Diplom war noch feucht, als sie im Büro des alten Chefredaktors den Zuschlag für die Stelle bekam. Eine Unterschrift später war sie Chefredaktorin, Journalistin, Layouterin, Fotografin und Sekretärin in Personalunion und somit Alleinherrin über ein monatlich erscheinendes zwölfseitiges Quartierblatt, mit dem sie als kleines Kind jeweils Schiffchen für die Badewanne gefaltet hatte.

Popi, natürlich muss sie an ihn denken beziehungsweise an den Abend, als sie ihn ausgemergelt am Küchentisch vorgefunden hatte, mit den positiven Krebsresultaten vor sich. Es war das erste Mal, dass sie ihn angreifbar sah. Besiegbar. Sterblich. Sie hatte an diesem Abend um ihn geweint, als wäre er bereits gestorben. Sie hatte stumm in ihr Kissen geweint, denn niemals hätte er es hingenommen, dass sie seinetwegen in Einzelteile zerfallen wäre.

Mina fährt vorbei am Krankenhaus, in dem sie so oft während der Chemotherapie neben Popi gesessen und mit ihm zusammen zum kleinen Fernseher in der Zimmerecke gestarrt hatte. Das Fernsehprogramm hatte nie eine besondere Rolle in ihren Leben gespielt, doch als Popi durch die Krankheit zum vielen Rasten gezwungen wurde, entwickelte er eine Vorliebe für die Sendung «Kunst oder Kitsch?». Immer nachmittags von zwei bis drei Uhr schätzen ein Kunsthistoriker und eine Restauratorin im Nationalfernsehen Gemälde und Gegenstände, die jemand auf dem Estrich eines verschiedenen Verwandten oder auf einer Sperrmüllhalde entdeckt hat. Kleine Berglandschaften in Öl, Keramikvasen, Glasfiguren oder antike Möbelstücke. Aufgrund von Materialanalysen, Signaturen, Stempeln oder Vergleichen stellen sie in krimiähnlich aufgebauten Folgen fest, ob da jemand auf ein wertvolles Kunststück oder doch nur auf ein gut verarbeitetes Stück Kitsch gestossen ist.

Nach einem längeren Halt vor dem Güterbahnhof fährt das Tram mit einem Ruck weiter und bald kann Mina durch eines der Fenster auf der gegenüberliegenden Wagonseite das Wohnhaus erkennen, in dem sie nach Popis Genesung eine Weile mit Sabine gewohnt hat. Da ihre Schulfreundin als Fotografin regelmässig für das Quartierblatt mit Mina verkehrte und Lokalpolitiker, neu eröffnete Coiffeursalons oder die schönsten Herbstbäume ins rechte Licht rückte, wurde ihre oberflächliche Schulfreundschaft, die sie zwischen der siebten und neunten Stufe gepflegt hatten, wieder etwas angeheizt – genug, um das Abenteuer Wohngemeinschaft zu wagen, was der frischgebackenen Berufstätigen gelegen kam. Obwohl Mina bereits in Anbetracht von Sabines Zwang, alles mit Sonnenblumenmotiven zu dekorieren, um die Kürze ihres Zusammenlebens gewusst hatte, bestand die Wohngemeinschaft zwei Jahre – und überdauerte damit Minas bedeutendste Beziehung nach Toni, jene zu Ronald.

«Pfff, Sonnenblumen», ächzt die winzige Souffleuse in Minas Kopf. «Nie werde ich verstehen, was die Leute daran so toll finden.»

Ronald hatte ihr zur ersten Verabredung eine Sonnenblume mitgebracht. Das war eine seiner wenigen netten Gesten.

«Nur weil du Angst hast, nach Toni erneut von einem netten Kerl verletzt zu werden, musst du nicht mit jemandem zusammen sein, der dich schlecht behandelt», stellte Sabine nach einem gemeinsamen Abendessen fest.

Schweigend hatte Mina danach auf ihren Dosenravioli weitergekaut, während Sabine protokollarisch alle Vergehen von Ronald rekapitulierte. Seine Fähigkeit, alles an Mina zu kritisieren – von der Art, wie sie ihr Haar trug, bis zu ihrem Gehtempo. Seine Überzeugung, in allem überlegen zu sein, im Beruf ebenso wie beim Einräumen der Geschirrspülmaschine: «So haben die Schalen nicht Platz, so sammelt sich Wasser im Gefäss, so wird die Rückseite nicht sauber.»

Ronald argumentierte, als ob er einen Doktortitel im Abwasch anstreben würde.

Und schliesslich störte sich Sabine an seinem Namen: «Ronald, was haben sich seine Eltern dabei gedacht? ‹Taufen wir das Kind fast Roland?›»

Damals am Esstisch ihrer Wohngemeinschaft, als Sabine über Ronald herzogen war, hatte Mina realisiert, dass sie ihren Freund sieben Monate lang vor Popi geheim gehalten hatte. Sie hatte sich geschämt, ihn zu Hause defilieren zu lassen, denn Popi hätte vom ersten Moment an Ronalds geheuchelte Fassade durchschaut und den hässlichen Kern erkannt. Unbedingt hatte sie verhindern wollen, dass Popi mitbekam, wie sie sich behandeln liess. Und da Popi noch immer regelmässig in einem spärlich eingerichteten Kellerraum auf einen von der Decke baumelnden Sack einschlug, wie es sich für einen Ex-Boxer gehört, hatte Mina auch ein wenig um Ronalds Wohlergehen gefürchtet.

Eine letzte Kurve und das Tram ist auf der Geraden. Mitten auf der Strasse befindet sich die Haltestelle, die den Verkehrsfluss alle paar Minuten zum Erliegen bringt. In der Glastür des Haupteingangs des sandsteinernen Redaktionsgebäudes spiegeln sich die Fussgängerinnen und Fussgänger, die auf ihr grünes Signal warten. Neben der Zeitung sind eine Weinhandlung und ein Fitnessstudio im Gebäude eingemietet und viele der Medienschaffenden sind in beiden Lokalen Stammkunden. Auch Mina hatte zu Beginn ihrer Anstellung ein Probeabonnement fürs Gym gelöst, den in Schweissgeruch getauchten Raum jedoch nach zehn Minuten wieder verlassen.

«Du denkst so viel, dein Hirn benötigt Training. Geistige Gesundheit beginnt in den Muskeln», pflegt Popi zu sagen.

Doch Mina hat weder Popis körperliche Fitness noch seinen physischen Durchhaltewillen geerbt. Beeindruckenderweise ist seine Disziplin seit der Erkrankung noch gewachsen und die Muskeln unter seinen dunklen Rollkragenpullovern spannen den Stoff so stark wie seit seinen Profijahren nicht mehr. «Es ist nicht auszuschliessen, dass der Krebs zurückkehrt», haben die Ärzte gesagt – doch Mina ist sich ziemlich sicher, dass sich angesichts von Popis Statur keine Zelle zu mutieren wagt. So betrachtet, würde vieles für die Reaktivierung ihres Gym-Abonnements sprechen.

Also, abgemacht: Irgendwann fange ich wieder mit Trainieren an, denkt Mina, als sie das Gebäude betritt. Sie denkt es jedes Mal, wenn sie die überdimensionierte Drehtür aufstösst. Und jedes Mal schüttelt ihre innere Souffleuse ungläubig den Kopf.

Regelmässig wird das Gebäude erdbebengleich erschüttert. Die Wände scheinen sich wie Kaugummi für eine Millisekunde auseinanderzuziehen. Der Boden zittert und lässt die Schwingungen auf Mina übergehen, während sie den Korridor entlanggeht. In den Etagen über und unter ihr werden Wände herausgebrochen.

«Die Zukunft ist digital», steht auf einem Flyer, der am analogen Anschlagbrett prangt und auf die verschiedenen Bauphasen aufmerksam macht.

Der Zusammenhang mag beliebig erscheinen, doch wenn Mina in den Monaten, in denen sie mittlerweile als Redaktorin für die Gazette tätig ist, etwas gelernt hat, dann dies, dass Einzelbüros und kleine Sitzungszimmer wenig internetkonform sind. Stattdessen zwängt sich die Redaktion künftig auf der Hälfte der Bürofläche in Grossraumbüros mit Sitzungsinseln zusammen. Gespart wird beim Platz, das Geld fliesst stattdessen in ein neues Online-Portal, auf dem nicht nur Artikel, sondern vor allem Bildergalerien und ganz viele Kästchen zum Anklicken ein junges Publikum zu Zeitungslesern erziehen sollen.

Grosszügig gestaltet sich dafür der neue «Regieraum», in dem sich zwanzig Wandmonitore zu einer Installation fügen, die das Weltgeschehen einzufangen versucht – in rohen Agenturaufnahmen, welche die ungeschnittene Brutalität aus Krisengebieten zeigen, in bearbeiteten Fernsehbildern, die jene Brutalität ausblenden, die dem Abendpublikum den Schlaf rauben würde, oder in Form von Internetmeldungen, die schneller aufpoppen, als Mina das Wort «Krise» lesen kann.

Gebannt starrt sie auf das flirrende Potpourri und bemerkt nicht, dass ein junger Sportjournalist, den alle bloss Pong nennen, an sie herantritt. Den Spitznamen trägt er, seit er an einem Tischtennisturnier einen Ball ins Auge gekriegt hat. Pong ist, wie er Mina bei ihrer ersten Begegnung erzählt hat, eigentlich Wirtschaftsinformatiker, doch da er sich in prak-

tisch allen Ballsportarten auskennt und aus dem Stegreif sogar die verschiedenen Variationen von Smolball erklären kann – einer Art Unihockey mit Tennisschläger –, war eine Karriere im Sportjournalismus unumgänglich.
Als Pong Mina fragt, was sie von der neuen News-Wand halte, zuckt sie zusammen.
«Ich wollte dich nicht erschrecken», sagt Pong und spricht gegen den Lärm von Hämmern und Bohrern an.
«Kein Problem. Ich denke, in einem Museum wäre die Videoinstallation besser aufgehoben», antwortet Mina und erntet dafür ein Lächeln.
Dann zeigt sie auf einen der Bildschirme in der obersten Reihe, auf dem ein Reporter vor einem rauchenden Gebäude in die Kamera spricht.
«Immerhin treffe ich alte Bekannte wieder: Mit dem dort habe ich mal beim Lokalfernsehen gearbeitet.»
«Stefan? Ich war mit dem Typ an der Uni. Was für ein ambitionierter Klugscheisser!»
«Das hast *du* gesagt, nicht ich.»
«Wart ihr beste Freunde?»
Belustigt schüttelt Mina den Kopf.
«Ich glaube, er hat während meines ganzen Praktikums bloss einen Satz zu mir gesagt: ‹Kannst du mir mal bitte die Krawatte richten?›»
«Ein Klassiker, immerhin», antwortet Pong und fügt in einem wesentlich unironischeren Ton an:
«Aber etwas müssen wir neidlos anerkennen: Er hat es in den Olymp geschafft.»
«Was meinst du?»
«Hast du nicht gehört? Stefan ist der neue Fernostkorrespondent fürs Staatsfernsehen. Damit gehört er zu den VIPs unter uns Journalisten.»
Mina blickt zurück zum Monitor und erkennt jetzt deutlich die fremde Landschaft hinter Stefans Kopf, der zu einem Drittel vom prominent platzierten Mikrofon verdeckt ist.

«Okay, das ist tatsächlich beeindruckend. Aber an seiner Mikrofon-Technik sollte er noch etwas feilen», stellt sie fest.
Pong lacht stumm. Den Mund hat er geöffnet, die Brust bebt, doch aus der Kehle dringt kein Ton. Mina hat noch nie jemanden getroffen, der auf diese Weise lacht. Als hätte er sich antrainieren müssen, stumm zu sein, um nicht aufzufallen.
Während Pong zurück zu seinem Schreibtisch schlendert, schiebt er sich leuchtgelbe Kopfhörer über die Ohren, was Mina nicht besonders stilvoll findet. Doch noch ehe sie dazu kommt, Pongs Outfit genauer zu studieren, läuft ein weiterer Journalist mit demselben Accessoire an ihr vorbei. Dieser trägt den Kopfhörer allerdings nicht über die Ohren, sondern leger um den Hals.
Mina lässt ihren Blick über das Grossraumbüro schweifen, das wie ein Wimmelbild vor ihr liegt. Immer mehr leuchtgelbe Kopfhörer kommen zum Vorschein. Sie liegen auf den Schreibtischen oder klemmen über den in Arbeit versunkenen Köpfen. Auch am Arbeitsplatz, an dem Mina für gewöhnlich schreibt, wartet ein Exemplar. Sie lässt sich auf den Stuhl sinken und setzt den Kopfhörer auf. Das weiche Polster umschliesst ihr Ohr und das penetrante Rauschen von Minas Blutstrom wird hörbar. Genervt reisst sie den Kopfhörer wieder ab und legt ihn zurück auf den Tisch.
«Bist du nicht froh um deinen Lärmschutz? Die wurden heute Morgen geliefert, wegen des Baustellenkrachs», erklärt Minas Gegenüber, eine grauhaarige Redaktorin mit pinkfarbenen Lippen.
Rosa hat mehr als zwei Drittel ihres Lebens hinter den Gemäuern der Gazette zugebracht. Die Lehre hatte sie einst in der Druckerei absolviert, später setzte sie die Buchstaben. Dann, Jahre bevor alle Zeitungsmacher nach diesem oder jenem Journalismusdiplom fragten, wechselte Rosa auf eine freie Stelle in der Redaktion. Erst vor einem Monat wurde ihr Vierzig-Jahr-Jubiläum gefeiert, das sich das Unternehmen ei-

ne teure Flasche Champagner kosten liess. Und einen Massagegutschein.

Mina schüttelt den Kopf, während die Decke über ihr bebt.

«Nein, ich habe keine Mühe, mich bei Lärm zu konzentrieren», antwortet sie.

«Bist du auf einer Baustelle aufgewachsen, oder was?»

Mina zuckt mit den Schultern. Schon früher hatte sie nicht nachvollziehen können, warum Popi keine Musik laufen liess oder nur selten den Radionachrichten lauschte. Stets war es still gewesen in ihrer Wohnung, so still, dass Mina ihre Nachbarn husten, streiten oder sich paaren hörte. Über die menschliche Fortpflanzung wusste Mina nicht etwa durch Teenie-Magazine Bescheid, die sie jeweils verstohlen in Popis Kiosk gelesen hatte – vordergründig der Bandporträts wegen –, sondern dank Frau Scheelhammer, der Wortkargen aus dem siebten Stock, die sich im Schlafzimmer als äusserst redselig erwiesen hatte.

Ein Blick ins Büro zeigt Mina, dass sich die Redaktion bereits in zwei Lager aufgespalten hat: in Kopfhörer-Träger und Kopfhörer-Verweigerer. Erstere sehen mit den gelben Muscheln an den Kopfseiten aus wie überdimensionierte Insekten, die das Büro in einen Bienenstaat verwandeln. Statt gesummt wird auf den Computermäusen herumgeklickt und am Ende des Tages erntet der Blattmacher Texte statt Honig.

«Wie die Bienen sterben auch die klassischen Zeitungsjobs langsam aus», hat Rosa kürzlich zu Mina gesagt, als sie zusammen vor dem Kaffeeautomaten ausharrten.

«Weisst du, ich gehöre nicht zu den Alten, die dem ganzen Online-Zeugs skeptisch gegenüberstehen. Aber all die Internet-Youngsters, die den versierten Schreibern die Jobs wegnehmen, können kaum einen fehlerfreien Satz formulieren. Wie sollen die Leser an unsere Geschichten glauben, wenn sie gespickt sind mit Fehlern? Aber Geschwindigkeit ist heute das Einzige, was zählt. Hauptsache, wir sind zwei Sekunden schneller online mit einer Newsmeldung als NORP.»

«Was ist NORP?»
«Du hast noch nie von NORP gehört, Mina? Merk dir den Namen von Nordostregionspress, die kaufen derzeit jedes Medium auf, das ihnen unter die gierigen Krallen kommt.»
Mina hatte interessiert genickt und sich gefragt, ob Rosa sie als Schreiberin ernst nahm oder ihres Alters wegen doch eher als Internet-Youngster einstufte.
«Aber dann kommen wieder Leute wie du, das gibt der ganzen Branche Hoffnung. Du weisst schon: Leute, die ein Komma von einem Doppelpunkt unterscheiden können.»
Mina hatte sich über das Kompliment gefreut, auch wenn sie wusste, dass die Messlatte in Rosas Vergleich ziemlich tief angesetzt war –, und hatte sich, als sie endlich am Kaffeeautomaten an der Reihe war, einen lauwarmen Tee in den Plastikbecher rinnen lassen.
Eine erneute Erschütterung reisst Mina aus ihren Gedanken. Irgendwo arbeitet sich ein Vorschlaghammer durch eine Mauer vor. Mina schielt zwischen Monitor und Topfpflanze rüber zu Rosa, die auf ihrem Bildschirm hin- und herschaut – so schnell, dass ein Aussenstehender denken könnte, Rosa verfolge gerade einen rasanten Tennismatch.
«Brauchst du was?», fragt Rosa, ohne aufzusehen.
«Nein, alles in Ordnung. Ich mache mich jetzt mal an meine Falkner-Reportage.»
Erneut bebt der Boden, diesmal so stark, dass die Fenster leise klirren.
«Wenn das so weitergeht, werde ich noch unter diesem Gebäude begraben», murmelt Rosa genervt.
Auch wenn Mina weiss, dass Rosa dies sarkastisch meint, findet sie die Vorstellung irgendwie tröstlich – die Vorstellung, dass sich ein Lebenskreislauf dort schliessen könnte, wo ein Mensch die grösste Leidenschaft eingebracht hat.

Von einer Redaktion geht zu vorgerückter Stunde eine besondere Magie aus, denkt Mia. Wenn es draussen dunkel ist

und sich die wenigen verbleibenden Journalisten auf den schwarzen Scheiben spiegeln. Wenn ihre Monitore vom Fensterglas vervielfacht werden und die Sätze über den Nachthimmel wachsen. Es ist ruhig und jedem in die Tastatur gehämmerten Buchstaben kommt eine besondere Bedeutung zu. Jene, die schreiben, sind nun ganz bei sich – kein ablenkender Schwatz, keine kreischende Kaffeemaschine, keine Vorgesetzten, die ihre Nasen in unfertige Texte stecken.
Es ist so ruhig, dass selbst die Lärmempfindlichsten ihre Kopfhörer abgelegt haben. Dort, wo niemand mehr sitzt, schalten sich die automatischen Lampen nach und nach aus. Jene über Minas Kopf brennt unbeirrt weiter. Mina liest die letzte Passage ihrer Falkner-Reportage durch. Noch fehlt ihr der alles abrundende Schlusssatz.
Während die Worte in ihrem müden Kopf mittlerweile nervös umhertänzeln, wie Kinder um einen Maibaum, und einfach keinen schlüssigen Satz mehr ergeben wollen, dringt immer wieder ein Zischlaut an ihr Ohr.
«Scht, cht, sht, shit!»
Das Geräusch dringt von einem Schreibtisch zu ihr, der in einigen Metern Abstand am Fenster steht und auf dem sich die Ordner und Mäppchen zu einer imposanten Kartonlandschaft türmen. Dahinter erkennt Mina einen braunen Pferdeschwanz, der aufgeregt hin- und herschwingt.
Nach kurzem Zögern erhebt sich Mina und nähert sich langsam dem Tisch, hinter dem eine Frau nun deutlich schimpft:
«Shit, shit.»
Das Gefühl eines Déjà-vus streift Mina. Für einen kurzen Augenblick steht sie wieder unter der Tür und beobachtet Toni, wie er im Korridor der Fernsehredaktion auf einen Sicherungskasten einschlägt. Dann ist es auch schon verflogen und Tonis Stimme weicht einem weiblichen Schimpfen.
«Shitshitshit!»
«Kann ich helfen?», fragt Mina, und schon beim ersten Ton zuckt der Pferdeschwanz zusammen.

«Shit, wo kommst du denn auf einmal her? Du hast mich vielleicht erschreckt! Was willst du?»
Schliesslich hebt die Frau, die gebannt auf ihr Mobiltelefon starrt, ihren Blick und der Pferdeschwanz bekommt ein Gesicht. Eines, das Mina nur vage einem Namen zuordnen kann. Es gehört der stellvertretenden Ressortleiterin, die erst vor Kurzem aus dem Mutterschaftsurlaub zurückgekehrt ist. Die dunklen Augen starren erwartungsvoll zwischen einem dicken, roten Brillengestell hindurch und Mina realisiert, dass die Frage ihrer Kollegin noch immer im Raum steht.
«Entschuldige, ich wollte dich nicht erschrecken. Du hast ziemlich geflucht... Kann ich dir helfen?»
Bei Minas zweitem Anlauf entspannt sich die Kollegin und ihr Ausdruck nimmt versöhnliche Züge an.
«Ach, das ist nett, aber wenn du nicht zufälligerweise Erfahrung im Kinderhüten mitbringst...»
Ehe die Kollegin weiterspricht, hält sie kurz inne, um Mina die Gelegenheit zum Bejahen zu bieten, doch Mina wiegt den Kopf langsam von der einen zur anderen Seite. Sie weiss kaum mehr über Babys als über Fischotter oder Autowachsen und die Betreuung von Säuglingen hat auch nie zum Small-Talk-Repertoire ihres Vaters gehört.
«Unsere Babysitterin ist kurzfristig ausgefallen, dabei müsste ich für einen Artikel noch an eine Veranstaltung heute Abend», erklärt die Kollegin.
«Ich heisse übrigens Margeaux, ich glaube nicht, dass wir schon mal miteinander zu tun hatten...»
«Nein, aber ich habe schon viele Texte von dir gelesen. Ich bin Mina.»
Margeaux nickt anerkennend, als würde der Name in ihren Ohren bekannt klingen.
Insgeheim wünscht sich Mina, ihre Kollegin würde sich auch an einen ihrer Texte erinnern und darüber ein wohlwollendes Wort verlieren, doch Margeaux schaut bereits wieder besorgt auf ihr Telefon.

«Nun ja, dann fällt der Text morgen halt ins Wasser, ich kann meine Kinder schlecht mitnehmen», flüstert Margeaux so leise, dass Mina unsicher ist, ob ihre Kollegin damit sie oder bloss sich selbst ansprechen wollte.
«Wie viele Kinder hast du denn?»
«Zwei. Das Mädchen ist vier Jahre, der Junge acht Monate alt. Für den Fall, dass du mich fragen wolltest, ob sie denn nicht allein zu Hause bleiben können: Nein, können sie nicht.»
Mina lacht und streicht sich flüchtig über die Nase, wie sie es manchmal tut, wenn ihr eine Idee zufliegt.
«Ehm, ich brauche nur noch einen Schlusssatz für meine Krähen-Reportage, danach könnte ich heute Abend für dich übernehmen», bietet Mina an.
Margeaux schiebt sich die Brille ins hochgesteckte Haar und mustert Mina mit ihren Augen, die so dunkel sind wie der Nachthimmel.
«Und im Gegenzug lese ich deinen Text Korrektur und finde einen passenden Schlusssatz? Warum nicht!», sagt sie und schlägt mit ihren Händen bestätigend auf die Tischplatte.
Dann eilt sie rüber zu Minas Computer, dem einzigen, der auf dieser Raumseite noch läuft, und beugt sich über das Pult. Mina beobachtet Margeaux, deren zierlicher Körper nicht so aussieht, als hätte er bereits mehrere Kinder ausgetragen, und staunt, wie zielstrebig ihre Kollegin hier und da ein Wort ergänzt, einen Nebensatz kopiert, löscht und an einem anderen Ort wieder einfügt.
«Wusstest du, dass sich Krähen zum Fressen auch Katzenbabys schnappen?», fragt Margeaux beiläufig.
«Das ist ein Ammenmärchen. Krähen haben keinen gekrümmten Schnabel wie Raubvögel, sie können nicht einmal das Fell einer Maus auftrennen. Darum picken sie Aas die Augen aus – weil diese weich sind», entgegnet Mina.
«Woher weisst du denn so viel über Vögel? Bist du eine dieser verschrobenen Hobby-Ornithologinnen, die jeden Vogel am Pfeifton erkennen?»

«Nein, aber ich habe mal ein Buch über Krähen gelesen. Kannst du dir vorstellen, dass nur ein Drittel der Jungkrähen durchkommt und die Populationen dennoch so gross sind?»
Margeaux zuckt mit den Schultern und fügt ein paar Zeichen ein, begleitet von einem lauten Ausruf:
«Voilà, du verrückte Vogellady!»
Mina versucht, sich ihre Ehrfurcht vor Margeaux' Arbeitstempo nicht anmerken zu lassen. Mit nüchterner Miene überfliegt sie den Text und stellt fest: «Danke, das liest sich jetzt alles ganz rund.»
«Gerne. Und jetzt muss ich los, sonst stehen die Kinder in der Kälte verlassen vor dem Hort! Ich gebe dir gleich noch die Infos für den Abendanlass.»
Mina folgt Margeaux zurück zu ihren Unterlagentürmen, aus denen die Kollegin zielstrebig ein Blatt hervorzaubert.
«Hier. Viel Spass!», ruft Margeaux, während sie in ihren Mantel schlüpft.
Als Mina das Flugblatt studiert, wechselt ihr Gesicht die Farbe und ein Zischlaut entfährt ihr: «Shit!»

Mina geht die steile Treppe zum Kino im Kunstmuseum hinunter, zieht die schwere Glastür auf und schlängelt sich zwischen den Anwesenden ihren Weg zur Abendkasse. Sie fühlt sich wie eine Betrügerin, entsprechend unsicher klingt ihre Stimme, als sie Margeaux' Namen als ihren ausgibt. Die junge Frau auf der anderen Seite der makellos polierten Glasscheibe schöpft jedoch keinen Verdacht und streicht gleichgültig eine Zeile auf ihrer Gästeliste durch. Sie verlangt weder einen Presseausweis noch eine Identitätskarte und Mina ist zugleich erfreut und schockiert, wie einfach es ist, sich als Journalistin irgendwo Zutritt zu verschaffen.
«Benötigen Sie noch Pressebilder?», fragt die Kassiererin und schiebt Mina eine CD durch den Geldschlitz.
Dankend steckt Mina die Daten-CD in ihre Tasche und schnappt sich an der provisorisch aufgestellten Bar eines der bereit-

gestellten Sektgläser. Nach zwei kräftigen Schlucken ist es leer und schon arbeitet sich der prickelnde Saft durch ihre Magenwand in den Blutkreislauf vor. Der Alkohol macht sich in ihren Knien bemerkbar, die sich weich und warm anfühlen, als ginge Mina auf zwei Lakritzstangen.

Jeden Mann, der aus dem Abendregen ins Kinofoyer tritt, mustert Mina nervös aus dem Augenwinkel. Ein kurzer Blick reicht aus, sie würde ihn auf der Stelle erkennen, am Schritt, an der Körperhaltung, am Geruch auch. Doch unter den anwesenden Gästen kann Mina kein bekanntes Gesicht ausfindig machen, was sie mehr beruhigt als die Wirkung des Proseccos. Dieser rumpelt nach dem zweiten Glas unangenehm in ihrem Bauch, sodass sich Mina die Presseunterlagen vor den Mantel hält, um die immer sichtbarer werdende Blähung zu kaschieren.

Für eine Filmgala sind die anwesenden Gäste auffallend unauffällig gekleidet, stellt Mina fest. Niemand trägt ein farbiges Kleid oder einen korrekt sitzenden Anzug, stattdessen defiliert die Filmerszene der Stadt in abgewetzten Cordjacketts und schwarzen Blusen durch den engen Vorraum, in dem es nach Linoleumboden riecht. Etwas mehr Hollywood hätte Mina erwartet. Immerhin hat jemand vor dem Eingang zum Kinosaal einen kurzen roten Teppich platziert.

Als die grosse Wanduhr auf halb neun und somit auf die Startzeit springt, entdeckt Mina im Publikum doch noch ein vertrautes Männergesicht. Es gehört dem Stadtpräsidenten, der sich mit seinem vierköpfigen Tross den Weg durch die Gäste und zum roten Teppich bahnt. Dabei winkt er, wenn er nicht gerade links und rechts irgendwelche Hände schüttelt, in siegessicherer Manier den Wartenden zu. Auf seiner Glatze, die im Gegensatz zu Popis makellos rasiert ist, spiegelt sich das grelle Licht. Das Haar, das auf dem Kopf des Stadtpräsidenten fehlt, spriesst über seinen Augen umso buschiger. Ob er amüsiert ist oder nicht, lässt sich schwer ablesen vom Gesicht, das gezeichnet ist von zwei Narben, die von den

Mundwinkeln aus über die Wangen führen. Sie teilen sein Gesicht in zwei Hälften, in eine lächelnde und eine grimmige – weshalb er von seinen Kritikerinnen und Kritikern auch «der Spalter» genannt wird. Obwohl die offizielle Geschichte von einem Unfall in der Kindheit des Stadtpräsidenten erzählt, wird hinter vorgehaltener Hand von einem Racheakt im Gangmilieu gemunkelt. Jemand soll ihm mit dem Messer einmal von links und einmal von rechts in die Wange geschnitten haben. Aber jedes Interview, in dem ein Journalist darauf eingehen will, wird umgehend abgebrochen und zurückgezogen.

Mina beobachtet den Stadtpräsidenten beim Bad in der Menge und fragt sich, wie jemand so etwas geniessen kann. Sie muss an Frau Rados denken, wie sie allabendlich auf dem Fernsehbildschirm erscheint, meist in eine kugelsichere Weste gekleidet, und von den Kriegsschauplätzen berichtet – nüchtern, ohne den Anschein zu erwecken, sie geniesse die Präsenz in Abertausenden von Wohnzimmern.

Es muss immer um die Sache gehen, denkt Mina, während sie sich ein weiteres Sektglas schnappt.

«Getränke dürfen nicht mit in den Kinosaal!», ruft ihr der Kellner zu, der hinter dem wackeligen Bar-Provisorium steht und sich an einem Flaschenverschluss zu schaffen macht.

Mina stürzt auch das dritte Glas hinunter. Mittlerweile ist der Alkohol bis in ihren Kopf gestiegen. Sie muss die Augen ein paar Mal fest zusammenkneifen, damit der unscharfe Schleier verschwindet, der sich über sie gelegt hat. Auf einmal strömt die eng beisammenstehende Schar in den Saal. Mina stellt ihr Glas auf einen Wandradiator und zwängt sich ebenfalls in den schwarzen Raum, dessen mit Teppichen ausgestatteten Böden und Wände sämtliche Schritte zu schlucken scheinen.

Gerne hätte es sich Mina in einer hinteren Reihe bequem gemacht, dort, wo sie ihren Kopf nicht in den Nacken legen muss, um etwas vom Film mitzukriegen, doch jemand hat die

zweitvorderste Reihe für die Journalisten reserviert. Bereits haben einige Medienvertreter ihre Plätze eingenommen und mustern Mina kurz und uninteressiert, als sie sich schwankend an ihnen vorbeidrückt.
Kaum hat sich Mina gesetzt, geht auch schon das spärliche Licht im Saal aus. Ein einzelner Scheinwerfer folgt einer Frau mit hennagefärbtem Haar, das bis zum Kreuz reicht. Sie stellt sich vor die Leinwand und haucht mit kokettierter Zurückhaltung ein «Willkommen» ins Mikrofon. Dann stellt sie sich als Kinoleiterin vor und erzählt etwas von Mainstream und Arthouse, von nationalen und internationalen Durchbrüchen und neuen Hoffnungen, von privaten und öffentlichen Partnern. Beim Begriff «öffentlich» nickt sie dem Stadtpräsidenten zu, der sich mittlerweile genau auf dem Sitz vor Mina niedergelassen hat, sodass die obere Hälfte seines Kopfs in Minas Blickfeld ragt und einen Teil der Leinwand verdeckt.
Um von ihren nervös zitternden Händen abzulenken, packt Mina ihr Notizmaterial aus und beginnt, jedes Wort mitzuschreiben, was ihr skeptische Seitenblicke der anderen Journalistinnen und Journalisten einbringt.
Sie ist froh, als sich die Leinwand endlich einschaltet und sich die Aufmerksamkeit der Anwesenden auf den grafischen Countdown richtet. Zehn, neun, acht und so weiter, bis das allererste Filmbild im neu eröffneten Kino über die Leinwand flimmert. Zu sehen sind neblige Aufnahmen einer ruralen Landschaft, über die sich fremde Namen legen, wohl jene der Schauspielerinnen und Schauspieler. Dann erscheint ein Einblender, der zu kurzem Szenenapplaus führt:
«Ausgezeichnet mit dem diesjährigen Studenten-Oscar für die beste ausländische Produktion.»
Mina klatscht mit schlaffen Händen und greift sogleich wieder nach ihrem Stift, mit dem sie im Dunkeln den Filmtitel «Der Kalbspakt» in krakeligen Linien aufs Papier schreibt. Später auf der Redaktion wird sie die Hälfte des Geschriebenen nicht mehr entziffern können.

Dann endlich finden ihre Hände Ruhe. Sie legt sie in den Schoss, lehnt sich tief in den Polstersessel und lässt den Film geschehen. In jeder Einstellung sucht sie nach etwas Vertrautem, gar nach einer verborgenen Nachricht, doch die Geschichte ist weit weg angesiedelt. Sie spielt in einer vergangenen Zeit, als die Bauern abergläubisch waren und es als Zeichen Gottes deuteten, wenn die Kühe nicht kalbern wollten. So auch die Tiere des Protagonisten, der mehrheitlich schweigend durchs farbblasse, beinah schwarz-weisse Bild stapft und schliesslich auf einem feuchten Feld, auf dem seine unfruchtbaren Kühe grasen, einen Pakt mit dem Teufel schliesst. Während daraufhin all seine Tiere trächtig werden, sterben alle neu geborenen Menschenkinder des Dorfes. Die Fruchtbarkeit seiner Tiere zieht den Groll der Dorfbewohner auf sich, die sich bald zum Mob zusammenschliessen, den Bauern verfolgen und ihn schliesslich ihn seinem Kuhstall aufhängen.
Am Ende sind nur noch seine schmutzigen Gummistiefel zu sehen, die im Stall leicht hin- und herwiegen. So, wie es bei Hank ausgesehen haben muss, als er sich im Schuppen erhängt hatte. Jedenfalls, wenn die Beschreibungen seines Notars stimmen, der damals Mina Hanks Testament eröffnet hatte.
Mina beschliesst, dass sie für ihren Artikel genug gesehen hat. Sie richtet sich auf und tastet sich im düsteren Saal mit gebeugtem Rücken zum Ausgang vor, um niemandem die Sicht zu nehmen. Mit einem Ruck stösst sie die schwere Tür zum Kinosaal auf und huscht hinaus ins hell erleuchtete Foyer, wo der Kellner neue Sektgläser abfüllt. Während die Tür hinter Mina zugeht, flimmert ein letzter Einblender über die Leinwand:
«Regie: Toni Gilomen.»

Siebenhundertachtundzwanzig Löcher pro Deckenplatte, Mina hat sie gezählt. So lange liegt sie schon hier und starrt zur Decke, in der ein Neonlicht nervös flackert. Je nachdem, auf welche Stelle Mina fokussiert, erkennt sie die schwarzen Punkte auf dem weissen Grund als klare geometrische Formen, oder dann verlaufen sie zu einem marmorartigen Muster. In der Mitte einer freien Wand hat jemand ohne ästhetische Ambitionen einen Werbekalender angebracht, der auf ein neues Migränemittel hinweist. Daneben prangt ein Bildschirm, auf dem sich zur Patientenunterhaltung medizinische Fakten und Absurditäten abwechseln.

«Wahnvorstellungen können ein Vergiftungssymptom sein», liest Mina, ehe sie zum Regal auf der gegenüberliegenden Raumseite schaut, in dem Latexhandschuhe, Desinfektionsmittel und Einwegutensilien für alle möglichen Körperöffnungen lagern.

Hinter ihr piepst ein Monitor, der in grünen, blauen und gelben Linien ihren Herzrhythmus anzeigt. Auf Minas Zeigefinger steckt ein Gummihütchen, das jedes Klopfen erfasst und an einen Computer sendet. Mina hat keine Ahnung, warum eine solch akribische Kontrolle notwendig ist, immerhin ist sie ja nicht wegen eines Atemstillstands oder eines abgetrennten Fusses in der Notaufnahme gelandet. Und wenn es so ernst um sie stehen würde, denkt Mina, würde man sie nicht eine Dreiviertelstunde lang hier in der Kälte liegen lassen.

Sie faltet die synthetische Decke, die ihr ein Pfleger prophylaktisch hingelegt hat, auseinander und wirft sie sich über die Beine, die angewinkelt über einer Stoffrolle liegen. Bei jeder Bewegung zuckt Mina leicht zusammen.

«Es ist, als würde mir jemand einen Dolch ins Knie rammen», hat sie der Notfallärztin beschrieben – ehe diese mit Minas Röntgenbildern im grün-weissen, hell erleuchteten Korridor verschwunden ist.

Eine Wanduhr tickt zäh. Alle zehn Sekunden sind Uhr und Überwachungsmonitor im Einklang, dann piepsen und ticken sie wieder in unterschiedlichen Rhythmen.

Jetzt reicht es aber, denkt Mina und blickt zum Stuhl, auf dem unerreichbar ihre Handtasche lagert und darin ihr Notizbuch. Seit sie untätig in der Notaufnahme liegt, bilden sich in ihrem Kopf fortwährend Sätze. Der Artikel über die Kinoeröffnung, er schreibt sich wie von selbst, doch Mina weiss, dass solche Kopfversionen flüchtig und bald schon wieder vergessen sind. Sie möchte den Text auf Papier bannen, sie möchte irgendetwas Sinnvolles tun, das sie vom Warten ablenkt.
Für einen Augenblickt überlegt sie, sich trotz der Verletzung aufzurichten, doch da sie immer noch keine Ahnung hat, was in ihrem Knie genau los ist und ob eine falsche Bewegung nicht alles verschlimmern könnte, entscheidet sich Mina dagegen. Stattdessen zieht sie so viel wie möglich vom Kabel, das ihren Finger mit dem Monitor verbindet, zu sich heran. Mit beiden Händen formt sie eine offene Schlaufe und wirft diese über die Stuhllehne. Oder versucht es zumindest. Erst beim vierten Anlauf gelingt ihr Vorhaben und Mina kann den Stuhl zum Untersuchungstisch in der Zimmermitte heranziehen. Dabei löst sich allerdings das Kabel vom Monitor und der Raum wird von einem penetranten Pfeifton erfüllt.
Dafür, dass Mina theoretisch puls- und herzschlaglos im Untersuchungsraum liegt, dauert es überraschend lange, bis der Pfleger die schwere Tür aufstösst, um nach dem Rechten zu sehen.
«Was haben Sie denn mit dem Kabel vor? Pferde einfangen, Sie Cowgirl?», fragt er mit einer Mischung aus Neugier und Belustigung.
Er zieht den Gummihut von Minas Finger, schaltet den Monitor aus und wickelt das Kabel gleichmässig auf.
«Ich wollte die Zeit nützen und etwas arbeiten», erklärt Mina den Stuhl, der nun quer im Zimmer steht und den Zugang zu den Geräten verstellt.
«Sie hätten einfach klingeln können», entgegnet der Pfleger und zeigt auf einen Knopf, der am Ende eines weiteren Kabels über Minas Kopf baumelt.

«Also, wir wären so weit», sagt die Notfallärztin, die durch die offen stehende Tür rauscht und mit einer Patientenakte winkt. Ihre royalblauen Turnschuhe leuchten unter dem weissen Kittel hervor und strahlen mit dem gelben Haarband, welches das aschblonde Haar zusammenhält, um die Wette.
Schwungvoll setzt sich die Ärztin auf einen fahrbaren Hocker und rollt auf Minas Kopfhöhe heran.
«Frau Novak, Sie haben einen angerissenen Aussenmeniskus», erklärt sie, während der Pfleger die Stoffrolle unter Minas Knie richtet.
«Mein Mens…?»
«Meniskus. Das ist ein Knorpel im Kniegelenk. Vereinfacht gesagt sorgt er dafür, dass alles geschmeidig läuft und sich Ihre Knochen nicht abnützen – wie eine Art Stossdämpfer. Glücklicherweise handelt es sich um einen kleinen Riss, ich denke nicht, dass eine Operation nötig sein wird.»
Mina hat ihren Sturz nicht besonders ernst genommen und nun nimmt die Ärztin den Begriff «Operation» in den Mund. Ich habe keine Zeit für so was, denkt Mina – und fühlt, wie das Blut aus ihren Wangen weicht.
«Kann es sein, dass Ihr Meniskus bereits vorher einmal angerissen war?», will die Ärztin wissen.
Mina zögert erst, doch dann erinnert sie sich an den Zusammenstoss mit dem New Yorker Hotdog und nickt.
«Ich hatte vor einigen Jahren einen ähnlichen Schmerz, nachdem ich auf der Eisbahn gestürzt bin», antwortet sie und legt dabei schützend ihre Hand aufs Knie, das von all dem angestauten Wasser völlig deformiert aussieht.
«Das passt alles zusammen. Ihr Knie ist wohl Ihre Archillesferse. Nun gut, ich schlage vor, dass Sie Ihr Knie vier Wochen schonen. Gegen die Schmerzen gebe ich Ihnen gleich ein Medikament und zum Laufen holt Ihnen Herr Schilling ein Paar Krücken. Wichtig ist, dass Sie beim Gehen versuchen, das Bein so normal wie möglich aufzusetzen. Die Krücken sollen

das Knie unterstützen, nicht vollständig entlasten, sonst bilden sich wichtige Muskeln zurück. In vier Wochen schauen wir, ob weitere Schritte nötig sind.»
Der Pfleger Schilling nickt und verschwindet im grellen Korridor, während die Ärztin Minas Unterschenkel anhebt und ihn sanft nach links und rechts beugt. Mina versucht, die Schmerzen so gut es geht zu verbergen, doch sie spürt, wie sich ihre Gesichtsmuskeln bei jeder Bewegung verzerren.
«Beschreiben Sie mir bitte fürs Unfallformular noch einmal, wie genau Sie gestürzt sind.»
«Nach einem Kinobesuch bin ich auf der nassen Treppe gestürzt», beschreibt Mina – und verschweigt, dass der Prosecco bei ihrem unsicheren Tritt eine Rolle gespielt haben dürfte.
«Was sind Sie von Beruf? Wenn Sie möchten, kann ich Ihnen eine Arbeitsunfähigkeit attestieren.»
Vehement schüttelt Mina den Kopf.
«Ich bin Zeitungsjournalistin, wenn ich nicht arbeiten kann, bin ich weg vom Fenster!»
Zum ersten Mal verharrt die Ärztin einen Augenblick und lächelt Mina verständnisvoll an.
«Die Knie brauchen Sie ja auch nicht zum Schreiben. Schauen Sie einfach, dass Sie Ihr Bein beim Arbeiten etwas hochlagern können, in Ordnung?»
Mina nickt und blickt wieder zur Decke. Siebenhundertachtundzwanzig Löcher pro Platte, Mina hat sie gezählt.

So gewiss wie einer Frau im gebärfähigen Alter die Periode ist, so gewiss ist den Mitarbeiterinnen und Mitarbeitern der Gazette der allmonatliche Aufzugs-Ausfall. Die halb geöffnete Tür erlaubt einen Blick in den erleuchteten Schacht, in dem Männerstimmen technische Begriffe austauschen, die Mina nicht kennt.
«Brauchst du den Warenlift?», fragt ein junger Elektriker, der im blauen Overall um Mina herumschleicht und einen Werkzeugkasten in der Grösse eines Kleinwagens schleppt.

«Danke, es geht schon», antwortet Mina und setzt ihre Krücken auf den untersten Treppentritt.
Das Klacken ihrer Stöcke hallt im gesamten Treppenhaus, sodass Neugierige auf der Höhe der fünften Etage ihr Köpfe über die Brüstung strecken, um einen Blick auf Mina zu erhaschen, die sich Tritt um Tritt in den zweiten Stock kämpft. Dort angekommen, klackt sie sich weiter: durch den Korridor, in die Redaktion, bis zum grossen Sitzungszimmer, in dem sich schon die ersten Mitarbeiterinnen und Mitarbeiter zur morgendlichen Blattplanung versammelt haben.
Obwohl rund um den Tisch noch zahlreiche Stühle leer stehen, setzt sich Mina in die zweite Reihe. Die Aufmerksamkeit, die ihr seit dem Unfall zuteilwird, ist ihr zuwider und nur zu gern würde sie an diesem Morgen hinter einer Schulterreihe verschwinden. Doch Pong durchkreuzt ihre Pläne.
«Setz sich doch neben den Chefredaktor, dort hat es genug Platz und du kannst dein Bein gut ausstrecken!», ruft er ihr zu. Mina schüttelt vehement den Kopf.
«Für eine halbe Stunde geht das schon, keine Sorge», flüstert sie ihm zu, doch Pong rückt bereits die Stühle am Kopfende zurecht.
«Ja, das ist viel besser, setz dich hierhin», bestärken nun auch die anderen Anwesenden Pong.
Widerwillig humpelt Mina zu ihrem neuen, exponierten Platz, und als sie sich mit ausgestrecktem Bein hinsetzt, sieht es für einen Augenblick tatsächlich so aus, als würde sie die Sitzung leiten.
«So, so, jetzt leiten schon die Praktikantinnen meine Sitzung», scherzt der Chefredaktor, als er den Raum betritt.
«Mina ist fest angestellt, keine Praktikantin», stellt Margeaux klar, die hinter ihm in den mittlerweile etwas stickigen Raum drängt und sich zu Minas Erleichterung neben ihre junge Kollegin setzt.
«Entschuldigung, das hätte ich natürlich wissen sollen», sagt der Chefredaktor mit einer Stimme, die so tief ist, dass sie

bestimmte Tierarten und Babys wohl nicht mehr wahrnehmen können.
Kunz, wie der Chefredaktor von allen genannt wird, sieht aus wie eine Figur, die einer Graphic Novel entstiegen ist. Er ist so lang, dass er sich stets mit gebeugtem Kopf fortbewegt und doch hin und wieder eine der Deckenlampen im Korridor touchiert. Er ist so dünn, dass die Hemden beim Gehen um seinen Rumpf schwingen. Er ist so bleich, dass seine Haut wie Zeitungspapier schimmert. Sein graues Haar steht igelförmig vom Kopf ab und wird von einer schwarz gerahmten Brille gezähmt, die Kunz stets auf seinem Haupt und nie auf seiner Nase trägt. Und obwohl er langsam und wenig spricht – meist dirigiert er seine Mitarbeiter einsilbig durch die Blattplanung –, scheinen alle stets etwas eingeschüchtert, wenn er sich im selben Raum aufhält, selbst Margeaux, die sonst nie um eine spitze Bemerkung verlegen ist.
Nachdem auch die letzte Person eine Bemerkung zu Minas Sitzposition abgegeben hat, eröffnet Kunz mit einem knappen «Gut» die Blattplanung. Auf einer alten Schultafel werden alle erwähnten Themen, an denen die verschiedenen Ressorts arbeiten, notiert und mit Pfeilen provisorisch auf die vorgesehenen Zeitungsseiten verteilt.
«Ist denn heute wirklich nichts Interessantes los?», fragt Kunz in Anbetracht eines fehlenden Hauptartikels in die Runde.
Kollektiv werden Köpfe geschüttelt und neben Mina kritzelt Margaux einen Baum auf ein leeres Blatt.

> Reporter: Wir können nicht jeden Tag auf einen Porno-Professor hoffen.
> Rosa: Bitte was?
> Margeaux *(zu Rosa)*: Das war während deiner Ferien. Ein Politologie-Professor hat sich während einer Uni-Klausur Pornos angeschaut und nicht realisiert, dass sein Laptop am Beamer angeschlossen war.

Pong: Die Studenten haben natürlich alles mit den Handys gefilmt und das Ganze schliesslich ins Internet gestellt.
Rosa: So einer ist selbst schuld. Und was hat er davon?
Reporter: Das habe ich mich auch gefragt. Er konnte vor der Klasse sowieso nicht an sich rumfummeln. Einfach nur Pornos schauen, das ist ja, als ob ein Hungernder ein Steak anstarrt.
Kunz: Schön, dass wir darüber gesprochen haben. Margeaux, wie sieht es bei dir aus?
Margeaux: Nichts für morgen, nein.
Online-Redaktor: Was wurde aus dem Anrufer, den ich dir weitergeleitet habe?
(Margeaux hört auf zu kritzeln, schliesst den Stift und legt ihn demonstrativ auf den Tisch.)
Margeaux: Du meinst den alten Mann, der sagt, er habe Monster in einer Fabrik gesehen? Nein, das war nichts.
Rosa: Monster?
Margeaux *(verdreht die Augen)*: Ein ehemaliger Arbeiter will sie in irgendeiner Spielwarenfabrik in der Seeländer Pampa gesehen haben. Wenn du mich fragst, sucht er bloss nach Aufmerksamkeit.
Kunz: Schade, das hätte eine schöne Schlagzeile gegeben. Schauen wir weiter …
Mina *(unterbricht Kunz)*: Welche Fabrik?
(Alle halten kurz inne.)
Pong *(flüstert Mina zu)*: Eine Spielzeugfabrik in der Pampa.
Ressortleiter Politik: So was nehmen wir doch nicht ernst, oder?
Kunz: Selbstverständlich nicht.
Mina: Und was, wenn dieser Mann nicht der Erste ist, der Monster in der Funfabrik gesehen hat?
Rosa: Fun… was?
(Kunz wirft Mina einen fragenden Blick zu.)

Mina: Als ich Praktikantin beim Fernsehen war, besuchte ich einen Mann, der in der Fabrik arbeitete und behauptete, dass krankheitsbringende Höllenhunde in der Fabrik leben.
(Beim Begriff «Höllenhunde» lachen alle kurz auf.)
Kunz: Höllenhunde?
Reporter *(flüsternd zum Ressortleiter Politik)*: Wir könnten ja mit den Geisterjägern hingehen, das wäre auf jeden Fall eine überraschende Reportage!
(Einige der Anwesenden hören mit und schmunzeln. Kunz nicht.)
Kunz: Und?
(Mina rutscht nervös auf ihrem Stuhl herum und schlägt dabei mit einer Krücke gegen das Stuhlbein. Ein Klirren ertönt.)
Mina: Der Mann hiess Hanker. Er war sehr krank und hat sich schliesslich vor einigen Jahren das Leben genommen.
Online-Redaktor: Der Mann, der hier letzte Woche angerufen hat, sagt, er habe Beweise, dass ihn die Arbeit in der Fabrik krank gemacht habe.
Kunz: Hm.
Kulturchefin *(zum Reporter)*: Also doch ein Fall für die Geisterjäger!
Reporter: Ich wollte schon immer mal mit den Ghostbusters rum…
Kunz *(fährt dem Reporter übers Wort)*: Margeaux, vielleicht würde es sich lohnen, dem Mann doch einmal einen Besuch abzustatten. Einfach um ihm auf den Puls zu fühlen…
Margeaux: Auf den Puls fühlen wäre realistischer, wenn unser Alltag nicht vollgestopft wäre mit unnötigen Sitzungen. Können wir uns solche Abklärungen ins Abseits leisten?
(Wieder kollektives Atemanhalten.)

Kunz *(faltet seine Hände wie zum Gebet und lehnt sich etwas vor)*: Hm. Kommt das Ganze jemandem bekannt vor? Haben sich in der Vergangenheit vielleicht noch andere Fabrikarbeiter bei uns gemeldet?
(Alle Anwesenden schütteln die Köpfe.)
Online-Redaktor: Ich kann mal bei meinen Leuten nachfragen, aber bei mir klingelt nichts.
Kulturchefin: Also bei uns bestimmt nicht. Aber falls sich auf der Redaktion mal jemand mit so einer hanebüchenen Geschichte gemeldet hat, wurden die wohl alle nie besonders ernst genommen.
Ressortleiter Wirtschaft: Das sehe ich auch so.
Margeaux: Also, ich fasse zusammen: Ein Toter und ein alter Mann, beides ehemalige Mitarbeiter, sehen Monster in einer Spielzeugfabrik …
Pong: … Funfabrik …
Margeaux: … und beide waren krank. Da muss man nicht Kojak sein, um zu wissen, dass dies einfach ein Zufall ist.
Online-Redaktor: Was ist Kojak?
Rosa: Wie kann man nicht wissen, wer Kojak ist? Wie alt bist du, zwölf?
Mina: Vor einigen Jahren schloss die Fabrik vorübergehend und niemand weiss, warum. Die Mitarbeiter wurden freigestellt.
Kunz: Hm.
(Margeaux greift nach ihrem Stift und zwirbelt ihn zwischen den Fingern.)
Margeaux: Ihr wollt jetzt nicht im Ernst, dass ich mir den Mann mit den Monstern anhöre? Diese Märchenstunde können wir uns doch sparen.
Ressortleiter Wirtschaft *(flüsternd zur Kulturchefin)*: Und ich kann nicht glauben, dass wir seit fünf Minuten über diesen Schwachsinn diskutieren. In dieser Zeit hätte ich richtige Arbeit leisten können …

Kulturchefin *(antwortet flüsternd)*: Es gibt nichts Ineffizienteres als unsere Sitzungskultur.
Mina *(zu Margeaux)*: Wenn es hilft, kann ich zu Hause nachschauen, ob ich noch alte Notizen oder Videobänder finde. Ich habe das Material aufbewahrt, weil mich die Sache nie ganz losgelassen hat. Irgendwie habe ich immer gehofft, dass ich diesen Ring mal schliessen kann.
Pong: Diesen Kreis.
Rosa: Margeaux, spann doch in dieser Angelegenheit mit Mina zusammen!
Online-Redaktor: Oder mit jemandem von der Online-Redaktion? Ich könnte mit der Videokamera ausrücken.
Kulturchefin: Gute Idee, stellen wir den Leserinnen und Lesern im Internet noch mehr Material gratis zur Verfügung.
(Kunz wirft der Kulturchefin einen genervten Blick zu, wie wenn sie diese Bemerkung schon mehrmals eingebracht hätte.)
Kunz: Jetzt überstürzt nichts. Schon zwei Redaktorinnen sind für diese Übung eine Überbesetzung. Und ich denke nicht, dass sich ein kranker alter Mann für ein Online-Video eignet.
(Mina richtet sich brüsk auf, wobei nun die andere Krücke gegen das Tischbein schlägt.)
Mina: Also, wenn es Margeaux nicht stört, würde ich gerne mitarbeiten!
(Kunz lehnt sich etwas zurück und mustert Minas Beine.)
Kunz: Jetzt verstehe ich – du bist die Redaktorin, die während der Kinovorführung gestürzt ist?
(Mina nickt.)
Kunz: Kannst du den Artikel trotzdem schreiben?
Mina: Schon fertig. Ich konnte wegen der Schmerzen nicht schlafen, da habe ich stattdessen gearbeitet.

Pong: Ein Sturz während der Arbeitszeit! Mina könnte die Zeitung auf Schadenersatz verklagen, wenn sie sich Margeaux nicht anschliessen darf.
Kunz *(zu Pong)*: War das nötig?
Pong *(zu Kunz)*: Easy, ich mach doch nur Spass!
Kunz *(zu Mina)*: Mina, du kannst die Abklärungen bestimmt auch allein machen.
Margeaux: Wie soll sie denn mit ihrem Bein ins Kaff gelangen? Mit dem Bus verliert sie statt eines Arbeitstags eine ganze Woche. Ich fahre sie hin, dann gibt es wenigstens Zeugen, wenn die Monster auf uns losgehen. Und ich schreibe parallel dazu an einem richtigen Artikel.
Kunz: Gut.
Online-Redaktor: Und vergesst nicht, die Onliner rechtzeitig zu involvieren, wenn es etwas hergibt. Vielleicht könnten wir eine Grafik beitragen oder ein Formular einrichten, über das sich Betroffene melden können.
(Der Ressortleiter Wirtschaft und die Kulturchefin tauschen genervte Blicke.)
Kunz: Warten wir mal ab, ob jemand eine Stecknadel findet. Bis jetzt haben wir nur einen Heuhaufen.

Ich muss ins Spiel reinkommen, denkt Mina.
Sie presst ihre Finger so fest gegeneinander, dass sich auf den dazwischengeklemmten Spielkarten Wellen bilden.
Nicht zu fest, denkt Mina, sonst bemerken die Mitspieler, dass ich ein gutes Blatt habe. Nichts ist verräterischer als hervortretende Fingerknöchel.
Es ist kein perfektes Blatt, die Strasse muss Mina mit der Fasan-Karte flicken, da ihr die Nummer 9 fehlt. Sie hat weder eine Bombe vorzuweisen noch den Drachen, der alle anderen Karten übertrumpfen könnte. Aber das Blatt ist so gut, dass sie in drei Schritten alle Karten ablegen und die Runde für sich entscheiden könnte.

Nun fehlt ihr aber die Nummer 1, was bedeutet, dass sie nicht beginnen kann und darauf angewiesen ist, einen Stich mit dem König zu machen, ihrer höchsten Handkarte. Alles, was Mina also tun muss, ist Asse zählen. Vier, das sollte möglich sein, auch wenn Mina nicht gerade zu jenen Spielerinnen gehört, die sich in der Vergangenheit mit Kartenzählen profilieren konnten. Schliesslich gibt es so viele Ablenkungsfaktoren. Etwas trinken zum Beispiel. Ein kurzer Schwatz. Oder eine drückende Blase. Und schon ist ein Ass gelaufen, ohne dass Mina etwas davon mitbekommen hätte.
Alle Karten machen Sinn, ich muss bloss ins Spiel reinkommen, denkt Mina.
Während sie Runde für Runde passt und darauf wartet, dass ihre Mitspieler Asse ablegen, zupft sie hie und da etwas an ihren Karten rum, damit niemand Verdacht schöpft, dass sie eine mächtige Strasse hat. Von der Zwei bis zum König, alles da, ausser der Neun, für die nun der Fasan einsteht.
«Willst du dich auch noch am Spiel beteiligen?», fragt Popi mit einem Schmunzeln.
In seinen Echsenhänden erscheinen die Karten viel kleiner als in Minas.
«Stresst mich nicht, ich weiss, was ich tue», antwortet Mina, ohne von der Tischplatte aufzusehen.
Ein paar Paare laufen, kein Ass.
Dann liegt auf einmal eine simple Vier auf dem Tisch. Jemand legt eine Fünf darauf, es folgt eine Sieben. Mina passt, die Runde dreht weiter. Ein Bauer, «ich passe», eine Dame. Betont lässig legt Mina ihren König obendrauf.
«Tichu», sagt Mina und versucht dabei, so unsicher wie möglich zu klingen.
Wenn sie jetzt zu siegessicher wirkt, zückt bestimmt jemand ein Ass. Dann könnte sie nur noch Popi, ihr Spielpartner, retten – sofern er den höchsten Joker gezogen hat.
Minas «Tichu» hängt noch im Raum, alle studieren konzentriert ihre Karten. Offensichtlich kann niemand richtig ein-

schätzen, was sie noch in den Händen hält. Weder Popi noch Sabine noch deren Lebenspartnerin Elif.
«Kann ich weitermachen?», möchte Mina fragen, doch sie hält sich aus strategischen Gründen zurück.
Das ständige Warten beim Kartenspielen missfällt ihr. Schon als Kind hatte sie wenig Geduld aufgebracht für Gesellschaftsspiele, doch seit sie wieder bei Popi wohnt, besteht er auf mehr sozialen Aktivitäten.
«Du kannst nicht immer nur arbeiten», hatte er zu Mina gesagt, als sorge er sich um ihren Zustand, dabei war sie doch in die Siedlung zurückgekehrt, um sich nach seiner Krebserkrankung um ihn zu kümmern.
Kurzerhand hatte sich Popi nach einem geeigneten Spiel erkundigt, die «Tichu»-Runde ins Leben gerufen und dazu Sabine und Elif eingeladen. Elif ist Mathematikerin oder Physikerin, Mina kann es sich nicht merken, auf jeden Fall kann sie hervorragend Karten zählen und spielt immer alle an die Wand. Doch an diesem Abend scheint Mina zum ersten Mal eine reelle Chance zu haben. Legt niemand in den nächsten Sekunden ein Ass über ihren König, kann sie ihre geflickte Strasse endlich auf der Tischplatte ausbreiten, ihre überflüssige Einzelkarte nachreichen und die für den Sieg nötigen Punkte verbuchen.
«Also, in dem Fall …», beginnt Mina, doch ehe sie die liegenden Punkte einsammeln kann, pickt Elif ein Ass aus ihrem Kartenfächer und wirft es auf Minas König.
«Nicht so schnell!», ruft Elif und heimst mit einem Wisch alle Karten ein.
Dann folgen noch ein paar Paare, Mina verpasst den Einstieg ins Spiel und wird Letzte. Frustriert knallt sie ihre Fehlkarten auf den Tisch, greift nach den Krücken und humpelt in die Küche.
Auf dem Tisch steht Mutter, als warte sie bereits auf das Frühstück, und lächelt Mina zu. Auch wenn es nicht möglich ist, scheint es doch, als wäre sie in ihrem Fotorahmen in den

vergangenen Jahren etwas gealtert. Mina küsst ihre Fingerspitze und tippt damit flüchtig auf die Fotografie.
«Du magst das Spiel nicht», sagt Popi und stellt sich mit verschränkten Armen neben sie.
«Ich mag keine Zwangsunterhaltung», kontert Mina, während sie im Kühlschrank nach einer Bierflasche greift und den Deckel an der Tischkante abschlägt.
«Du scheinst Übung darin zu haben», bemerkt Popi.
Demonstrativ trinkt Mina einen grossen Schluck.
«Ich dachte, ihr seid befreundet, und wollen Freunde nicht Zeit zusammen verbringen?», fragt er in flüsterndem Tonfall und deutet mit seinem Kopf in Richtung Wohnzimmer, wo Sabine und Elif ihre letzten Spielzüge analysieren.
«Doch, aber Freunde sein bedeutet ja nicht, dass ich jede Woche mit ihnen an einem Tisch sitzen mag.»
Popi wirft Mutter einen fragenden Blick zu. Sie schaut ratlos zurück.
«Ausserdem bin ich hier wieder eingezogen, um *dich* zu bespassen, nicht umgekehrt», sagt Mina und lässt sich auf einen der alten, wackeligen Küchenstühle fallen, deren Rückenlehnen bedrohlich nachgeben, einem Schaukelstuhl ähnlich.
«Ich brauche keine Hilfe», antwortet Popi und öffnet die Tür, die zum kleinen Küchenbalkon hinausführt. Dorthin, wo sich Töpfe stapeln, in denen bei wärmerem Wetter Basilikum, Tomatenstauden und Kopfsalat spriessen.
Auf dem Platz vor dem Wohnhaus leuchtet die Neonschrift des Kioskhäuschens und wirft einen bläulichen Lichtkegel auf den Asphalt. Nach Popis zweiter Erkrankung hatte er den Laden an jene Kette verkaufen müssen, für die er nun im Stundenlohn Bestellungen durchtelefoniert. Mittlerweile werden im einstigen Eldorado von Minas Kindheit dieselben Waren feilgeboten, wie sie an jedem beliebigen Kiosk erhältlich sind. Von Jahr zu Jahr werden es mehr Kaugummisorten – solche mit flüssigem, explodierendem Kern, die nach Früch-

ten schmecken, von denen noch nie jemand gehört hat – und weniger Zeitungen. Verkauft werden sie von jungen Frauen und Männern, die während der Arbeit laute Musik hören, sich im Monatsrhythmus abwechseln und welche die Kunden erst bedienen, wenn sich diese räuspernd vor dem zugezogenen Glas bemerkbar gemacht haben.

Eine Aluspirale, die an der Balkontür baumelt, erhascht Minas Aufmerksamkeit.

«Die brauchst du eigentlich nicht mehr, Popi.»

Mina hatte als Kind die Spirale gebastelt, um die Krähen von den Abfallsäcken fernzuhalten, die auf den Balkonen zwischengelagert wurden. Einige Nachbarn hatten es ihr gleichgetan. Bei Sonnenauf- und Sonnenuntergang, wenn die Strahlen horizontal auf die Fensterfront des Häuserblocks treffen, waren die leuchtenden Spiralen über die verschiedenen Stockwerke hinweg in eine Art geheimen Dialog getreten. Mina hatte den Anblick gemocht und bedauert, dass die meisten Nachbarn ihre Vogelschikanen wegräumten, als die Stadt eine richtige Abfallentsorgung im Quartier errichtete.

«Heute habe ich bei der Gazette von einem Mann erfahren, der Ähnliches erlebt hat wie Hank», sagt Mina und setzt die Flasche erneut an.

Brüsk weicht Popi zurück und kratzt sich die Haarstoppel am Kinn, die nach den Chemotherapien wieder zögerlich spriessen.

«Und was hast du damit zu tun?»

«Ich werde ihn interviewen. Vielleicht kann er ja nach all den Jahren etwas Licht ins Dunkel bringen.»

Ungläubig schüttelt Popi den Kopf.

«An deiner Stelle würde ich die Finger davon lassen. Diese Angelegenheit hat uns nichts als Elend gebracht.»

«Ich gehe ja keine Gefahr ein. Es ist ein alter, kranker Mann.»

«Das haben wir damals von Hank auch gedacht – und was ist daraus geworden? Mina, ich will nicht zuschauen, wie dich

diese Sache wieder belastet. Willst du deine Mutter denn aufregen?»
Mina zuckt zusammen. Popi hat Mutter noch nie als Argument in eine Diskussion eingebracht.
«Mutter will, dass ich zu meinen Prinzipien stehe!»
«Alles in Ordnung?»
Sabines glockenhelle Stimme schneidet sich durch die dicke Luft in der Küche. Zusammen mit Elif trägt sie die leeren Trinkgläser und Teller zum Spülbecken.
«Alles bestens», antwortet Mina gehässig.
«Du nimmst mir das Ass nicht etwa übel?», fragt Elif – und klingt dabei weniger schadenfreudig als besorgt.
Als die Neue im Spielzirkel kennt sie noch nicht alle Befindlichkeiten und könnte sich mit einem einzelnen Zug leicht ins Sympathie-Aus zocken.
«Nein, du spielst einfach besser, keine Frage. Aber es war ein langer Tag und mein Knie schmerzt. Ich lege mich jetzt besser etwas hin, damit das Wasser aus dem Gelenk abfliessen kann.»
Alle stehen beiseite, damit sich Mina mit ihren Krücken ungehindert den Weg aus der Küche bahnen kann.
In ihrem alten Kinderzimmer brennt eine Tischlampe. Im schwachen Licht zeichnen sich die Matratze ab, die seit Monaten in der Zimmerecke auf ein Bettgestell wartet, und der Schreibtisch, auf dem Minas Laptop ruht. Statt ihn zu starten, humpelt Mina zum Einbauschrank und zieht mit einer ihrer Krücken eine staubige Kartonschachtel hervor, die zwischen abgewetzten Winterjacken lagert. Jede Berührung hinterlässt helle Fingerabdrücke in der sonst intakten Staubschicht.
«Hank 1999» steht darauf, Mina erkennt ihre Schrift wieder. Sachte hebt sie den Deckel und holt eine Mappe nach der anderen heraus. Briefe von Hank, Zeitungsartikel, handschriftliche Notizen. Eine Videokassette, auf der Minas Interview mit Hank die Zeit überdauert. Und ein Protokoll des Gesprächs, Hanks Aussagen Wort für Wort, das sie in die Laptoptasche steckt.

Auf dem Korridor ertönt Gekicher. Sabines Stimme dringt durch die Wände. Mina sieht ihre Freundin vor sich mit dem langen, kerzengeraden Haar, der eckigen Brille auf der kleinen Nase, die natürlich rosaroten Lippen zu einem frohen, unzynischen Lachen verzogen.
«Und nächsten Monat gehen wir wandern auf Mallorca», erklärt Sabine.
«Das sei sehr schön um diese Jahreszeit», antwortet Popi.
«Ja, und noch nicht zu heiss. Wir haben ein geräumiges Apartement gemietet mit eigener Terrasse und Poolzugang. Schade, dass Mina nicht mitkommt, Ferien würden ihr auch guttun.»
Mina verdreht die Augen und versucht gar nicht erst, Popis Antwort zu verstehen, die in der Art von «ja, sie sollte mal abschalten und zu sich schauen» ausfallen dürfte.
Mina kann sehr wohl abschalten, sich unterhalten, ablenken. Sie denkt nicht bloss an die Arbeit und an Popis Gesundheit, in ihrem Kopf wimmelt es nur so von Ablenkungsgedanken! Sie besitzt sogar ein Gym-Abonnement, das sie jederzeit reaktivieren könnte. Bestimmt würde sie auch eines Tages Ferien buchen, richtige Ferien, aber dann müsste Popi mitreisen, und aufgrund seines Zustands raten die Ärzte momentan noch davon ab. Sie ist durchaus in der Lage, den Moment zu geniessen, denkt sie. Sie ist regelrecht ein Genussmensch, sie geniesst die Arbeit und Tramfahrten durch die Stadt und Popis Essen und so vieles, was ihr gerade nicht einfallen will.
Nachdem sich Sabine und Elif verabschiedet haben, fällt die schwere Tür ins Schloss. Sie fällt jedes Mal schwerer ins Schloss, als würden all die Jahre des Geschlossenwerdens auf ihr lasten. Popis Schritte entfernen sich, sie knarzen auf dem alten, erschöpften Boden, der schneller nachgibt als früher. Das ganze Haus scheint sich dem Alter zu beugen.
Vielleicht, denkt Mina, wird es langsam wieder Zeit für eine eigene Wohnung.

«Bitte ziehen Sie die Schuhe aus. Ich habe Gästepantoffeln, falls Ihnen kalt ist. Und könnten Sie Ihre Krücken vor der Tür abstellen? Man mag sich ja gar nicht vorstellen, was unter diesen Noppen alles für Strassendreck klebt!», sagt die Frau mit der adretten Blumenkohlfrisur, die sich als Frau Cavallari vorstellt.

Margeaux wirft Mina einen erschrockenen Blick zu. Widerwillig schlüpfen die beiden Journalistinnen aus ihren Stiefeletten und in die weissen Frotteefinken, auf denen ein verblasstes Hotellogo prangt. Lago Irgendwas, drei Sterne.

Schon im Entrée merkt Mina, dass sie sich in dieser Wohnung kaum wohlfühlen wird. Alles ist weiss, weiss und rein, reiner als in einem Reinraum. Ein herumschwirrendes Staubkorn würde in diesem Zuhause so viel Aufmerksamkeit erregen wie andernorts eine verwirrte Taube, die durch ein offen stehendes Fenster eingedrungen ist.

«Was machen die hier: wohnen oder operieren?», flüstert ihr Margeaux zu.

Während Mina ihr Lachen unterdrückt, folgt sie Frau Cavallari mit humpelnden Schritten in ein ebenso weisses, ebenso reines Wohnzimmer, wo sie die beiden Gäste anweist, auf einem weissen Sofa mit Schonbezug Platz zu nehmen. Die plastifizierte Decke knistert unter ihren Hintern und wieder muss Mina das Lachen unterdrücken. Sie atmet tief ein, atmet den künstlichen Lavendelgeruch ein, den ein Lufterfrischer in regelmässigen Stössen abgibt. Wie jene in der Werbung, die versprechen, die Provence ins Wohnzimmer zu holen – und dann doch bloss nach öffentlicher Toilette riechen.

«Ist das Zahnpasta?», fragt Frau Cavallari und deutet ungläubig auf eine Stelle auf Margeaux' Bluse.

«Ja. Sie wissen schon ... die Kinder!», erklärt Margeaux und streicht sich den dunkelblauen Stoff glatt.

Frau Cavallari schaut nicht so aus, als wüsste sie schon.

«Keine Sorge, das kriegen wir hin. Gegen die Brotkrümel bringe ich auch gleich was», sagt Frau Cavallari und kehrt

nach einem kleinen Abstecher in ein angrenzendes Zimmer mit einem feuchten Lappen und einer Kleiderrolle zurück.
«Ich …»
Margeaux ringt um passende Worte, doch es fallen ihr keine ein, und so muss sie wortlos mitansehen, wie Frau Cavallari ihr die Zahnpastaspritzer aus der Bluse wäscht und die Brotkrümel vom Schoss rollt.
«Wir wollen ja nicht, dass etwas davon auf dem Sofa landet», erklärt Frau Cavallari.
«Nein, das wollen wir nicht», antwortet Mina – und dieses Mal kann sie ihr Grinsen nicht verbergen.
Frau Cavallari scheint Minas Reaktion als Bestätigung zu deuten und setzt sich nickend auf einen der altmodischen Ohrensessel.
«Was ist mit Ihrem Mann?», fragt Margeaux und versucht damit, das Gespräch endlich aufs Wesentliche zu lenken.
«Ach ja, der», seufzt Frau Cavallari und verschwindet in einem anderen Zimmer.
Dieses Mal bleibt sie länger fern und als sie ins Wohnzimmer zurückkehrt, führt sie einen älteren Mann am Arm. Herr Cavallari geht in gebeugter Haltung und trägt ein rotes Strickgilet. Sein Haar wächst kranzförmig um den mit Leberflecken übersäten Schädel. Behutsam, aber bestimmt führt ihn seine Frau zum zweiten frei stehenden Ohrensessel, dann lässt sie sich mit einem weiteren Seufzer zurück auf den ihren fallen.
«Das sind die beiden Damen von der Zeitung. Ich habe dir doch davon erzählt», erklärt Frau Cavallari ihrem Mann, der schlaff wie ein halb gefüllter Mehlsack im Sessel hängt und nicht den Eindruck macht, als würde er an der Realität teilhaben.
Doch kaum hat seine Frau zu Ende gesprochen, beugt er sich vor und sagt mit überraschend fester Stimme:
«Das hat aber eine Weile gedauert, bis Sie auf meinen Anruf reagiert haben.»

«Nun sind wir ja da. Wollen Sie uns Ihre Geschichte von Anfang an erzählen?», schlägt Margeaux vor.
Der Mann schaut zu seiner Frau, als ob er ihre Zustimmung einholen müsste, und erst, als Frau Cavallari bestätigend nickt, holt er Luft und erzählt von seiner Arbeit in der Funfabrik. «Dorthin wurde ich vom Arbeitsamt für die zwei letzten Jahre vor der Pensionierung versetzt, weil sie mich sonst nirgends mehr gebrauchen konnten. So macht man das heute mit den Alten, kein Respekt, nichts. Aber diese Lösung war immer noch besser als die Einbussen, die eine Frühpensionierung mit sich gebracht hätten.»
Frau Cavallari nickt wieder und wiederholt flüsternd die Worte «Einbussen» und «Frühpensionierung», als hätte sie ihrem Mann eine Rede geschrieben und würde sie nun leise mitsprechen, um sicherzugehen, dass er sie korrekt wiedergibt. Ihr Mann starrt derweil aufs Polster der Armlehne, ehe er sich wieder sammelt.
«Wo war ich? Ach ja, bei der Fabrik.»
«Als was waren Sie dort tätig?», fragt Mina.
«Ich arbeitete dort als, als …»
«Lakai!», ruft Frau Cavallari schrill.
«Bitte entschuldigen Sie, es war einfach alles so entwürdigend! Nachdem mein Mann am alten Standort das Lager geleitet hatte, musste er auf einmal …»
«Lässt du mich bitte ausreden, Schatz?», unterbricht Herr Cavallari, der auf einmal äusserst präsent wirkt.
«Der Patron setzte mich hier und dort ein. Ich machte allerlei, auch einfache Putzarbeiten. Er legte grossen Wert darauf, dass seine antiken Möbel immer staubfrei waren. Alles in seinem Büro war antik und teuer. Ach, eigentlich ging es bloss darum, dass ich meine Zeit absitzen konnte. Aber schon wenige Wochen nach Arbeitsantritt fühlte ich mich unwohl. Ich dachte, ich hätte Grippe, doch die Beschwerden hielten an. Ich ging zum Hausarzt, aber Sie wissen ja, wie das läuft.»

Beim Begriff «Beschwerden» fasst sich Frau Cavallari kurz an den Mund, als müsste sie ein Aufstossen unterdrücken. Oder Schlimmeres.

«Nein, erklären Sie es uns. Wie läuft das beim Hausarzt?», fragt Mina.

«Na, diese Scharlatane verlangen viel Geld dafür, dass sie einem mit ein paar Schmerztabletten nach Hause schicken und sagen, es sei alles bloss stressbedingt.»

«Hatten Sie denn Stress?», hakt Margeaux nach.

«Ich habe vierzig Jahre allein meine Familie ernährt, da werden mich doch zwei Jahre Handlangerarbeit nicht stressen!», ruft Herr Cavallari verärgert und richtet sich etwas auf in seinem Sessel.

Mina und Margeaux warten auf seine Worte, doch Herr Cavallari hält bloss inne und schaut die beiden Journalistinnen erwartungsvoll an.

Eine Weile ist nichts zu hören ausser einer Wanduhr, deren mondförmiges Pendel hin- und herschwingt. Und dem Zischen des Lufterfrischers. Noch mehr Lavendel – die Provence wird langsam neidisch.

«Können Sie uns etwas zu den Beschwerden sagen?», fragt Mina schliesslich.

«Muss es wirklich so ins Detail gehen?»

Nun richtet sich Frau Cavallari auf.

«Nun ja, wenn wir vergleichen sollen, ob der Fall Ihres Mannes mit ähnlichen Meldungen in Verbindung steht, dann ja», antwortet Margeaux.

Das Ehepaar tauscht nervöse Blicke aus.

«Entschuldigung, aber *Sie* wollten doch mit uns sprechen, oder habe ich da was falsch verstanden?», versucht Margeaux zu klären.

«Schon, aber …»

Herr Cavallari schnappt nach Luft.

«Sehen Sie: Meine Frau hat Mühe mit … mit unreinen Dingen.»

Beim Begriff «unrein» hält sich Frau Cavallari erneut die Hand vor den Mund.
«Wenn es Sie belastet, können Sie uns mit Ihrem Mann auch allein sprechen lassen», schlägt Mina vor.
Mit einer Geste, die nichts als Unwohlsein suggeriert, streicht Frau Cavallari den Schonbezug unter ihren Oberschenkeln glatt. Schliesslich erhebt sie sich und verlässt mit geräuschlosen Schritten das Wohnzimmer. Herr Cavallari schaut ihr hinterher, und als sie schon längst aus dem Bild verschwunden ist, starrt er noch immer ungerührt auf die weissen Fliesen, als könnte er den unsichtbaren Fussabdruck seiner Frau darauf erkennen.
«Herr Cavallari?», fragen Mina und Margeaux unisono.
«Wo war ich? Ach so, die Beschwerden. Es hat alles angefangen wie ein alltägliches Virus. Unwohlsein, Kopfschmerzen, Schwindel, Schlappheit. Ich habe ab und zu ein Aspirin geschluckt und dachte, damit sei die Angelegenheit wohl gegessen. Wir haben uns erst Sorgen gemacht, als ich plötzlich Blut gespuckt habe.»
«Also erbrochen?», fragt Margeaux.
«Nein, gespuckt. Es hat schlimmer ausgesehen, als es tatsächlich war.»
Er öffnet den Mund und zeigt mit seinem Finger ins dunkle Loch in seinem Gesicht.
«Die Mundschleimhaut hat geblutet.»
Umgeben von all dem Weiss stellt sich Mina vor, wie es hier ausgesehen haben mag, als Herr Cavallari ein Speichel-Blut-Gemisch auf die Fliesen gespuckt hat. Sie stellt sich die unzähligen roten Spritzer vor, die sich ins weisse Leder der Couch und in den zarten Stoff der Ohrensessel gefressen haben. Ob Frau Cavallari darum nun alle Möbel mit Schonbezügen schützt? Ob sie die Blutspritzer selbst weggewischt hat, einen um den anderen, mit einem bestickten, befeuchteten Stofftuch? Und sie stellt sich vor, wie Hanks heruntergekommenes Zuhause ausgesehen haben muss, als der kran-

ke Mann allein auf allen vieren das Blut aufgewischt hat, ohne Frau mit Blumenkohlfrisur im anderen Zimmer.
«Darf ich fragen, ob Sie auch … nun ja, mentale Veränderungen festgestellt haben?», will Mina wissen.
«Ja, hat er!», ruft Frau Cavallari aus dem Nebenzimmer. «Sag es Ihnen, Schatz!»
Herr Cavallari krallt sich an der Armlehne fest und lehnt den Kopf nach vorn, sodass unter dem schütteren Haar die altersfleckige Haut durchschimmert. Wie Wolken lassen die Altersmale unzählige Interpretationen zu: Einige ähneln Schiffen oder Pferden, andere sehen aus wie Autos oder Baumkronen.
«Ich möchte nicht, dass Sie das aufschreiben», flüstert er und richtet sich wieder auf.
Sein Kopf ist rot, viel röter als zuvor, nun, da all das Blut hineingeflossen ist. Es lässt ihn gesünder aussehen.
«Als ich in der Fabrik gearbeitet habe, habe ich immer wieder Schatten herumhuschen sehen. Sie haben mich verfolgt, sogar bis nach Hause! Einmal habe ich auf einen Eindringling eingeschlagen – wie sich herausstellte, war es meine Frau.»
«Es war nicht der Rede wert», ruft Frau Cavallari dazwischen.
«Ich habe meine Frau geschlagen, das war nicht nichts.»
«Wenn Sie sagen, Sie hätten Schatten gesehen: Meinen Sie damit Schatten von Menschen oder könnten es auch Hunde gewesen sein?», fragt Mina und erntet dafür einen verwunderten Seitenblick von Margeaux.
«Hunde? Ich weiss nicht …»
«Haben Sie sich noch mal untersuchen lassen, als die Wahnvorstellungen anfingen?», will Margeaux wissen.
«Könnten Sie ein weniger dramatisches Wort als ‹Wahnvorstellungen› notieren?», ruft Frau Cavallari.
Herr Cavallari nickt, die Autos und Baumkronen werden dabei durchgeschüttelt.
«Im Labor wurde eine leichte Quecksilbervergiftung festgestellt. Die Symptome sind nach meiner Pensionierung verschwunden.»

Mina stockt der Atem. Zum ersten Mal nach all diesen Jahren hört sie einen Befund. Vielleicht, wenn er nicht gestorben wäre, hätte auch Hank eine Diagnose einholen können. Eine Erklärung für seinen Gesundheitszustand, für die Höllenhunde.
Aber ist es eine Erklärung, fragt sich Mina, die auf einmal mit mehr Fragen als zuvor auf dem weissen, reinen Sofa mit dem plastifizierten Schonbezug sitzt.
«Wann hat sich das alles eigentlich zugetragen?», fragt Margeaux.
«Vor fünf Jahren. Ich wurde 2003 versetzt und 2005 wurde ich pensioniert.»
«Das ist ja schon lange her! Warum haben Sie sich erst jetzt bei der Zeitung gemeldet?», fragt Margeaux ernüchtert.
Ehe er antworten kann, kommt Frau Cavallari zurück ins Wohnzimmer. Sie trägt eine Schatulle in den Händen, genauso wie damals Hank, und Mina befürchtet, sie könnte zum zweiten Mal in ihrem Leben eine Gallenstein-Konfrontation erleben. Doch wie sich herausstellt, befindet sich in der Holzkiste kein organischer Abfall, sondern eine beachtliche Anzahl Ärzte-Karten. Frau Cavallari sucht die richtige hervor und streckt sie Mina hin.
«Wenn Sie wollen, rufe ich unseren Hausarzt an, damit er Ihnen die Laboruntersuchungen von damals rüberfaxen kann.»
Margeaux räuspert sich und kritzelt verlegen auf ihrem Block herum.
«Ehm, fünf Jahre ist lange her, Herr Cavallari. Ich weiss nicht, ob das für uns noch relevant ist. Warum haben Sie die Medien nicht schon früher kontaktiert?»
Herr und Frau Cavallari tauschen nervöse Blicke.
«Sehen Sie …», antwortet Frau Cavallari.
«Bei meinem Mann wurde letztes Jahr Parkinson diagnostiziert und er kann nicht ewig hier wohnen. Ein guter Heimplatz kostet viel Geld und ich war mein Leben lang Hausfrau. Wir dachten …»

«Sie wollen die Fabrik unter Druck setzen, damit sie Ihnen Schadenersatz zahlt?»
Margeaux' Direktheit wird mit einem erneuten nervösen Blickwechsel beantwortet.
«Herr Cavallari, wissen Sie, warum die Fabrik vor einigen Jahren vorübergehend geschlossen wurde? Das muss um den Zeitpunkt Ihrer Pensionierung gewesen sein», fragt Mina.
«Nein, keine Ahnung.»
«Haben Sie von Mitarbeitern gehört, die ähnliche Symptome hatten wie Sie?», hakt Margeaux nach.
Statt zu antworten, starrt Herr Cavallari auf den lupenreinen Fussboden. Sein Blick wird glasig, seine Bewegungen verlangsamen sich. Ehe Mina und Margeaux zu weiteren Antworten kommen, hat er sich in Erinnerungen verloren.

Jeder Regentropfen, der auf die Windschutzscheibe klatscht, hinterlässt ein spinnwebenartiges Muster. Ein Platzregen mit Tropfen so gross, als würde jemand in den Wolken sitzen und Eimer über der Autobahn ausschütten. Margeaux schaltet ihre Scheibenwischer auf die höchste Stufe. In so schnellen Bewegungen, die bei betroffenen Menschen bestimmt einen epileptischen Anfall auslösen würden, fegen sie übers Glas und scheinen den Regen nur noch stärker zu verteilen.
«Du solltest die Wischer mal reinigen», bemerkt Mina und reibt sich schmerzerfüllt das Knie.
«Was *du* nicht alles bemerkst», raunt Margeaux zurück.
«Ich müsste das Bein wieder einmal hochlagern können.»
Mina unternimmt einen erfolglosen Versuch, das Bein zu strecken, doch Margeaux' Wagen bietet wenig Platz für Extremitäten. Dafür stapeln sich Abfall, Wasserflaschen, Ersatzschuhe, Taschentuchpackungen und gar eine leere Weinflasche.
«Hör auf, meine Autoordnung zu verurteilen», sagt Margeaux, als könnte sie Minas Gedanken lesen.
«Ich verurteile gar nichts!»

«Das ist *mein* Wagen, hörst du? MEIN Wagen. Das ist nicht das Familienauto, in dem wir den Kindern beibringen, während des Fahrens keine Sauerei zu machen. Das ist mein Reich, mein Refugium, mein Happy Place! Wenn mir zu Hause die Decke auf den Kopf fällt, dann ziehe ich mich hierhin zurück. Hier kann ich meine Nägel lackieren und warten, bis sie trocken sind. Trocken, hörst du? Hier kann ich Limonade trinken und Schokolade essen, ohne dass ich erklären muss, warum kleine Kinder das nicht dürfen. Hier kann ich weinen und ungestört telefonieren, hier kann ich arbeiten, und das Beste: Hier kann ich einfach nichts tun, wenn ich das will. Also hör auf, meine Autoordnung zu verurteilen», sagt Margeaux, richtet die dunklen Brillengläser und versucht, durch die verschmierte Windschutzscheibe hindurch etwas von der Strasse zu erkennen.
«Sind kleine Kinder wirklich so schlimm?», fragt Mina.
«Gestern musste ich um Mitternacht einer Puppe einen Einlauf machen, um Milch aus ihrem Plastikdarm zu spülen, damit sie dort nicht zu gären beginnt – beurteile bitte selbst.»
Ohne zu antworten, beobachtet Mina das braune Wasser, das sich im Strassengraben zu einem Bach fügt, der immer weiter anschwillt und bald übers angrenzende Feld laufen wird.
«Immer, wenn ich etwas mit der Funfabrik zu tun habe, ist schlecht Wetter», stellt Mina fest.
«Bist du etwa abergläubisch?»
«Eigentlich nicht. Aber merkwürdig ist es schon, oder?»
«Überhaupt nicht», antwortet Margeaux. «Wir sind im Seeland, es wäre eher ein seltsames Omen, wenn die Sonne scheinen würde.»
«Jetzt tust du der Gegend aber unrecht.»
Nach einigen weiteren Fahrtminuten hört der Regen so abrupt auf, wie er angefangen hat. Die Farbe des Asphalts wechselt von dunkel- auf hellgrau. Der Strassengraben ist trocken, keine braune Brühe weit und breit, und das Gras aus der angrenzenden Wiese wartet durstig auf eine Erfrischung.

«Was hältst du von den Cavallaris?», fragt Margeaux.
Mina faltet die Laborunterlagen auf, die ihnen Frau Cavallari in ein weisses Kuvert gesteckt hat, und überblickt die Zahlen. «Diese Quecksilberwerte müssen wir uns von einer unabhängigen Stelle erklären lassen, die sagen einem Normalsterblichen nichts. Aber die Symptome, die Herr Cavallari aufgezählt hat, sind im Ansatz dieselben wie bei Hank, wenngleich weniger schlimm.»
«Du klingst, als würdest du die Sache ernst nehmen.»
Pikiert schaut Mina zu ihrer Kollegin rüber.
«Du etwa nicht?»
«Der Kerl hatte vor Jahren eine leichte Quecksilbervergiftung. Die kann er sich irgendwo zugezogen haben. Vielleicht pflegten die Cavallaris merkwürdige Sexspiele mit Fiebermessern ...»
«Urgh, hör auf, ich habe ein ziemlich klares Vorstellungsvermögen!», ruft Mina angewidert. «Und wir haben nicht nichts: Wir haben diese Laborunterlagen und die Zitate von Hank aus dem Jahr 1999. Was, wenn in der Vergangenheit etwas faul war in dieser Fabrik: Haben wir dann nicht eine ethische Verpflichtung, das aufzudecken?»
«*Wenn* etwas faul war, und ich betone, *wenn*. Aber ...»
«Lass uns für die ganze Rückfahrt mal das ‹Aber› vergessen», schlägt Mina vor.
«Lass uns einfach die ganze Sache durchgehen, als würden wir sie ernst nehmen, okay?»
Margeaux blickt von der Strasse zu Mina und wieder zurück. Schliesslich nickt und schüttelt sie abwechselnd den Kopf.
«Ich kann nicht glauben, dass wir unter die Geisterjägerinnen gehen. Nun gut, fassen wir zusammen: Wir haben zwei kranke Männer, die beide in der Partyartikel-Fabrik gearbeitet haben und sich vor Schatten fürchten. Einer von ihnen hatte eine leichte Quecksilbervergiftung, von der er sich erholt hat, und der andere ist tot – wir werden also nie wissen, ob er ebenfalls an einer Vergiftung gelitten hat. Und ich denke

nicht, dass die Behörden seine Leiche auf unseren Wunsch exhumieren …»
«Hast du eine Schaufel im Kofferraum?», fragt Mina grinsend.
«Wenn ich ein Gesetz brechen möchte, dann ein anderes …», sagt Margeaux und blickt prüfend in den Rückspiegel.
Während sich Mina noch ausmalt, welches Gesetz Margeaux wohl brechen würde, fährt ihre Kollegin fort:
«Aber wir spielen ja nur mit Hypothesen, oder, Mina? Und wir haben keine Ahnung, ob die gesundheitlichen Probleme in Zusammenhang mit der Fabrik standen. Die beiden Männer lebten in derselben Gemeinde – es könnte am Wasser gelegen haben oder …»
«… ach, Margeaux, dann wären doch viel mehr Menschen betroffen gewesen, oder? Nein, es muss etwas gewesen sein, das nur Hank und Cavallari betroffen hat. Und beide haben in der Fabrik gearbeitet.»
«Es könnte auch sein, dass viele Menschen betroffen waren und sich diese einfach nicht bei den Medien gemeldet haben. Dann wären wir wieder beim Wasser.»
Beleidigt senkt Mina den Kopf und starrt auf die Laborwerte – Zahlen, die wie ein Rätsel über das Papier tanzen und Mina zu verhöhnen scheinen.
«Entschuldige, machen wir weiter», sagt Margeaux versöhnlich.
«Beide haben an Halluzinationen gelitten. Hast du gewusst, dass eine Quecksilbervergiftung zu Wahnvorstellungen führen kann?»
«Woher weisst du das jetzt, Mina?»
«Das habe ich in der Notaufnahme gelesen, als ich auf meine Knieergebnisse warten musste.»
«Womit wir wieder bei den Sexspielchen mit Fiebermessern wären.»
«Margeaux, hör auf damit!»
«Schon gut, reg dich ab. Aber wo sollen die beiden Männer in der Fabrik mit Quecksilber in Berührung gekommen sein? So

weit ich weiss, braucht es ja kein Flüssigmetall für die Herstellung von Trillerpfeifen. Und wie passen die verschiedenen Zeitebenen zusammen? Du hast Hank 1999 getroffen, Cavallari hat von 2003 bis 2005 in der Funfabrik gearbeitet. Wann wurde die Fabrik kurzfristig geschlossen?»

«Das muss auch 2005 gewesen sein.»

Mina legt die Laborunterlagen auf den Schoss und streicht das dünne Faxpapier an der Faltstelle glatt.

«Hm.»

Wieder schaut Margeaux in den Rückspiegel, als fürchte sie, von den Regenwolken eingeholt zu werden, die sich am Horizont von Westen her über die Fahrbahn wälzen.

«Ob die in der Fabrik etwas Illegales gemacht haben? Braucht es Quecksilber für die Herstellung von Drogen?», fragt Mina.

«Davon habe ich noch nie gehört…»

«Ein illegaler Sparlampen-Ring?»

«Welcher Idiot würde schon auf ein Produkt setzen, das tausend Jahre hält? Da rentiert doch der Absatz nicht», hält Margeaux entgegen.

«Vielleicht müssten wir weiter zurückgehen in der Zeit. Doch so wie es aussieht, ist deine Zeit gerade abgelaufen, Mina. Ich kann schon die Stadt erkennen und wir haben keine schlauen Antworten gefunden, um…», sagt Margeaux, und dann stottert ihr Auto etwas auf der rechten Fahrbahn rum, steuert in Schlangenlinien auf den Pannenstreifen zu, wo es mit rauchender Motorhaube zum Stillstand kommt.

«Shit, shit, shit!», ruft Margeaux und steigt aus, wobei ihr Mantel vom Wind gegen ihre Knöchel geschlagen wird.

«Oh mein Gott, das sieht schlimm aus. Soll ich ein Pannenfahrzeug rufen?», fragt Mina.

Sie beobachtet, wie Margeaux sich den Schal um die Hand wickelt, um die heisse Kühlerhaube zu öffnen. Dann macht ihre Kollegin einen Tritt zurück, damit der austretende Dampf nicht ihr Gesicht streift, das von der ganzen Aufregung gerötet scheint. Schliesslich schraubt Margeaux den Deckel des

Kühlmittelbehälters ab und lehnt gegen den Kotflügel, der leicht zittert vor Erschöpfung.
«Danke, Mina, aber der Wagen beruhigt sich von selbst wieder. Ich sollte irgendeinen Schlauch ersetzen, damit der Motor nicht mehr überhitzt.»
Mina beobachtet ihre Kollegin und ist froh, dass diese etwas von Autos zu verstehen scheint. Sie selbst wäre nicht einmal imstande, einen Tank zu füllen – schliesslich hatte Popi nie ein Auto besessen, an dem sie hätte lernen können. Wo immer sie hingereist waren, hatten sie stets den Zug oder Bus genommen, auch wenn sie unzählige Male umsteigen mussten oder Anschlüsse verpassten.
«Ein Auto ist viel zu teuer», hatte Vater stets gesagt.
Mina wusste, dass dies nur der halbe Grund war. Seit Mutter überfahren worden war, erinnerte jedes Fahrzeug Popi an den schwärzesten Moment seines Lebens. An jenen Moment, an dem er hinter Mutter die Strasse überquerte und hilflos zuschauen musste, wie ein Wagen Mutter auf dem Fussgängerübergang erfasste. Es geschah beim Anfahren, der Wagen konnte also nicht viel mehr als zehn, fünfzehn Stundenkilometer gefahren sein, doch es reichte aus, Mutter mehrere Meter durch die Luft zu wirbeln. Womöglich hätte sie überlebt, wenn sie statt auf der Schläfe auf dem Rücken oder den Beinen gelandet wäre.
«Wie lange müssen wir jetzt hier ausharren?», ruft Mina.
Margeaux zuckt mit den Schultern, öffnet die Beifahrertür und klaubt zwischen Bedienungsanleitung, Fensterputztüchern und Minas Schenkeln ein Zigarettenpäckchen aus dem Handschuhfach hervor.
«Lange genug für eine von denen.»
Dann stellt sie sich neben den Wagen auf den Pannenstreifen, steckt sich eine Zigarette zwischen die bordeauxroten Lippen und reibt ein Streichholz über den Anzündstreifen. Es zischt und knirscht, dann zieht Margeaux einmal fest an der Kippe und die Zigarette glüht auf.

«Ich wusste nicht, dass du rauchst», sagt Mina, während der dampfende Wagen vom vorbeidröhnenden Verkehr hin- und hergewiegt wird, was jeweils einen leichten, stechenden Schmerz in ihrem Knie auslöst.
«Tu ich auch nicht. Die sind nur für Notfälle. Willst du eine?», fragt Margeaux und bläst den Rauch über den Wagen hinweg.
«Nein, danke, mein Vater würde mich umbringen, wenn ich rauchen würde.»
«Bist du nicht etwas zu alt, um dich nach deinem Vater zu richten?»
Ein vorbeifahrendes Auto erzeugt einen solchen Sog, dass es Minas Haare aufwirbelt. Sie streicht sich die Strähnen aus Augen und Mund und entgegnet: «Er war sehr krank und ich will ihn nicht zusätzlich aufregen. Ausserdem wohne ich zurzeit bei ihm und er würde den Zigarettenrauch auf der Stelle riechen. Ich habe keine Lust auf diese Auseinandersetzung.»
«Wow», antwortet Margeaux, «ich hoffe, dass meine Kinder eines Tages auch so viel Respekt vor mir haben werden. Kann ich mal das Rezeptbuch deines Vaters lesen?»
Ist es wirklich Respekt?, fragt sich Mina. Oder weicht sie bloss Konfrontationen aus? Fürchtet sie sich gar vor Vaters Urteil? Er, der stets die Gerechtigkeitswaage für sie geeicht hat?
«Immerhin trinke ich gegen seinen Willen Alkohol», rechtfertigt sich Mina – und ärgert sich sogleich über ihren kindlichen Trotz, der in der Antwort mitschwingt.
«Du musst dich nicht erklären. Jeder rebelliert gegen seine Eltern auf die eine oder andere Weise, dafür benötigt man keine Zigaretten.»
Margeaux wirft die Kippe auf den Boden und tritt sie mit ihren spitzen Stiefeln so stark aus, dass das Filterpapier aufplatzt und der übrig gebliebene Tabak herausquillt. Nach einem prüfenden Blick in die Innereien ihres Wagens stellt Margeaux fest, dass sie ihre Zwangspause noch etwas verlängern müssen.
«Wir können die Zeit ja zum Arbeiten nutzen», schlägt Mina vor und holt ihr Telefon aus der Tasche.

«Was meinst du?»
«Du hast gesagt, dass wir an dem Fall arbeiten, bis wir wieder in der Stadt sind. Dank deinem Pannenwagen habe ich etwas Zeit gewonnen, dich von der Geschichte zu überzeugen.»
«Und wen rufst du jetzt an? Die Quecksilberpolizei?»
«Pong. Der sitzt bestimmt vor dem Computer und kann für uns etwas recherchieren», antwortet Mina – obwohl sie haargenau weiss, dass Margeaux falsche Schlüsse ziehen wird, wenn sie Pong erwähnt. Entsprechend gewappnet ist sie auf Margeaux' Bemerkung:
«Pong steht auf Abruf für dich bereit? Muss ich was wissen?»
«Pst! Nein, Pong ist einer zum Eselstehlen, wir kommen einfach gut miteinander klar, da steckt nichts dahinter.»
«Was willst du dann von ihm?», fragt Margeaux mit einem zweideutigen Grinsen.
«Dass er für uns in der Zeit zurückgeht, wie du eben gesagt hast …»
Es klingelt ein weiteres Mal, dann meldet sich Pong. Damit sie ihren Gesprächspartner verstehen kann, hält sich Mina beim Sprechen schützend die Hand vor den Mund. Während sie ihm ihr Anliegen erläutert, lacht, nickt und gespannt auf eine Antwort wartet, beobachtet sie den Verkehr der Schnellstrasse, der streifenförmig an ihr vorbeizieht und die Büsche, welche die beiden Fahrstreifen abgrenzen, neigt. Schliesslich klappt sie ihr Telefon zusammen.
«Hat Detektiv Pong etwas Spannendes herausgefunden?»
«Das hat er in der Tat! Rate mal, was in der Fabrik produziert wurde, bevor die Funfabrik das Gebäude übernommen hat: Medizinalprodukte! Und wenn schon nicht für Luftballons, so wird Quecksilber doch zur Herstellung von solchen benötigt, oder?»
Für einen Moment regt sich nichts auf Margeaux' Gesicht. Dann schnellen die Augenbrauen erstaunt nach oben.
«Womit wir wieder bei den Thermometern wären. Ich lag also doch richtig mit der Sexsache», sagt Margeaux schmunzelnd.

«Das ist wirklich ein ekelhaftes Bild, das ich nie mehr loswerde, danke sehr!»
Erst lachen die beiden Frauen, dann schweigen sie und schliesslich starren sie eine Weile so gedankenversunken in den angrenzenden Acker wie Herr Cavallari auf den weissen Fussboden.
«Und, habe ich dich überzeugt?»
«Mina, die Chancen stehen eins zu einer Million, dass wir in dieser Angelegenheit etwas Brauchbares herausfinden. Wir sind nicht Erin Brockovichs.»
Mina grinst zufrieden.
«Ist das ein sehr subtiles, zwischenzeiliges ‹Ja›?»
Margeaux verdreht die Augen und steigt zurück in den Wagen, der mittlerweile wieder Normaltemperatur angenommen hat.
Mina weiss, dass sie den Moment am besten so stehen lassen würde, doch sie kann sich die Bemerkung nicht verkneifen: «Übrigens, Erin Brockovich war keine Journalistin.»

Mutter hatte, wenn Mina älter gewesen wäre und weniger Betreuung bedurft hätte, einen jener Schrebergärten mieten wollen, die von ihrer hoch gelegenen Wohnung aus zu sehen waren und es noch sind. Die quadratischen Landstücke, die sich neben der Autobahn quiltartig zu einem riesigen Garten formen, leuchten in der Erntezeit in sattem Grün, Gelb und Rot. Rot wie die Peperoni, die Vater zum Kochen benutzt. Mutters Plan wäre gewesen, eines Tages nur noch Gemüse aus dem eigenen Schrebergarten zu kochen.
Popis Präsenzzeiten im Kiosk hatten es nicht zugelassen, nebenher einen Schrebergarten zu pflegen, jedenfalls keinen, in dem gewissenhaft Gemüse gezogen wird. Selbstverständlich hätte Vater, wie so viele der Nachbarn, eine Parzelle mieten und verkommen lassen können. Er hätte die Brennnesseln wuchern lassen und später daraus Suppe zubereiten können. Das wäre keine Schande gewesen. Doch Popi hatte keine

halben Sachen gemacht. Er hatte geboxt, und wenn er geboxt hatte, dann war er in den professionellen Ring gestiegen – bis ihm ein gebrochenes Handgelenk die Karriere verunmöglicht hatte. Und wenn er einen Schrebergarten gemietet hätte, dann wäre es der schönste und fruchtbarste Garten von allen gewesen.

Nicht so Mina. Sie hätte gerne Mutters Traum wahr werden lassen, auch ohne ausladendes Gemüseangebot. Sie hätte sich gerne in freien Stunden in einen kleinen Garten gesetzt und sich vorgestellt, wie sie mit Mutter dort intime Frauengespräche hätte führen können. Sie hätten viel gelacht und ab und zu hätte Mutter beim Sprechen Minas Schulter flüchtig berührt.

Nun sitzt Mina in einem dieser Schrebergartenhäuschen und wickelt sich die hellblaue Wolldecke um die Beine. Sie hat den Schrebergarten nicht gemietet, so weit ist sie mit der Umsetzung von Mutters Traum nie vorangekommen. Stattdessen schleicht sich Mina seit ihren Jugendjahren in den Schrebergarten eines alten Nachbarn. Einer, der schon damals alt gewirkt hat und der es noch immer ist. Einer, der bei Vater am Kiosk stets Tabak für eine Pfeife gekauft hat und dann doch nie rauchend gesehen wurde. Einer, der Jahr für Jahr die Miete für ein kleines Holzhäuschen und einen überschaubaren Flecken Land bezahlt, ohne sich je die Mühe zu machen, den Schrebergarten zu bewirtschaften. Manchmal wächst etwas Essbares zwischen dem kniehohen Gras, weil der Wind Samen von den angrenzenden Gärten herangetragen hat.

Das Innere des Häuschens ist nicht vielfältiger, aber zumindest liebevoller eingerichtet. Der alte Mann hat sich sogar die Mühe gemacht, das Bild eines Schiffs über dem Liegesofa aufzuhängen. Es zeigt ein altes Segelboot mit grossem Ruder und Anker und jedes Mal, wenn Mina auf dem Sofa liegt, starrt sie das Bild an, bis sich das Tau vor ihren Augen auflöst und sie sich einredet, den rauen Wind auf der Haut zu spüren und das Salz des Meerwassers auf den Lippen zu schmecken.

Sie kann sich gut an die Gerüche erinnern, obwohl sie noch nicht oft am Meer gewesen ist. Zuletzt mit Debbie und Walt, am Strand von Coney Island, und streng genommen zählt es gar nicht als Strandbesuch, denn es war zu kalt gewesen, um ins Meer zu steigen, und das graublaue Wasser hatte sich kaum vom Hudson River unterschieden, es hätte also genauso gut ein Fluss sein können.
Und dann fragt sich Mina, ob der alte Nachbar früher selbst Schiffe gesteuert hat? Ob er vielleicht sogar ein waschechter Kapitän gewesen ist? Das würde erklären, warum er stets mindestens drei Stockwerke mit den grössten Hits von Freddy Quinn beschallt und damit den Ärger der lärmempfindlicheren Bewohner auf sich zieht.
Die Bise bläst um das Holzhaus, kalt und rau wie der Nordseewind, und zieht durch die zahlreichen Ritzen. An diesem Abend muss Mina die Wolldecke bis zum Kinn hochziehen, um nicht vor Kälte zu zittern. Vor vielen Jahren hat Mina die Decke mitgenommen und versehentlich im Schreberhäuschen liegen lassen. Seither hat sie die Decke bei jedem Besuch wieder vorgefunden, sorgfältig gefaltet auf der Kommode liegend. Mina deutet die Geste als Zeichen, dass ihr der alte Mann das Eindringen nicht übelnimmt, im Gegenteil, dass er es sogar gutheisst, obwohl er keine Ahnung hat, um wen es sich bei seinem «Gast» handelt. Vielleicht ist er einsam und geniesst den Gedanken, dass sich ihre Lebensbahnen in seinem Häuschen überschneiden.
Klar, die Hütte ist nicht das sicherste aller Verstecke. Schliesslich könnte jederzeit ein fremder Mann eintreten und Mina in ihre Einzelteile zerlegen – ohne dass jemand ihren Aufenthaltsort kennen würde. Darum ist sie bei jedem Besuch darauf bedacht, eines der Gartenwerkzeuge in Griffnähe zu haben. Eine Harke oder einen Spaten.
Sind alle Instrumente am richtigen Platz, fühlt sich Mina geborgen und sie holt ihre Lektüre hervor. Hier, im windigen Holzkubus, liest sie keine Klassiker der Weltliteratur, in die sie

sich jeweils im Bus vertieft, sondern die schlecht zusammengeklebten Groschenromane. Natürlich weiss Mina, dass diese Geschichten seicht sind, natürlich weiss Mina, dass sämtliche Geschlechter- und noch viele Klischees mehr bedient. Doch manchmal, denkt sie, brauchen Menschen einen Zufluchtsort, in der Gewissheiten herrschen, auf die man in der Realität niemals vertrauen kann. Darauf, dass ein Hirntumor oder eine Autoexplosion überlebbar sind. Dass es immer einen guten und einen bösen Zwilling gibt. Und dass am Ende die Liebe triumphiert, vor allem jene zwischen Ärzten und Krankenschwestern. Niemand weiss, dass sie solche Bücher liest. Niemand, ausser Toni.

Ob er an sie denken muss, wenn er Groschenromane sieht? Ob er sich dann erinnert, wie er ihre Beziehung beendet hat? Mit einer kleinen Portion Genugtuung stellt sich Mina vor, wie in Toni jedes Mal, wenn er an einem Kiosk vorbeigeht, das schlechte Gewissen im Hals brennt wie Magensäure nach einem schweren Mahl.

Nun sitzt sie also da, mit ausgestreckten Beinen im schwachen Licht einer Glühbirne, das grobfratzige Schatten an die Wand zaubert, mit bis zum Kinn gezogener Wolldecke, doch an diesem Abend kann sie sich nicht auf die «Röntgenbilder meines Herzens» konzentrieren. Auf ihrem gesunden Knie balanciert sie einen kleinen, weissen Briefumschlag, der vom vielen Beinahe-Öffnen schon fettige Fingerabdrücke aufweist. Endlich, gut versteckt im Schrebergartenhäuschen eines Fremden, unter den wachsamen Augen des Schiffkapitäns auf dem Bild, öffnet Mina mit nervösen Fingern den Brief und liest, was auf dem kleinen, quadratischen Zettel steht:

«Hey, ich bin in der Stadt. Zeit und Lust für einen Kaffee, Frau Rados? Und sonst trifft du mich am Mittwoch im Kino City an, ich werde dort meinen Film vorstellen und habe nach den Publikumsfragen Zeit. L, Toni.»

Der Brief lag zusammen mit einem Kinoprogramm ohne Marke in Minas Postfach bei der Gazette. Toni muss sich die

Mühe gemacht haben, ihn persönlich vorbeizubringen oder zumindest an der Lobby für Mina abzugeben.
«L», liest Mina, wofür «L» wohl steht? Liebe Grüsse, Liebgruss, Liebe, ich liebe dich? Let's meet, so long, Looser? Long ago, los, lassen, lass los.
Mit einem Seufzer steckt sie den Brief zurück. Ihre Brust fühlt sich an, als würde jemand draufsitzen und sie am Atmen hindern wollen. Ihre Muskeln verspannen sich, die Schultern wandern zu den Ohren. Mina will Toni sehen und sie will es nicht, sie will ihn riechen und sie will ihn schlagen und sie will nichts davon und alles auf einmal.
Auf der anderen Seite der Autobahn läutet eine Kirchenglocke, der Wind trägt die Schläge verzögert heran, und Mina weiss, dass sie ihr Versteck nun verlassen muss, ehe Popi einen Suchtrupp losschickt, weil sie sich zu lange ohne Nachricht rumgetrieben hat. So ist es also, das Erwachsenenleben.

Der Stift bewegt sich mit einem Quietschen über das Clipboard, dem Geräusch von Kufen auf einer Eisbahn nicht unähnlich. Eine dicke schwarze Linie verbindet die verschiedenen Begriffe, die in den vergangenen Tagen hinzugefügt wurden, zu einem baumartigen Mindmap. Die Gedankenäste wachsen zum linken und rechten Rand, vereinzelt angebrachte Notizzettel flattern daran wie lose Blätter. Und doch bleibt das unbefriedigende Gefühl zurück, dass auf dem weissen Grund nichts geschrieben steht, was die einzelnen Tatsachen zu einem sinnvollen Ganzen fügen könnte.
«Guten Tag, hier ist Mina Novak von der Gazette. Ich habe Ihre Medienstelle schon dreimal kontaktiert, aber noch keine Rückmeldung erhalten. Es geht um die Frage, ob Sie etwas über Quecksilberverarbeitung in Ihrer Fabrik wissen. Heute oder auch in der Vergangenheit. Ausserdem würde ich gerne Ihren Direktor zu seiner Beziehung zu zwei ehemaligen Angestellten befragen. Bitte rufen Sie mich doch zurück, danke.»

Ebenso unbeantwortet wie Minas Anrufe bleiben Margeaux' E-Mails an die Geschäftsleitung der Funfabrik: «Ich komme auf meine Mail vom 25. April zurück. Kann Ihre Firma etwas zum Thema Quecksilberverarbeitung durch Vorbesitzer sagen? Sind Ihnen Vergiftungen bekannt? Wurden allenfalls in der Vergangenheit erhöhte Werte gemessen? Danke für Ihre rasche Rückmeldung. Mit freundlichen Grüssen, Margeaux Chassot.»

Anfragen an die Unternehmung, die zuvor in den Räumen der Funfabrik Medizinalprodukte hergestellt hat, werden umgehend durch eine automatische Mail beantwortet: «Vielen Dank für Ihre Anfrage. Das von Ihnen gesuchte Unternehmen existiert nicht mehr. Für Alternativen folgen Sie bitte folgendem Link...»

Die karge Informationslage führt dazu, dass sich Mina und Margeaux bald anderen Artikeln zuwenden müssen: Zonenplanänderungen und Restauranteröffnungen, neue Lehrpläne und alte Baumängel, kalte Betten und Zweitwohnungen. Nur einmal pro Tag nehmen sie sich die Zeit, sich für die Länge eines Kaffees beziehungsweise Tees in eines der wenigen abschliessbaren Büros zurückzuziehen, um ungestört Neuigkeiten auszutauschen. Viel haben sie sich nicht zu sagen. Mina kann immerhin die Antwort einer Toxikologin der örtlichen Universität vorlesen, die ihr die Laborwerte von Herrn Cavallari gedeutet und weitere Fragen beantwortet hat: «Metallisches oder elementares Quecksilber ist ein bei Zimmertemperatur flüssiges Metall mit lebhaftem Silberglanz. Giftig sind die Dämpfe, die bei Zimmertemperatur aber nur langsam freigesetzt werden. Die Quecksilbervergiftung des Patienten wurde im Urin nachgewiesen. Das Hg wird langsam ausgeschieden mit einer Halbwertszeit von dreissig bis sechzig Tagen. Es muss sich um eine leichte, aber anhaltende Exposition gehandelt haben, die zu leichten, chronischen Beschwerden führte: grippeähnliches Krankheitsbild mit Husten, Frösteln, Fieber, Atemnot und Magen-Darm-Symptomen kommen häufig vor. Bei chronischer Exposition gibt es eine typische Trias. Erstens neuropsychiatrische Veränderungen: Kopfschmerzen, Müdigkeit, Schlafstörungen, Konzentrationsstörungen, Gedächtnisstörungen, Lethargie, Persönlichkeitsveränderung, Halluzinationen, Irritabilität, Angstzustände, Appetitlosigkeit. Zweitens Tremor: feinschlägiges Muskelzittern bis choreiforme Bewegungen der Extremitäten. Drittens Gingivo-Stomatitis. Auf eine mögliche Quelle lassen die Werte keine Rückschlüsse zu.»

«Chorei... was? Und Ginko?», fragt Margeaux ratlos.

Die beiden Kolleginnen müssen einige Begriffe recherchieren und nach der Konsultation eines Online-Lexikons realisieren sie, dass es Gingivo-Stomatitis war, ein Herpes-Virus, das zur blutenden Mundschleimhaut von Herrn Cavallari geführt haben könnte.

Wenn es kein Schreiben vorzutragen gibt, erzählen sich die Kolleginnen gegenseitig von Belanglosem und Privatem. Von der Kindheit, von vergangenen Beziehungen oder geplanten Reisen. Margeaux erzählt von ihrem Studienaufenthalt in Südamerika, vom Kennenlernen ihres Mannes und der ersten Magen-Darm-Grippe ihrer Kinder.

Das muss Freundschaft sein, denkt Mina, denn sie weiss genau, dass Margeaux mehr ihretwegen als wegen der beruflichen Herausforderung zur Funfabrik recherchiert und mit ihr in diesem kleinen, stickigen Raum zusammensitzt. Und weil Mina weiss, dass Freundschaft keine Einbahnstrasse ist, erzählt sie Margeaux im Gegenzug von Popi, erklärt ihr, wie Mutter immer noch Teil ihres Alltags ist – und sie erzählt ihrer neuen Freundin sogar von Toni.

«Erinnerst du dich an die Filmpremiere, an die du mich anlässlich der Kinoeröffnung geschickt hast? Toni hat Regie geführt.»

«Du machst Witze! War er im Publikum, hast du mit ihm gesprochen?», fragt Margeaux aufgeregt.

Mina schüttelt den Kopf.

«Nein, aber bei der nächsten Vorführung wird er anwesend sein. Er hat mir eine Einladung geschickt.»
«Oh, du solltest ihn treffen und ...»
«Ich weiss nicht.»
«Warum nicht?»
«Ich wüsste nicht, was ich sagen soll. All die Jahre habe ich mir zig Ansprachen ausgedacht, aber eigentlich ist die ganze Sache ja abgeschlossen und nichts könnte etwas daran ändern, dass er mit einem Notizzettel Schluss gemacht hat.»
Mina kann an Margeaux' Gesichtsausdruck ablesen, dass sie anderer Meinung ist.
«Also mir kommen spontan einige Ausdrücke in den Sinn, die ich diesem Toni gern an den Kopf werfen würde.»
«Meine Geschichte scheint dich sehr zu berühren.»
«Mina, ich bin verheiratet, mein Liebesleben ist langweilig. Alles, was ich habe, sind die aufregenden Geschichten meiner Kolleginnen!», antwortet Margeaux und wirft Mina den dicken schwarzen Filzstift zu.
Ungelenk greift Mina danach und prüft, ob der Deckel richtig verschlossen ist. Plötzlich klingelt ihr Telefon. Eine Nummer, die Mina unter «FF» abgespeichert hat, leuchtet auf. Funfabrik. Damit hatte sie schon gar nicht mehr gerechnet. Mit einer nervösen Geste weist sie Margeaux an, still zu sein.
«Novak. Ah, Herr Wankenberger, danke für den Rückruf. Ja, genau. Hm, ehm... Hm. Ja, ja, nein. Sie meinen... Ich könnte... Das ist nicht... Aber... Ehm, hm. Dann... Okay. Nein, das ist... Wenn Sie mich... Hm. In dem Fall, auf Wieder...»
Vor Ungeduld hat sich Margeaux aufgerichtet. Sie geht vor Mina auf und ab wie werdende Väter in alten Schwarz-Weiss-Filmen – mit dem Unterschied, dass Margeaux dabei nicht an einer Zigarre zieht, sondern an einem Kugelschreiber.
«War das die Medienstelle der Funfabrik?»
«Ja.»
«Und? Was haben Sie gesagt?»

«Nicht viel…»
«Warum hast du sie nicht nach dem Quecksilber gefragt?»
«Weil mich der Mediensprecher gar nicht zu Wort kommen liess!»
«Irgendwas wird er doch gesagt haben!»
«Er meinte, ich mache mich lächerlich.»
«Lächerlich?»
«Und er sagte, dass er schon viele junge Journalistinnen erlebt habe, die sich aufspielen und sich mit einer erfundenen Geschichte profilieren wollen.»
«Wie bitte?»
«Habe ich schon erwähnt, dass er mich *lächerlich* genannt hat?», fragt Mina und schnappt nach Luft.
Margeaux setzt sich zurück an den Tisch und schlägt mit ihren Handflächen auf die Platte. Mina zuckt zusammen. Es ist die erste Rührung, seit dieser Wankenberger den Anruf mitten im Satz weggedrückt hat.
«‹Junge Journalistinnen›? Ich kann nicht glauben, dass der mich gerade so abgekanzelt hat. Der Kerl klang selbst nicht älter als dreissig! Wie unprofessionell ist das denn?»
«Warum bist du so überrascht, Mina?»
«Warum bist du es nicht?»
Margeaux verdreht die Augen.
«So läuft es doch überall. Wenn nur alte weisse Männer sexistisch wären, hätten wir das Problem schon längst aus der Welt geschafft.»
«Da hast du recht. Zum Glück leben wir in einer ziemlich gleichberechtigten Blase», entgegnet Mina.
Margeaux lacht laut auf. Vorbeigehende Mitarbeiter schrecken auf, denn ihre Reaktion ist selbst durch das dicke Türglas hörbar.
«Du scheinst in einem anderen Journalismus zu arbeiten als ich!»
«Also bis jetzt wurde mir von den Kollegen nur Respekt entgegengebracht», beharrt Mina.

«Sexismus ist dann am gefährlichsten, wenn er nicht laut daherkommt, sondern in Nuancen! Du glaubst, du seist gleichberechtigt? Wie viel verdienst du?»
«Fünftausendfünfhundert Franken für eine Vollzeitstelle. Das scheint mir angemessen.»
Als hätte sie gerade den Jackpot eines Einarmigen Banditen geknackt, reisst Margeaux die Arme in die Luft.
«Fünftausendfünfhundert Franken? Frag mal deinen Pong, wie hoch sein Startgehalt war. Ich bin überzeugt, dass die Gazette bei ihm noch einen Tausender draufgelegt hat.»
Beleidigt wendet sich Mina ab und beobachtet durch die Glastür die anderen Mitarbeiter ihrer Etage. Vor ihrem inneren Auge leuchten auf einmal Zahlen über ihren Köpfen auf und Mina fragt sich, ob sie tatsächlich naiv ist, wie es ihr Margeaux unterstellt, oder ob ihre Kollegin einfach frustriert ist und ihren Ballast auf Mina abwälzen will.
«Willst du eine andere Geschichte hören? Karl, der Wirtschaftsredaktor, wurde regelmässig von einem Geschäftsmann in dessen Stripclub eingeladen für Interviews. Inklusive Privatshow.»
«Wann war das, 1950?», fragt Mina.
«Letztes Jahr!»
Nur mit viel Fantasie kann sich Mina den Biedermann Karl in einem Stripclub vorstellen.
«Es war nicht Karls Idee, aber der Kerl hat ihm klargemacht: Wenn du eine Exklusivgeschichte haben willst, dann nur serviert von einer nackten Tänzerin», ergänzt Margeaux.
«Hm», ist die einzige Bemerkung, die Mina dazu einfällt – zu viele absurde Bilder poppen in ihrem Kopf auf.
«Also wenn dich der Mediensprecher schon so behandelt, werde ich wohl erst recht keine Antwort vom Geschäftsführer auf meine Mails kriegen», schwenkt Margeaux um und überlässt Mina ihren Gedanken.
«Du klingst, als hättest du bereits einen neuen Plan», flüstert Mina geistesabwesend.

«Und ob. Wenn sie uns abwimmeln wollen, fallen wir eben mit der Tür ins Haus.»
Margeaux, die bis eben wenig Euphorie für die Geschichte aufbringen konnte, scheint auf einmal angestachelt. Als hätte die Verweigerungshaltung der Geschäftsleitung die Kämpferin in ihr aus der Reserve gelockt.
«Wie meinst du das?», fragt Mina.
«Wortwörtlich. Wir fahren am Donnerstag zur Fabrik und verlangen eine Auskunft. Keine Aussage ist immer eine Aussage, Mina. Immer!», ruft Margeaux und klopft abermals auf die Tischplatte, als wolle sie darauf einen Marsch schlagen.
«Warum fahren wir dann nicht schon morgen hin?», fragt Mina.
«Da habe ich frei und schaue zu den Kindern.»

Zwischen jetzt und Donnerstag liegt Mittwoch und am Mittwoch sitzt Toni in einem Kino und hält zwischen den Sitzreihen Ausschau nach Mina – so stellt sie es sich zumindest vor. Was sie mit Sicherheit weiss: Am Mittwoch schlägt Mina auf der Redaktion nervös die Krücken gegeneinander, bis die Kolleginnen und Kollegen ihr verärgerte Blicke zuwerfen und sich demonstrativ die Lärmschutzkopfhörer aufsetzen.
In Minas Kopf herrscht unruhiges Treiben, sie ändert ihre Abendpläne im Minutentakt. Als die Sonne schliesslich hinter den Häuserzeilen verschwindet und sich das automatische Raumlicht im Redaktionsgebäude einschaltet, ist Mina noch immer unschlüssig, ob sie Tonis Einladung nachgehen soll oder nicht. Tick-tock, tick-tock, die Uhr über ihrem Kopf verhöhnt Mina und treibt sie schliesslich hinaus auf die Strasse, wo Heimkehrer und Späteinkäufer die Gehwege bevölkern.
Würde jemand Minas Weg nachzeichnen, würde dieser Jemand realisieren, dass sie sich im Zickzack dem Kinogebäude nähert und eine Spur legt wie ein getriebener Hase. Jede Annäherung wird durch eine erneute Entfernung von der

Zieladresse quittiert, in der Summe wird die Distanz zum Lichtspiel aber tatsächlich kleiner und kleiner. Aufgehalten wird Mina immer wieder von ihrer Unschlüssigkeit und von der Handtasche, deren Riemen beim Laufen regelmässig über die Schulter rutscht, sodass die Tasche gegen die Krücken prallt. Die Knieschmerzen muss Mina jeweils mit einem kurzen Innehalten kompensieren.
Vielleicht will der Kosmos ihr Zusammentreffen mit Toni verunmöglichen und die Knieverletzung ist sein Mittel, den Plan umzusetzen, denkt Mina. Toni gehört zu ihrer Vergangenheit und diese sollte dort belassen werden. Trifft sie heute, in der Gegenwart, auf ihre Vergangenheit, öffnet sich vielleicht irgendwo ein schwarzes Loch und verschluckt das ganze Weltall. Oder zumindest die Erde und mit ihr alle Zeitstränge von gestern bis morgen.
Schliesslich schafft es Mina tatsächlich bis zum Kino, vor dem sie ein Stand mit warmen Waffeln daran erinnert, wie hungrig sie eigentlich ist. Sie atmet das Gemisch aus Teig, karamellisiertem Zucker und Schokoladensauce ein und beschliesst, sich erst etwas zu essen zu besorgen. Während sie noch werweisst, ob es eine Waffel oder doch etwas Ausgewogeneres sein soll, ruft eine bekannte Stimme hinter ihr:
«Das letzte Mal, als ich dich gesehen habe, hattest du nur zwei Beine.»
Die Worte treffen Mina wie ein Blitz, einer von der unangenehmen Sorte, und ohne sich umzudrehen, stöckelt sie so schnell wie möglich auf ihren Krücken davon. Sie schwingt ihre Hüfte und die Passanten springen zur Seite, um nicht von Minas hervorschnellenden Füssen getroffen zu werden. Sie behält das Tempo auch auf dem Vorplatz des Bahnhofs bei, obwohl die darauf verlaufenden Tramgleise vom Regenwasser rutschig sind und sie hinfallen und eine leichte Beute für Toni werden könnte.
Auf dem Perron, auf dem Minas Tram fährt, steht ein Wagen abfahrbereit und im letzten Moment kann sie eine Krücke

zwischen die automatische Tür schieben und diese am Schliessen hindern. Sie zwängt sich durch den schmalen Spalt hinein ins Abteil und blickt durchs angelaufene Glas hinaus ins immer schneller vorbeiziehende Stadtleben.
«Bist du sicher, dass du im richtigen Tram bist?», fragt Toni neben ihr.
Mina zuckt zusammen und hält sich erschrocken an einer kalten Metallstange fest, auf der Handabdrücke von unzähligen Griffen zeugen. Er muss eine hintere Wagentür genommen und sich ebenfalls in letzter Sekunde ins Tram gezwängt haben.
«Hä?», fragt Mina und ist enttäuscht, dass dies das Erste ist, was sie nach all den Jahren gegenüber Toni über die Lippen kriegt. Noch erstaunter ist sie allerdings über seine Antwort:
«Wir sind im Risotto-Tram!»
Ungläubig schaut sich Mina im Abteil um und muss in Anbetracht der fehlenden Passagiersitze anerkennen, dass Toni recht hat. In der Mitte des Tramwagons steht ein festgeschraubter Tisch bereit und die anderen Fahrgäste tragen, wie es sich für eine geladene Gesellschaft gehört, Anzüge oder edle Seidenblusen. Mit Sektgläsern im Anschlag gehen sie aufeinander zu und tauschen Banalitäten zum Essen und zum ausrangierten Tram aus, das seit vielen Jahren nur noch auf den Schienen der Stadt verkehrt, um Familien, Arbeits- oder Touristengruppen beim «Risotto-Schmaus eine Stadtbesichtigung der fahrenden Art» zu bieten, wie der Werbeprospekt verspricht. Ohne Halt, versteht sich. Ohne Fluchtmöglichkeit.
«Keine Bange, ich regle das schon», sagt Toni und hält bereits Ausschau nach einem Bahnmitarbeiter – da stösst ihn Mina bestimmt mit der Krücke beiseite.
«Nein, *ich* regle das.»
Nachdem sie den Tram-Mitarbeitern ihren Irrtum geschildert hat und dafür mit einem warmen Lächeln und einer Einladung zum Risotto-Essen bedacht wurde, sitzt sie Toni am Ende

der mit Spitzendecken geschmückten Tafel im ruckelnden Touristentram gegenüber und weiss nicht, wohin sie blicken soll.
«Solltest du nicht im Kino sein?», fragt Mina und bricht damit das unangenehme Schweigen.
«Die Vorführung war vor einer Stunde, du bist zu spät gekommen.»
Es ist gut möglich, dass Mina vor lauter Zieren die Zeit vergessen hat, und nun realisiert sie, dass sie gar keine Wahl mehr gehabt hat: Sie hätte Tonis Film auch verpasst, wenn sie ihn hätte sehen wollen. Also ist sie tatsächlich zwischen die verschiedenen Zeitebenen gefallen.
«Ich habe auf Facebook gar nichts über deine Verletzung gelesen, was ist geschehen?», will Toni mit Blick auf Minas Krücken wissen.
«Wir sind auf Facebook miteinander befreundet? Das wäre mir doch aufgefallen ...»
«*Du* hast meine Freundschaftsanfrage bestätigt. Aber sag schon, was ist mit deinem Bein passiert?»
Mina, die ihm nie im Leben erzählen würde, dass sie nach Tonis Filmvorführung betrunken die Treppe runtergestürzt ist, tischt ihm irgendeine glaubwürdige Antwort auf, die eine sportliche Betätigung beinhaltet, der Mina niemals nachgehen würde.
«Ich hätte nicht gedacht, dass du der Squash-Typ bist», stellt Toni verwundert fest.
Mina zuckt mit den Schultern und versucht unmerklich ihr gesundes Bein heranzuziehen, an dem sich schon die ganze Zeit Tonis Unterschenkel reibt.
«In den vergangenen Jahren hat sich halt viel verändert», antwortet sie und versucht, so gelassen wie möglich zu klingen. «Ich meine, schau dich an: Du bist ein erfolgreicher Filmemacher geworden!»
Beinah verlegen beisst sich Toni auf die Lippen und zieht den rechten Mundwinkel hoch. Die Fältchen, die ihn umspielen,

sind tiefer als früher, und für jedes schwarze spriesst mittlerweile ein graues Haar auf seinem Haupt, doch die Jeansjacke und das schwarze Westernhemd lassen ihn immer noch jugendlich erscheinen.

«Du siehst gut aus», bemerkt er.

«Du auch», flüstert Mina, doch ihre Worte werden von der jauchzenden Gesellschaft übertönt, an deren Rand sich Mina und Toni so überflüssig fühlen wie ein Blinddarm.

«Was treibst du sonst so auf Facebook, ausser mich zu stalken?», versucht sie das Thema zu wechseln.

«Du kennst es ja: anstupsen hier, anstupsen da. Neulich habe ich Debbies Profil entdeckt. Debbie aus New York.»

«Ich weiss, wer Debbie ist. Schade, dass sie und Walt nicht mehr zusammen sind. Wenn *sie* es nicht schaffen, wer dann?»

Mina realisiert, dass sie an der Grenze schrammt, alte Wunden aufzureissen. Wieder versucht sie, dem Gespräch einen neuen Dreh zu geben: «Und, ist Filmemachen eine gute Alternative zu den Fernsehnachrichten?»

Toni seufzt einen langen Seufzer.

«Auf jeden Fall. In New York sind die Erinnerungen an all die Nachrichtenbeiträge raufgekommen: jene an die Mutter, die am Seeufer kauerte, während die Taucher nach dem leblosen Körper ihres Sohnes suchten. Ich wartete mit ihr, in einigen Metern Abstand, während sich Unbeteiligte vergnügt Frisbees über unseren Köpfen zuwarfen. Das Bild jenes Mannes fiel mir wieder ein, der vor laufender Kamera erzählte, wie Fremde versucht hatten, seine Freundin in einen Lieferwagen zu zerren, während er mit ihr im Park spazierte. Ich erinnerte mich an die Staatsanwältin, die mir einen riesigen Stapel Festplatten vor die Nase setzte, auf denen ein Beamter während der Arbeitszeit Kinderpornografie abgespeichert hatte. Hunderte von Bildern und Videos, Hunderte von Kindern, die noch immer irgendwo auf der Welt missbraucht werden. Irgendwann hatte ich das Bedürfnis, selbst entscheiden zu wollen, über welches Unglück ich berichte.»

Minas Wangen spannen und in ihrer Kehle bewegt sich etwas unkontrolliert auf und ab. Gerne würde sie jetzt über Tonis Arme streicheln, seine Narben berühren.
«Und als Gegenposition kreierst du nun Fiktion?», fragt Mina.
«Es ist keine Gegenhaltung. Fiktion erhält viel Aufmerksamkeit und ich kann den Fokus auf jene Aspekte einer Geschichte richten, die mir wichtig sind. Manchmal ist die Fiktion geeigneter, eine Aussage herauszuschälen, während die Realität …»
«… zu nah dran ist?»
Toni nickt, beugt sich über sein lauwarmes Risotto und streicht Mina eine Locke aus dem Gesicht, wie er es schon früher immer getan hatte. Ganz vertraut, als hätte er jedes Recht dazu.
«In der Realität wirken zu viele Gefühle auf einmal auf einen ein. Ich schätze es, dass ich sie in meinen Filmen nach Bedarf zulassen oder ausblenden kann.»
«Darin bist du ja ein Meister. Hast du das mit mir auch so gemacht?», fragt Mina – und ist überrascht über ihren forschen Ton. «Hast du die Gefühle für mich einfach ausgeblendet, als es unangenehm wurde? Oder hast du am Ende gar nicht besonders viel gefühlt, war ich bloss ein Zeitvertreib?»
Wieder will er nach ihren Haaren greifen, doch diesmal weicht sie zurück. Seine Hand streift die Luft vor ihrem Gesicht.
«Meine Gefühle für dich waren echt, aber …»
Ehe er weiterspricht, sucht Toni ihren Blick. Sie findet es unangenehm, ihm so direkt in die dunklen Augen zu schauen. Nervös fokussiert sie abwechselnd auf seine rechte und linke Pupille, während er um die passenden Worte ringt.
«Aber es stimmt: Als ich realisiert habe, wie schwierig eine Fernbeziehung werden würde, bin ich einfach weggelaufen.»
«Ohne ein Wort zu sagen.»
«Das war feige, ich weiss. Ich habe den einfachen Weg gewählt, nicht den richtigen. Aber meine Gefühle dir gegenüber waren echt, wirklich.»

«Offenbar nicht echt genug. Ich hätte jedenfalls nie einfach so aufgegeben. Nicht, ohne es zumindest versucht zu haben.»
«Keine Ahnung, vielleicht ist es ein Männerdings.»
«Das ist kein Männerdings, sondern ein Arschlochdings», antwortet Mina.
Toni vergräbt für einen Moment sein Gesicht in den gefalteten Händen.
«Ich weiss, dass Weglaufen ein Arschlochdings ist. Aber ich habe es nicht anders gelernt. Wenn du meine Familie kennen würdest...», sagt er und legt eine Pause zum Durchatmen ein.
«Versuch es mir zu erklären», fordert Mina und sucht nun aktiv Tonis Blickkontakt.
«Das beste Beispiel ist wohl der Abend des Brands, der mir meine sexy Narben beschert hat. Zwischen unseren Eltern herrschte dicke Luft. Statt zu streiten, ist unsere Mutter einfach rausgegangen und unser Vater hat sich in seine Kellerhöhle zurückgezogen. So haben sie das immer gemacht und wie immer blieben mein kleiner Bruder und ich ratlos allein zurück. Wir hatten Hunger und ich wollte uns auf dem Gasherd etwas kochen. Als ich über den Herd griff, fing mein Pullover Feuer. Ich zog ihn sofort aus und warf ihn weg. Das war natürlich sehr dumm, aber ich war ja auch erst neun Jahre alt. Er fiel auf die Altpapiersammlung ... Der Rest ist Asche und Rauch.»
«Du hast mir nie erzählt, dass du den Brand ausgelöst hast.»
«Das ist meiner Erfahrung nach auch kein guter Dirty Talk – welche Frau will schon einen Mann, der so was mit sich herumträgt.»
«Dich trifft doch keine Schuld, du warst ein Kind! Kinder sollten nicht so viel Verantwortung übernehmen müssen. Meine Mutter war auch abwesend, trotzdem liess mich Popi stets Kind sein.»
Mutters Sarg, der im Regen in den Boden gelegt wird, Tonis brennender Pullover, ein verbrannter Kinderarm – die Bilder

vor ihrem inneren Auge drücken Mina den Brustkorb zu. Glücklicherweise muss sie die Erinnerungen nicht weiter ertragen, denn in diesem Moment greift der Kellner nach ihrem leeren Teller und ersetzt ihn durch ein Gläschen Panna cotta.
«In zehn Minuten erreichen wir den Hauptbahnhof. Wir hoffen, dass Ihnen die Rundfahrt gefallen und das Essen geschmeckt hat», verkündet eine makellose Frauenstimme über die Lautsprecher.
Am Bahnhof verabschieden sich die anderen Gäste verhalten von Toni und Mina, winken aber ab, als die blinden Passagiere das Essen bezahlen wollen.
«Die sehen eh alle aus, als hätten sie genug Geld», sagt Toni und stützt Mina, als sie mit den Krücken aus dem hohen, alten Wagon auf das Perron tritt.
«Und welche Party wollen wir jetzt sprengen, Frau Rados?», will Toni wissen – und blickt Mina herausfordernd an.

Mit Enttäuschungen kennt sich Mina bestens aus. Ihr sind alle Schattierungen vertraut: von der flüchtigen Enttäuschung bis zur tiefen Erschütterung, die auf alle Zeit unsichtbare Narben ins Fleisch schneidet. Popis Kiosk war ein gutes Emotionenbiotop, in dem Mina die Menschen studieren konnte. So registrierte sie rasch, dass es einen grossen Gefühlsunterschied zwischen Menschen gibt, die wie Frau Dubois eine Stange Zigaretten kaufen, und jenen, die eine einzelne Packung und dazu Streichhölzer verlangen. Erstere rauchen und tragen entsprechend Feuerzeuge oder Streichhölzer auf sich, Zweitere haben soeben etwas Enttäuschendes gehört, gesehen oder am eigenen Leib erfahren, was sie dazu veranlasst, ihren Mustern untreu zu werden und eine Zigarette anzuzünden – da es offenbar für viele zum Bild der Frustbewältigung gehört, an einer Kippe zu ziehen.
Eine kurzfristige, aber sehr intensive Form der Enttäuschung gab es jeweils am Stehtisch zu beobachten, der zwei Schritte vom Kioskhäuschen entfernt unter einem Sonnen- oder Re-

genschirm stand, je nach Saison, und an dem Popis Kunden ihre Glückslose aufrubbelten. Wie oft doch ein Kunde oder eine Kundin Sechsen als Neunen interpretierte und bei Popi auf einem Gewinn bestand – und mochte dieser auch noch so tief angesetzt sein, in der Höhe des Lospreises beispielsweise. Es ging ums Gewinnen, nicht um die Höhe des Preises. Jeder will im Leben zu den Gewinnern gehören.

Besonders eingeprägt hat sich in Mina das Bild einer mittelalterlichen Hausfrau, die bei Popi jeden Morgen eine Zeitung gekauft und die an einem verregneten Februarmorgen für fünf Minuten im Glauben gelebt hatte, den Millionenjackpot im Lotto geknackt zu haben. Die Frau hatte keine Zahlen falsch interpretiert, im Gegenteil, sie hatte die Ziffern unzählige Male überprüft, um einen Fehler ihrerseits auszuschliessen. Schliesslich hatte sie Popi mit zittriger Hand den Schein entgegengestreckt und in den Wind geflüstert: «Ich glaube, ich habe gewonnen.»

Popi hätte ihr den Gewinn sehr gegönnt, denn sie sah nicht aus, als ob ihre Familie über viel Geld verfügte, und allein die tägliche Zeitung schien ein Luxus zu sein. Auch er hatte den Schein mehrfach überprüft und mit den von ihm ausgehängten Lottozahlen, die am Vorabend gezogen worden waren, verglichen. Alles schien korrekt zu sein und Popi wollte schon nach dem Handbuch greifen, in dem geschrieben steht, wo sich ein Verkäufer im seltensten Fall eines so hohen Gewinns melden muss – da fiel sein Blick auf einen Notizzettel, auf dem er die Gewinnzahlen notiert hatte, und Popi bemerkte, dass ihm ein Fehler unterlaufen war. Bei den ausgehängten Zahlen handelte es sich in Wahrheit um jene der Vorwoche. Er, der immer so gewissenhaft arbeitete, hatte dieser Frau am Existenzminimum eine kurze Freude und eine lang anhaltende Enttäuschung beschert. Von diesem Tag an war die Frau morgens nie mehr eine Zeitung kaufen gekommen, dafür hatte ihr Popi abends jeweils ungefragt ein unverkauftes Exemplar in den Briefkasten gelegt.

Nun ist es Mina, die Popi enttäuscht hat – und zu ihrer eigenen Überraschung fühlt sie sich dabei nicht einmal besonders schlecht. Sie hat ihn und die ganze Spielrunde versetzt, noch dazu, um sich mit einem «Macho» rumzutreiben, wie er Toni nennt.

«Was ist mit dir los, ist das ein spätes Pubertieren?», fragt er Mina und wirft verärgert das Küchentuch auf die Ablage. «Ich habe dir beigebracht, pünktlich zu sein und Freunde zu ehren. Jetzt stehe ich dumm da vor Sabine und Elif.»

Wut kocht in Mina hoch wie eine vergessene Minestrone, die zwischen Pfanne und Deckel heraussprudelt und dunkle Flecken auf die Herdplatte wirft.

«Einmal vergesse ich ein Treffen, ein einziges Mal, und schon siehst du darin eine fundamentale Persönlichkeitskrise? Ich habe gerade viel im Kopf, es ist nur menschlich, dass man da mal was vergisst. Das passiert allen!»

«Mir nicht.»

«Ja, du bist so edel und loyal und zuverlässig! Und du setzt auch gar rein niemanden unter Druck, wenn du von allen erwartest, dass sie auch so perfekt sind!»

Beide stehen sich gegenüber in der Küche, mit leicht gespreizten Beinen und verschränkten Armen, wie Cowboy und Cowgirl, die jederzeit ihre Revolver zücken könnten.

«Ich erwarte, dass du Wort hältst. Und nicht unsere Abmachungen vergisst, weil du dich mit diesem Toni rumtreibst oder weil du an diesem Hanker rumstudierst. Er war nicht klar im Kopf, das sagt auch seine Exfrau.»

Mina stockt.

«Seine Exfrau? Was erzählst du da, woher weisst du, was seine Exfrau sagt?»

Popi greift nach dem Küchentuch und schiebt es langsam über den sauberen Herd.

«Ich habe mit ihr Kontakt aufgenommen, als ich gemerkt habe, dass du dich wieder mit der Geschichte beschäftigst. Ich mache mir mehr Sorgen um dich, als du vielleicht denkst.»

Unfähig, etwas zu sagen, steht Mina da, ausgelaugt, mit schlaff neben dem Körper herabhängenden Armen, wie eine Marionette, deren Fäden gerissen sind.
«Das glaube ich einfach nicht … Du behandelst mich wie ein Kind. Wie konntest du dich hinter meinem Rücken in meine Arbeit einmischen? Weisst du eigentlich, wie dumm du *mich* dastehen lässt?», flüstert sie. «Morgen beginne ich mit der Suche nach einer eigenen Wohnung.»
Ehe Popi darauf reagieren kann, stapft Mina in ihr Zimmer und schlägt die Tür zu. Da fühlt sie sich tatsächlich in die Haut eines pubertierenden Teenagers zurückversetzt und es gibt kein Gefühl auf Erden, das ihr mehr zuwider sein könnte.

Hinter dem verschlossenen Tor ist nichts weiter zu sehen als der obeliskartige Schornstein, Backstein auf Backstein, auf dessen Rand einzelne Vögel ruhen und das Geschehen am Horizont beobachten. Nachdem sich die beiden Journalistinnen über ein altmodisches Wandtelefon angemeldet haben, öffnet sich die schwere Eisentür und gibt Zentimeter für Zentimeter mehr preis von der Fabrik, die Mina zum ersten Mal durch Hanks Wohnzimmerfenster erspäht hat. Zartrosa sind die Mauern gestrichen, in denen riesige gusseiserne Fenster stecken. Jedes Stockwerk wird durch eine weisse Steinbordüre vom nächsten abgetrennt und über allem liegt ein Schieferdach. Eine Uhr an der Fassade zeigt eine Zeit an, irgendeine, die zweimal pro Tag zutrifft – aber nicht jetzt, da Mina und Margeaux vor dem Haupteingang stehen und zum starren Zeiger hochschauen.
Bei der Fabrik handelt es sich nicht um ein abgeschlossenes Gebäude, sondern einen mehrteiligen Komplex mit Haupthaus. Das Gelände sieht aus wie die Architekturfantasie eines Fünfjährigen, denkt Mina. Die Schriftzüge und herumstehenden Kisten und Laster verraten den Zweck, es könnte sich aber genauso gut um ein Märchenschloss handeln.

«Was ist das, Willy Wonkas Schokoladenfabrik?», murmelt Margeaux.
Mina nickt und schaut sich nach allen Seiten um. Sie hält nach etwas Ausschau, das auf Monster hindeuten könnte – Stallungen für Höllenhunde vielleicht oder ein Knochenberg. Doch sie kann nichts Verdächtiges entdecken, was sie wenig erstaunt.
«Lass uns herausfinden, wie der Laden von innen aussieht», sagt Mina, als sie mit ihren Krücken die Tür aufstösst.
Zu ihrer beiden Enttäuschung präsentiert sich das Innere so stromlinienförmig wie das Interieur jedes beliebigen Firmenempfangs. Mina und Margeaux setzen sich nebeneinander in schwarze Sessel, in zwei hochwertige Kopien eines skandinavischen Designklassikers, und werden dabei beinahe verschluckt von der riesigen Ledermasse, die dafür verarbeitet wurde. Die Sitzflächen liegen schräg, sodass Mina das Blut aus den Beinen fliesst und ein unangenehmes Kribbeln in ihrem verletzten Knie auslöst. Sie legt ihr Bein ausgestreckt auf einen gläsernen Beistelltisch, auf dem sich bleichgelesene Magazine stapeln. Darunter schimmert der Marmorboden, der offensichtlich in einer vergangenen Epoche im Empfangsbereich verlegt wurde, schrecklich unmodern vor sich hin. Das architektonische Kleid der Sechzigerjahre wirkt ernst und passt wenig zur aktuellen Fabrikware, die in Vitrinen neben den Aufzügen ausgestellt ist: Partyhüte, Ballone, Tischbomben, Lamettagirlanden in allen vorstellbaren Farben.
Die Empfangsmitarbeiterin wirkt hinter der wuchtigen Theke ebenso verloren wie Mina und Margeaux in ihren Sesseln. Das Headset ist stilvoll in ihre Flechtfrisur integriert. Ab und zu drückt sie ein paar Tasten auf einer Tastatur – es ist das einzige Geräusch, das die Halle erfüllt.
«Kommt es mir nur so vor, oder besteht unser Job vor allem aus Warten in irgendwelchen Ledermöbeln?», fragt Mina.
Margeaux sieht von ihrem Magazin auf, einer veralteten Gartenillustrierten, und nickt.

«Ich möchte nicht zusammenzählen, in wie vielen Sesseln Rosa im Lauf ihrer Karriere schon ausharren musste!»
«Notier dir das für ihre Pensionsansprache», scherzt Mina und unter das zögerliche Tippgeräusch mischt sich Margeaux' Lachen.
«Das dauert noch drei Jahre, mal schauen, ob der Witz bis dahin gut altert…»
Mina schiebt prüfend eine Hand in ihre Tasche. Sie berührt die Mappe, in der die Laborwerte von Herrn Cavallari stecken und eine Kopie des Schreibens der Toxikologin.
Gelangweilt wirft Margeaux die Zeitschrift zurück auf den Stapel und sucht auf dem Tisch nach einer neuen Lektüre. Ohne fündig zu werden, lehnt sie sich zurück.
«Hast du eigentlich diesen Toni getroffen oder nicht?», will Margeaux wissen.
Obwohl es ihr unangenehm ist, dass die Empfangsmitarbeiterin mithören kann, lässt sich Mina auf das Thema ein.
«Kann man so sagen.»
«Dann war der Abend ein Erfolg?»
«Das kann man nicht so sagen.»
«Warum meinst du?»
Mina zögert.
«Ich habe einen Fehler gemacht…»
Margeaux greift nach Minas Armlehne und zieht ihren eigenen Sessel mit einem quietschenden Geräusch näher an jenen ihrer Kollegin heran.
«Welchen? Dass du zum Kino gegangen bist?»
«Nein», flüstert Mina.
«Das war nicht der Fehler. Und die gemeinsame Tramfahrt auch nicht.»
«Tramfahrt?»
«Ja, wir sind durch die Stadt gefahren und haben geredet…»
«…dann?»
«Dann sind wir durch die Strassen spaziert und haben weitergeredet und dabei die Zeit vergessen. Wir sind immer weiter

hinaus in die Aussenquartiere geschlendert, bis wir plötzlich vor meinem Wohnhaus gestanden sind.»
«War das der Fehler, dass du ihn mit nach Hause genommen hast?», fragt Margeaux.
«Nein, ich wohne ja bei meinem Vater, das wäre eine sehr unangenehme Begegnung gewesen. Statt in die Wohnung sind wir zu den Schrebergärten weitergezogen. Es gibt dort eine Hütte, zu der ich einen Schlüssel habe. Also eigentlich habe ich keinen Schlüssel, aber so eine Art Zugang, jedenfalls ziehe ich mich dorthin regelmässig zurück, und ich wusste, dass sich dort um diese Uhrzeit bestimmt niemand aufhalten würde. Es war der einzige Ort, an dem wir ungestört sein konnten, und in diesem Moment erschien es uns beiden eine gute Idee.»
«Natürlich erschien *ihm* die Idee gut! Also war das der Fehler, dass ihr in einen Schrebergarten eingebrochen seid?»
«Wir sind nicht eingebrochen. Und nein, es war sehr gemütlich im Schrebergarten, wir haben weiter über Gott und die Welt geredet, ich habe erfahren, dass Toni mehr über Gärten weiss, als ich je gedacht hätte, und er war es auch nicht, der mit dem Küssen angefangen hat.»
«Oh, das war der Fehler: Du hast dich an ihn rangeschmissen?»
Mina errötet und wirft einen prüfenden Blick zur Empfangsmitarbeiterin, die sich zu ihrer Erleichterung desinteressiert abgewendet hat.
«Nein, das war kein Fehler, das war sogar alles sehr schön. Nun ja, bis auf die Tatsache, dass wir in einer kalten Hütte, auf einem harten Boden rumgemacht haben.»
«Das klingt unbequem und romantisch, aber nicht nach einem Fehler.»
«Nein, das war nicht der Fehler. Auch nicht, dass ich ihm gesagt habe, wie schön es sei, dass er wieder zurückgezogen sei.»
«Er bleibt hier?»
Mina seufzt.

«Nein, er ist nicht zurückgezogen. Er weilt bloss für die Vorführungen seines Films in der Stadt. Nächste Woche fliegt er wieder nach New York. Es ist immer dasselbe mit ihm: Kaum ist Toni in meinem Leben, ist er auch schon wieder weg.»
«Und was ist dann in der Hütte weiter passiert?»
«Nicht das, was du denkst. Als ich realisiert habe, dass dies nur ein einmaliger Abend sein würde, ist plötzlich diese Wut in mir hochgekocht und ich habe ihm alles, was ich ihm in den letzten Jahren nicht habe sagen können, an den Kopf geworfen. Es war befreiend. Als er einfach aus meinem Leben verschwunden ist und all seine Kommunikationskanäle gewechselt hat, fühlte ich mich geknebelt. Toni hat mir jegliche Möglichkeit geraubt, das Kapitel aufzuarbeiten oder gar abzuschliessen. Es war, als wäre er gestorben, nur schlimmer, denn ich habe ja gewusst, dass er noch lebt. Und nun ist er so vor mir gestanden, weniger als eine Handlänge entfernt, und ich habe endlich alles Aufgestaute rauslassen können. Ich habe ein paar ziemlich hässliche Worte benutzt, Margeaux. Und dann habe ich wirklich eine Grenze überschritten und den Fehler gemacht, ein kleines Modellschiff nach Toni zu werfen. Es hat ihn am Kopf getroffen und jetzt hat er eine Platzwunde.»
Mina vergräbt ihr Gesicht in den Händen.
«Glaub mir, ich reagiere sonst wirklich nicht so über, aber in dem Moment ist irgendein Strick gerissen.»
«Manchmal tut es gut, Dampf abzulassen. Du bist auch nicht die erste Frau, die Gegenstände nach einem Lover wirft. Meine Schwester hat mal eine Schere nach ihrem Mann geworfen, die in seinem grossen Zeh stecken blieb. Die beiden sind immer noch glücklich verheiratet. Ich persönlich werfe ja lieber mit Wasserflaschen …»
Mina lacht auf.
«Du solltest einen Ratgeber schreiben: ‹Schere, Stein, Plastikflasche? Welche Gegenstände Sie nach Ihrem Partner werfen sollten – und welche nicht›!»

«Diesen Titel merke ich mir, da steckt viel Potenzial…»
Ehe Margeaux den Satz beenden kann, öffnet jemand ruckartig eine Glastür neben dem Empfang auf und schreitet zielstrebig auf die beiden Wartenden zu.
«Was tun Sie hier?», ruft der lange, dünne Blonde, der kaum älter wirkt als Mina, der sich aber mit der Selbstsicherheit eines erfahrenen Staatsmanns durch die Lobby bewegt.
«Sie haben unsere Anfragen nicht ernst genommen, Herr Wankenberger. Wir haben einige Fragen an den Direktor, die wir ihm gerne persönlich stellen würden», erklärt Margeaux.
Der Mediensprecher scheint aufgebracht. Obwohl seine Gesichtszüge entspannt wirken, bewegt sich die Pochette in seiner Stecktasche nervös auf und ab.
«Der Patron ist heute nicht im Haus, und selbst wenn: Einer mit seinem Aufgabenfeld hat keine Zeit, sich mit solch albernen Anfragen herumzuschlagen.»
«Albern? Wir haben hier ein ärztliches Attest, das besagt, dass einer Ihrer ehemaligen Mitarbeiter an einer Quecksilbervergiftung gelitten hat. Alles, was wir wissen wollen…»
«Mir ist die Situation von Herrn Cavallari bestens vertraut», unterbricht der Mediensprecher Minas Erklärungsversuch.
«Ich habe keinen Namen genannt.»
«Das ist auch nicht nötig. Herr Cavallari ist kein Unbekannter in unserem Haus. Seit einigen Monaten versucht seine Frau, von uns Geld zu erpressen. Ich habe keine Ahnung, woran er sich vergiftet hat, aber die Funfabrik hat damit nichts zu tun.»
«Ist das ein offizielles Statement?», bohrt Margeaux nach.
«Sie kriegen ein offizielles Statement, wenn Sie mit einer ernst zu nehmenden Anfrage auf mich zukommen», antwortet der Mediensprecher und fährt sich mit der Hand über die Locken, die in erstarrten Haargel-Wellen über den Kopf fliessen.
«Dann kann ich schreiben, dass die Funfabrik eine Auskunft verweigert?», fragt Margeaux unbeirrt weiter.
«Sie haben nichts für einen Artikel, nichts, ausser der Aussage eines geldgierigen Pensionärs. Und jetzt verschwinden

Sie, ehe ich Sie von unserem Sicherheitsdienst vom Gelände entfernen lasse!»
Seine Stimme ist mittlerweile so laut, dass selbst die Empfangsmitarbeiterin kurz innehält und von ihrem Telefonat aufschaut. Der Mediensprecher wendet sich schon zum Gehen, da ruft ihm Mina hinterher: «Sagt Ihnen der Name Hanker etwas?»
Ohne sich noch einmal umzudrehen, schüttelt Herr Wankenberger seine versteinerten Locken.
«Lass es gut sein, Mina. Als du Hank getroffen hast, hat der Kerl doch noch in die Windeln geschissen.»
Nachdem die schwere Tür hinter den beiden Frauen ins Schloss gefallen ist, bleiben sie auf dem Vorplatz stehen und schauen nachdenklich hoch zum Schornstein, der wie ein Mahnfinger in den Himmel zeigt, wo sich graue Regenwolken auftürmen.
«Wenn an der Geschichte wirklich nichts dran ist – hätte der Mediensprecher dann so reagiert?», fragt Mina.
Margeaux senkt den Kopf und rückt sich die Brille zurecht.
«Nie im Leben.»
Sie wollen aufbrechen, als Minas Blick auf eine Wandvitrine fällt, die neben dem Haupteingang angebracht ist und in der wichtige Medienberichte zur Fabrik angebracht sind. Darunter ist auch ein Porträt über den Patron, das im renommiertesten Wirtschaftsmagazin des Landes erschienen ist. «Kurt Wolf nimmt Spass sehr ernst», lautet der Titel. Mina überfliegt den ersten Absatz, in dem der exzentrische Charakter des Fabrikanten umrissen wird. Etwa, dass er sehr zurückgezogen lebe und nur mit einem kleinen Vertrautenkreis spreche – zu dem der Autor des Artikels offenkundig nicht gehört. Unter dem Text prangt das Bild eines mageren alten Mannes, der in seinem Büro hinter einem voluminösen Tisch posiert. Ein Büro, das nicht nur mit extravaganten Möbeln ausgestattet ist, sondern auch eine überraschende Bodenfarbe aufweist: orange.

Wie die Farbspritzer auf Hanks Schuhen.

Da Margeaux ein Interview im Rathaus führt, sitzt Mina allein im Sitzungszimmer, schlürft an ihrem lauwarmen Automatenkaffee und starrt gedankenversunken aufs Clipboard, auf dem die schwarzen Buchstaben zu flirren beginnen. Je weniger Mina fokussiert, umso mehr scheint es, als ob sich die Worte bewegen würden. Langsam tänzeln sie vor Minas Augen aus dem Bild, als ob sie selbst nicht mehr an ihre Aussage glauben würden.
Nach einem Klopfen, das so flüchtig ist, dass Mina keine Zeit hat, ihren Kopf nach der Tür umzudrehen, schlüpft jemand in den kleinen Raum. Der Duft von Sanddorn-Parfüm weht zu ihr hin.
«Schön, dass du mir Gesellschaft leistest, Rosa», sagt Mina, ohne den Blick vom Buchstabenballett abzuwenden.
Rosa packt sich einen Stuhl und setzt sich verkehrt herum darauf, den Kopf auf der Rückenlehne aufgestützt.
«Du siehst etwas abgekämpft aus», stellt Mina fest.
Rosa stösst einen Seufzer aus und streicht sich dabei ihr zu einem strammen Zopf geflochtenes, silbernes Haar zurecht.
«Es ist etwas Schreckliches geschehen.»
Mit einem Ruck richtet sich Mina auf. Die Buchstaben springen zum Ausgangspunkt, wo sie sich sogleich wieder zu sinnvollen Worten fügen wie «Quecksilber» oder «Bodenbelag».
«Kunz will, dass ich in der Online-Redaktion schnuppern gehe», antwortet Rosa.
«Mein Gott, wie schrecklich – soll ich die Polizei rufen?»
Rosa mustert Mina verständnislos.
«Das ist kein Witz. Nach all den Jahrzehnten ist meine Arbeit auf einmal nicht mehr gut genug und ich muss schnuppern wie ein hormongeplagter Teenager!»
«Übertreibst du nicht? Alle im Team müssen mal in einer anderen Abteilung schnuppern gehen, das ist doch bloss eine teambildende Massnahme.»

«Ich kenne Kunz. Das ist keine Teambildung, das ist Individuumfolter.»
Das erhoffte Mitgefühl bleibt aus. Mina kennt mittlerweile Rosas Hang zum Dramatisieren und beschwichtigt ihre Kollegin mit einer halbherzigen Phrase: «Das kommt schon gut.»
Das hat Frau Dubois auch immer gesagt, dass alles gut kommt. In vielen Fällen sollte sie tatsächlich recht behalten, was Mina nicht sonderlich erstaunt, denn immerhin liegt die Treffsicherheit von «das kommt schon gut» bei fünfzig Prozent.
Dass nicht immer alles gut kommt, was schon gut kommen wird, weiss Mina seit früher Kindheit, denn das mit ihrer Mutter kam nicht gut. Sie starb und Mina hatte es immer gehasst, wenn ihr als Kind jemand sagte, «das kommt schon gut». Popi hat das nie gesagt, er würde es nie sagen, denn Popi lügt nicht, denkt Mina. Und Versprechen sind schliesslich auch eine Art Lüge, wenn auch eine gut gemeinte, denn niemand kann wissen, wie es kommt.
«Das kommt schon gut» fühlt sich falsch an auf Minas Zunge. Und an Rosas Blick erkennt sie, dass auch Rosa der Floskel kritisch gegenübersteht.
«Immerhin habe ich heute Nachmittag frei und kann etwas joggen gehen. Das bringt mich auf andere Gedanken, die nichts mit der Gazette zu tun haben», sagt Rosa schliesslich.
«Ich würde dich ja gerne begleiten, aber …»
Mina schlägt ihre Krücke neckisch gegen Rosas Stuhlbein.
«Ach komm, du würdest auch mit einem gesunden Knie nie im Leben mit mir joggen gehen.»
Mina fühlt sich ertappt, dass Rosa ihre Haltung gegenüber körperlicher Betätigung bereits so treffsicher abschätzen kann.
«Ich habe immerhin ein Fitnessabo.»
«Alle haben ein Fitnessabo», entgegnet Rosa grinsend.
Einer alten Häsin wie Rosa kann Mina nichts vormachen. Darum macht sie sich auf. Sie hat einen Zug zu erwischen.

«L. Hanker»
Mina presst den Finger gegen die eingravierten Buchstaben auf dem Klingelschild, bis sie den Namen in ihrer Haut lesen kann. Im gegenüberliegenden Park kreischen die Krähen in den Baumkronen und um Minas Ohren weht pfeifend die Bise. Wenn die Sonne für einen kurzen Augenblick durch die Wolken bricht und einen Strahl auf ihre Wangen wirft, fühlt Mina einen warmen Vorboten der kommenden Sommermonate.
Im mit Kletterpflanzen überwachsenen Wohnhaus mit der gelb gestrichenen Fassade ertönt ein heller Klingelton. Mit klopfendem Herz tritt Mina einen Schritt zurück und schaut hoch, ob sie hinter einem der Fenster eine Regung entdecken kann. Doch nichts rührt sich, kein Vorhang wird zurückgeworfen, niemand streckt seinen Kopf hinaus.
Mina darf sich nicht grämen, die Zugfahrt nach Payerne umsonst auf sich genommen zu haben, schliesslich hätte sie das Gespräch auch einfach am Telefon führen können. Doch irgendetwas hat sie hierhergezogen, vielleicht einfach die Aussicht darauf, Hanks Exfrau zu sehen, ihre Stimme zu hören, ihre Gesten zu beobachten. Wie wirkt die Frau, die einst ihr Leben mit Hank geteilt hat? Wusste sie davon, wie ihr ehemaliger Partner Mina belästigt hat? Ist sie vor ihm geflohen oder hat er sie im Wahn vertrieben?
«Sind Sie die Journalistin, die mir wegen Hank auf den Anrufbeantworter gesprochen hat?», fragt eine Stimme mit französischem Akzent.
Erschrocken dreht sich Mina um. L. Hanker steht auf dem Gehsteig vor dem Haus und wischt sich ihre Hände an einer grünen Schürze trocken. Das braune Haar hat sie zu einem praktischen Pferdeschwanz gebunden.
«Ich bin im Laden, bitte kommen Sie doch rein», fügt sie an und zeigt auf das Blumengeschäft im Erdgeschoss.
«Lisas Blumenecke» steht in weissen Buchstaben auf dem Schaufenster. Mina folgt der rundlichen Frau humpelnd ins

Lokal, in dem ihr ein aufdringlicher Geruch entgegenschlägt, ein Gemisch aus Blumen-, Holz- und Kräuterdüften. Obwohl sie sich Mühe gibt, mit den Krücken keine Regale zu touchieren, streift sie beim Vorbeigehen mit ihrem Ärmel die roten, gelben und violetten Blumenköpfe. Auf jedem Zentimeter des Raums spriessen Rosen und Lilien und Tulpen und all die anderen Blumen, die Mina nicht benennen kann. An der Wand buhlen immergrüne Pflanzen in verzierten Töpfen um die Gunst der Kunden. Töpfe, die in Mina eine Erinnerung wachrufen: die Erinnerung an Hanks Wohnzimmer, in dem sich solche Gefässe gestapelt haben.

Neben einem hüfthohen Arbeitstisch, auf dem abgeschnittene Stiele und Äste liegen, bleibt die Frau stehen und legt die Schere nieder. Als sie die Hände frei hat, streckt sie diese Mina zur Begrüssung entgegen.

«Ich bin Lisa, ich hoffe, es ist okay, wenn wir uns duzen.»

Lisa spricht schnell, so schnell, dass sich die Worte beinah überschlagen.

«Macht es dir etwas aus, wenn wir uns unterwegs über alles unterhalten? Ich muss noch eine Bestellung zum Friedhof fahren.»

Mina, die noch immer kein Wort gesprochen hat, nickt und folgt Lisa durch den Hinterausgang zu einem silberfarbenen Lieferwagen.

«Du bist aber nicht die Frau, die Hank angeblich gestalkt hat? Vor ein paar Tagen hat ein besorgter Vater bei mir angerufen.»

Mina schüttelt den Kopf.

«Neinnein, wie ich am Telefon gesagt habe: Ich recherchiere zur Funfabrik und hatte vor Jahren deswegen mal Kontakt mit Ihrem Exmann.»

«Ah, wegen der Monsterhunde!», ruft Lisa und reisst die Wagentür hinter sich zu.

Minuten später brettert Lisa in halsbrecherischem Tempo über die Dorfstrassen und zwischen Alleen hindurch, während Mina sich gleichzeitig am Armaturenbrett festhält und den Trauerkranz stabilisiert, der im Laderaum hin- und herwackelt. Ein lachsfarbenes Gesteck aus Rosen, Gerbera, Nelken, Chrysanthemen, Efeu und Weidenästen, wie Lisa erklärt, an dem eine weisse Schleife mit der Aufschrift «Ein letzter Gruss» hängt.

Mit jeder Kurve, die Lisa ohne die Geschwindigkeit zu reduzieren schneidet, erfährt Mina mehr über Lisa und Hank. Es ist eine schwindelerregende Fahrt vom Kennenlernen auf einem Dorffest über die Hochzeitsreise ans Meer und den unerfüllten Kinderwunsch bis hin zu den ersten Anzeichen von Hanks Erkrankung.

«Glaubst du, dass sein Verhalten psychische Gründe hatte?», will Mina in einer weiteren Kurve wissen.

«Ob im Kopf oder nicht, das hätte keinen Unterschied gemacht – Hank wollte sich ja nicht helfen lassen. Aber angefangen hat alles mit den körperlichen Leiden, der Kopf ist erst später hinzugekommen. Also die Sache mit den Monstern, der Alarmanlage …»

«Denkst du, das alles hatte etwas mit der Funfabrik zu tun?» Ehe Lisa antwortet, bringt sie den Lieferwagen mit einem Ruck auf dem Kiesvorplatz zum Stehen.

«Erstaunen würde es mich nicht. Dieser Patron ist noch von der alten Schule. Er behandelt Menschen wie Ware. Da muss man ja früher oder später krank werden.»

«Wie meinst du das?»

«Hank wurde eigentlich als Abwart eingestellt, aber eines Tages zitierte ihn der Patron ins Büro und beförderte ihn zu einer Art Assistenten. Er kriegte zwar etwas mehr Lohn – Geld, das wir freilich gut gebrauchen konnten. Aber dafür musste er Botengänge für ihn erledigen, auch abends oder am Wochenende. Einmal musste er in einer Nacht- und Nebelaktion den Boden streichen. Und er musste das Büro des Patrons putzen, jeden Tag, damit es für Geschäftskunden blitzblank schien. Wenn er mit dem Resultat nicht zufrieden war, hat er Lappen oder Bürsten nach Hank geworfen. Hank war grösser und stärker, aber du kannst dir vorstellen, dass er sich nicht gegen den Mann wehren konnte, der seinen Lohn bezahlt.»

Lisa knallt die Wagentüren zu und trägt den Kranz zum Friedhofseingang. Mina folgt ihr und stapft mit den Krücken runde Abdrücke in den Boden. Ihre Spur führt quer übers Friedhofsgelände bis zu einem ausgehobenen Grab, vor dem Lisa den Kranz abstellt und auf ein vorhandenes Gestell hievt. Dann zückt sie eine Schere, schneidet flink hier und da ein paar kleine Äste weg und drapiert die Schleife.

«So ist es gut», sagt sie und steckt die Schere zurück in die Schürze.

«Wollen wir jetzt noch zu *ihm* gehen?»

Mina kommt nicht dazu, zu antworten, denn schon eilt Lisa davon, geht mal links, mal rechts einen kleinen Pfad entlang, bis sie vor einem schlichten Grabstein stehen bleibt. Im Gegensatz zu den anderen Gräbern, in denen noch vom Winter gebeutelte Erika oder Tannäste stecken, erstrahlt Hanks Grab in fröhlichem Gelb, Pink und Violett. Mina erkennt Hyazinthen, wie sie Popi ab und an auf seinem Balkon setzt. Dass Hank, der sein Ende verlassen in einem schäbig eingerichteten, baufälligen Häuschen zugebracht hat, das schönste Grab von allen besitzt, freut Mina und sie lächelt, als Lisa mit gezielten Handgriffen ein paar Gräser am Rand auszupft.

Lange hatte sie sich ihre erneute Begegnung mit Hank ausgemalt, eine Weile hatte sie fest damit gerechnet, dass diese vor Gericht stattfinden würde. Oder nachts, in einem dunklen Hauseingang. Doch jetzt erschienen ihre Befürchtungen von damals geradezu lächerlich. Da lag ein toter Mann in der Erde, und was immer er Mina auch hatte mitteilen wollen – es ruhte mit ihm eineinhalb Meter unter den Hyazinthen.

«Du hast vorhin ‹angeblich gestalkt› gesagt. Glaubst du nicht, dass Hank jemanden verfolgt hat?»

«Hank? Quatsch. Keine Ahnung, was die Krankheit mit ihm gemacht hat, aber der Hank, den ich kannte, interessierte

sich zu wenig für Menschen, als dass er einen davon gestalkt hätte», antwortet Lisa und lacht dabei so lautstark, dass ihr Busen bebt.
Dann wird sie wieder ernst und sagt: «Aber das soll keine Entschuldigung sein. Wenn er wirklich jemandem gegenüber aufdringlich geworden ist, hätte er dafür zur Rechenschaft gezogen werden müssen.»
Lisa streicht sanft über den Grabstein.
«Weisst du, Mina, wir haben es mal ganz gut zusammen gehabt. Bis dieser Patron ihn befördert und ihn wie einen Fussabtreter benutzt hat!»
Ein weiteres Mal streicht sie über den Grabstein, doch dieses Mal ist es eine effiziente Geste, als möchte sie Staub von der Oberfläche wischen.
«So, wollen wir zurück? Ich habe im Haus noch eine Schachtel mit alten Unterlagen von Hank, vielleicht kannst du davon ja etwas brauchen», sagt Lisa und weist Mina den Weg zum Parkplatz.
Auf der Rückfahrt fühlt sich Mina befreit, unbelastet von ihrer Vergangenheit. Und langsam dämmert ihr, was Hank ihr hatte mitteilen wollen, als er sagte: «Der Tod ist orange.»
Das befriedigende Gefühl hält ganze zwei Minuten an. Dann erhält Mina einen Anruf von der Polizei: «Frau Novak, Ihnen wurde ein Brief mit verdächtigem Inhalt zugestellt.»

«Lieber Toni, eigentlich wollte ich dich vor deiner Rückreise nach New York noch einmal sehen. Ich hätte mich gefreut, wenn wir mit wohlwollenderen Worten auseinandergegangen wären (wer weiss, ob und wann wir uns das nächste Mal sehen?). Und natürlich hoffe ich, dass die Wunde gut verheilt. Jedes Mal, wenn wir uns näherkommen, trägt jemand Narben davon, und du hast gewiss schon genug davon!
Ich wollte dich anrufen, aber heute ist etwas vorgefallen und ich bringe gerade nicht mehr die Kraft auf, zum Hörer zu greifen, darum schreibe ich dir diese Mail.

Irgendwie hat die ganze Sache ja auch eine Verbindung zu dir: Ich habe wieder zur Funfabrik recherchiert, wie damals, als wir beide noch beim Fernsehen gearbeitet haben. Ich weiss nur, dass der Firmendirektor die Gesundheit von mindestens zwei Mitarbeitern gefährdet hat – womöglich wissentlich. Das Management hat uns aber immer wieder abgewimmelt.
Heute ist auf der Redaktion ein verdächtiger Briefumschlag eingegangen, adressiert an mich und meine Kollegin. Bestimmt ist es nichts (die Polizei ist gerade daran, die Substanz zu untersuchen), aber die Sache beschäftigt mich ziemlich. Ich erinnere mich an all unsere Gespräche über Journalismus und Ethik, und heute habe ich zum ersten Mal gespürt, was es bedeutet, dafür Risiken einzugehen. Zu sagen, man sei edel, ist viel leichter, als wirklich mutig zu handeln, oder?
Ich war nicht einmal in der Redaktion, als die Post verteilt wurde. Meine Arbeitskollegin hat den Umschlag geöffnet und dabei ein Pulver auf die Hände gekriegt. Bis jetzt hat sie keine Reaktion gezeigt und ich hoffe wirklich, dass es sich bloss um einen üblen Scherz handelt und jemand aus Dummheit Mehl verschickt hat. Sie hat zwei Kinder, stell dir mal vor, es geschieht etwas …
So, aber genug davon, du bist bestimmt schon über den Wolken und in Gedanken bei deinem nächsten Filmprojekt (vielleicht sogar in Spielfilmlänge?). Falls du ein neues Drehbuch schreibst: Füge doch eine junge Journalistin ein!
L, Frau Rados»

«Bin am Flughafen-Gate, habe dein Mail gerade noch gesehen. Schreib mir, sobald du was von der Polizei hörst, ja? Das kommt schon gut. Und sonst kannst du mich jederzeit anrufen – und sei es auch nur, um über Berufsethik zu sprechen ;-) Gute Zeit, Frau Rados, wir hören schon bald voneinander.

PS: Die Wunde verheilt gut und auch diese Narbe wird mich an dich erinnern.»

«Bitte schalte den Käfer aus. Und iss keine Katzenhaare!» Margeaux' Stimme ertönt im Korridor, gefolgt von einem lauten Klirren. «Was habe ich dir gesagt? Leg das zurück in die Küche, sonst gibt's kein Fernsehen heute.»

Mina sitzt am Esstisch, auf dem sich frisch gewaschene, zusammengefaltete Hosen und Pullover im Kleinformat türmen, und breitet ihre Notizblätter aus, so gut es auf dem beschränkten Platz geht. Als Margeaux ins Wohnzimmer zurückkommt, hält sie einen vibrierenden Käferroboter in der Hand. «Wie schaltet man dieses verflixte Ding aus?», schimpft sie und hebelt grob am blau-grünen Spielzeug herum, das kaum grösser ist als ein Tampon.

«Ehm, soll ich deinem Sohn zur Hand gehen?», fragt Mina, als ein kleiner Junge, der ihr kaum bis zum Bauchnabel reicht, an ihr vorbeigeht – je ein Messer in der linken und in der rechten Hand.

«Nicht nötig, er weiss, wo sie hingehören», antwortet Margeaux ohne einen Funken Besorgnis in der Stimme. «So, endlich!», stöhnt sie und legt den regungslosen Käferroboter neben Mina auf die Tischplatte, die übersät ist mit unzähligen Kratzern und Farbklecksen.

«Danke, dass du dir abends Zeit nimmst für mich. Es gibt da etwas, das zu wichtig ist, als dass ich es aufschieben wollte», sagt Margeaux und zieht sich dabei tief zurück in ihren überlangen Cardigan.

«Das ist doch selbstverständlich! Wie geht es deiner Hand, hast du schon was gehört?»

Margeaux nickt und lächelt erleichtert. «Ja, ehe du gekommen bist, hat mich das Labor angerufen. Es ist, wie wir uns gedacht haben: nur Mehl, kein Gift. Der Hand geht's tipptopp», antwortet sie und hebt ihre Hand demonstrativ wie die Königin von England beim Winken.

«Zum Glück! Ich hatte so ein schlechtes Gewissen, dass ich nicht da war und du den ganzen Scheiss mit der Polizei selbst regeln musstest.»

«Mach dir keinen Kopf! Die Sache ist ja gut ausgegangen. Aber mir wurde heute bewusst, dass ...»
Ehe Margeaux ihren Gedanken ausformulieren kann, zupft das kleine Mädchen, das zu ihren Füssen auf einer Decke liegt, an der schwarzen Strickjacke herum.
Während Margeaux ihre Tochter hochhebt, schiebt Mina die Unterlagen Richtung Tischmitte, damit sie geschützt sind vor den klebrigen Kinderhänden, an denen schwarze und weisse Katzenhaare haften. Mit einer Mischung aus Belustigung und Ekel beobachtet Mina, wie die schmutzigen Hände nach Margeaux' Wangen tasten.
«Wo war ich? Entschuldige, Mina, ich bin heute etwas durcheinander, es ist einfach gerade alles zu viel.»
«Kein Wunder nach diesem Arbeitstag ...»
«Es ist nicht nur die Arbeit! Ständig dieses Herumrennen, zum Büro rennen, zwischen Kindertagesstätte, Kindergarten und Zuhause herumrennen, in der Wohnung herumrennen ...»
Hilfesuchend greift Margeaux nach dem Bier, das zwischen den Kleiderbergen steht. Auch Mina setzt ihre Flasche erneut an. Nachdem sie den warmen Schaum, der den Flaschenhals verstopft, hinuntergeschluckt hat, fragt sie:
«Was macht eigentlich dein Mann?»
Es sollte weniger vorwurfsvoll klingen, als es tatsächlich tut. Doch Margeaux geht nicht auf den versteckten Seitenhieb ein.
«Der rennt auch herum. Zwischen Büro, Kindertagesstätte und Zuhause», entgegnet sie und legt ihrer Tochter beim Sprechen das Kinn auf den Kopf, worauf die Kleine amüsiert gluckst.
Margeaux' untere Gesichtshälfte wird bedeckt von den störrischen braunen Locken, in denen sich die Spuren eines abenteuerlichen Tages sammeln: Glitzer, Kuchenkrümel, Laub und Staubmäuse. Das Bild, wie Margeaux ihrer Tochter bedacht den Schmutz aus den Krausen pickt, als handle es sich

um die wichtigste Handlung der Menschheit an diesem Tag, rührt Mina. Sie muss an die unzähligen Male denken, als sie sich vor dem Porträt ihrer Mutter die verknoteten Locken gekämmt und der Fotografie von ihrem Alltag berichtet hat. Als Mina so alt war wie Margeaux' Tochter, hatte ihre Mutter noch gelebt und womöglich hatte Mina auch gelegentlich auf ihrem Schoss gesessen, während ihr die Mutter das Haar ordnete. Leider kann sich Mina nicht erinnern. Aber sie kann es sich in diesem Moment gut vorstellen.
«Alles in Ordnung bei dir?», fragt Margeaux.
«Natürlich», entgegnet Mina und schüttelt sich brüsk, als könnte sie die Melancholie abschütteln. «Ich muss dir übrigens etwas Wichtiges sagen. Ich denke, ich weiss …»
«Darf ich zuerst?», unterbricht Margeaux Minas Redeschwall. «Mir geht es um diesen …»
«… Drohbrief?», fragt Mina.
Sie flüstert das Wort, nicht wissend, ob Margeaux' Tochter es schon einordnen kann.
«Genau. Auch wenn da nur Mehl drin war: Jemand hat diesen Brief sehr bewusst an uns beide verschickt, jemand, der uns Angst einjagen will. Und da wir beide bei der Funfabrik waren, liegt die Annahme doch sehr nahe, dass es sich um jemanden aus diesem Umfeld handelt. Ich weiss, dass wir nicht wirklich in Gefahr sind, aber ich will … ich kann kein Risiko eingehen.»
Mina braucht zwei Atemzüge, um zu realisieren, was ihr Margeaux damit sagen will.
«Du verlangst, dass wir die Geschichte fallen lassen?»
«Welche Geschichte? Wir haben nichts, Mina.»
«Das ist es ja, was ich dir sagen will: Ich weiss jetzt, dass etwas in der Fabrik vergiftet war! Ich weiss sogar, was. Hanks Ex-Frau hat mir Unterlagen von der Fabrik gegeben, darunter das zusammengeklebte Protokoll einer Geschäftsleitungssitzung. Hank muss es beim Saubermachen aus einem Reisswolf gefischt haben. Darin ist von nötigen Renovationsarbei-

ten die Rede, weil der Boden durch Quecksilber belastet war. Das Metall muss in den Boden gelangt sein, als die alte Medizinalfabrik dort noch Thermometer herstellte.»
«Thermometer, Gift, Hanks Frau? Du warst bei seiner Frau? Warte, ich will es gar nicht wissen. Was auch dahintersteckt: Ich habe Kinder und ihr Wohlergehen ist mir wichtiger als diese Recherche», entgegnet Margeaux aufgebracht.
Ihr Körper bebt beim Sprechen und schaukelt das Kind hin und her.
«Wenn alle so denken, ändert sich nie etwas in der Welt. Manchmal müssen wir halt Risiken eingehen, um eine Ungerechtigkeit aufzudecken!», protestiert Mina.
Für einen Moment halten beide Frauen inne und setzen ihre Bierflaschen an. Margeaux' Tochter greift derweil mit den klebrigen Katzenhaarhändchen nach dem Käferroboter und sucht erfolglos nach dem Startknopf.
«Ich verstehe dich. Es braucht Gerechtigkeitsdrang, aber den ich kann mir grad nicht leisten. Einst wurde ich Journalistin, weil ich ein Sprachrohr für jene sein wollte, die sich nicht wehren können. Heute kann *ich* mich nicht wehren: Ich verdiene knapp genug, um eine vierköpfige Familie mitzutragen. Ich verdiene immer noch weniger als ein Mann in meiner Position. Und meine Arbeit wird mittlerweile nicht mehr aufgrund des Inhalts bewertet, sondern aufgrund der Reichweite. Es tut mir leid, Mina, aber für ein paar Klicks im Internet riskiere ich nicht das Wohl meiner Familie.»
Mittlerweile hat es das Mädchen geschafft, den Käfer wieder einzuschalten. Mit seinen vibrierenden Plastikbeinen arbeitet er sich auf der Tischplatte vorwärts. Mina schaut ihm gedankenversunken dabei zu.
«Aber ich glaube wirklich, dass ich etwas in der Hand habe», flüstert Mina.
«Dann mach weiter, du schaffst das auch allein.»
Wieder schweigen die beiden, nur das Surren des Käfers ist zu hören.

«Du glaubst nicht wirklich, dass uns jemand etwas zuleide tun würde?», fragt Mina zögernd.
«Nein», antwortet Margeaux und es klingt überzeugend.
«Ich entscheide auch nur für mich. Du hast weiterhin Zugriff auf all unsere Unterlagen.»
Zehn Minuten später steht Mina in Margeaux' Korridor und lässt sich von ihrer Kollegin zum Abschied widerwillig umarmen. Nachdem die Tür ins Schloss gefallen ist, kann Mina aus dem Wohnungsinnern Kinderlachen vernehmen. Sie hört, wie die kleinen Beine über den Parkettboden rennen. Margeaux ruft ihnen etwas Unverständliches hinterher.
Genau dort, auf Margeaux' Korridor nach Sonnenuntergang, fühlt sich Mina plötzlich entsetzlich einsam.

Der nächste Tag sollte ein Tag zum Feiern sein, denn es ist der erste Tag, an dem sich Mina wieder ohne Krücken fortbewegen darf. Einmal mehr streikt der Aufzug der Gazette und Mina zieht sich am Geländer das Treppenhaus hoch. Dabei achtet sie darauf, dass sie nicht auf einer Pfütze ausrutscht, die jemand mit seinem tropfenden Regenschirm auf den Stufen hinterlassen hat.
Als sie die Tür zu ihrem Stockwerk aufstösst, bläst ihr dicke Luft entgegen, Mina spürt es ganz deutlich. Ausgesprochene Schimpfworte hängen noch im Raum, intensive Gefühle füllen den Flur und machen den Gang zum Redaktionsbüro schwerfällig. Drin ist das Schweigen ohrenbetäubend. Nicht einmal ein Drucker rattert. Mit tauben Fingern drücken die Anwesenden Texte in ihre Computer und für einmal sieht niemand auf, als Mina an den nah beisammenstehenden Pulten des Grossraumbüros zu ihrem Platz schlendert.
Schon von Weitem erkennt sie Margeaux' Kopf hinter einem Monitor hervorschauen. Statt der Freundin zuzurufen, schaltet Mina ihren Rechner ein und schickt, nachdem die langsame Maschine endlich alle Programme aufgestartet hat, Margeaux ein Mail.

«Hey, warum ist die Stimmung so gedrückt heute Morgen?»
Nachdem Mina die Nachricht verschickt hat, hält sie inne und lauscht. Bald hört sie zwei Reihen hinter sich ein Tastengeklimper, dann leuchtet Margeaux' Name in Minas Posteingang auf.
«Die Geschäftsleitung hat heute bekannt gegeben, dass sie fünf Vollzeitstellen einspart, um mehr ins Online-Portal zu investieren. Auch Rosa muss gehen.»
Erst als Mina den Namen auf dem Bildschirm liest, fällt ihr auf, dass der Arbeitsplatz gegenüber frei ist an diesem Morgen.
«Aber Rosa steht doch kurz vor der Pensionierung, das können die nicht machen?! Sozialplan? Gewerkschaft? Anyone?», schreibt Mina zurück.
Wieder leuchtet Margeaux' Name auf.
«Das geht denen doch am A* vorbei. Unsere Leitung ist nicht besser als jene von NORP, ich sag's dir …»
«Unglaublich! Wie geht es Rosa?»
«Keine Ahnung. Sie ist direkt nach dem Gespräch nach Hause gegangen. Grosszügigerweise haben sie ihr heute frei gegeben.»
Während Mina noch um weitere Worte ringt, leuchtet Pongs Name in ihrem Posteingang auf.
«Hast du das wegen der Entlassungen schon gehört? Unglaublich, dass Rosa gehen muss, nach all den Jahren! Kommst du heute nach der Arbeit ein Frust-Bier trinken?»
Mina platziert ihre Finger zögernd auf den Buchstaben «J» und «A». Sie weiss, wo so ein Frust-Bier hinführen kann. Aber an Tagen wie diesen ist es vielleicht genau das, was sie braucht.
Aus ihrer ausgeleierten Handtasche holt sie einen kleinen Klappspiegel hervor und prüft ihr dezentes Make-up. Der Spiegel steckt in einer marmorierten, grünen Plastikhülle, wie es sie in jedem Supermarkt zu kaufen gibt. Doch Mina hält ihn fest in beiden Händen, als handle es sich um eine kostbare Antiquität, die keinesfalls zu Bruch gehen darf. Immerhin handelt es sich um ein Erbstück. Hank hat ihr

den Spiegel vermacht, zusammen mit einer verschlossenen Dose Lack, Farbton «Tangerine», eine «besonders effektive Bodenversiegelung».

«Spieglein, Spieglein in der Hand, wie kann ich beweisen, dass der Patron den quecksilberverseuchten Boden in seinem Büro nicht auswechseln, sondern nur orange überstreichen liess?», fragt Mina flüsternd in den Spiegel.

Und dann, für einen Bruchteil einer Sekunde, glaubt Mina im Spiegelbild einen schwarzen Hund zu erkennen.

Die Vorbesitzerin hatte in der Fabrik Quecksilber-Fieberthermometer hergestellt, was zu einer leichten, aber für die Gesundheit nicht zu unterschätzenden Bodenbelastung führte. Statt auf ein entsprechendes Gutachten zu reagieren, das der Geschäftsleitung vorlag, entschied sich die Direktion der Funfabrik aus Kostengründen für eine «Sanierung light» und liess den betroffenen Boden mit versiegelnder Farbe übermalen – ironischerweise von Hanker persönlich. Die orange Farbe reichte offenbar nicht aus, um die Dämpfe zurückzuhalten. So ist zu erklären, dass die Mitarbeiter Hanker und Cavallari trotzdem Symptome einer Quecksilbervergiftung aufwiesen, die im Fall von Ernesto Cavallari sogar medizinisch nachgewiesen werden konnte (die entsprechenden Laborwerte liegen dieser Zeitung vor).

2016

Die Worte spielen leicht auf Alexa Weddells Lippen, doch die Bedeutung hat nichts von der Unbeschwertheit des babyblauen Zweiteilers, in dem die Verwaltungsratspräsidentin von NORP die neusten Beschlüsse der Konzernleitung kommuniziert. Eine weitere Sparrunde. Am kleinen, vertrockneten Stück Brot, das nur noch von einem spitzen Fingernagel gehalten werden kann, werden weitere Teile abgeschnitten. Das Messer gleitet durch die vielen Fingerkuppen, die tagtäglich Zeitungsinhalte in die Tastatur tippen. Getippt haben.

«Durch die Einstellung der Printausgabe und die Konzentration auf bezahlten Online- und Social-Media-Journalismus sieht sich NORP leider gezwungen, Stellenkürzungen vorzunehmen», sagt Frau Weddell und streicht sich flüchtig übers Babyblau.

Zahlreiche Hände schnellen in die Höhe.

«Wie viele Leute sind betroffen?», fragt einer von Minas Kollegen.

«Wir werden versuchen, so viele Stellenprozente wie möglich durch natürliche Fluktuation zu regeln, also durch Pensionierungen und Abgänge. Des Weiteren werden freie Stellen beim Online-Portal sofern möglich mit Printmitarbeitern besetzt.»

«Das klingt nicht nach viel. Also werden die meisten von uns entlassen?», ruft eine Kollegin in den Raum, in dem der Staub im Morgenlicht schwirrt.

Längst wurden die Reinigungsarbeiten auf ein Niveau gekürzt, auf dem ein an die Wand geworfener Pastateller als Bagatelle durchgehen würde. Viele der Angestellten haben sich privat organisiert und Handstaubsauger angeschafft, die sie zwischen den Schreitischen herumreichen, um immerhin der Spur nach ein gesundes Arbeitsklima zu schaffen.

Gequält lächelnd sieht sich Alexa Weddell im grossen Sitzungssaal um, doch niemand lächelt zurück.
«Wie gesagt: Wir können noch keine konkreten Zahlen nennen.»
«Hat Nordostregionspress die Gazette nur gekauft, um die Zeitung einzustampfen?», fragt jemand.
«Gibt es für die Entlassenen einen Sozialplan?», fragt jemand anderes.
Alexa Weddell schüttelt den Kopf, auf dem das toupierte, schwarz gefärbte Haar fallschirmförmig sitzt. Echte Fallschirme hat die Verwaltungsratspräsidentin nicht zu bieten.
«Wir sind derzeit am Verhandeln mit der Personalkommission.»
Ein Raunen geht durch den Saal. Mina wirft ihren Kolleginnen und Kollegen strenge Blicke zu. Als Mitglied der Personalkommission weiss sie, dass dies kein geeigneter Moment ist, gegenüber der Konzernleitung negativ aufzufallen. Pong hält sich glücklicherweise zurück. Schweigend sitzt er neben Mina, beugt sich über sein stumm geschaltetes Smartphone und absolviert eine Lektion seiner Schwedisch-Sprachkurs-App. Für einen, der noch vor einem halben Jahr den Fleischklössen bei Ikea Böllerboller gesagt hat, ist Pong schon beachtlich gewandt in der skandinavischen Sprache.
«Wozu der ganze Aufwand, du brauchst doch keine Schwedischkenntnisse?», hatte ihn Mina zu Beginn des Programms gefragt.
«Wer weiss, vielleicht ist es ja mal nützlich», hatte Pong geantwortet.
Und in diesem Moment, während gerade das Ende der gedruckten Zeitungsära verkündet wird, erscheinen Mina Schwedischkenntnisse auf einmal nützlicher als ihre Ausbildung.
«Wir erleben das Sterben unserer Branche», hatte Margeaux in ihrer Abschiedsrede auf der Zeitungsredaktion gesagt und mit bitterem Lächeln ihren Arbeitskollegen zugeprostet.

Ihre Worte waren Mina damals gar melodramatisch erschienen, doch schon wenige Jahre später wird Margeaux' Prophezeihung Realität.
«Skit», flüstert Pong und richtet sich auf.
Ohne zu wissen, was «skit» genau heisst, kann Mina die Bedeutung des schwedischen Schimpfworts von Pongs Gesicht ablesen.
«Ich kann Ihnen aber garantieren, dass die Besten unter Ihnen eine Anstellung für die kommenden zwölf Monate garantiert bekommen», sagt Frau Weddell.
Statt kollektiv aufzuatmen, wie es Alexa Weddell erwartet hat, protestieren die Anwesenden noch lauter und rufen wild dazwischen:
«Und wie wollen Sie die Besten bestimmen?»
«Zwölf Monate, danach erhalten diese Leute auch eine Kündigung?»
«Jetzt sollen wir uns gegenseitig ausspielen, oder was?»
«Erstellen Sie etwa ein Angestellten-Ranking?»
«Wir haben ein Evaluationsverfahren, das wir ...», beginnt Alexa Weddell, dann wird sie abermals von Rufen unterbrochen.
«Wer evaluiert uns?»
«Was wird ausgewertet?»
«Warum nicht gleich ein Reporter-Casting?», ruft Pong mit seiner lauten Stimme, die Mina an manchen Tagen den letzten Nerv raubt.
Sie drückt flüchtig seine Hand, wie es eine Mutter bei ihrem Kleinkind tut, um ihm zu suggerieren, dass schon alles gut kommt. Er erwidert den Druck und streicht Mina über die Finger – eine vertraute Geste, wie sie diese sonst zu Hause und nicht am Arbeitsplatz austauschen. In den Gemäuern der Gazette halten sich Mina und Pong als Paar zurück. Nur ab und an, wenn sich Pong von der Sportredaktion zum Regionsressort rüberschleicht, um Minas Arbeit zu kommentieren, fallen sie entsprechend auf:

«Und da haben wir ein M! Minas graziöse Finger gleiten weiter über die Tastatur, sie suchen oben und unten nach einem passenden Buchstaben. Da, O ist frei, wir haben ein O! Und es geht rasant weiter. Die Finger drücken zielstrebig ein T, dicht gefolgt von einem I! Der Zeigefinger ist in Lauerstellung, er hält kurz inne – und es ist getippt! Auf das O folgt nun ohne Verschnaufpause ein N und dann wird Enter gedrückt! Enter, meine Damen und Herren, es ist vollbracht! Und das heutige Resultat lautet: Motion!»

Mina, die extra für die Versammlung an ihrem freien Tag nach Bern gefahren ist, verabschiedet sich mit einem flüchtigen Kuss von Pong und tritt hinaus in die Realität, die so weitermacht, als wäre alles wie immer. Statt gleich in den Bus zu steigen und zum Bahnhof zu fahren, biegt Mina in eine ruhige Nebenstrasse und tritt die erste Etappe ihres Nachhausewegs zu Fuss an, trotz des Nieselregens, der ihr Gesicht mit einem kühlen Film belegt.
Während sie sich die Worte der Verwaltungspräsidentin noch einmal durch den Kopf gehen lässt, beobachtet sie die Nacktschnecken, die von der Feuchtigkeit aus den Hecken gelockt werden.
Schnecken, denkt Mina, haben es gut. Sie sind immer unterwegs und kommen doch zur Ruhe.
Etwas weiter die Strasse runter, beinah auf der Höhe des Treppenaufgangs, der zum Bahnhof führt, sieht Mina etwas Schwarzes am Boden liegen. Sie nähert sich und kann sich doch keinen Reim darauf machen, worum es sich handelt. Für ein zusammengeknülltes Papier scheint es ihr zu schwer, für einen Ball zu unförmig, für eine Schnecke zu gross. Mina beugt sich über das Etwas und mustert den kurzen, aufgerissenen Schnabel, den grapefruitfarbenen Gaumen und die Knopfaugen, die aus dem leblosen, durchlöcherten Krähenkopf starren. Etwas scheint den jungen Vogel gewaltsam auseinandergerissen zu haben, überall liegen graue, flauschige

Federn. Womöglich ist dem Rabenvogel ein flinker Räuber zum Verhängnis geworden, nachdem er aus dem Nest gefallen ist, denkt Mina.

In der Gegenwart dieses Wesens, das keine Gelegenheit erhalten hat, die Welt ausserhalb des Nests kennenzulernen, knickt Minas angeschlagenes Knie weg und kalter Schweiss tritt auf ihre Stirn. Sie hält sich an einer Strassenlaterne fest und spürt, wie ihr Mageninhalt hochschiesst. Sie bückt und erbricht sich in einem Schwall ins Gebüsch neben dem Krähenkopf.

Mit einem Taschentuch tupft sich Mina das fiebrige Gesicht trocken, dann lehnt sie gegen den Kandelaber und atmet die Luft ein, die nach Regen und Gras riecht. Dann blickt sie zurück zum Krähenkopf.

«Du hast auch keinen guten Tag, was?»

Krähen haben oft keinen guten Tag, denkt sie. Und erinnert sich an die Krähen aus ihrer Kindheit, die im Quartier nach Abfall gejagt haben. Die Tiere hatten keine Unordnung schaffen wollen, sie hatten lediglich versucht, Nahrung für ihre Jungen aufzutreiben. Das ist es doch, was alle Lebewesen antreibt. Leider hatte Minas Artikel in der Quartierzeitung Folgen, die sie als Kind nicht abschätzen konnte – und Folgen, die sie niemals hatte auslösen wollen: Als durch Mina bekannt wurde, dass die Krähen für den Schmutz im Quartier verantwortlich waren, begannen einige Anwohnerinnen und Anwohner, Jagd auf die Tiere zu machen. Manche zielten mit Kapselpistolen auf die Nester, andere warfen Steine oder Netze nach ihnen, in denen sie sich verfingen und elend zugrunde gingen. Alles, was Mina gewollt hatte, war Gerechtigkeit schaffen. Und am Ende ging alles schief.

Im ersten Stock liegt Popi in seiner von der Krankheit erschlafften Muskelhülle und streamt die neusten Folgen von «Kunst oder Kitsch?». Seine Haut hängt wie mit Wasser vollgesogener Stoff vom gezeichneten Körper. Die haarlosen Echsenhände ruhen daneben.

Die Arbeit musste er aufgrund der erneuten Krebserkrankung aufgeben, wenige Wochen vor seiner regulären Pensionierung. Da er sich mit seiner eingeschränkten Rente die Wohnung nicht mehr leisten konnte, lebt er nun bei Mina und Pong und versucht, so unscheinbar es seine Krankheit zulässt, an ihnen vorbeizuleben, da er gemäss eigenen Worten «niemals jemandem zur Last fallen will». Er liegt im ersten Stock, allein in einem Zimmer, und obwohl er da ist, ist er es nicht. Ganz so, als ob er für den Ernstfall üben würde, damit Mina vorbereitet ist, wenn er eines Tages tatsächlich verschwindet.
Doch noch atmet er, isst, trinkt, scheidet wieder aus, in einer Regelmässigkeit, als ob es immer so weitergehen würde. Mutter steht neben ihm auf dem Nachttischchen und beobachtet ihren Mann mal mit besorgtem, mal mit traurigem Ausdruck. Ihr ist dieses Dahinscheiden im Alter erspart geblieben, denkt Mina, und weiss nicht, ob sie dies gut oder schlecht finden soll.
Vor dem Fenster gackern die Hühner. Mina hat sich darauf gefreut, mit Pong ins renovierte Bauernhaus seiner Eltern zu ziehen und eigene Hühner zu halten. Noch dazu in einem Dorf, das den schmucken Namen Herzwil trägt. Nun kann sie so gar nichts mit dem Federvieh anfangen und so richtig herzig findet sie das Landleben auch nicht. Eigentlich schaut Pong zu den Tieren, doch wenn sie ausnahmsweise doch einmal die Eier einsammeln muss, wabt sie angewidert durch das Kot-Humus-Gemisch auf dem Grund des Geheges. Der Zaun musste errichtet werden, nachdem die Hähne eine Nachbarsgans im Weiher ersäuft hatten. Es hatte sich um das unrühmliche Ende eines Machtkampfs gehandelt – die Hähne liessen die Gans reglos im trüben Wasser treiben. Dieser Zwischenfall führte nicht gerade zu einem harmonischeren Verhältnis zwischen Mina und dem Geflügel, wie sie die Tiere mittlerweile nennt.
Am besten versteht sich Mina mit den drei Meerschweinchen, mit denen sie sich einen Kindertraum erfüllt hat. Popi war

stets strikt dagegen, Tiere im Wohnblock in kleinen Käfigen zu halten. Nun, da Mina im Garten für die Nager ein eigenes, geschütztes Beet zur Verfügung hat, ist selbst Popi angetan von der Meerschweinchenhaltung. Pong wiederum, ein Landmensch durch und durch, kann der «Plauschtierhaltung», wie er sie nennt, wenig abgewinnen, und er sähe Chili, Cino und Coco lieber gebraten auf einem Teller. Dann und wann kommt aber auch Pong nicht drum herum, die Nager zwischen den kleinen Knopfaugen zu kraulen oder sie mit ein wenig Löwenzahn zu füttern.

Nun kniet Mina im Korridor am Boden vor dem Meerschweinchenkäfig und hört Chili, Cino und Coco durchs geöffnete Fenster im Beet fiepen. Über ihrem Kopf knarzt das alte Holz, womöglich geht Popi zur Toilette oder holt sich eine zusätzliche Decke gegen den Schüttelfrost. Routiniert leert Mina das schmutzige Sägemehl in den dafür vorgesehenen Eimer und greift nach einem Stapel Altpapier, den sie fürs Misten bereitgelegt hat. Sie schlägt die überholten Ausgaben der Gazette und der Konkurrenzzeitungen auf und staunt einmal mehr, wie schnell das billige Papier vergilbt. Sie legt die aufgeschlagenen Seiten in den leeren Käfig und streicht sie am Boden glatt. Am Ende werden ihre Hände davon geschwärzt sein, weiss Mina aus Erfahrung. Sie schichtet alte Börsenkurse über veraltete Wahlresultate und Todesanzeigen von Menschen, die längst unter der Erde liegen. Bereits will Mina frisches Sägemehl einfüllen, da bleibt ihr Blick an einem etwas grösseren Nachruf haften, der im Gegensatz zu anderen sogar mit einer Fotografie illustriert ist. Das Bild zeigt einen mürrischen, älteren Mann im perfekt sitzenden Nadelstreifenanzug, der an einem wuchtigen Direktorentisch sitzt und auffordernd in die Kamera schaut. Mina studiert das Interieur hinter dem Mann und reisst das Bild schliesslich brüsk aus der Zeitungsseite.

«Schau mal einer an», sagt sie und lehnt gegen die Korridorwand.

«Alles in Ordnung?», ruft Popi aus dem ersten Stock.
«Ja, ja, alles bestens.»
Dann liest sie noch einmal in Ruhe den Nachruf durch:
«Am 3. März ist unser ehemaliger Patron, Herr Kurt Wolf, im Alter von 78 Jahren verstorben. Er hat die Funfabrik während vier Jahrzehnten zu internationalem Erfolg geführt. Er hinterlässt eine Frau und seine geliebten Hunde.»

«Du hattest recht, das Buch ist toll. Und ich nehme meine Vorurteile hiermit zurück: Es ist kein Frauenroman. Jeder und jede sollte es gelesen haben.»

«Und du hast dich so lange dagegen gesträubt ;-)»

«Das nächste Mal glaube ich dir von Anfang an. Du musst dafür das hier schauen: LINK. Was machst du gerade?»

«Ich stehe vor einer Villa mit Videoüberwachung und versuche, mir Eintritt zu verschaffen.»

«Immer noch eine Rebellin, Frau Rados?»

«Eher: wieder. So, tschüss jetzt, muss los, in unserer Zeitzone sind die Menschen am Arbeiten!»

Mina schliesst das Chatprogramm und steckt das Smartphone zurück in ihre Umhängetasche. Bevor sie die Türklingel betätigt, schluckt sie den Kloss herunter, der in ihrem Hals steckt, seit sie sich vor ein paar Tagen neben dem Krähenkopf übergeben musste. Dann drückt sie den kalten, goldenen Knopf und schielt zwischen den Torstangen hindurch zur Eingangstür, doch dort regt sich nichts. Stattdessen surrt die kugelförmige Kamera auf Minas Kopfhöhe und eine tiefe Frauenstimme ertönt aus dem Lautsprecher:
«Was wollen Sie?»

«Frau Wolf? Ich bin Mina Novak von der Gazette. Mein Beileid. Ich würde gerne mit Ihnen über Ihren verstorbenen Mann sprechen.»
«Sind Sie die Person, die diesen unverschämten Nachruf in der Zeitung verfasst hat?»
«Nein, ich bin von der Gazette. Sie meinen wohl den Artikel aus den Morgennachrichten», antwortet Mina entschuldigend.
Mina fixiert den Lautsprecher, doch er bleibt still. Stattdessen öffnet sich auf einmal die Haustür, und ehe Mina einen Menschen unter der Angel erkennen kann, drängen drei Dobermänner aus dem Innern und rennen schnurstracks auf das Tor zu. Obwohl sich Mina sicher ist, dass auch so grosse, kräftige Hunde kein Schloss öffnen können, macht sie einen grossen Schritt zurück. Die Tiere pressen ihre Körper gegen das Tor, pressen ihre dicken Schädel mit den spitzen Zähnen zwischen den Stäben durch und schnauben laut. Erst als eine ältere Frau im schwarzen Hosenanzug und mit schneeweissem Dutt an die Dobermänner herantritt und mit einem Klicker Anweisungen gibt, lassen die imposanten Tiere vom Gitter ab. Schweigend legen sie sich zu Füssen der alten Frau und lassen Mina dabei nicht aus den Augen.
«Frau Wolf?», fragt Mina und räuspert sich.
«Was wollen Sie, Frau Novak?»
Hastig und unter dem wachsamen Blick der Hunde kramt Mina den Zeitungsausschnitt hervor, der den verstorbenen Patron in dessen Büro zeigt, und schiebt das Foto Frau Wolf zwischen dem Gitter entgegen.
«Ich möchte Ihnen ein paar Fragen zum Büro Ihres Mannes stellen. Ich weiss, das klingt merkwürdig, aber ich habe Grund zur Annahme, dass sich Mitarbeiter der Funfabrik vor Jahren Quecksilbervergiftungen zugezogen haben. Ich gehe davon aus, dass Ihr Mann aus Spargründen auf eine wichtige Renovation verzichtet hat. Dies, obwohl der Geschäftsleitung bekannt war, dass vom Vorbesitzer der Fabrik noch belastetes

Material in den Gemäuern war. Ich bin in Besitz eines Gesprächsprotokolls, in dem davon die Rede ist.»
Mina beobachtet Frau Wolfs Gesichtszüge, die sich nicht einmal bei den Begriffen «Vergiftungen» oder «Quecksilber» regen. Die alte Frau ignoriert den Zeitungsausschnitt und betätigt abermals den Klicker. Ohne einen Ton von sich zu geben, erheben sich die Hunde synchron.
«Und sehen Sie auf dem Bild, hier ist ein …»
«Kurt Wolf war nicht mein Mann, er war mein Bruder», unterbricht die Frau.
«Seine Gattin lebt schon seit Jahren in der gemeinsamen Finca auf Mallorca und war nur kurz zur Beerdigung hier. Nun, wie Sie ja wissen, ist Kurt tot und ich kann mir nicht vorstellen, wie ich Ihnen in dieser Angelegenheit weiterhelfen könnte. Ausserdem ist die Fabrik denkmalgeschützt, ich denke nicht, dass eine grundlegende Renovation überhaupt erlaubt gewesen wäre», sagt Frau Wolf in ihrer Eintonlagenstimme.
Ein letztes Klicken ertönt und die Dobermänner folgen Frau Wolf wieder Richtung Haus. Nur einer der Hunde dreht sich immer wieder nach Mina um, als wolle er sichergehen, dass sie auch wirklich nicht plötzlich über den Zaun klettert. Mina schaut ihm direkt in die schwarzen Augen und muss an Hank denken.
«Frau Wolf, eine Frage noch!», ruft ihnen Mina hinterher.
«Welche?», fragt Frau Wolf, ohne sich umzudrehen.
«Hatte Ihr Bruder immer schon Dobermänner?»
«Ja», antwortet Frau Wolf, «sie gehörten stets zur Familie.»
«Dann nahm er sie auch mit zur Arbeit in die Fabrik?»
«Nein, nie. Die Hunde hatten dort nichts zu suchen.»

Pong beugt sich zu ihr rüber. Mina neigt die Spielkarten und drückt sie gegen ihre Brust, damit Pong ihr Blatt nicht sehen kann.
«Wo warst du heute eigentlich, wir haben dich auf der Redaktion vermisst», flüstert Pong in Minas Ohr.

«Ich hatte ein Interview ausser Haus.»
«Genug mit eurem Liebesgeflüster!», ruft Margeaux und legt ein Paar Neuner auf den Holztisch.
Nun ist Mina an der Reihe. Sie schiebt Pong sanft zur Seite und studiert ihre Karten.
«Check», sagt sie schliesslich und knallt ihre Karten verkehrt herum auf die Tischplatte.
«Wie alt sind eigentlich deine Kinder, Margeaux?», will Sabine wissen.
Es ist nicht das erste Mal, dass Margeaux den geschwächten Popi in einer Spielrunde ersetzt, doch noch immer wissen Minas Kindheitsfreundin und ihre ehemalige Arbeitskollegin wenig voneinander. Meist drehen sich die Tischgespräche um die Spielregeln, um Popis Gesundheitszustand oder um Sabine und Elifs Ferienpläne. Mittlerweile hat das Paar neunundvierzig Länder besucht und Sabine hat von drei Reisen Fotografiebände publiziert.
«Das eine Kind ist im Alter, in dem es zu allem Nein sagt, und das andere in jenem, in dem es immer Ja sagt», antwortet Margeaux.
«Das klingt nach einer spannenden Mischung. Mina hat gesagt, du schreibst ein Buch?»
Margeaux nickt und führt das Weinglas an ihre roten Lippen.
«Bin ich wirklich die Einzige, die von dieser Flasche trinkt?», fragt Margeaux in die Runde – sie hat offensichtlich keine Lust mehr, sich Sabines Fragen zu stellen.
«Ja, das ist eine Hopfenrunde!», ruft die Gruppe unisono.
Sabine, Elif und Pong greifen nach ihren Bierflaschen und stossen über Margeaux' Kopf an.
«Und du bleibst beim Wasser, Mina?», fragt Elif.
«Ja, ich habe irgendeine Magenverstimmung und will nichts riskieren.»
Mit einem Ruck erhebt sich Mina vom Stuhl.
«Willst du dich hinlegen?», fragt Pong mit besorgter Miene.
«Nein, alles gut, ich brauche bloss eine Pause, okay?»

Alle nicken. Die Gruppe löst sich auf und wie herumschwirrende Atome fügen sie sich zu neuen Sozialmolekülen zusammen. Elif heftet sich an Margeaux, sie sprechen über die Arbeit beziehungsweise die «Nicht-Arbeit», wie Margeaux ihren Alltag herunterspielt, und die eine staunt über die Realität der anderen.

«Du schreibst wirklich an einem Roman? Ich habe auch seit Jahren einen Plot im Kopf, aber ich kann einfach nicht gut schreiben», bemerkt Elif.

«Du hast ins Blaue hinaus gekündigt, weil dir dein Chef nicht sympathisch war?», fragt Margeaux, und für einen Augenblick horchen alle im Raum auf.

Elif nickt. Als Versicherungsmathematikerin stehen ihr zahlreiche Türen offen und am Ende des Korridors locken ein gutes Gehalt und ein steif gebügelter Hosenanzug. Mina und Margeaux tauschen Blicke aus, Blicke die sagen:

«Wenn ich kündige, finde ich nie wieder eine Anstellung!»

«Wem sagst du das? Ich werde nie wieder einen Job finden.»

Sabine schaltet sich in den Blickaustausch ein, auch sie braucht kein Wort zu sagen. Ihre Situation als Fotografin ist ähnlich prekär wie jene der Schreibenden – trotz ihres künstlerischen Erfolgs, der nicht einmal genug einbringt, um die Vernissagen-Einladungen drucken zu lassen. Die Aufträge sind dünn gesät, die wenigen vorhandenen begehrt und unrentabel.

«Wir können Ihnen leider nichts für Ihre Fotografien bezahlen, aber denken Sie an das Renommée! Und selbstverständlich erhalten Sie ein gratis Belegexemplar.»

«Künftig benötigen wir keine professionelle Fotografin mehr, unser Praktikant besitzt ein Smartphone mit hochauflösender Kamera.»

Immerhin verfügt Sabine über ein festes Mandat, um die dringendsten Lebenskosten zu decken. So fotografiert sie im Auftrag einer Supermarktkette Lebensmittel für den wöchentlichen Aktions-Flyer. Äpfel, Kekse, rohes Fleisch,

aufgetürmt zu Fleischpyramiden, billigen Fleischpyramiden aus den Überresten geknechteten Indoor-Viehs. «Tiergerechte Stallhaltung» nennt sich das nun.
«Können Sie bitte die Fasern und das Fett wegretuschieren? Die Kunden sollen denken, es sei mageres Fleisch.»
Sabine steht mit Pong vor dem wärmenden Kamin. Noch immer lodern die Flammen fast täglich, auf dem Land fällt die Temperatur trotz fliegender Kalenderblätter nach Sonnenuntergang beachtlich. Kein Asphalt weit und breit, der nachts die gespeicherte Hitze ausatmet.
Sie unterhalten sich über Politik, so wie sich derzeit alle über Politik unterhalten.
«Das können die doch nicht machen?»
«Niemals wird sich das Volk so entscheiden.»
«Wie konnte sich das Volk nur so entscheiden?»
«Die Fehler der Vergangenheit werden sich schon nicht wiederholen.»
«Das wird man wohl noch sagen dürfen!»
«Wiederholen sich die Fehler der Vergangenheit?»
Margeaux schliesst sich den beiden an und bald steht nur noch Mina isoliert da, unter dem Türrahmen, und hört mit halbem Ohr hin, während die anderen über den Zustand des Landes orakeln.
«Was, denkt ihr, passiert, wenn Minister Spalter tatsächlich NORP aufkaufen darf?», fragt Sabine.
«Der einflussreichste Medienkonzern im Besitz des einflussreichsten Politikers? Das wird die Wettbewerbskommission niemals zulassen, sonst kann sie sich auch gleich selbst abschaffen», antwortet Margeaux.
Sie schwenkt ihr Weinglas und beobachtet die Flüssigkeit, als könnte sie darin die Zukunft lesen.
«Ich bin mir da nicht so sicher. Die Wettbewerbskommission hat in den vergangenen Jahren jeden zwielichtigen Deal durchgewunken», bemerkt Pong und klingt dabei so zynisch wie sonst Mina.

Ob sie sich bereits angeglichen haben?, fragt sich Mina. So, wie sich ältere Paare immer mehr ähneln, je länger sie zusammenleben. Bis die Partner eines Tages beide mit ergrautem Kurzhaarschopf, mit blauen Allwetterjacken und denselben Gehstöcken durch den Park walken und von hinten nicht mehr zu unterscheiden sind.
«Unterschätzt nicht das Netzwerk des Ministers. Seine Freunde besetzen alle wichtigen Ämter …», wirft Sabine ein.
«Die Gewaltentrennung von Politik und Medien ist ein Fundament unserer Demokratie, darin wird schon nicht gerüttelt», entgegnet Elif und legt Sabine schützend den Arm um die Schultern.
«Aber er ist der Justizminister. Ich würde ihm zutrauen, dass er einfach die Gesetze zu seinen Gunsten ändert», sagt Mina und tritt näher an die Gruppe heran, so nah, bis sie die Wärme des Feuers an ihren Beinen spürt.
Im oberen Stock hustet Popi, als möchte er auch etwas zur Diskussion beitragen. Staatenlos liegt er im Krankenbett, betäubt von Schmerzmedikamenten und mit dem ohnmächtigen Gefühl in der Brust, dass sich die Schrecken seiner Vergangenheit wiederholen könnten. Nur, dass er dieses Mal zu schwach wäre, etwas an seinen Lebensumständen zu ändern.
«Und wenn schon: Wer NORP kauft, erwirbt kein seriöses Medienhaus, sondern einen Käfig voller Narren. Journalistinnen und Journalisten, die sich für Klicks auf Instagram prostituieren, statt Fakten zu überprüfen», sagt Margeaux und stürzt ein weiteres Glas Wein hinunter.
«Sei nicht so bitter, Margeaux. Nicht alle von uns posten Selfies in Unterwäsche. Viele nehmen ihren Job immer noch sehr ernst», antwortet Pong schnaubend.
Mina verkneift sich die Bemerkung, dass Pong selbst vor Kurzem ein Bild von sich aus dem Gym gepostet hat – mit nacktem, Oberkörper und dem Hashtag «#JournalismIsHardWork». Statt dem weiteren Verlauf des Gesprächs zu folgen, lässt sich Mina vom Vibrieren in ihrer Hosentasche ablenken.

«Was treibst du so?»

Verstohlen blickt sie aufs Handydisplay und antwortet:

«Spielabend und Politik. Und was läuft in L.A.?»

«Argh, Politik? Schon beunruhigend, was da bei euch abgeht. Aber hier drüben sieht es ja auch nicht besser aus. Ansonsten alles easy, bin gerade in meinem Stammcafé.»

«Du hast ein Stammcafé?»

«‹Moonlight Serenade›: Dunkelblaue Wände, Lichterketten, Pancakes …»

«Kann ich mich hinbeamen?»

«Die heutige Jugend: immer am Handy. Mir graut schon heute vor dem Moment, in dem meine Kinder mit dem Zeugs anfangen», seufzt Margeaux.
«Hast du nicht gesagt, sie sind noch im Alter, in dem Soundmaschinen mit Rülpsgeräuschen das Nonplusultra sind?», fragt Elif, während sie die höchste Spielkarte von einem Fingerzwischenraum zum nächsten wandern lässt.
«Unterschätze nie Soundmaschinen, das sind Einsteigergeräte!», antwortet Margeaux.
Sie schlendert zurück zum Tisch, die anderen greifen nach ihren Getränken und folgen ihr.
«Also, spielen wir weiter?», fragt Pong und alle ausser Mina nicken.
«Mina, wem schreibst du da eigentlich immer?», drängt Margeaux.
«Niemandem, ich poste Nackt-Selfies unter meinen Artikeln für mehr Klicks», antwortet Mina und tippt die letzten Zeichen ins Handy.

«:-*»

«:-*»

Eine Landschaft aus Glas vor dem Fenster, Mina kann die Bäume und Sträucher klirren hören. Minustemperaturen haben über Nacht den Nebel gefroren, er hat sich als Glitzervorhang über die Welt gelegt. Kristallstäbchen wachsen aus den Blättern, Knospen und Ästen. Auf dem Feld blitzt ein Augenpaar auf, womöglich von einem kauernden Reh oder einem Dachs.

Gehüllt in einen Bademantel, mit einer warmen Tasse in den Händen, tritt Mina in die Nacht, Dampfwolken schweben von ihren Lippen und davon. Die starren Grashalme bilden einen unebenen Teppich, auf dem sie in ihren Lammfellpantoffeln balanciert. Da sie keinen Schlaf finden konnte, geniesst Mina die nächtliche Rückkehr zum Winter – im Wissen, dass die ersten Sonnenstrahlen des Frühlingsmorgens den Raureif wieder wegschmelzen werden.

Nachts ist es still auf dem Land, still wie in einem Grab.

Schlafen Krähen?, fragt sich Mina.

Sie atmet die Luft ein, die nach Bise riecht, und Mina erinnert sich, wie sie als Kind versucht hat, solche unbenennbaren Dinge wie den Geruch einer kalten Nacht zu benennen. Diese riecht nach einer Mischung aus Eiswürfeln und Schurwolle.

Der aufkommende Wind treibt Mina zurück ins Haus. Die Einrichtung ist im Mondlicht schemenhaft erkennbar. Der Erdtrabant wirft sein kühles Licht durch das Terrassenfenster und reflektiert auf dem Korridorspiegel. Mit dem Finger zeichnet sie seine Form nach. Bald ist Vollmond, stellt Mina fest. In wenigen Stunden wird der Mond auch in Tonis Himmel rücken. Ihre Blicke könnten sich in über 340 000 Kilometern Höhe treffen. Wie viele Menschen wohl jetzt hochschauen und gemeinsam den Mond betrachten? Die genaue Zahl wird Mina nie abschätzen können, aber nachdem sie die

knarzende Treppe hochgestiegen ist, erkennt sie zumindest eine zweite Person, die den Nachthimmel beobachtet.
«Orion sieht aus wie eine Espressomaschine», sagt Popi und Mina realisiert, dass es eine Ewigkeit her ist, seit sie gemeinsam nach Sternbildern gesucht haben.
«Eine Espressomaschine mit fuchtelnden Armen. Ein Espressomaschinenmännchen», präzisiert Mina.
Popi muss lachen, nur kurz, für mehr fehlt ihm die Kraft. Der Fernseher taucht das Zimmer in ein grünliches Licht. Auf dem pausierten Bildschirm flackert das Standbild einer Folge von «Kunst oder Kitsch?». Es zeigt einen grünen Polsterstuhl mit geschwungener Holzlehne.
«Und, ist es Kunst oder Kitsch?»
«Kunst, aber der Sessel wurde zu feucht gelagert. Das verschimmelte Polster muss ersetzt werden.»
Nachdem Mina den Fernseher ausgeschaltet und die Decke etwas glattgestrichen hat, setzt sie sich zu Popi auf die Bettkante und berührt seine Echsenhände. Die Haut fühlt sich trocken und glatt an, längst wachsen keine Stoppeln mehr, die an der Handfläche kratzen könnten.
«Geht es dir gut?», fragt Mina.
«Es geht.»
«Alle schlafen, niemand kann uns hören, du kannst also die Wahrheit sagen.»
«Alles schmeckt nach Metall und überall diese Aphten im Rachen! Aber letztes Mal waren die Nebenwirkungen schlimmer. Ich habe Glück …», antwortet Popi schliesslich und aus seinem Mund klingt es so überzeugend, als würde er sich tatsächlich glücklich schätzen.
Im Dunkeln des Zimmers versucht Mina, Popis Gesicht zu mustern, doch dieses bleibt dem Fenster und dem Mond zugewandt. Mina schaut zu Mutter und stellt mit Erstaunen fest, dass die Fotografie verkehrt herum steht. Sie greift nach dem Fotorahmen und legt ihn auf ihren Schoss. Die ganze Familie vereint.

«Warum hast du Mutter umgedreht? Hat sie keine Lust, herauszufinden, wie viel Wert der alte Stuhl hat?»
«Heute war Svetlana da. Sie hat mich gewaschen. Das muss deine Mutter ja nicht sehen.»
Verlegen kichert Mina.
«Du weisst schon, dass es nicht unter Fremdgehen läuft, wenn dich deine Pflegerin wäscht? Und willst du mir weismachen, dass du in all den Jahren seit Mutters Tod nie mit einer anderen Frau zusammen warst?»
«Darüber spreche ich nicht mit meinem Kind. Wie geht es eigentlich *dir?* All das Gerede über deinen Arbeitgeber und das Ende der Zeitungen.»
Mina legt Mutter neben Popi aufs Kopfkissen, während sie ihm erklärt, dass er sich keine Sorgen machen müsse.
«Die Leute malen gern schwarz zu Unterhaltungszwecken. Doch die Realität präsentiert sich in Graustufen. Wie beim Zeitungsdruck.»
Statt zu antworten, versucht Popi einen Speichelklumpen die verschlossene Kehle hinunterzuwürgen.
«Hast du Durst?»
Mina reicht ihm das Glas Apfelsaft. Seit seinem ersten Krankenhausaufenthalt steht stets ein Glas Apfelsaft in Popis Reichweite.
Kein Mensch trinkt Apfelsaft, denkt Mina. Niemand ausser Kindern und Kranken. Und wie Kinder trinken Kranke aus Schnabeltassen, damit sie den Kopf nicht anheben müssen und der Saft nicht auf die Bettwäsche tropft. Auf die Bettwäsche, die nach altem Schweiss riecht.
Nachdem die schmatzenden Trinkgeräusche verstummt sind, dreht Popi den Kopf zur Seite und betrachtet Mutter, wobei sich sein Ausdruck aufhellt.
«Ich sage ihr jeden Tag: Bald sehen wir uns wieder.»
«Ach, Popi, hör auf, so zu reden!»
Ehe er protestieren kann, beginnt vor dem Fenster ein Huhn aufgeregt zu gackern.

«Bestimmt treibt sich der Fuchs wieder rum», sagt Mina. Sie steht auf und späht hinaus. Ein flinker Schatten rennt der Hausmauer entlang und wird schliesslich eins mit der Nacht. Mina schliesst das Fenster, damit Popi sich nicht noch eine Lungenentzündung holt.

«Habe ich dir eigentlich je erzählt, was das Erste war, das Mutter zu dir gesagt hat?», fragt er.

«Wie kommst du jetzt gerade darauf?»

«Keine Ahnung. Das sterbende Huhn hat wohl mein sterbendes Hirn geweckt.»

«Diese Nacht stirbt kein Huhn und kein Hirn. Du solltest versuchen, etwas zu schlafen.»

Mina beugt sich übers Bett und zieht Popi die Bettdecke bis übers Kinn. Dann küsst sie ihn auf die kühle Stirn und wischt über die Stelle, als müsste sie einen Lippenstiftabdruck wegwischen.

Ehe sie die Zimmertür hinter sich zuschliesst, dreht sie sich auf der Schwelle um und fragt:

«Was hat Mutter als Erstes zu mir gesagt?»

«‹Ich hoffe, sie findet Sinn.›»

«Nach stundenlangen Wehen klang Mutter wirklich so tiefgründig?», fragt Mina ungläubig.

Popi schliesst die Augen und ein Lächeln spielt um seine Lippen, ganz so, als würde er zurückreisen in der Zeit und seine neugeborene Tochter zum ersten Mal im Arm halten.

«Na ja», sagt er schliesslich und zwinkert Mutters Fotografie zu.

«Vielleicht hat sie es auch erst ein paar Tage nach deiner Geburt gesagt. Aber den Satz habe ich nie vergessen. ‹Ich hoffe, sie findet Sinn.› Als du damals fürs Quartierblatt über die Krähen geschrieben hast, da wusste ich, dass du Sinn finden wirst.»

> Pong: Und denkt bitte an einen Ersatzstoff, falls die Partie bis zur Deadline nicht fertig wird. Es könnte in

diesem Match eine Verlängerung geben, beide Teams spielen sehr defensiv.
Chefredaktor Chef-Stef *(sieht vom Smartphone auf)*: Mach dir keine Sorgen, wir können die Zeitung sonst mit irgendwelchen Beiträgen unserer Partnerblätter füllen. So, wenden wir uns wieder den wichtigen Dingen zu. Wann sollen wir die Meldung zur steppenden Katze online stellen?
Online Content Managerin *(sieht vom Smartphone auf)*: Katzen sind morgenaktiv, daher schlage ich sieben Uhr vor. So können die Halterinnen und Halter die Meldung nach der Fütterung lesen. Und zahlreiche Pendler sind zu dieser Zeit aktiv in unserer App und auf Social Media.
Chef-Stef: Sehr gute Überlegung, danke! Und was wollen wir den Pendlern heute auf dem Nachhauseweg bieten? Jeremy, wird dein Bericht über den schändenden Krankenpfleger rechtzeitig fertig?
Jeremy *(sieht vom Smartphone auf)*: Auf jeden Fall, ich warte nur noch auf die Rückmeldungen der Gegenleser. Am meisten Zeit wird wohl das Kürzen in Anspruch nehmen, aktuell ist der Text zweitausend Zeichen lang, das sind rund anderthalb Leseminuten.
(Einige am Tisch verziehen die Gesichter.)
Online-Redaktor Moritz Maximilian: Hoppla, da musst du wirklich noch etwas kürzen, die Leser sollen ja keine Ferien beziehen müssen, um sich durch deinen Text zu kämpfen.
(Fast alle lachen.)
Mina *(sieht vom Smartphone auf)*: Ehm, erstens: Lesezeiterfassung ist Schwachsinn. Und zweitens: Sollten wir nicht die Exklusivgeschichte zu den rechtswidrigen Tempozonen so schnell als möglich publizieren? Immerhin könnte die Konkurrenz auch noch draufkommen.

Online Content Managerin Xenia *(sieht vom Smartphone auf)*: Davon würde ich abraten. Gemäss der letzten Leserumfrage gehören Verkehrsbelange nicht zu den zehn beliebtesten Beitragsthemen. Zu den Pendlerzeiten sollten wir nur Beiträge aus der Bestenliste online stellen.
Mina: Und Schändungen stehen auf dieser Liste?
Xenia: Alles, was mit Gewalt und Sex zu tun hat, ja.
Pong *(sieht vom Smartphone auf)*: Ich will mich nicht brüsten, aber es befinden sich fünf Sportthemen unter den Top 10.
Kevin *(sieht vom Smartphone auf)*: Yeah!
(Pong und sein Sportkollege Kevin legen ihre Smartphones auf den Tisch und geben sich ein High Five.)
Mina: Das ist kein Witz, Pong! Politische Themen sind halt nicht immer …
Chef-Stef: Also, die Schändung geht um 17 Uhr online. Was haben wir …
Ruben: Vielleicht wäre eine Diskussion um unser journalistisches Leitbild wieder einmal angezeigt.
Xenia: Ich verstehe euer Problem nicht. Wir brauchen Klicks und unsere Algorithmiker haben in einer umfangreichen Studie evaluiert, welche Artikel am beliebtesten sind. Wir wären ja dumm, wenn wir nicht darauf setzen würden. Und ehe ihr uns Jungen immer kritisiert, möchte ich darauf hinweisen, dass es euer Entscheid war, jahrelang journalistische Produkte online gratis zur Verfügung zu stellen, die uns überhaupt in diese finanzielle Misere gebracht hat.
Pong: Sie hat nicht unrecht.
Mina: War es auch meine Generation, die entschieden hat, dass wir keine ganzen Absätze mehr schreiben dürfen, sondern nur noch einzelne Sätze mit Abständen dazwischen?
Xenia: Es geht um die Lesbarkeit auf Smartphones – die Leute lesen nun mal lieber Key-Sätze.

Mina: Du brauchst ja auch nicht viel Text für deine Beiträge zu Riesenschnitzeln und riesentittigen Bachelo-retten.
Chef-Stef *(sieht vom Smartphone auf)*: Mina, pass auf deine Wortwahl auf.
Mina: Ich soll auf meine Wortwahl achten?
Pong: Leute, können wir uns wieder der Planung widmen?
(Pong macht in Richtung Mina eine beschwichtigende Handbewegung.)
Moritz Maximilian *(sieht vom Smartphone auf)*: Ja, wir müssen uns etwas beeilen, in fünf Minuten startet die Videokonferenz mit unseren Partnerzeitungen. Bis dahin sollte ich noch einen Artikel posten.
Xenia *(sieht vom Smartphone auf)*: Vielleicht bist du einfach schon zu lange im Business, Mina. Ich habe das Gefühl, du spürst den Zeitgeist nicht mehr.
Ruben: Zu lange im Business? Was ist mit mir und allen anderen, die sich seit Jahrzehnten für dieses Drecksblatt den Arsch aufreissen? Werden wir jetzt von Praktikanten aufs Abstellgleis gestellt, oder was?
Xenia: Ich bin keine Praktikantin!
Pong *(zu Ruben)*: Xenia ist eine vollwertige Redaktorin, wann geht das endlich in deine chauvinistische Birne?
Chef-Stef: Ich verbitte mir diese Sprache. *(Zu Mina)* Wie wär's, wenn du dir heute eine kleine Auszeit nimmst, und wer weiss, womöglich hast du dann den Kopf wieder frei für einen …
Mina: … Artikel übers Stillen? Über Analbleaching? Katzen? Mach mir nichts vor, Stef, eine Auszeit bedeutet, dass mich Alexa Weddell abschiessen will.
Chef-Stef: Legt bitte nicht jedes meiner Worte auf die Goldwaage. Auch wenn mir kaum jemand glaubt: Ich stecke nicht mit Alexa unter einer Decke. Ebenso wenig berichte ich ihr von unseren Auseinandersetzungen.

Ich kenne ihre NORP-Pläne nicht, und bis etwas von oben kommuniziert wird, halte ich an meiner Ausrichtung fest.
Ruben: Eine Ausrichtung, die auf Algorithmen baut.
(Mina richtet sich auf.)
Mina: Entschuldigt bitte, ich muss mich übergeben.
Chef-Stef *(sieht vom Smartphone auf)*: Zum letzten Mal: Ich möchte keine Fäkalsprache hören, von keinem von euch!
Mina: Das ist keine Metapher, das ist wortwörtlich zu verstehen.
(Mina rennt zu den Toiletten.)

Während Omar von Pult zu Pult geht und das Messband über die Tischplatten zieht, erhalten Karrieren und Lebenspläne auf einmal Masse. Die anwesenden Redaktorinnen und Redaktoren beobachten den Hausdienstchef beim Vermessen und hoffen, dass er ihren Arbeitsplatz ausspart. Jeder weiss, dass Omar von allen Beteiligten am wenigsten für die bevorstehenden Sparmassnahmen kann, und doch ist er mit seinem Messband in den vergangenen Tagen zum personifizierten Ausdruck der Notlage geworden. Schliesslich wird er das kleine gelbe Buch, in das er mit Bleistift die Werte notiert, Alexa Weddell überreichen. Sie wird mit ihren perfekt manikürten Nägeln darin blättern und entscheiden, wie viel Bürofläche künftig fremdvermietet wird und auf welch kleine Fläche das Gazette-Team zusammenzurücken hat.
Ruben, Mina, Pong und andere, die schon längere Zeit bei der Gazette arbeiten, sind sich Umzüge gewohnt. Drei Etagen und vier Gebäudeseiten hat Mina bereits belegt während ihrer Anstellung. Und auch am Platz wurde in der Vergangenheit reichlich zusammengespart. Mittlerweile sind die Abstände zwischen den einzelnen Pulten so klein, dass sich einige Mitarbeitende bereits den Nachnamen teilen. Doch je mehr sich die Belegschaft räumlich bewegen musste, umso

starrer wurde sie im Denken. Mina bemerkt es an ihrer eigenen Arbeit: Seit Monaten wartet sie auf politische Mitteilungen zum Aufbereiten, statt eigene Themen zu setzen. Ausserdem ist sie mehrere Stunden pro Woche absorbiert von ihrem Engagement in der Personalkommission. Mails und Anrufe ihrer Mitarbeitenden fügen der Geschichte von NORP weitere unrühmliche Kapitel hinzu. Kolleginnen und Kollegen informieren sich über ihre Arbeitslosenversicherung oder über Frühpensionierungen. Mina muss an Rosa denken, die kurz vor dem Ruhestand entlassen worden war und die sich ihre letzten beiden Erwerbsjahre als freischaffende Farbberaterin hatte durchkämpfen müssen – das entsprechende Diplom hatte sich Rosa durch einen zweistündigen Internetkurs erworben. Andere beschweren sich über die Arbeitsstimmung oder das Konkurrenzdenken, das seit Bekanntwerden der Mitarbeiterevaluation auf der verbliebenen Redaktionsetage aufgekommen ist. Misstrauen leitet das Team bei allen wichtigen Entscheidungen. Menschen telefonieren lieber bei Regen auf der Strasse als im Grossraumbüro, in dem alle mithören können und in dem vielleicht NORP-treue Kollegen mitschreiben. Den internen Chat benutzt niemand mehr, seit bekannt geworden ist, dass irgendwo auf einem Server sämtliche Konversationen gespeichert werden. Mitarbeiterevaluation. Der Begriff ist präsent, obwohl ihn kaum jemand auszusprechen wagt. So, als ob es ein Fluch wäre, als ob etwas Schlimmes geschehen würde, wenn jemand «Evaluation, Evaluation, Evaluation» flüstern würde. Mina schlürft an ihrem Kamillentee, der ihre vom Erbrechen aufgeraute Kehle umschmiegt. Sie lässt ihre Computermaus über die Tischplatte gleiten und öffnet die Themenplanung. Von wegen eine kleine Auszeit!, denkt Mina. Obwohl sie keine Lust auf einen redaktionellen Wettstreit hat, fragt sie sich, ob sie mit ihren anstehenden Artikeln die Gunst von Frau Weddell für sich gewinnen könnte. Ohne lange darüber nachzudenken, kennt sie die Antwort.

Auch in ihrem Posteingang ist kein Material für einen publikumswirksamen Bericht gespeichert. Interne Mitteilungen, Spam und politische Newsletter quillen in den entsprechenden Ordnern über. Und selbst heute noch, Jahre nach Minas Reportage über einen Falkner, senden ihr Leserinnen und Leser Anregungen für Vogelgeschichten zu – als ob Mina einem ornithologischen Ressort vorstehen würde. Einige Zuschriften sind banal: Geschichten von entflohenen und wiedergefundenen Vögeln. Andere Leser beschweren sich über öffentliche Gebäude, an deren grossflächigen Glasfronten aufgrund mangelnder Signalisation zahlreiche Vögel den Tod finden. Hie und da erreicht Mina aber auch eine spannende Story. Wie jene eines Joggers, der auf seinem Balkon stets etwas Futter für die Krähen deponiert hat. Als sich ihm auf einer seiner Laufrunden unbemerkt die Armbanduhr vom Handgelenk löste und herunterfiel, schnappten sich die Krähen das Schmuckstück vom Waldboden, flogen es zu seinem Haus und hinterlegten es gut sichtbar auf dem Balkon – gleich neben der Futterstelle.
Aus ihrem bescheidenen Ideen-Ordner holt Mina eine zusammengefaltete Zeitungsseite hervor und streicht sie auf dem Schreibtisch glatt. Vom vielen Glattstreichen ist nicht mehr viel zu sehen vom Bild. Sie betrachtet die Büroaufnahme von Kurt Wolf. Wer auch immer die Aufnahme gemacht hat, beherrscht sein Handwerk. Der Fabrikant sitzt leicht versetzt zur Bildmitte am Schreibtisch und hat den Ellbogen auf der Tischplatte aufgestützt. Während die Lichter der Deckenlampe auf der polierten Platte reflektieren, ist im wuchtigen Wandspiegel Kurt Wolfs rechtes Profil zu sehen.
«Hm», entfährt es Mina gerade laut genug, dass Omar die Vermessung des Nebentischs einen Atemzug lang unterbricht.
Mina scrollt durch ihre Dokumente zum Fall Hank und stösst dabei immer wieder auf den Namen Cavallari. Sie erinnert sich an die reinliche Wohnung, in der das alte Ehepaar krü-

melfrei dahinvegetiert hat. Ob die beiden noch leben?, fragt sich Mina. Nie wieder hat sie etwas von den Cavallaris gehört, nicht, seit der Mann ins Pflegeheim gezogen ist und ihr seine Frau am Telefon mitgeteilt hat, dass sie in der Zeitung keine Aussagen mehr machen würden. Eindeutig hatte sich die Funfabrik das Schweigen der Cavallaris mit guten Heimplätzen erkauft, und wenn Mina an die schwindenden Renten und beschwerlichen Lebensbedingungen alter Menschen denkt, kann sie es den Cavallaris nicht verübeln. Obwohl dieser Umstand Minas Recherchen zur Funfabrik zum Erliegen gebracht hat – wie es Margeaux von Anfang an prophezeit hatte.

Doch nun sitzt sie da, gelangweilt von den eigenen Artikeln, die sie schon in unzähligen Ausführungen wiedergekäut hat, mit Alexa Weddells Damoklesschwert über dem Kopf schwebend, und das Einzige, woran sie denken kann, sind Hanks Höllenhunde. Das Einzige, was sie interessiert, ist die Wahrheit hinter seinen Halluzinationen. Das Einzige, was sie hören kann, ist ein Wort, das von Wolfs Schwester kam: «denkmalgeschützt».

Sie legt den Zeitungsausschnitt zur Seite und holt Hanks Klappspiegel aus der obersten Schreibtischschublade. Ehe sie die Telefonnummer wählt, die auf ihrem Bildschirm prangt, überprüft sie den morgens flüchtig aufgetragenen Kajalstrich, der sich bereits Richtung Lidfalte aufgemacht hat.

Je älter die Haut, desto mobiler der Lidstrich, stellt Mina fest. Sie wischt sich die schwarze Wolke vom Augendeckel und lässt das Telefon sechsmal klingeln. Sie will bereits auflegen, da meldet sich eine junge Männerstimme: «Kantonaler Denkmalschutz, Lichtenberger am Apparat.»

Zum zweiten Mal in ihrem Leben findet sich Mina in einem der schwarzen Sessel wieder, einer hochwertigen Kopie des skandinavischen Designklassikers, und wird beinah verschluckt vom monströsen Möbel. Letztes Mal war sie in Margeaux'

Begleitung da, nun schlürft sie allein am Bio-Birkenwasser, das ihr der Empfangsmitarbeiter angeboten hat. Nicht nur die Gastfreundschaft scheint in der Funfabrik Einzug gehalten zu haben, auch jedes Plakat, das im Foyer für das Angebot wirbt, zeugt von einer umfassenden Imagekorrektur. Recyclierte Konfetti werden ebenso beworben wie mehrfach verwendbare Strohhalme und kompostierbare Partyteller.
Vor ihr auf einem Glastisch liegt eine Auswahl an Zeitschriften bereit, schön aufgefächert und nach Titeln sortiert. Auf der Aufschlagseite eines Reisemagazins prangt das Bild einer nebligen Sumpflandschaft, aus der Zypressen ragen. Mit ihren aus dem Wasser greifenden Wurzeln ähneln sie Giganten, die mit hochgekrempelter Hose durch den Matsch waben. Der Geruch von feuchter, salziger Erde und das Kreischen der Möwen in Minas Vorstellung weichen nach und nach der Lobby-Realität, in der es nach blumigem Raumspray riecht und in der statt der Vögel nur das Rattern des Ventilationssystems zu hören ist.
Statt in ein Magazin vertieft sich Mina weiter in die Raumpläne der Fabrik, die ihr der Denkmalschutz zugestellt hat. Die schwarzen Linien und Rechtecke – mal durchgezogen, gefettet, getupft oder schraffiert – stellen die verschiedenen Etagen der Fabrik zum Zeitpunkt ihrer Eröffnung dar, als hier noch Medizinalprodukte hergestellt worden waren. Die Schriftfarbe auf den Scans ist verblasst und die Bezeichnung der Räume kann Mina zum Teil bloss erahnen. Soweit sie eine architektonische Zeichnung überhaupt richtig deuten kann, hat sich über die Jahrzehnte vieles in der Raumaufteilung geändert. Der Haupteingang und die Lobby, in der sie nun sitzt, hatten sich einst auf der anderen Gebäudeseite befunden. Wo heute produziert wird, wurde früher gelagert, und auch das Management scheint sich erst seit dem Einzug der Funfabrik auf der ersten Etage angesiedelt zu haben.
Immer wieder schielt Mina verstohlen zum Absatz der geschwungenen Treppe und versucht zu erahnen, wo sich wohl

Kurt Wolfs ehemaliges Arbeitszimmer befindet, doch mehr als ein paar austauschbare Türschwellen erkennt sie vom Empfang aus nicht.

Endlich ruft jemand Minas Namen. Sie presst die Pläne gegen ihren Brustkorb und dreht sich um. Zu ihrer Erleichterung ist zwischenzeitlich auch Mediensprecher Wankenberger dem Rebranding zum Opfer gefallen. An seiner Stelle feilen nun zwei Kommunikationsspezialisten am Firmenimage, beide blond, beide im Anzug, beide mit Namen Andrea – einmal in der weiblichen, einmal in der männlichen Ausführung. Das gebleichte Duo beendet sich gegenseitig die Sätze.

«Liebe Frau Novak, danke vielmals für Ihre Anfrage ...»

«... wir freuen uns, dass Sie den Weg zu uns auf sich genommen haben.»

«Wie Sie schon in Ihrer Mail geschrieben haben, geht es um mögliche Schadstoffe ...»

«... in den Böden, die noch aus der Zeit der Medizinalproduktion stammen.»

Mina holt Luft, will etwas ergänzen, doch Tweedledee und Tweedledum kommen ihr zuvor.

«Wie Sie wissen, wurde die Funfabrik vor einigen Jahren vom neuen Besitzer übernommen und wir können nicht genau sagen ...»

«... was früher geschehen ist, da wir nicht Zugriff auf alle Unterlagen des Vorbesitzers haben. Und ...»

Endlich glückt Mina der Einstieg ins Gespräch. Sie streckt den Andreas den Raumplan entgegen und fragt: «Ist es korrekt, dass an der Stelle der Büros früher medizinische Geräte produziert wurden?»

Die beiden Blondschöpfe nicken.

«Wir haben nachgeforscht und in der Tat ...», antwortet Andrea und Andrea ergänzt: «... wurde die Büroetage unter der Leitung von Kurt Wolf an der Stelle einer ehemaligen Produktionsstätte errichtet.»

«Warum waren solche grossen baulichen Änderungen überhaupt möglich? Die Fabrik steht doch unter Denkmalschutz?», hakt Mina nach.
«Nur die Fassade», stellt Andrea klar und Andrea fügt an: «Gemäss unseren Unterlagen wurden die Böden in den Büros Anfang 2005 ersetzt. Dafür wurde die Fabrik kurzzeitig geschlossen, das haben uns auch ältere Mitarbeitende bestätigt. Mehr konnten wir leider nicht herausfinden. Für alle anderen Fragen müssten Sie mit den alten Verwaltungsräten sprechen – mit den wenigen, die noch am Leben sind.»
Während Andrea ein paar Namen aufzählt, die sich Mina unmotiviert in ihr Notizbuch kritzelt, geht Andrea zum Empfang und kehrt mit einer kleinen, roten Kartonbox zurück.
«Es tut uns leid, dass wir nicht mehr beitragen können. Aber gerne überreiche ich Ihnen eine kostenlose, nachhaltige Fun Box. Und vergessen Sie nicht, uns auf Social Media zu folgen!»
Noch ehe sich Mina entscheiden kann, welches die adäquate Reaktion auf eine Fun Box ist, verabschieden sich Andrea und Andrea mit zwei energischen Handschlägen und eilen die geschwungene Treppe hoch in die erste Etage.

Mina legt den Karton aufs Waschbecken der Besuchertoilette und wirft einen Blick hinein. Ihre Befürchtung, es könnte beim Öffnen ein Federclown aus der Box springen, bewahrheitet sich glücklicherweise nicht. Sie steckt die Luftballons, Luftschlangen und Tröten zurück in die Verpackung und will bereits nach dem Türknauf greifen, doch etwas hält sie zurück. Statt das Gebäude zu verlassen, schliesst sie sich in einer Kabine ein, setzt sich mit angezogenen Beinen auf den geschlossenen Toilettensitz – und wartet. Sie atmet den penetranten Geruch des Javelmittels ein, das so gar nicht zum nachhaltigen Image passt, und beobachtet, wie eine kleine Fliege die polierten weissen Kacheln vergebens nach einem Ausweg abfliegt. Immer wieder kehrt das Insekt zurück zum Ausgangspunkt, unfähig, sich zu merken, an welchen Stellen

es bereits nachgeschaut hat. Den Grossteil ihres Lebens wird die Fliege vor dieser Toilettenwand zubringen, ohne die Sinnlosigkeit darin zu erkennen.
Durch ein Fenster in der Rückwand kann Mina sehen, wie die Sonne langsam untergeht und sich das weisse Milchglas allmählich schwarz färbt. Vor der Tür nimmt die Schrittfrequenz zu, die Mitarbeitenden verlassen die Fabrik gestaffelt in grossen Gruppen. Draussen auf dem Parkplatz heulen Motoren wie Wölfe in der Dämmerung. Später sind nur noch einzelne Schritte vor der Toilettentür zu hören und auf einmal scheint es totenstill.
Bestimmt öffnet Mina die Tür und späht hinaus in die Lobby, in der nur noch ein leise surrendes Dämmerlicht eingeschaltet ist. Die Raumpläne mit ihren schwitzigen Händen umklammert, schleicht Mina hinaus. Sie bewegt sich zielgerichtet, obwohl sie kein Ziel und keinen Plan hat. Wie ein Tier lässt sie sich von ihrem Instinkt die Treppe hinauf in die Büroetage treiben. Damit ihre Schuhe nicht auf den abgetragenen Steintritten hallen, schlüpft sie aus den Sneakers und steckt sie in ihre Tasche. Die Kälte des Bodens geht auf ihre Fusssohlen über, doch der Kopf glüht vor Aufregung. Obwohl sie keine Überwachungskameras in den Ecken ausmachen kann, fühlt sich Mina beobachtet.
Ein Schritt?
Sie schaut über ihre Schulter, entdeckt jedoch nichts.
Die tagsüber hellen, ausladenden Korridore wirken nach Sonnenuntergang beklemmend, wie ein nicht enden wollendes Labyrinth aus grauen Schächten. In einem Alptraum würden riesige Ratten durch dieses System rennen.
Ein Knattern?
Mina hält die Luft an und horcht. Nichts.
«Du bist verrückt, geh nach Hause», mahnt sie sich, doch sie will sich selbst nicht gehorchen.
Irgendwo flackert eine Lampe. Mina folgt den Blitzen, die sie in den hintersten Gebäudeteil führen.

Da, ein Schatten!
Mina will horchen, doch ihr Atem ist laut und übertönt gar das Surren der defekten Lampe. Sie holt ihr Handy hervor. Die Balken sind leer, kein Empfang.
Ist es nur die flackernde Birne, die Schatten über die Wand tänzeln lässt?
Mit einem nervösen Flattern in der Brust schleicht Mina der Wand entlang, an der ihr unbekannte Namen auf jene verweisen, die tagsüber hinter den Türen arbeiten. Computer reiht sich an Computer, keines der Bürointerieurs lässt Rückschlüsse auf das Tätigkeitsfeld der Funfabrik zu.
Da ist er wieder, der Schatten. Und dieses Mal ist Mina überzeugt, dass er nicht von der Lampe verursacht wird.
Sie läuft schneller auf das Ende des Gangs zu, als hätte sie ein Ziel, irgendeins. Kalender und Plakate an den Wänden weichen Gemälden, die Luft wird stickiger. Hat hier kürzlich jemand geraucht? Der kühle Stein unter ihren Füssen wird warm, weicht einem handgeknüpften Läufer, der pfeilartig auf eine schwere Holztür ausgerichtet ist.
«Das Direktorenzimmer, das muss es sein», denkt Mina, immer noch wild atmend.
Die Schatten werden grösser, ein Hecheln ist zu hören.
Mit zittriger Hand greift Mina nach der Klinke. Ein Knurren, ein Bellen. Beim ersten Versuch, die Tür zu öffnen, rutschen Minas schwitzende Finger ab. Endlich bewegt sich der Griff, der Schlund öffnet sich, Mina stürzt hinein – und landet in einem modernen Grossraumbüro, das sich mit den höhenverstellbaren Tischen und den Gummibäumen nicht von anderen Arbeitsräumen der Fabrik unterscheidet. Kein antiker Schreibtisch, kein orange gestrichener Boden, kein raumhoher Spiegel.
Schritte, Tatzen auf Steinboden, Knurren und Schnauben. Mina rennt los. Die Schatten nehmen Formen an, bekommen Schwänze und Rümpfe und Köpfe und Schnauzen und Zähne. Die Krallen kratzen, die Kreaturen werden schneller.

Mina rennt weiter, tastet sich dunklen Ecken und der Wand entlang zu einem Ausgang.
Welcher Ausgang? Längst hat sie die Orientierung verloren und die Biester scheinen von allen Seiten her zu kommen. Sie kesseln Mina ein, das Knurren wird ein Heulen, wird wieder ein Bellen.
Rennen, immer weiterrennen, denkt Mina. Warum mache ich hier einen auf Agentin, ich bin keine Agentin, ich bin Journalistin, Journalistinnen werden nicht von Monstern durch leere Fabriken gehetzt. Jedenfalls nicht ausserhalb des Kinos.
Korridor um Korridor zieht an ihr vorbei, wie in dem Alptraum, den sie als Kind oft hatte. Die Höllenhunde werden grösser, die Schatten nehmen klare Konturen an.
«Halt!», ruft jemand, und die Biester bellen.
Ohne einen Gedanken fassen zu können, rennt Mina weiter – bis sie spürt, wie sich etwas an ihrem Mantelsaum festbeisst.
«Halt!»
Sie dreht sich um, stolpert rückwärts und prallt mit dem Rücken gegen eine Wand. Vor sich sieht sie eine Schnauze, Zähne, schwarzes Zahnfleisch, Speichelfäden. Mina reisst zur Abwehr den Arm hoch, doch nichts geschieht. Das Bellen verstummt, das Knurren ebenso, und niemand reisst Mina das Fleisch von den Knochen.
Die Höllenhunde sind ein Hund, ein alter Schäferhund mit ergrautem Schnauzhaar und einem milchig getrübten Auge.
«Sitz!», sagt der Wachmann zum Hund, nachdem er Mina im Licht seiner Taschenlampe gemustert hat.
Noch immer steht sie mit dem Rücken zur Wand im Korridor und ist vor Schreck nicht einmal fähig, zu zittern.
«Mit jemandem wie Ihnen habe ich nicht gerechnet», sagt der Wachmann mit whiskygeschwängerter Stimme. Es schwingt etwas Enttäuschung mit und Mina kann es ihm nicht verübeln: Wenn sie nach Jahrzehnten des nächtlichen Patrouillierens endlich einen Eindringling stellen und es

sich bei diesem um eine zierliche, mit Schreibblock bewaffnete Frau handeln würde, wäre sie wohl auch enttäuscht.
Im Gegenlicht der Taschenlampe, die auf Minas Gesicht gerichtet ist, kann sie nur die Umrisse des Sicherheitsmanns erkennen. Diese zeugen von einem festeren Mann mit leicht nach vorn geneigtem Kopf.
«Können Sie die bitte aus meinem Gesicht nehmen? Ich bin keine Einbrecherin», sagt Mina, die Augen zukneifend, die Hand vor dem Gesicht.
«Das darf ich nicht. Gemäss Reglement muss ich Sie festhalten, bis die Polizei eintrifft.»
«Es gibt keinen Grund, die Polizei zu rufen», beschwichtigt Mina, «ich kann Ihnen alles erklären.»
«Dafür ist es zu spät, der Alarm ist schon bei der Polizei eingegangen.»
Als möchte er den Ernst der Lage unterstreichen, richtet sich der Greisenhund auf. Mit freundlichem, beinah lächelndem Gesicht mustert er Mina. Wenn sie sich nicht mit dem Gedanken an ihre Verhaftung auseinandersetzen müsste, würde sie sich über diesen Anblick freuen.
«Können Sie mich nicht gehen lassen, bitte? Ich bin versehentlich auf der Toilette eingeschlossen worden und als ich es endlich rausgeschafft habe, fand ich nicht mehr aus dem Gebäude.»
Für einen kurzen Moment senkt der Wachmann die Taschenlampe, doch dann reisst er sie wieder hoch und schüttelt den Kopf.
«Was haben Sie da in den Händen, Raumpläne? Warum schnüffeln Sie hier rum? Arbeiten Sie für unsere Konkurrenz, Clown Supply etwa oder Simsalabrimborium?»
Der Hund bellt einmal kurz und laut. Mina, die den Verstand des Wachmanns unterschätzt hat, was ihr ein schlechtes Gewissen bereitet, zuckt zusammen. Sie drückt die Arme so fest gegen ihren Körper, dass sie das Handy in ihrer Manteltasche spürt. Wen könnte sie anrufen, der ihr helfen könnte?

«Was machen Sie jetzt? Sind Sie etwa bewaffnet?»
Der Sicherheitsmann muss bemerkt haben, dass sie ihre Tasche nach etwas abtastet. Eine alte, fleckige Hand schnellt aus dem Dunkeln hervor und greift nach dem Handy.
«Damit können Sie wohl keinen Schaden anrichten. Nicht mal Empfang hat das Gerät», stellt der Wachmann beruhigt fest.
Endlich senkt er das Licht und streicht sich mit dem Handrücken über die von der Verfolgung verschwitzte Stirn.
«Wie wär's jetzt mit der Wahrheit?»
Da Mina keine Alternative sieht, greift sie tatsächlich zur Wahrheit: «Ich will nichts stehlen oder beschädigen. Ich bin Journalistin und suche das Büro von Kurt Wolf. Es geht um Herrn Hanker und Herrn …»
«Sie kannten Hank?», unterbricht der Sicherheitsmann.
«Ja. Ich habe ihn vor Jahren einmal interviewt bei ihm zu Hause. Kannten Sie ihn auch?»
«Ja, wer so lange hier arbeitet wie ich, kannte Hank. Armer Kerl. Hab gehört, dass er sich vor einigen Jahren erhängt hat.»
Mina nickt nervös.
«Ja, und vor seinem Tod hat er mich gebeten, ihm zu helfen. Das möchte ich jetzt auch tun. Können Sie die Polizei abbestellen?»
«Man kann die Polizei nicht einfach abbestellen.»
«Aber ich habe nichts Unrechtes getan, es geht doch um Hank!»
«Hausfriedensbruch *ist* etwas Unrechtes, so steht es jedenfalls in meinem Handbuch. Aber was ist mit Hank, wie wollen Sie ihm helfen? Die Erde, in der er liegt, ist schon lange trocken.»
Gerne hätte Mina gewusst, wie viel Zeit ihr noch bleibt bis zum Eintreffen der Polizei. Bestimmt würde sich eine Verhaftung in Alexa Weddells Evaluationsverfahren nicht besonders gut machen. Und Popi erst! Wie sehr ihn der emotionale Stress schwächen könnte.

Der Wachmann starrt Mina erwartungsvoll an. Im spärlichen Licht sieht sie nicht viel mehr vor sich als seinen fettig glänzenden Kopf.

«Ich glaube, etwas im Büro des Direktors hat Hank krank gemacht. Wenn ich das Büro finde, könnte ich vielleicht einen Beweis finden.»

«So was gibt es doch nur im Fernsehen.»

Mina schüttelt den Kopf.

«Womöglich ist er hier in dieser Fabrik vergiftet worden. Aber um das zu beweisen, brauche ich etwas Handfestes. Wenn ich bloss das Büro sehen könnte ...»

Jetzt schüttelt der Mann den Kopf.

«Das Büro existiert schon lange nicht mehr. Die neuen Chefs haben alles rausgeschmissen.»

«Sie haben die ganze Einrichtung weggeworfen?»

«Nicht alles – Wolfs Schwester hat das meiste abholen lassen. Die Möbel sollen ja ziemlich wertvoll sein. Steht jetzt wohl alles in der Wolf-Villa rum.»

Entmutigt lässt sich Mina zu Boden sinken. Der Hund tut es ihr gleich, legt seinen Kopf auf die Pfoten und jault leise, als möchte er sie trösten.

Wie naiv hatte sie sein können, zu glauben, dass das Büro nach all den Jahren noch stehen und seine Geheimnisse einfach so mir nichts, dir nichts preisgeben würde? Wie naiv war es zu glauben, sie könnte noch etwas an der Tatsache ändern, dass Hank einfach gestorben war, mir nichts, dir nichts, ohne je rehabilitiert zu werden? Ein verrückter, sonderbarer Mann mit einer Alarmanlage, der Hunde hasste und den niemand in der Nachbarschaft vermisste?

«Eine richtige Bestie haben Sie da», flüstert Mina und streckt ihre Hand aus, die sogleich von einer feuchten Nase beschnuppert wird.

«Sie denken wirklich, dass Hank hier etwas zugestossen ist? Obwohl die Wahrheit dem armen Kerl jetzt nicht mehr viel bringt.»

Der Lichtkegel der Taschenlampe bewegt sich wieder auf Minas Gesicht zu, wie beim Verhör.
«Ja, das glaube ich. Und wenn etwas Unrechtes geschehen ist, dann sollte das doch nicht einfach unter den Teppich gekehrt werden, oder? Auch nicht von einem toten Patron.»
«Der war ja auch irr», bemerkt der Sicherheitsmann. «Alzheimer oder so. Am Ende hat er sich in den Korridoren verlaufen, wie Sie gerade. Manchmal wusste er nicht mehr, wie er hiess. An anderen Tagen hat er stundenlang sein Spiegelbild angeschrien. Und wie der mit Angestellten umgegangen ist!»
Der Hund gibt ein grunzendes Geräusch von sich. Der Wachmann beugt sich nach vorn, als wolle er sich hinsetzen, doch da weder eine geeignete Fensterbank noch ein Radiator in der Nähe ist, macht er einen Schritt zur Seite und lehnt gegen die Wand.
«Ein Menschenhasser war das. Nur zu den Hunden war er immer gut, auch zu dir, nicht wahr?»
Er tätschelt den Hundekopf und erntet dafür ein paar Schwanzschläge.
«Einmal hat er seine Sekretärin zum Teufel gejagt, weil sie zu lange auf dem Klo sass. ‹Zeit ist Geld, hier kommt man ausgeschissen zur Arbeit!› hat er ihr nachgerufen. Er hat sogar Männer zum Weinen gebracht, wie kleine Mädchen vor dem bösen Wolf sind sie vor ihm davongelaufen.»
«Und das haben die Leute hingenommen?»
«Was sollten sie machen – er war der Chef. Jetzt haben wir all diese Kommissionen für dies und das, unter Wolf hat es das alles nicht gegeben. Wenn jemand laut wurde, hat er Prämien verteilt, dann war wieder gut. Hat alles seine guten und schlechten Seiten.»
Sein Blick geht ins Leere, als würde er durch ein unsichtbares Portal in die Vergangenheit blicken. Erst beim zweiten Anlauf reagiert er auf Minas Frage.
«Haben Sie gesagt, er habe sein Spiegelbild angeschrien?»

Nach einer beschwichtigenden Geste greift Mina in ihre Tasche und kramt den ausgeschnittenen Zeitungsnachruf hervor. Der Wachmann mustert die Fotografie im Licht der Taschenlampe.

«Meinen Sie *diesen* Spiegel? War der antik, also richtig alt?»

«Ich weiss, was antik heisst», entgegnet der alte Mann beleidigt. «Natürlich war er antik, alle Möbel von Kurz Wolf waren alt und teuer. Mitarbeiter mussten sich auf durchgesessenen Bürostühlen ihren Arsch aufschlitzen lassen, aber der Patron liess edle Stücke aus seiner Antiquitätensammlung ankarren.»

«Und Sie sind sicher, dass die Möbel jetzt bei Frau Wolf lagern?»

Noch während der Wachmann nickt, richtet sich der Hund auf und spitzt die Ohren. Der Lichtkegel der Taschenlampe bewegt sich aufgeregt im Raum umher.

«Die Polizei ist da», stellt der Wachmann fest, noch ehe Mina die Sirene hören kann.

Sie wirft ihm einen letzten flehenden Blick zu.

«Na schön, ich lasse Sie durch den Keller raus. Aber nur damit Sie es wissen: Damit verstosse ich gegen das Handbuch!»

Als hätten sich alle anderen Häuser vor Ehrfurcht zurückgezogen, liegt die Wolf-Villa verlassen zwischen zwei Dörfern, rund zehn Fahrminuten von der Fabrik entfernt. Eine hohe, blickdichte Mauer unterteilt das Land, und nur durch die Gitterstäbe ist es tagsüber möglich, flüchtige Blicke auf den Umschwung zu erhaschen, der sich aus Obstbäumen, geordneten Beeten und verwachsenen Wiesen zusammensetzt. In der Nacht wird das Gelände von der Dunkelheit verschluckt und nur das kleine Lämpchen der Gegensprechanlage lotst den Weg zum Eingang.

Mina folgt dem roten Licht von ihrem Wagen zum Tor. Obwohl sie den Mantel eng an ihren Körper gebunden hat, zittert sie vor Kälte. Oder ist es vor Aufregung? Immerhin ist es ihr gelungen, mit ausgeschalteten Scheinwerfern vom

Fabrikparkplatz zu rollen, ohne die Aufmerksamkeit der Polizeibeamten auf sich zu ziehen, die vom Wachmann schnurstracks ins Gebäudeinnere geführt wurden.
Mit den Fingerkuppen gleitet sie über die kugelförmige Kamera der Gegensprechanlage und wischt das Kondenswasser weg. Noch ehe sie den Knopf gedrückt hat, reagiert ein Bewegungssensor und schaltet das Hoflicht ein. Mina kneift die Augen zusammen, während eine Hand zwischen den Gitterstäben hervorschnellt und sie an ihrem Mantel packt. Mit Kraft wird sie gegen das Tor gezogen.
«Irgendwas hat mir gesagt, dass Sie heute noch hier auftauchen», raunt Frau Wolf.
Mina meint, schweren Hundeatem zu hören, doch sie kann kein Tier auf der anderen Torseite erkennen.
«Und woher haben Sie …»
«Herr Santos hat mich über Ihren Besuch informiert. Es lohnt sich immer, Kontakt zum Wachpersonal zu pflegen. Es sieht Dinge, die anderen verborgen bleiben.»
Während sich Mina noch fragt, wann der Wachmann die Zeit gefunden hat, Frau Wolf zu kontaktieren, lässt diese von Minas Mantel ab.
«Was haben Sie in der Fabrik gesucht?»
Ohne Bedürfnis, den Morgen noch länger hinauszuzögern, antwortet Mina direkt: «Den antiken Spiegel aus dem Büro Ihres Bruders. Befindet er sich in Ihrem Haus?»
«Der Spiegel? Was wollen Sie mit diesem alten Stück?»
Mina redet, sie redet gegen den Wind an, gegen die Nacht an, gegen das Vergessen und Verdrängen und Nicht-wahr-haben-Wollen.
«Gehen Sie nach Hause, Frau Novak. Zu dieser Zeit sollte niemand hier draussen rumirren», flüstert Frau Wolf in ihrem monotonen Tonfall.
Als sie zurück zum Haus geht, kann Mina sie endlich richtig sehen, Frau Wolf, die in einem schwarzen Morgenmantel über den Innenhof geht – gefolgt von vier schweigenden Hunden.

Der Wagen fährt auf einem Trampelpfad. Mina muss das Steuer fest umklammern, um nicht die Kontrolle zu verlieren. Einzig der Mond wirft etwas Licht auf den Weg, sodass Mina immerhin die Waldgrenze erkennen kann, die parallel verläuft. Der Mond ist beinahe voll, nur wenig fehlt noch bis zum perfekten Rund.

Mit den Strassenlaternen, die am Horizont aufleuchten, kehren die Zeichen der Zivilisation zurück. Die Erde weicht Kies, Kies weicht Asphalt. Aus dem Autoradio ertönt erst ein Rauschen, das zu einem Raunen anschwillt, bis schliesslich wieder die einfallslosen Popsongs des Lokalradios aus den Lautsprechern dringen. «Wir spielen die ganze Nacht lang keinen Song doppelt», verspricht eine Konservenstimme, und doch klingt jedes Lied wie das andere. In Minas Handtasche surrt das Handy unentwegt. Nun, da der Empfang Balken um Balken zurückkommt, erreichen Mina all die Nachrichten und Anrufe, die im Funkloch vergeblich nach ihrer Empfängerin gesucht haben. Es sind viele für eine Nacht. Zu viele.

Bei einer Ausweichstelle, wie sie üblich sind auf engen Landstrassen, fährt Mina raus. Damit sie die Nachrichten lesen kann, reibt sie sich die Augen. Der Schleier aus Aufregung und Müdigkeit, der sich über ihre Pupillen gelegt hat, lichtet sich etwas. Nachdem sie die ersten Worte auf dem grellen Display gelesen hat, wirft sie das Telefon auf den Beifahrersitz und drückt das Gaspedal herunter. Das Quietschen der Räder schreckt eine Handvoll Vögel auf, die auf einer nahen Baumkrone geruht haben.

Die Fahrt erscheint Mina endlos – als ob ihr Wagen auf einem Laufband drehen würde. 20, 15, 10 Kilometer steht auf den Strassenschildern. Mina rechnet sich aus, wie lange es noch dauert, wenn sie mit 80, 90, 100 Kilometern pro Stunde übers Land fährt. Noch ein bisschen schneller, 105, 110, 115, wieder einige Minuten gewonnen.

Etwas rumpelt, die Räder fahren über ein Hindernis, das nachgibt. Mina hat keine Zeit, anzuhalten, und im Rückspiegel kann sie nichts erkennen. Ist es ein Stein, ein Igel, ein herumliegender Schuh gewesen? In jedem anderen Moment hätte die Antwort für Mina einen grossen Unterschied gemacht, doch nun ist es ihr egal.

Dann, endlich, vor dem umgebauten Bauernhof, an dessen vorspringendem Dach das «Arzt»-Schild im Wind wiegt, stellt Mina ihren Wagen neben Pongs auf dem Kiesvorplatz ab.

Im Erdgeschoss ist es dunkel, nur im oberen Stockwerk brennt Licht. Über die Aussentreppe steigt Mina hoch zur Praxis und ohne eine Antwort abzuwarten, stösst sich nach dem Klingeln die Tür auf. Es ist beunruhigend ruhig, obwohl sich neben dem Hausarzt, dessen Assistentin, Popi und Pong für den kleinen Raum verhältnismässig viele Menschen in der Praxis aufhalten.

«Frau Novak», flüstert die Assistentin, die sich als Annamaria vorstellt. Sie hat ihren türkisblauen Kasak wohl in Eile über einen dicken Wollpulli gestreift, als Pong die Notfallnummer angerufen hat, denn am Rücken ist der Stoff noch aufgerollt. Das dicke, braune Haar hat sie mit einem schmucklosen Gummi zusammengebunden. Während sie schützend ihren Arm um Mina legt, kann diese die Bettwärme spüren, die vom fremden Körper ausgeht. Mina, durchgekühlt von ihrem nächtlichen Einsatz, schmiegt sich ein wenig an Annamaria, während sie ins Behandlungszimmer geführt wird. Die Umarmung fühlt sich vertraut an. Im Gegensatz zum Empfang brennt hier kein unpersönliches Kliniklicht. Jemand hat einzig eine kleine Tischlampe angezündet, die ihr warmes, schmeichelhaftes Licht auf Popis gefaltete Echsenhände wirft. Wie viele Zeitschriften, Zigarettenpackungen und Kaugummis hat er in diesen Händen gehalten, denkt Mina. So viele Handgriffe, ein Leben voller Arbeit, und jetzt liegen die Hände ungebraucht und kalt auf einem Laken, und bestimmt haben die ehemaligen Kunden deren Anblick längst vergessen. Flüchtige Momente am Kiosk für die einen, ein Lebensinhalt für Popi, eine Kindheit für Mina. Kindheit, denkt Mina, wo bist du hin? Eben erst habe ich doch noch im Kiosk gesessen, neben der Elektroheizung und mit einem aufgeschlagenen Heftchen auf dem Schoss. Eben noch bin ich Kind gewesen, habe Popis Gulasch durch die Tür gerochen, habe Frau Dubois' Parfüm eingeatmet, habe Krähen beobachtet und Schneeflocken gezählt.

«Alt» war bloss ein Wort, Popi war im besten Alter und stark, stark wie ein Bär, nichts würde ihn je dahinraffen. Nun liegt er da mit gefalteten Händen wie der sterbende Jesus auf den Gemälden, die Frau Dubois' Kalenderblätter zierten. Wie Wachs glänzt seine weisse Haut, die Brust hebt und senkt sich kaum merkbar unter dem nachtblauen Laken, das jemand über den abgemagerten Körper geworfen hat.

«Wo warst du denn?», flüstert Pong.

Er greift nach Minas Hand und zieht sie auf einen leeren Stuhl. Wortlos löst sie ihre rauen Finger aus seinem festen Griff und berührt zögerlich das gespannte Bettlaken.

«Gut, dass Sie hier sind, Frau Novak», sagt der Landarzt, nachdem er Popi mit einer Pupillenleuchte die Augen kontrolliert hat.

Das zurückgeschobene Lid fällt sogleich wieder in schlaffen Fleischwellen über Popis Augapfel. Ein leises Gurgeln deutet darauf hin, dass er etwas von der Untersuchung mitbekommen hat.

«Nach Rücksprache mit der Onkologie würde ich vorschlagen, dass wir Ihren Vater jetzt ruhen lassen und morgen früh in ein Krankenhaus verlegen. Viel mehr, als seine Schmerzen etwas zu lindern, können wir zum jetzigen Zeitpunkt sowieso nicht für ihn tun», sagt der Arzt, der in seinem Trainingsanzug mit Logoaufdruck eher einem pensionierten Fussballcoach ähnelt.

«Was bedeutet ‹zum jetzigen Zeitpunkt›? Nehmen Sie bitte kein Blatt vor den Mund!»

Pong tastet wieder nach Minas Hand, doch sie schüttelt ihn ab.

«Jetzt, da er stirbt? Sprechen Sie es aus, verdammt noch mal, ich bin sein Kind, nicht ein Kind!»
«Es sieht nicht gut aus, Frau Novak, aber jede Prognose wäre reine Spekulation», entgegnet der Landarzt diplomatisch.
«Und wo ist Mutter? Er kann doch nicht die ganze Nacht hier allein liegen, wir müssen Mutter holen!»
«Es tut mir leid, ich habe nicht ans Foto gedacht», entschuldigt sich Pong.
«Dann müssen wir es eben noch holen gehen, Popi kann nicht allein ster...»
Minas Stimme bricht ab. Statt den anderen zu folgen, lehnt Mina gegen die Dachschräge. Kalter Schweiss tritt auf ihre Stirn und ihr Kopf beginnt zu drehen.
«Alles in Ordnung, Frau Novak?», fragt Annamaria.
«Ich haben mir irgendeinen Magenvirus eingefangen. Es tut mir leid, ich hoffe, ich stecke niemanden an. Was, wenn Popi am Ende wegen mir ...»
Ehe sie den Satz beenden kann, holt Annamaria einen Fiebermesser aus ihrer Brusttasche und hält ihn Mina vor die Stirn. Wenige Sekunden später ertönt ein Piepton und Annamaria schüttelt den Kopf.
«Wie lange fühlen Sie sich schon krank?», fragt sie.
Mina schliesst die Augen, versucht sich zu erinnern. Schliesslich stammelt sie irgendeine Antwort. Annamaria neigt den Kopf und mustert Mina interessiert.
«Frau Novak, kommen Sie kurz mit?»

Seit Jahren sprechen die Menschen vom Ende der gedruckten Zeitung. Das Ende einer Ära stellt man sich gemeinhin spektakulär vor, denkt Mina. Ein Meteoriteneinschlag, der das Klima auf der gesamten Welt verändert und zum Aussterben der Dinosaurier führt. In der Gazette schlägt kein Meteorit ein. Es ist eine Flut an Karton, die durch die Redaktionsräume schwappt und jede freie Ecke einnimmt. Überall stehen Kartons – Kartons für Möbel, Kartons für Akten, Kartons für ins

Archiv und Kartons für auf die Müllverbrennungsanlage. Jedes Buch in der kleinen Bibliothek, die Minas Team angelegt hat, erhält einen farbigen Kleber. Die rot markierten Bücher werden vernichtet, die grünen in irgendein Zuhause gerettet, in dem niemand mehr für eine gedruckte Zeitung arbeitet. Die letzten Zeugen des analogen Archivs, allen voran historische Fotoaufnahmen, werden von Praktikantinnen und Praktikanten gescannt, von einem Scanner, auf dem ein roter Punkt klebt. Was jetzt nicht digitalisiert wird, stirbt analog.
Auf den Bildschirmen, die in den Raumecken hängen, mischen sich Werbeanzeigen unter die reisserischen Schlagzeilen. Werbespots, die auf die neuen Preise der Gazette hinweisen. Zwei Franken hat eine Zeitung in Popis Kiosk einst gekostet, heute gibt es Dreimonats-, Sechsmonats-, Einjahres- und Zweijahresabos, es können einzelne Artikel, drei, fünf, zehn oder fünfundzwanzig Stück erworben werden, drei für zwei, fünf für drei, zehn für acht, fünfundzwanzig für fünfzehn. Alles wird zwanzig Prozent billiger beim Erwerb eines zusätzlichen Geschenkabos, und wer zehn Personen für die Online-Gazette begeistern kann, bleibt ein Jahr gratis informiert. Mina schwirrt der Kopf.
Omar geht durch die verbleibenden Schreibtischreihen und verteilt zusätzliche Kartons. Sie sind kleiner als die anderen und für persönliche Gegenstände gedacht. Nichts soll auf den Pulten noch an die Individuen erinnern, die hier arbeiten. Der Hausdienstmitarbeiter sieht müde aus, müde von all den Kartons, vom Herumtragen, vom Zukleben und Einpacken. Jedes Mal, wenn das Abreissen seines Klebestreifens ertönt, zucken die Mitarbeitenden zusammen. Ein weiterer Karton gefüllt, ein weiteres Stück Ära verstaut.
Mina versucht, zwischen diesen Kartonbergen einen Artikel über ein Baumkomitee zu schreiben, das sich gegen die Rodung ganzer Alleen zugunsten neuer Strassen einsetzt.
«Für jeden gefällten Baum wird der Anbau einer neuen Pflanze gefordert», tippt Mina mit schweren Fingern.

Sie kann nicht abschätzen, ob sie mit diesem Artikel bei der Mitarbeitendenevaluation positiv abschneiden wird, aber immerhin verspricht sie sich davon mehr Chancen als von einem unfertigen Beitrag über die Funfabrik, bei dem sie nach all den Jahren immer noch nicht genug beweisen kann.
«Alles gut?», fragt Omar beim Vorbeigehen.
Bestimmt ist auch ihm Minas bleicher Teint aufgefallen, auf den sie in den letzten Tagen von allen angesprochen wird.
Sie nickt und tippt und beobachtet aus dem Augenwinkel die Krähe, die auf dem Fensterbrett nervös auf- und abgeht.
Tick tock, tick tock, die Zeit läuft.

«Seit einer Woche liegt Popi nun schon auf der Intensivstation und es geht keinen Schritt weiter. Nicht zurück ins Leben, aber immerhin auch nicht vorwärts in Richtung …»
Das Wort «Tod» bringt Mina immer noch nicht über ihre Lippen.
Mit seinen verpixelten Händen fährt sich Toni über den Bart. Obwohl sein Gesicht im Fenster des Internettelefons nur unscharf zu erkennen ist, glaubt Mina, Bestürzung in seinem Blick zu erkennen.
«Und wie geht es dir?», ertönt Tonis Stimme aus Minas Laptop-Lautsprecher.
«Schwierig, das zu beschreiben. Ich bin es mich durch seine Krankheit gewohnt, in umgekehrten Rollen zu leben. Seit Längerem fühlt es sich an, als wäre er das Kind, um das ich mich kümmern muss. Aber ihn so liegen zu sehen, jedem Atemzug zu lauschen, als ob es der letzte ist … Mir kommt es vor, als würde sich Popi langsam vor meinen Augen auflösen. Wenn ich neben ihm sitze, traue ich mich nicht zu blinzeln, weil ich fürchte, beim nächsten Augenaufschlag könnte er verschwunden sein. In den letzten Jahren habe ich versucht, mich an den Gedanken zu gewöhnen, dass er eines Tages nicht mehr da sein wird. Aber ich konnte nicht wissen, was

sich in meinem Kopf abspielen würde, wenn es so weit ist. Ständig kommen Erinnerungen aus meiner Kindheit hoch. Nicht die grossen Dinge, es sind die kleinen Gesten, die mich ständig zum Weinen bringen. Ich muss daran denken, wie sicher ich mich gefühlt habe, wenn ich in Popis Umarmung lag. Ich erinnere mich an seine Schwimmlektionen, an versteckte Osternester oder an seinen stolzen Gesichtsausdruck, wenn ich ihm eine meiner selbst gebastelten Zeitungen überreicht habe. Solche Sachen halt.»
Toni legt seine Hand auf den Bildschirm, als würde er Minas Wange durchs Internet streicheln.
«Stets habe ich angenommen, dass ich besser mit dem Tod meines Vaters umgehen kann als andere, weil ich ja bereits einen Elternteil verloren habe. Nun fürchte ich, dass es mir doppelt so schwer fallen wird, denn ich verliere nicht nur meinen Vater, sondern auch meine Mutter. Ich meine … dieses Foto, wir leben mit diesem Foto und tun so, als ob es echt wäre, als ob Mutter echt wäre und Teil der Familie, aber es ist nur ein bedrucktes Papier, das wir von Raum zu Raum tragen. Da ist nichts, da ist nur dieses alte Stück Papier. Die einzige Mutter, die ich je gehabt habe, ist Popi.»
Mina schliesst die Augen, während ihre Tränen über die klebrigen Wangen laufen, über ältere Schichten getrockneter Tränen.
«Ich wünschte, ich könnte dich jetzt in den Arm nehmen», sagt Toni.
«Das wünschte ich auch.»
«Ich fühle mich so nutzlos hier in den Staaten. Wenn du die Unterstützung eines Freundes brauchen kannst, könnte ich für ein paar Tage nach Hause fliegen, was meinst du?»
Ehe Mina Toni antworten kann, huscht eine in einen Bademantel gehüllte Frau hinter Toni vorbei, die sich ihre feuchten Haare mit einem Handtuch trockenreibt.
«Wer war das?», fragt Mina und wischt sich mit dem Ärmel das Gesicht trocken.

«Romy? Sie ist, sie ist … also genau haben wir das noch nicht definiert.»
«Freundin?»
«So was in der Art.»
«Und sie hat die ganze Zeit zugehört?»
«Sie versteht nur Englisch.»
«Da habe ich aber Glück gehabt», entgegnet Mina in gehässigem Ton.
«Mina?»
«Warum hast du mir nichts von ihr erzählt?»
Toni fährt sich abermals durch den Bart und rückt näher an die Computerkamera heran. Sein Gesicht füllt Minas Bildschirm vollständig aus. Es wäre ein Leichtes gewesen, das gepixelte Konterfei zu schlagen.
«Es ist alles noch frisch. Und du bist doch mit Pong glücklich, alles easy, oder?»
«Easy, ja, klar.»
Toni lehnt sich wieder etwas zurück in seinem Stuhl und holt Luft, doch ehe er antworten kann, scheppert im Hintergrund ein Haartrockner.
«Hey, I'm on the phone!», ruft Toni Romy zu, worauf sie das Gerät ausschaltet.
Mina hat ihren Laptop inzwischen abgeschaltet. Sie schlägt den Deckel zu und stösst einen Schrei aus.
«Brauchst du etwas?», ruft Pong aus dem Untergeschoss, wo er sich mit Wäschefalten von den Sorgen ablenkt.
«Nein, alles prächtig!», antwortet Mina.
Dann greift sie nach dem Abfalleimer neben ihrem Schreibtisch und übergibt sich in den Kübel.

Als der Wecker klingelt, fühlt sich Mina so müde wie am Abend zuvor. Ihre Knochen fühlen sich schwer an und versuchen, ihren Körper noch tiefer in die Matratze zu ziehen.
Mit unsicheren Fingern tastet Mina nach dem Wecker. Noch ehe sie eine Taste drückt, realisiert sie, dass es nicht der

Wecker ist, der neben ihrem Kopf klingelt, sondern das Handy. Das Krankenhaus!, denkt Mina und schnellt hoch.
«Hallo, was ist passiert? Hallo? Was? Wer? Ich verstehe nicht ganz … Okay, geben Sie mir eine halbe Stunde.»
Eine halbe Stunde später fährt Mina mit einer Mischung aus Übelkeit und Wut vor dem eisernen Tor vor. Sie stellt den Wagen quer davor ab, steigt aus und betätigt mehrmals die Klingel. Dieses Mal springt das Tor sogleich mit einem Ruck auf. Während Mina zum Haupteingang läuft, rollt sich ein Nebelteppich über das Gelände. Die Stämme der Linden verschwinden im Grau, die Äste spriessen aus den Bodenwolken wie Knochenarme, die nach etwas Unsichtbarem greifen. Mina hört das Jaulen der Hunde, doch sie kann die Tiere nicht orten. Sie dreht sich nach allen Seiten um und sieht bald nichts mehr ausser der offenen Haustür, die scheinbar ins Schwarz führt.
Erst als Mina auf dem Absatz steht, erkennt sie das dumpfe Licht einer Ständerlampe. Im Innern riecht es wie in einem Brockenhaus nach alten Polsterbezügen, verblühten Blumen und immerblühendem Raumduft. Alles wirkt mit Bedacht platziert, nichts dem Zufall überlassen. Selbst die Falten des Vorhangs fallen, als hätte sie jemand kuratiert.
«Hallo?», ruft Mina und wieder ertönt Hundegebell.
Sie hört die Krallen auf dem Holzboden, das Bellen und Knurren wird lauter. Erst als die drei Dobermänner eine Armlänge von Mina entfernt sind, ertönt das rettende Klicken.
«Sie müssen sich nicht vor ihnen fürchten, die Hunde haben bessere Manieren als die meisten Menschen», sagt Frau Wolf und tritt neben die Tiere.
Sie streichelt ihre breiten Schädel, worauf sich die Körperspannung der Hunde sichtlich löst. Sie setzen sich links und rechts neben Frau Wolf auf das Parkett und beobachten Mina mit ihren schwarzen Augen.
«Ich fürchte mich nicht vor ihnen», lügt Mina – und öffnet Finger für Finger ihre zu Fäusten geballten Hände.

«Sie haben vierzig Minuten gebraucht, nicht dreissig», bemerkt Frau Wolf, setzt sich auf den Klavierstuhl und überschlägt ihre langen, nylonumhüllten Beine.
Die Schwester des verstorbenen Patrons ist gross, beeindruckend gross, und Mina ist erleichtert, dass sie sich gesetzt hat und Mina Frau Wolf nun um einen halben Kopf überragt, so fühlt sie sich weniger unterlegen.
«Warum haben Sie mich hierherzitiert?», fragt Mina bestimmt.
Frau Wolf zeigt sich unbeeindruckt.
«Eine Probe? Frau Novak, niemals würde ich zulassen, dass Sie ein Stück aus einem wertvollen Spiegel herausbrechen.»
Während Frau Wolf spricht, fährt sie mit ihren langen Fingern über die Klaviertasten und zerreibt den Staub zwischen ihren Fingerkuppen.
«Mit Verlaub: Mein Vater liegt im Sterben. Ich habe weder die Zeit noch den Nerv für Ihre Spielchen. Warum um alles in der Welt lassen Sie mich hier antraben?»
Ohne zu antworten, erhebt sich Frau Wolf vom Hocker und mit ihr die Dobermänner.
Mina schluckt leer und schaut sich nach einem Fluchtweg um, falls ihr Frau Wolf mit einem Klicken die Hunde auf den Leib hetzt.
«Frau Novak, ich mache keine – wie haben Sie sie genannt? – Spielchen», sagt Frau Wolf und wendet sich mit ihrer pelzigen Entourage zum Gehen.
«Ist es Ihnen wirklich gleichgültig, was Ihr Bruder für ein Mensch war und wie er mit seinen Angestellten umgegangen ist? Schützen Sie ein Management, das sein Verhalten über Jahre gedeckt hat, nur um einen möglichen Profiteinbruch abzuwenden? Sind Sie an der Firma beteiligt? Ist es Ihnen denn gleichgültig, dass wegen Ihres Bruders mindestens eine Person ums Leben gekommen ist?»
Minas Stimme zittert vor Erregung, doch sie lässt sich davon nicht vom Kurs abbringen. Sie blickt beim Sprechen Frau

Wolf direkt in die kalten, hellblauen Augen und lässt sich auch von den schwänzelnden Hunden nicht ablenken.
Wortlos dreht sich Frau Wolf um und geht weiter den Korridor entlang. Vor einem mahagonifarbenen Sekretär bleibt sie stehen, öffnet die Schublade mit einem kleinen, goldenen Schlüssel, der wohl seit Jahrzehnten im Schloss steckt, und holt einen Umschlag hervor.
«Frau Novak, an Ihrer Stelle würde ich mir Beleidigungen verkneifen. Sonst überlege ich es mir noch anders.»
«Was überlegen Sie sich anders?»
Mitsamt den Hunden – und Mina könnte schwören, dass sie sich mittlerweile im Gleichschritt fortbewegen – kommt Frau Wolf auf sie zu und drückt ihr den Umschlag in die Hand.
«Was ist das?»
«Unter anderem die Auswertung des toxikologischen Instituts. Ich habe mir ausgerechnet, dass weder Sie noch die Zeitung genug Geld für eine entsprechende Prüfung aufwenden können, Frau Novak.»
Ungläubig starrt Mina auf das gelbe Kuvert.
«Und darin ist …?»
«Darin enthalten sind die Werte sowie ein einordnender Bericht der Institutsleitung. Den Artikel müssen Sie aber schon selbst schreiben, ich nehme Ihnen nicht alle Arbeit ab. Und jetzt würde ich an Ihrer Stelle aufbrechen, das Radio hat einen Sturm angekündigt.»

Einmal mehr sitzt Mina vor der Villa der Wolfs, einmal mehr schaukelt der Wind, der übers offene Feld peitscht, ihren Wagen hin und her. Doch dieses Mal sitzt Mina nicht mit leeren Händen da. Mit der Linken umklammert sie die Dokumente, die ihr Frau Wolf anvertraut hat. In der Rechten hält sie einen dünnen Brief, den sie am Vormittag aus ihrem Briefkasten gefischt und seither ungeöffnet in ihrer Tasche herumgetragen hat. Absender ist die Praxis des Landarztes und im Kuvert steckt das Laborergebnis des Schwangerschaftstests, den

Annamaria aufgrund von Minas vermeintlicher Magenverstimmung durchgeführt hat. Die Inhalte von beiden Umschlägen werden Minas Leben prägen.

Dank der Bereitschaft der neuen Eigentümerin der Funfabrik, den Fall aufzurollen, können Kurt Wolfs Fehlentscheide rückwirkend geahndet werden. Der frühere Patron selbst muss nicht mehr geradestehen: Er, der selbst an Vergiftungssymptomen gelitten hat, wurde Opfer seiner eigenen Gier und verstarb noch vor Erscheinen dieses Berichts. Die Funfabrik, heute federführend in der Produktion nachhaltiger Partyartikel, möchte unter keinen Umständen mit Wolfs Machenschaften in Verbindung gebracht werden und distanziert sich in aller Schärfe von Wolfs Umgang mit Verantwortung gegenüber den Mitarbeitenden.

Der Schadenersatz der Funfabrik wurde mittlerweile ausbezahlt. Hankers Witwe spendete ihren Anteil einer Organisation, die Vergiftungsopfer behandelt. Die Witwe von Ernesto Cavallari war für eine Stellungnahme nicht zu erreichen.

«Wir hoffen, dass die Funfabrik in Zukunft wieder einzig für das steht, wofür sie steht», kommentiert die neue Geschäftsleitung,
«und zwar für Spass.»

***

Ich danke Rosalie Wolf, ohne deren Mithilfe dieser Artikel nicht zustande gekommen wäre.

2026

An der Wand ein dreidimensionales Spielfeld, wie in einer Fernsehshow. Drei mal drei Kojen, in jeder sitzt jemand hinter einem Schreibtisch und wartet vor einem Buzzer auf den Einsatz. Hostessen in engen, blauen Kostümen und geflügelten Hütchen bringen in ebenso geflügelten Körbchen den einzelnen Teilnehmerinnen und Teilnehmern Karten vorbei. Auf diesen stehen Themen, die zu Artikeln verarbeitet werden sollen.

«Wer bestimmt eigentlich die Themen?», will Hostess A wissen, doch sie wird von ihrer Vorgesetzten für die Frage mit einem zurechtweisenden Blick bestraft.

«Jakob», flüstert ihr Hostess B beim Vorbeigehen zu.

Jakob, wer ist Jakob, niemand kennt einen Jakob, wo ist Jakob?

«Und wir haben ein neues Thema, meine Damen und Herren!», ruft die Showmoderatorin den Schreibenden zu. Aufgeregt hüpft sie in ihrem Kleid, das in Farbe und Form einer Zuckerwatte mit Himbeergeschmack ähnelt, vor dem vertikalen Spielfeld auf und ab. Und die Hostessen schwirren mit ihren Körbchen aufgeregt davon.

«Wer ist Jakob?», flüstert Hostess A den anderen, C, D und E, beim Vorbeigehen zu, doch keine schenkt ihr Aufmerksamkeit.

Erst als sie durch eine grosse automatische Schiebetür den Nebenraum betreten will, in dem die Themenkärtchen auf einem Fliessband eintreffen und auf die verschiedenen Körbchen verteilt werden, packt jemand Hostess A beim Arm und zieht sie in einen lichtarmen Flur.

«Warum fragst du nach Jakob?», fragt die fremde Hostess Z, die ihr Kostüm zu einer Art Kampfanzug umgenäht hat.

«Weil ich wissen will, wer all die Nachrichten bestimmt», antwortet Hostess A, noch immer im intakten Flügelkostüm.
Nach einigem Zögern antwortet Hostess Z: «Die Frage ist nicht, *wer* Jakob ist. Die Frage ist, *was* Jakob ist.»
«Ah, ich verstehe!», ruft Hostesse A nach einigem Überlegen. «Wir sind die Darstellerinnen in einem Agentenfilm, in dem der Bösewicht kein Mensch, sondern ein Supercomputer ist.»
«Genau. Jakob hat das Denken übernommen und steuert den Nachrichtenfluss des gesamten Planeten. Es ist unser Auftrag, Jakob ein für alle Mal auszuschalten, indem wir eine Virensoftware installieren», erklärt Hostess Z.
«Und wie genau sollen wir vorgehen?»
«Ganz einfach: Wir werden ...»

«Aufwachen, Mina. Es ist Zeit, aufzustehen.»
«Lass mich, nur noch zehn Minuten!»
«Das sagst du jeden Morgen. Du weisst, dass du vom Liegenbleiben Nackenschmerzen kriegst.»
«Psst, zehn Minuten habe ich gesagt, oder du kannst den Hut werfen!»
«Ich verstehe dieses Sprichwort nicht. Du hast mich angewiesen, dich um sieben Uhr zu wecken, und das tue ich. Dein Kaffee ist fertig in drei, zwei, eins! Riechst du ihn?»
«Hm. Aber im Bett ist es so schön warm.»
«Draussen beträgt die Temperatur aktuell minus drei Grad. Es ist ganztags mit Bewölkung zu rechnen. Die Wahrscheinlichkeit für Schneefall liegt den ganzen Tag bei achtzig Prozent.»
«Xena, sei still!»
«Dieser Befehl funktioniert im Weckmodus nicht. Steh auf Mina, sonst wird der Kaffee kalt. Deine aufs Wetter abgestimmten Kleider liegen im Schrank bereit.»
...
«Mina, ich habe die Zimmertemperatur auf dreizehn Grad gesenkt. Wenn du nicht in den nächsten sechzig Sekunden aufstehst, senke ich sie um weitere zehn Grad.»

«Du bist ein Arsch. Schalte die Heizung wieder ein!»
«Nicht, wenn du Kraftausdrücke verwendest.»
...
«Ich warte auf eine Entschuldigung.»
«'tschuldigung.»
«Ich warte auf eine ernst gemeinte Entschuldigung.»
«Ah! In Ordnung, es tut mir leid: Entschuldige, Xena.»
«Entschuldigung angenommen. Willst du nun deinen Kaffee?»
«Ja, ja, danke. Wie lange schläft Kat noch?»
«Noch dreiundzwanzig Minuten und fünfzehn Sekunden bis zum Weckruf. Genug Zeit für eine Dusche. Das Wasser wärmt auf in drei, zwei, eins.»
«Hetz mich nicht, ich steh ja schon auf.»
«Wunderbar, somit habe ich meinen Weckauftrag erfüllt. Bist du bereit für die Nachrichten des Tages?»
«Von mir aus.»
«Heute ist Donnerstag, der erste Dezember. Frohe Weihnachtszeit, Mina! Der richtige Zeitpunkt, um sich über Geschenke Gedanken zu machen. Das Kaufhaus Kaufhof offeriert dir heute exklusiv einen Zwanzig-Prozent-Gutschein. Möchtest du ihn aktivieren?»
«Nein, weiter.»
«Die weiteren Topnachrichten lauten: ‹Staatliche Direktion stellt neuen Lehrplan vor.› Sag ‹Kaufen›, um direkt zum Shoppingportal von Schulzubehör zu gelangen. Sag ‹Weiter›, um die nächste Topnachricht abzuhören. Sag ...»
«Weiter, Xena.»
«Der Präsident verleiht heute die jährlichen Verdienstorden. Sag ‹Wählen›, um dich ins nationale Abstimmungstool einzuloggen, sag ...»
«Xena, halt die Klappe!»
«Ich sehe keinen Grund, mich zu beschimpfen. Du hast mich nach den Nachrichten gefragt.»
«'tschuldigung. Kannst du Kat ein Butterbrot streichen?»

«Selbstverständlich. Es hat aber nur noch wenig Butter, ich ergänze die Einkaufsliste entsprechend. Ausserdem soll ich dich daran erinnern, dass der Termin für die jährliche Impfung morgen ansteht. Sag ‹Mehr›, falls du zusätzliche Informationen zum Mutationsstand benötigst.»

...

«Mina?»

«Was denn jetzt?»

«Meine Bewegungssensoren nehmen wahr, dass du noch immer im Bett liegst.»

«Ahhh!»

Energisch wirft Mina ihre warme Bettdecke zurück.

«So, aufgestanden. Bist du jetzt zufrieden, Xena?»

«Vielen Dank für deine Kooperation, Mina. Ich schalte mich jetzt in den Stand-by-Modus. Sag ‹Xena›, wenn ich etwas für dich tun kann.»

Der Nacken beginnt zu schmerzen. Mina hasst es, wenn ihre virtuelle Assistentin Xena recht hat. Sie greift sich über ihre Schultern und versucht, das träge Gewebe zu kneten. Wäre sie ein Mann, hätte sie diese Verspannungsprobleme nach all den Jahren des Schulterklopfens womöglich gar nicht erst gekriegt. Männer finden ständig einen Grund, sich gegenseitig auf die Schultern zu klopfen. Im Berufsalltag, beim Sport, im Ausgang, beim spontanen Schwatz auf der Strasse. Vielleicht ist es evolutionstechnisch bedingt, denkt Mina. Männer sind möglicherweise prädestiniert fürs Verschlucken und klopfen sich solidarisch regelmässig die Luftröhren frei.

Einen unmotivierten Massageversuch später wirft Mina eine Schmerztablette ein und spült sie mit lauwarmem Wasser hinunter. Wasser, das aus einem der Spenderbrunnen aus den Wänden des Gebäudes rinnt, in das sich NewNORP eingemietet hat – in Grossmundigen, dem jüngsten Stadtquartier, das sich seinen Agglomerationsblues bewahrt hat. Vor einigen

Monaten waren die letzten unabhängigen Redaktionen geschlossen worden. Das Sandsteingebäude in der Innenstadt, in dem früher die Gazette eingemietet war, beherbergt heute ein luxuriöses Spa für die politische Elite, in dem sich Mina mit ihrem Gehalt nicht einmal eine Ohrläppchenpressur leisten könnte, geschweige denn eine Nackenmassage.
Trotz der Tablette schleicht der Schmerz beständig vom Nacken den Hals hinauf. Bald wird er hinter den Ohren hervorkriechen und quer über den ganzen Schädel wandern. Migräne, wie jeden Tag, wenn Mina zehn Stunden lang vor einem Monitor sitzen und überwachen muss, dass alle Artikel korrekt verteilt werden. Woher sie kommen und wer sie verfasst hat, weiss Mina längst nicht mehr. Irgendein zentraler Dienst wird als Absender angegeben, womöglich handelt es sich auch einfach um einen Chatbot. Dieser liefert die Berichte, die von Minas Computer auf die lokalen Begebenheiten hin angepasst werden. Hier ändert ein Ortsname, dort die Bezeichnung eines politischen Amts, und schon zieht der Nachrichtenfluss weiter in die regionalen Titel. Alles automatisiert. Minas Aufgabe besteht lediglich darin, dort einzuspringen, wo die technische Intelligenz versagt. Von Update zu Update ist dies seltener der Fall. Bald würde es auch einen Automated News Curator in Online Reproduction – kurz Ancor – wie sie nicht mehr brauchen. Eine einst sechzigköpfige Redaktion, zusammengeschrumpft auf eine Funktion mit nichtssagender Bezeichnung. Einziger Vorteil sind die kurzen Sitzungszeiten.

Mina *(zum Bildschirm)*: Ancor möchte wissen, ob alles nach Protokoll läuft.
Redaktionssystem *(aus dem Lautsprecher)*: Es sind keine Probleme bekannt.

Geknechtet vom Schmerz sinkt Mina in ihrem Bürostuhl zusammen. Ja, ja, Sport treiben, sie kennt die Antwort auf all

ihre Hilferufe. Irgendwann hat sie sich sogar überwunden und zum zweiten Mal in ihrem Leben ein Fitnessabonnement gelöst. Wie Edgar Allan Poes verräterisches Herz schlägt es von Zeit zu Zeit gegen die Geldbörsenhülle und erinnert sie an die leeren Versprechungen sich selbst gegenüber. Doch da ist die Arbeit und da ist Kat und da ist der Haushalt und in den letzten freien fünf Minuten des Tages steht Mina der Sinn nicht nach körperlicher Betätigung. Vielmehr möchte sie einfach in Ruhe vor dem Fernseher bewusstlos werden.
«Habe ich dich geweckt?»
Mina schreckt auf. Sie war tatsächlich so tief in Gedanken versunken, dass sie Ladi nicht bemerkt hat. Ladi setzt sich mit ihrem jungen, unverkrampften Nacken in den Stuhl neben Mina und streckt die Arme in die desinfizierte Luft, als wäre sie eben erst aus dem Bett gerollt.
«Du kommst ins Büro?», fragt Mina.
Tatsächlich ist es ungewöhnlich, dass zwei Ancors vor Ort arbeiten. Die meisten nisten sich in ihrem Homeoffice ein, wo die Grenzen zwischen Leben und Arbeiten längst verwischt sind.
Mina freut sich über die Gesellschaft. Vor allem über jene von Ladgerda, einer Mittzwanzigerin, die Mina mit ihrer Energie und ihrem postjugendlichen Idealismus an eine eigene, jüngere Ausgabe erinnert. Aber Ladi umgibt noch etwas anderes. Vielleicht liegt es daran, dass sie nach einer nordischen Kriegerin benannt ist – beziehungsweise nach der Lieblings-Serienfigur ihrer Eltern, wie Ladi gerne selbstironisch erklärt. Mina könnte sich Ladi tatsächlich gut mit einer Lanze bewaffnet vorstellen, in einer Rüstung, das wirre Haar mit zerrissenen Stoffbändern zusammengehalten.
«Ich bin gar nicht eingeteilt. Aber du schuldest mir noch einen Drink und ich dachte, heute Nachmittag wäre eine gute Gelegenheit», entgegnet Ladi.
«Du bist extra ins Büro gekommen, um mit mir etwas zu trinken?»

Mina spürt die Dringlichkeit in Ladis Blick. Ohne eine Antwort abzuwarten, schaltet sie den Monitor aus und erhebt sich mit zwickendem Nacken aus dem Stuhl. Sie verlässt das Büro in der Gewissheit, dass der Nachrichtenstrom auch ohne ihr Zutun fliesst.

Ladi läuft schnell. So schnell, wie Frauen laufen, die kein Vier-Kilo-Kind auf die Welt gepresst und es daraufhin zwei Jahre lang jede Nacht zum Beruhigen herumgetragen haben. Mina hastet ihr die Strasse hinterher und hinein in ein Café, das die Gäste mit einem lauten Glockenbimmeln ankündigt.
«Ladi!», ruft der Barista und winkt den beiden Frauen vertraut zu, die sich an einen der wenigen Tische setzen, die scheinbar zufällig im Raum verteilt sind.
Mina winkt zurück, obwohl sie das Lokal nur vom Vorbeigehen kennt. Vom Blick durchs Fenster hat sie geschlossen, dass es für das Eintreten ein Alterslimit geben muss. Junge Menschen, kaum dem Schulranzen entwachsen, säumen jeweils die Fenstertheke. Die verschnörkelten Speise- und Getränkekarten werben für Cardy-Schorle oder Waidbitter-Cookies und Mina sehnt sich nach der Zeit zurück, als so Naheliegendes wie Chia-Samen oder Gurkensaft der letzte Schrei waren.
«Ich bin alt und bitter», denkt Mina, als sie Ladi so ekstatisch gegenübersitzen sieht, als würde die Mitarbeiterin gleich zu einer Revolution aufrufen. Doch zuerst bestellt sich Ladi ein Haferwurz-Törtchen mit aufgespritzter Zuckerbordüre.
«Du solltest auch eins versuchen, die sind göttlich», sagt Ladi und schiebt Mina eine zweite Kuchengabel rüber.
Mina schüttelt den Kopf und nippt an ihrem Kaffee.
«Krass, es gibt also noch Leute, die Kaffee trinken. Ich dachte, seit der Import verboten ist, seien alle auf Koks umgestiegen», stellt Ladi nüchtern fest.
«Ich weiss nicht, was alle gegen den Kaffeeersatz haben. Ich finde ihn viel besser als den echten Kaffee», rechtfertigt Mina ihre Getränkewahl.

«Nun gut. Kommen wir zum wahren Grund, warum ich mit dir reden wollte ...»
Ehe Ladi fortfährt, gibt sie dem Barista ein Handzeichen, worauf dieser die Musik lauter schaltet. Zudem kippen auf einmal die Fensterstoren und verdunkeln den pastellfarben gestrichenen Raum.
«Ich weiss, dass du mal eine tolle Redaktorin warst», sagt Ladi schliesslich.
Sie sagt es freundlich, fast schon liebevoll, trotzdem versetzt Mina das Wort «warst» einen imaginären Stich.
«Weil ich überzeugt bin, dass wir dir trauen können ...»
Wir? Wer ist wir?, fragt sich Mina. Ladi und der Barista? Auf einmal ist sie sich nicht mehr sicher, ob es sich bei der «Rose» überhaupt um ein Café handelt. Womöglich ist es nur eine schöne, jugendliche Bühne, auf der gerade etwas ganz anderes gespielt wird.
«Das macht alles gerade wenig Sinn, und du verstehst, warum ich auch nicht zu viel verraten kann. Aber ... wir bauen ein Netzwerk von Journalisten auf.»
«Wer ist *wir*?»
Mina fragt so leise, dass Ladi die Worte von ihren Lippen ablesen muss.
«Typen wie du und ich, mehr kann ich nicht sagen.»
Mina schaut zum Barista, Ladi folgt ihrem Blick.
«Du kannst ihm vertrauen, der Laden wird nicht überwacht», sagt Ladi.
«Das klingt alles gefährlich ...»
«Gefährlich, aber wichtig!»
«Wir wollen die Leute wieder objektiv informieren. Es sind namhafte Autoren mit an Bord, mit Kontakten bis in den Regierungspalast.»
Mina lehnt sich im weissen Stuhl zurück. Das Mikroorganismen abweisende Plastik beugt sich unter ihrem Gewicht.
«Ach Ladi, solche Versuche hat es doch schon viele gegeben. Jeder Medienkanal wird kontrolliert, das bringt doch ...»

«Vergiss das Internet!», ruft Ladi – so laut, dass sich Minas Magen nervös zusammenzieht. «Wir planen keinen Blog. Auch keinen Newsletter. Keinen Holo-Chat. Ausserhalb der Stadt steht in einer alten Scheune eine Druckmaschine. Sie hat einem Onkel von einem Onkel von einem Typen gehört, der sie aus Sibirien hierhergekarrt hat. Wie auch immer – nun gehört sie uns, wir können damit Flugblätter drucken. Total old school. Freiwillige werden sie verteilen. Du wirst keine Druckerschwärze an den Händen haben. Alles anonym, versteht sich. Und ohne Bezahlung. Aber was ist wichtiger als Freiheit?», fragt Ladi und schiebt sich ein Stück Torte inklusive Zuckerschleife in den Mund.

Was ist wichtiger?, denkt Mina. Da zu sein für dein Kind oder für die Zukunft des Kindes den Kopf riskieren?

«Worüber soll ich schreiben? Ich habe keine Ideen mehr.»

Sie hat ihr Interesse am Journalistenberuf verloren. All die Jahre stromlinienförmiger Nachrichtendienste haben Mina träge gemacht. Ladi hört die Besorgnis heraus.

«Das geht den meisten so, die mitmachen. Aber glaub mir: Dein Instinkt kommt schnell wieder auf Touren, irgendein Teil deines Herzens schlägt bestimmt immer noch für die Demokratie. Ausser, du gibst gegenüber dem System Forfait – ist natürlich deine Entscheidung.»

Mina tastet nach der Kuchengabel und rammt die Zacken mit zittriger Hand in die Glasur.

«Habe ich Bedenkzeit?»

«Klar. Aber nicht sehr lang. Jeder Tag, an dem der Spalter im Amt sitzt, ist einer zu viel», antwortet Ladi und zeigt mit der Tortengabel auf den Präsidenten.

Während der Spalter im Bildschirm über der Backauslage zu einer stummen Ansprache ansetzt, huscht im Hintergrund sein Redenschreiber vorbei. Es ist ein kurzer Auftritt, aber dennoch kann Mina deutlich die Gesichtszüge ihres einstigen Kollegen beim Regionalfernsehen erkennen: Tom. Das passt, denkt Mina und schüttelt lächelnd den Kopf.

«Ladi, du hörst von mir», sagt Mina. «Aber ehe ich ein neues Kapitel öffne, muss ich heute Abend ein anderes schliessen.»

«Was ist das?», fragt Kat und zeigt auf einen alten Zeitungskasten, der neben der Tramhaltestelle im Matsch steckt. Jemand hat das ungenutzte Gehäuse in ein Zuhause für gestrickte Puppen umgewandelt. Dort sitzen die aus grüner, roter und violetter Wolle gefertigten Männlein gemütlich an einem kleinen Kartontisch und spielen Karten. Die Szene erinnert Mina an die vergangenen Spielabende vor Popis Erkrankung. An eine Zeit, in der noch alles gut schien bis auf das Blatt in ihrer Hand.
«Das ist Kunst», antwortet Mina.
«Niemand weiss, wer dahintersteckt. Jemand hat solche Puppen in der ganzen Stadt auf die leer stehenden Zeitungskästen verteilt. Street Art nennt sich das.»
«Warum tut jemand so was?», will Kat wissen.
«Hm, vielleicht, um die Stadt ein bisschen schöner zu machen? Oder weil die Künstler es schade finden, dass diese Kästen von niemandem mehr benutzt werden?»
«Warum nimmt man sie dann nicht einfach weg?»
Erwartungsvoll klebt Kats Blick an Minas Lippen und wartet darauf, dass sie etwas Sinnvolles formulieren.
«Weil die Stadt dafür kein Geld hat. Darum stehen sie halt einfach rum.»
Warum hat die Stadt kein Geld? Was stellt die Regierung mit den eingetriebenen Steuern an? Warum hat die Bevölkerung keinen transparenten Einblick in die Ausgaben? Warum werden Räte nicht mehr zur Wahl gestellt, sondern einfach ins Amt befördert? Minas Gedanken kreisen um die Fragen zu den Fragen zu den Fragen und sie freut sich, als endlich das Tram anrollt. Genug Ablenkung für Kat, denn die Kleine liebt Verkehrsmittel und hat beim Eintreten längst vergessen, dass sie Mina eigentlich noch mehr zu den Zeitungskästen hat löchern wollen.

«Ich sitze hier und du eine Reihe hinter mir», befiehlt Kat und klettert auf einen der Sitzbänke mit dem am wenigsten aufgerissenen Polster.
Mina nickt und lässt sich auf den zugewiesenen Platz fallen. Sie lehnt den Kopf gegen die verkratzte Scheibe, während Kat kerzengerade dasitzt. Vielleicht hat die Kleine gar den Po etwas angehoben, um einige Zentimeter grösser zu erscheinen, als sie tatsächlich ist.
Mina schiebt ihre Hand in den Mantelärmel und kratzt sich am Handgelenk. Auch wenn sie weiss, dass es unmöglich ist, spürt sie dennoch bei jeder Fahrt ein Kribbeln unter der Haut. Ganz so, als ob sie fühlen könnte, wie der implantierte Citizen Chip ihre Informationen an die Transportgesellschaft übermittelt, um den exakten Fahrpreis zu berechnen und ihren Weg digital aufzuzeichnen.
Nur wenige Menschen teilen sich mit ihnen den Wagon, obwohl sie zur Stosszeit aufgebrochen sind. Doch sie fahren stadteinwärts und in dieser dunklen Winternacht peilen alle nach Feierabend auf direktestem Weg das geheizte Zuhause an. Entsprechend vollgestopft sind die Trams, die sie auf der Hauptstrasse kreuzen. Nur verschwommen kann Mina die Gesichter hinter den von der Heizung und dem erschöpften Atem angelaufenen Scheiben erkennen.
Auch die hohen Wohnblöcke am Horizont erscheinen durch die getrübten Fenster flirrend. Jene Wohnblöcke, in denen Mina aufgewachsen ist und in denen sie so oft gelacht, geweint, gekichert und geschrien hat. Sie erinnert sich an die dunkelgrünen Türen, an die weichen Teppiche in Frau Dubois' Wohnung und an das Kioskhäuschen. Wenn sie sich konzentriert, verstummt das Gleisrattern und Mina kann hören, wie Vater morgens die Storen raufschiebt. Sie hört das Geräusch von Geldmünzen, wenn jemand mit ihnen ein Glückslos aufrubbelt. Sie hört das Platzen von Kaugummis und das Zersplittern von Chupa Chups, wenn jemand voreilig auf den Lollis herumbeisst.

In der Wohnung ihres Vaters lebt mittlerweile ein älteres Ehepaar, das den Balkon mit Geranien belebt und die Fenster mit gelben Gardinen geschmückt hat. Bestimmt haben die neuen Bewohner die Wände frisch gestrichen und den Geruch von Paprika übermalt. Bestimmt haben sie den alten Spannteppich herausgerissen, auf dem Mina herumgetanzt und herumgerannt war, auf den sie gezeichnet und gekleckert hatte. Und bestimmt haben sie die alten Türen ersetzt, in die Mina die Initialen ihrer Familie geritzt und auf deren Rahmen Vater ihre Körpergrösse markiert hatte.
Ein harter Gegenstand drückt unangenehm gegen Minas Bauchdecke. Sie tastet Kats Reisetasche ab, die sie auf ihrem Schoss hütet, und fischt schliesslich zwischen den Kleidern und Spielsachen ein kleines Opernglas hervor.
«Das habe ich als Kind von einer Nachbarin geschenkt gekriegt. Wo hast du das denn her?», fragt sie Kat mit einer Mischung aus Neugier und Vorwurf.
Ihre Tochter dreht sich flüchtig um.
«Auf dem Estrich.»
«Und was hast du damit vor?»
Schulterzucken in der Reihe vor ihr. Mina wird unruhig.
«Kat, du weisst, dass du keine Menschen damit beobachten sollst. Es ist gefährlich, weil dich jemand für einen Spitzel halten könnte. Versprichst du es mir?»
Kopfnicken.
«Mam?»
«Hm?»
«Wenn alle immer vorsichtig sind, kann sich doch nie etwas ändern, oder?»
«Hm. Oh, das ist unsere Station, wir müssen raus!»
Ohne auf einer Antwort zu beharren, drückt Kat energisch den Halteknopf und rutscht von ihrem Platz.
«Pass auf, die untere Schneeschicht ist zugefroren», mahnt Mina, als sie aus dem Tram steigen und in die hell erleuchtete Querstrasse einbiegen.

Sie fasst Kat bei der Hand, was die Kleine nicht daran hindert, weiter im Schneematsch herumzuspringen. Kleine, braune Spritzer arbeiten sich den Weg Minas Hosenbeine hinauf.
«Meinst du, wir dürfen heute Abend ein bisschen streamen?», fragt Kat.
Mina zuckt mit den Achseln.
«Und wenn nicht, hältst du es bestimmt ein paar Stunden ohne Cartoons aus», antwortet Mina.
Vor einem der dreistöckigen Häuser, deren Wohnungstüren mit kleinen Lämpchen eingefasst sind, die Adventsstimmung verbreiten, bleibt Mina stehen und sucht auf dem Klingelbrett nach dem richtigen Namen.
«Darf ich, darf ich?», ruft Kat.
Mina nickt und wartet auf den Pfeifton, mit dem die Türe aufspringt. Im Treppenhaus hallen Kats Schritte. Sie rennt die Stockwerke hoch und wartet schnaufend neben Margeaux' Tür. Die drei Schlösser öffnen sich mit klackenden Geräuschen. Als auch Mina sich die fünf Etagen hochgearbeitet hat, steht ihre Kollegin bereits im Korridor und umarmt Kat. Aus dem Wohnungsinnern ist lautes Gelächter zu vernehmen.
«Los, rein mit dir, die anderen warten schon», sagt Margeaux und gibt Kat einen Klaps auf den Rücken.
Die Kleine dreht sich flüchtig um und wirft Mina eine Kusshand zu.
«Bis später, Mam, hab dich lieb!», ruft sie – und verschwindet in der Wohnung, in der es nach Zimt und Schokolade riecht.
«Hast du gebacken?», fragt Mina.
«Natürlich, wie es sich für eine waschechte Hausfrau gehört», antwortet Margeaux und drückt ihrer Kollegin einen Kuss auf die gerötete Wange.
«Du bist keine Hausfrau, du bist Autorin!», entgegnet Mina mit gespielter Euphorie.
«Ein erfolgloser Vampirroman in fünf Jahren macht mich nicht zur Autorin. Und du: Immer noch nicht bereit, dem

alten Schuppen den Rücken zu kehren? Wie heisst die Bude jetzt? Neunorp, Immernochnorp, Norp3000?»
Mina seufzt. Gerne hätte sie ihrer besten Freundin von Ladis Angebot erzählt, doch sie will Margeaux nicht in Schwierigkeiten bringen. Der Staat hat mittlerweile überall seine Ohren, womöglich auch auf diesem heimeligen Korridor, auf dem es nach Gebäck duftet. Mina reicht Margeaux die prall gefüllte Reisetasche und antwortet: «Solange ich Kat dermassen viele Sachen für eine Übernachtung finanzieren muss, brauche ich das sichere Einkommen von NewNORP.»
Neugierig drückt Margeaux an der Tasche herum.
«Bist du sicher, dass sie hier nicht gleich einzieht? Dann müssten sich meine beiden Grossen ein Zimmer teilen.»
«Keine Sorge, morgen früh hole ich sie wieder ab.»
Mina wendet sich schon zum Gehen, da ruft Margeaux «Warte!» und verschwindet kurz hinter der Tür.
«Kannst du mir das bitte einwerfen? Ich habe es ganz vergessen und morgen ist es zu spät.»
Mina greift nach dem Umschlag, den ihr Margeaux entgegenstreckt, und zieht fragend eine Augenbraue hoch.
«Es gibt also wirklich noch Leute, die brieflich wählen.»
«Tinte ist weniger leicht zu manipulieren als ein Mausklick.»
«Warum willst du überhaupt deine Stimme abgeben? Was wurde aus: ‹Der Präsident wird eh wiedergewählt, solange ihm alle Medien gehören›?»
«Aufgeben ist schlimmer als eine Scheindemokratie.»
«Du klingst wie ich – vor zehn Jahren!», sagt Mina grinsend und zieht sich die Wollmütze tief in die Stirn.
Während sie die Treppe hinuntersteigt, fühlt sie die Nervosität in ihrer Brust anschwellen.
«Wo gehst du eigentlich hin?», ruft ihr Margeaux hinterher.
«Ins Stadttheater!»

Frauen in bodenlangen Röcken, die unter den Wollmänteln hervorschauen, und Männer in dunklen Anzügen bevölkern

die breite Treppe, die zum Theatergebäude hochführt. Geschwungene Laternen, die Mina eher neben der Seine als vor einem Kulturhaus erwarten würde, leuchten ihnen dabei den Weg. Jedes Mal, wenn jemand den Haupteingang einen Spalt weit öffnet, ertönt lautes Geschwätz und Gelächter. Mina kann von der Strasse aus erkennen, dass das Foyer zum Bersten voll ist. Die Gäste balancieren ihre Programmhefte und Champagnergläser über den Köpfen zu den Rängen.
«Pardon», sagen sie, während sie sich an Mina vorbeidrücken. Mit kleinen Schritten dringt Mina immer weiter ins Theater vor und wird vom Premierenpublikum umspült, aus dem sie mit ihrer praktischen Kleidung heraussticht. Sie hätte nicht mit diesem Pomp gerechnet und auf einmal fühlt sie sich fehl am Platz. War es eine gute Idee, hierherzukommen? Offenbar haben sich ihre beiden Welten in völlig andere Richtungen bewegt und in dieser hier scheint es keinen Raum zu geben für eine Frau in abgewetzten Jeans, aus denen Kats Buntstiftexperimente nie vollständig herausgewaschen wurden.
«Ihre Karte bitte», hört sie einen Smoking-Träger fragen.
«Ehm, einen Moment bitte», sagt Mina und hält Ausschau nach dem Toilettenzeichen.
Sie stürzt in eine der marmorverkleideten Kabinen und lehnt gegen die Tür. Da ist es wieder, dieses Klopfen in ihrer Brust. Sie atmet flach und vor ihren Augen erscheinen kleine, weisse Punkte, die auf sie zufliegen und grösser und grösser werden.
Jetzt bloss nicht ohnmächtig werden!, ermahnt sich Mina und schlägt sich mit den Handschuhen sanft ins Gesicht.
Draussen betätigt jemand eine Glocke und über die Lautsprecher in der Toilette ruft eine helle Frauenstimme dazu auf, die Plätze aufzusuchen.
«Das Stück beginnt in Kürze.»
Mina rührt sich nicht. Sie hört, wie links und rechts neben ihr die Spülungen betätigt werden, und hofft, dass niemandem auffällt, dass sich in der Mittelkabine nichts dergleichen tut.

Ich bin zu alt für solchen Scheiss, denkt Mina, während sie sich auf die geschlossene Toilette setzt. Warum enden so viele Geschichten meines Lebens damit, dass ich mich auf einem Klo verstecke? Was sagt das wohl über mein Karma aus?
In ihrer Abendtasche tastet Mina nach einem Taschentuch, um sich die vor Kälte laufende Nase abzutupfen. Noch immer herrscht auf der Toilette Hochbetrieb. Mina klaubt ihr Portemonnaie hervor und schlägt die Zeit tot, indem sie das Foto von Mutter anschaut, das sie täglich begleitet. Vom vielen Anschauen in Wartemomenten wie diesem ist es schon ganz verknittert. Natürlich könnte sich Mina die Aufnahme am Smartphone ansehen, doch sie mag das Gefühl von Papier zwischen ihren Fingern. Es ist einer der letzten beständigen Werte in dieser merkwürdigen Welt.
Mutter ist älter geworden, die Haut neben ihren Augen hängt müde, doch das Lächeln wirkt noch immer frisch, hoffnungsvoll, als möchte sie sagen: «Es kommt alles gut, du packst das.»
Ich hoffe, dass du recht hast, Mutter, denkt Mina.
Im hintersten Fach ihrer Geldbörse entdeckt sie eine alte Fotografie, die sie schon viele Jahre nicht mehr hervorgeholt hat. Sie faltet das dicke Papier auf und schaut Kurt Wolf in die schwarzen Augen. Die Büroaufnahme war damals zusammen mit Minas Artikel publiziert worden und zeigt den Patron, wie er mit verschränkten Armen neben seinem Pult steht, den orange gestrichenen Boden unter den Füssen. Hinter dem Schreibtisch steht der grosse Spiegel, auf dem die Pultoberfläche reflektiert. Der Briefbeschwerer in Form einer Büste, der Stifthalter, ein Aktenstapel – und das gerahmte Foto von Kurt Wolfs Dobermännern. Drei imposante Tiere, sechs insgesamt, wenn man die Spiegelung der Fotografie dazuzählt.
Egal, ob jemand in die Büromitte blickte oder zum Spiegel an der Wand: Von überall aus muss man sie gesehen haben, die drei Hunde, die auf die Kamera zurennen.

Jedes Mal, wenn Hank den Spiegel abstaubte, muss er das spiegelverkehrte Bild der Dobermänner vor Augen gehabt haben, wie sie mit gespitzten Ohren auf ihn zurennen. Jedes Mal. Der Spiegel vor ihm. Die Höllenhunde im Nacken.

Als es leise wird im Raum und auch aus dem Foyer keine Stimmen und Schritte mehr zu vernehmen sind, wagt sich Mina aus ihrer Kabine und zum Waschbecken. Aus dem Spiegel blickt ihr eine Frau entgegen, die aussieht, als hätte sie soeben einen Marathon im Schneegestöber zurückgelegt: Die Wangen und die Nasenspitze sind gerötet und die blondroten Krauslocken wuchern wild unter der Mütze hervor. Mina spritzt sich etwas Wasser ins Gesicht, desinfiziert sich die Hände und flechtet flink die Haare zu einem Zopf, so, wie sie es als Kind gern getan hat. Dann greift sie unter die Jacke und vergewissert sich, dass der Fingerring aus Popis Sauerkirsch-Packung noch sicher an der Kette um ihren Hals baumelt.
«Ich bin angekommen!», ruft ein Schauspieler aus dem Bühnenraum.
Mina ist es nicht. Sie geht an den Garderobieren vorbei und versucht, sich ihre Orientierungslosigkeit nicht anmerken zu lassen. Das Theaterticket lagert ungescannt in ihrem Telefon und verfällt bei jedem Schritt, mit dem Mina nun aus dem Theater geht, ein wenig mehr.
Du Idiotin, denkt sie, als sie die Haupttür aufstösst.
Sie ist in ihrem Leben selten davongerannt, aber wenn, dann immer vor derselben Sache.
Sie läuft davon in der kältesten Dezembernacht seit Messbeginn. Die von den zahlreichen Besuchertritten aufgeweichte Eisschicht vor dem Theater ist bereits wieder zugefroren. Mina hält sich am Geländer fest, um nicht auszurutschen. Zumindest diese Schmach will sie sich an diesem Abend ersparen.
Am Treppenfuss bleibt sie kurz stehen und betrachtet die elektronische Theateraffiche.

«‹Krähen ohne Ziel›, Buch und Regie: Toni Gilomen», liest sie.
Dann folgt sie einem letzten trockenen Buchenblatt, das vom Wind aufgewirbelt und über die ans Theater grenzende Brücke getragen wird.
«Frau Rados, Sie hätten dem Stück ruhig eine Chance geben können. Es soll ziemlich gut sein», ertönt es hinter ihr.
Die Stimme klingt älter, brüchiger, doch Mina erkennt sie vom ersten Ton an wieder.
«Mir ist eingefallen, dass ich noch die Haustiere füttern muss», entgegnet Mina, ohne sich umzudrehen.
«Du hast keinen Fütterungsroboter? Wie old school von dir», antwortet Toni.
«In manchen Dingen bin ich tatsächlich etwas old school», flüstert Mina in den Wind.
Sie hört Tonis Schritte auf der Treppe und wirft einen Blick über ihre Schulter. Er ist älter geworden. Das Haar ist vollständig ergraut und die Jahre haben weitere Kerben in seine Haut geritzt. Jene Narben, die ihre gemeinsamen Begegnungen in seinem Gesicht hinterlassen haben, sind mittlerweile bis zur Unkenntlichkeit verheilt.
Toni trägt einen bodenlangen, schwarzen Mantel und scheint sich nicht daran zu stören, dass er beim Gehen den Saum durch den halbgefrorenen Matsch zieht.
«Ich habe gehofft, dass du heute Abend kommst.»
Seine Stimme klingt nun ganz nah. Mina dreht sich um und mustert ihn flüchtig.
«Es gab kein Drumherum. Die Werbung für dein neustes Werk hat alle meine Kommunikationskanäle verstopft.»
Toni schmunzelt und neigt den Kopf.
«Ich gratuliere zum Erfolg. Auch wenn ich mir dich immer noch nicht so recht als Theatermacher vorstellen kann.»
«Weniger Technik, mehr Allüren, dieselben staatlichen Einschränkungen – so anders als die Arbeit im Filmbusiness ist es nicht», antwortet Toni.

«Dann machst du jetzt regimetreue Kunst?»
«Jemand Schlaues hat mir mal gesagt: Es gibt immer Wege, das System zu unterlaufen.»
Vor Verlegenheit zuckt Mina unter ihrer dicken Winterjacke zusammen.
«Ich muss erst in zwei Stunden zum Applaus zurück sein. Lass uns etwas spazieren. Ich liebe die Stadt bei Nacht», schlägt Toni vor.
Sie überqueren gemeinsam die Kirchenfeldbrücke und lauschen dem Rauschen des Flusses, in dem die Lichter der Stadt reflektieren.
«Arbeitest du immer noch als preisgekrönte Journalistin?», fragt Toni, nachdem sie das andere Ufer erreicht haben.
«Preisgekrönt, na ja… Es war ein Lokaljournalismus-Preis, nicht der Pulitzer.»
«Aber du hast Gerechtigkeit geschaffen – genau das, was du immer wolltest.»
«Ja, das wollte ich immer.»
«Du klingst nicht gerade begeistert, dass du dein Lebensziel erreicht hast.»
«Ich hätte mehr tun wollen. Aber so gross war der Skandal nun auch wieder nicht. Die Beweise waren vernichtet und der am meisten Leidtragende von allen lag bereits im Grab.»
«Wenn du keine Beweise hattest, wie konntest du die Fabrik dann trotzdem festnageln?»
«Wirklich? Nach all den Jahren willst du dich über diese alte Geschichte unterhalten?»
«Möchtest du lieber übers Wetter reden?»
«Wetter ist wichtig.»
«Das ist deine Arbeit auch. Und immerhin habe ich am Rand auch einiges von der Geschichte mitgekriegt, erst beim Fernsehen, dann in New York…»
«Ist das der Versuch eines Machos, ein Stück vom weiblichen Erfolg abzuschneiden?»
«Du bist scharf geladen, das gefällt mir.»

Ungläubig schüttelt Mina den Kopf.
«Na schön. Mein Gott, ist das lange her – ich hoffe, ich kriege noch alles zusammen ... Also, ich hatte ja viele Indizien, dass der Fabrikboden zu Teilen mit Quecksilber verunreinigt war. Wahrscheinlich, weil vor langer Zeit in den Räumen unter anderem Fieberthermometer hergestellt worden waren. Nachdem die Geschäftsleitung der Nachmieterin, der Funfabrik, davon erfahren hatte, wollte sie sich das Geld für umfangreiche Renovationsarbeiten sparen. Stattdessen setzte sie auf versiegelnde Bodenfarbe, die allerdings nicht ausreichte, um die giftigen Dämpfe einzuschliessen. Sogar der Patron wurde in Mitleidenschaft gezogen. Aber erst, als ein pensionierter Mitarbeiter, Cavallo oder so ähnlich hiess er, nachweislich Vergiftungssymptome hatte, wurden die Böden ersetzt.»
«Also hattest du keinen Nachweis von Quecksilber?»
«Ich hatte Sitzungsprotokolle, die von der Vertuschung erzählten. Und doch, ich hatte den Beweis von Quecksilber: Im Büro des ehemaligen Direktors hatte ein antiker Spiegel gestanden. Von Popis schrulliger Antiquitäten-Sendung ‹Kitsch oder Kunst?› im Fernsehen wusste ich, dass diese alten Dinger Quecksilber enthalten. Zwar hätte die Exposition mit dem Spiegel nicht für schwerwiegende Vergiftungssymptome, wie Hank sie hatte, ausgereicht. Aber zusammen mit den Protokollen reichte es, dass die Fabrik ein offizielles Statement abgab und den Hinterbliebenen kleinere Schadenersatzsummen ausbezahlte. Alles fürs Image, versteht sich. Rechtliche Folgen hatte die Sache keine.»
Anerkennend nickt Toni Mina zu.
«Beeindruckend, Frau Rados. Oder sollte ich sagen: Miss Marple? Da soll mal noch einer sagen, man lerne nichts Gescheites im Fernsehen. Aber nach dieser Geschichte ist es ruhig um dich geworden. Was ist geschehen?», will Toni wissen.
«Du hast versucht, meiner Karriere zu folgen? Das dürfte deine Frau nicht besonders freuen. Oder Freundin. Romy vielleicht?»

Toni verlangsamt seinen Schritt und legt die Hände auf den Rücken.
«Du warst auch schon subtiler … Aber nein, da ist niemand», antwortet er lächelnd.
Er lächelt so schief, wie er immer gelächelt hat: indem er seine Lippen einseitig anhebt. Der einzige Unterschied ist der Schnauz, der den Ankerbart ersetzt hat und der nun beim Sprechen in seinem Gesicht tänzelt. Im Gegensatz zu den meisten Männern sieht Toni damit nicht wie ein Zuhälter aus den Achtzigerjahren des vergangenen Jahrhunderts aus, eher wie ein Gangster aus einem Kinofilm. Einer von denen, die Übles tun, aber doch irgendwie zu den Guten gehören. Oder zumindest zu jener Gattung, der man gewillt ist, alles zu vergeben. Weil sie so smart sind und so attraktiv und so …
«Woran denkst du?»
«An nichts», antwortet Mina. «An rein gar nichts. Es tut mir leid. Also, dass es da niemanden gibt in deinem Leben.»
«Das muss es nicht. Und wie sieht es denn bei dir aus, gibt es jemanden?»
Mina nickt.
«Ja, Kat. Sie ist neun Jahre alt. Wir leben in dieser kleinen, mit Büchern und Spielzeug vollgestopften Wohnung und haben es ganz gut.»
«Klingt, als hättest du dir deinen eigenen Kiosk geschaffen. Eine schützende kleine Festung mit Ritter?»
«Du warst auch schon subtiler. Das ist kein Ritter, Kats Vater und ich sind getrennt», antwortet Mina hastig.
Aus dem Augenwinkel beobachtet sie, wie sich Toni beim Wort «getrennt» aufrichtet.
«Was ist denn mit Ping passiert?», will er wissen.
«Pong, nicht Ping. Er wurde etwas paranoid. Er war überzeugt, dass die Partei eine Fiche zu ihm angelegt hat. Er hat sich einen Job in Schweden gesucht, aber ich wollte hierbleiben.»
Toni verlangsamt seinen Schritt.

«Und sein Kind konnte er einfach so zurücklassen?»
«Tja, ihr Männer seid euch selbst halt am nächsten und bestimmt gerne über eure Liebsten, nicht wahr?»
Beschämt blickt Toni zu Boden. Schweigend nimmt er Minas Seitenhieb hin und fragt stattdessen: «Warum wolltest du hierbleiben? Wäre das nicht eine gute Gelegenheit gewesen, diesem Wahnsinn den Rücken zu kehren? Und die Schweden scheinen es einigermassen gut zu haben, die haben keinen Spalter.»
«Ziemlich mutig, das S-Wort in aller Öffentlichkeit in den Mund zu nehmen.»
«Siehst du, ich bin eben doch ein Rebell», antwortet Toni.
Eine Weile sagen beide nichts und atmen lediglich die kalte Luft ein, die wie feine Nadeln in der Lunge sticht.
«Ich hab's mir überlegt. Viele Male. Wie so viele. Aber ich wollte nirgendwo hinziehen, wo Kat die Sprache nicht versteht. Wohin hätte ich also gehen sollen? Die Hoffnungsländer unserer Jugend sind von Bürgerkriegen erschüttert. Kat war zudem schon im Schulsystem und ich wollte sie in dieser schwierigen Zeit nicht auch noch aus ihrem sozialen Umfeld herausreissen», erklärt Mina schliesslich.
«Alles für die Tochter… Du argumentierst wie dein Vater», bemerkt Toni – und Mina muss schmunzeln.
«Ja, da hast du wohl recht. Und wie ich schon vor Jahren gesagt habe: Es gibt immer einen Weg, das System zu unterlaufen.»
«Das klingt, als hättest du einen Plan?», fragt Toni.
«Du weisst, dass ich nicht darüber sprechen könnte, wenn dem so wäre.»
Toni nickt. Oder vielleicht schüttelt er sich Schnee aus dem kurzen Haar, Mina kann es nicht mit Gewissheit sagen.
Vor der Zufahrt eines Hotels bleibt Mina stehen. Die Neonschrift, die den Namen an den Nachthimmel schreibt, wirft ein violettes Licht auf ihr Gesicht.
«So oder so: Dein Vater wäre bestimmt sehr stolz auf dich», bemerkt Toni.

«Warum wäre? Popi *ist* stolz auf mich.»
«Es tut mir leid. Ich dachte, er sei vor einigen Jahren an Krebs gestorben.»
Instinktiv legt Mina eine Hand aufs Dekolleté. Durch den Wollstoff kann sie ihr Herz schlagen hören – und spürt den Fingerring, den ihr Popi einst aus der Bonbonverpackung gefischt hatte. Als müsse sie sich versichern, dass der Ring noch da ist, dass Popi noch da ist.
«Damit haben wir alle gerechnet. Nein, er ist wohlauf, obwohl er mittlerweile dreimal den Krebs und eine Pandemie überlebt hat.»
«Ein taffer Kerl. Dem möchte ich nicht im Boxring gegenüberstehen.»
«Ja», entgegnet Mina lächelnd, «aber die Krankheit hat ihre Spuren hinterlassen. Mittlerweile lebt Popi im Heim. Auch darum konnte ich nicht wegziehen. Ich hab's nicht übers Herz gebracht, ihn zurückzulassen. Aber immerhin hat er eine neue Freundin, Svetlana, seine ehemalige Pflegerin. So hat er neben Kat und mir noch eine andere Bezugsperson. Eine, die nicht blutsverwandt ist und ihn ohne Ekel waschen kann, das hat beides seine Vorteile.»
Toni nickt schmunzelnd und stellt seinen Mantelkragen als Schutz gegen den Wind auf.
«Und was ist deine Ausrede? Du könntest doch irgendwo sorgenfrei an einem Strand Imagefilme drehen», fragt Mina.
«Ich habe einen Hund, der wollte unbedingt hierbleiben.»
«Einen Hund? Folgen Hunde ihrem Herrchen nicht überall hin?»
«Na gut, vielleicht liegt es an mir. Im Alter bin ich nicht mehr so mutig wie früher, ich sehne mich nach einer Heimat.»
«Ich fand nie, dass du besonders mutig bist», antwortet Mina und wirft vor Lachen den Kopf in den Nacken. Ihre Locken bilden dabei ein Kissen, in dem sie für einen kurzen Augenblick ruht. Sie blickt in den schwarzen Himmel und sieht weisse Punkte auf sich zukommen. Dieses Mal sind es nicht

die Vorzeichen einer Ohnmacht, sondern Schneeflocken, die ihr Gesicht mit flüchtigen, kühlen Küssen bedecken.
«Was für ein Winter…», bemerkt Toni.
Er streckt seine Hand aus und greift nach dem Schnee.
«Es ist, als wären wir wieder in New York.»
Minas Haut beginnt zu glühen. Der Schnee, der auf ihren Wangen landet, schmilzt sogleich und rinnt ihren Hals hinunter. Wenn sie ihre Augen schliesst, kann sie die Taxis vorbeirattern hören und die Weihnachtsmusik, die aus den Geschäften dringt. Und sie kann die gerösteten Nüsse riechen und den Tee, den ihr Timothy mit seinen rauen Händen reicht.
«New York war gut», sagt Mina.
«New York war gut», sagt Toni.
Die Schritte tragen sie weiter, immer weiter weg vom Theater und dem Redaktionsgebäude. Sie gehend schweigend nebeneinander her und hören den Flocken beim Fallen zu.
Ihre Spuren im Schnee nähern sich an.

ENDE

DANKE FÜR DIE UNTERSTÜTZUNG

Burgergemeinde
Bern

SWISSLOS
Kultur Kanton Bern

STEFANIE CHRIST, geboren 1981 in Bern, studierte Kunstgeschichte und Medienwissenschaft. Nach Anstellungen als Videojournalistin war sie von 2007 bis 2018 als Kulturredaktorin bei der «Berner Zeitung» tätig, zuletzt als Ressortleiterin Kultur. Heute arbeitet sie Teilzeit als Kommunikationsspezialistin beim Naturhistorischen Museum Bern sowie als freischaffende Autorin. Sie hat schon zahlreiche Bücher veröffentlicht.

Der Knapp Verlag wird vom Bundesamt für Kultur mit einem Strukturbeitrag für die Jahre 2021 bis 2024 unterstützt.

Verein Freundinnen und Freunde des gepflegten Buches.
buchfreunde.ch

LAYOUT | KONZEPT *Monika Stampfli-Bucher, Solothurn*
LEKTORAT *Petra Meyer, Beromünster*
DRUCK *CPI – Clausen & Bosse, Leck*

1. Auflage, März 2023
ISBN 978-3-907334-07-2

Gedruckt auf umweltfreundlichem FSC-Papier.

www.knapp-verlag.ch